倔强的风土最佳乡愁

杨宇列
2021.6.30.

倔强的风土

The Land
of Tenacity

刘成群——著

知识产权出版社
全国百佳图书出版单位
—北京—

图书在版编目（CIP）数据

倔强的风土 / 刘成群著. —北京：知识产权出版社，2021.7
ISBN 978 - 7 - 5130 - 7443 - 8

Ⅰ.①倔… Ⅱ.①刘… Ⅲ.①随笔—作品集—中国—当代 Ⅳ.①I267.1

中国版本图书馆 CIP 数据核字（2021）第 040127 号

责任编辑：杨晓红　　　　　　　　　　　责任校对：谷　洋
特约编辑：孙　彬　　　　　　　　　　　责任印制：刘译文
封面设计：郭　蛔

倔强的风土

刘成群　著

出版发行：知识产权出版社有限责任公司　　　网　　址：http://www.ipph.cn
社　　址：北京市海淀区气象路 50 号院　　　　邮　　编：100081
责编电话：010-82000860 转 8114　　　　　　责编邮箱：1152436274@qq.com
发行电话：010-82000860 转 8101/8102　　　发行传真：010-82000893/82005070/82000270
印　　刷：三河市国英印务有限公司　　　　　经　　销：各大网上书店、新华书店及相关专业书店
开　　本：787mm×1092mm　1/16　　　　　印　　张：18.75
版　　次：2021 年 7 月第 1 版　　　　　　　印　　次：2021 年 7 月第 1 次印刷
字　　数：300 千字　　　　　　　　　　　　定　　价：56.00 元
ISBN 978 - 7 - 5130 - 7443 - 8

The Land of
Tenacity

目录
CONTENTS

植物篇

倔强的风土
The Land of Tenacity

植物篇
Plants

野花

时常不在家，与家乡的诸般事物也就渐觉隔膜起来。若不经意去想，仿佛忽略了它们的存在。偶尔细细想来，也能得到它们鲜明的形容，大约生于斯长于斯的缘故，儿时的记忆总是不容易消失的。然而自己长年漂泊在外，也不能有太多的闲暇时时忆起，因而也就认作了隔膜——自己毕竟是和家乡分别久了，尤其是家乡的春天，更是久违了。

家乡——冀中的春天并没有什么特异之处，既不雄壮也谈不上秀媚，只是平原千里如砥，使人颇觉开阔，或者还有些苍莽的意蕴。家乡的春天的胜景大约只有一望无际的碧绿的麦田，微风拂来，辄作江海波涛之观，一直涌荡到天际。麦海固然是豁朗极了，但谙熟之至的人也就略觉"淡乎寡味"了，因而家乡的春天尚少不了野花的点缀。说起野花，并不唯是草本，乔木自然也算，只需和家中所养的对应即可。

杜梨是乔木，但在家乡是属于野花之列的。村子西边醒目的位置上就挺立着四大棵，某个闲院里也有，均无人管。每到春天，它们都会开得一片绚烂。杜梨的花朵作纯白色，花瓣很小，但却十分密集。许多的小花会攒成一个个雪绒球，夹在绿叶青枝之间，煞是醒目。杜梨植株很大，可以高达数丈，一旦绽放，即满树踊跃、满树奔腾。

《诗经》有云："蔽芾甘棠"，甘棠即杜梨是也，"蔽芾"为茂盛貌，我们所谓的踊跃、奔腾，古人亦有所见。《诗经》以降，诗人们对杜梨依旧情有独钟，佳作垂于后世者比比皆是。然而，家乡的人们并不玩味杜梨的雅事，只是爱它的清秀烂漫而信手植来，待到清明祭祖的时候，许多的杜梨已经是摇曳多姿了。附和着骀荡的春光，十分宜人。

清明是个好时节，阳光煦暖，惠风和畅，小雨时而淅淅，又时而沥沥。在阳光、惠风和小雨里，杨树、柳树还有其他的树纷纷凸出一股股的嫩绿，杏花、梨花、苹果花也一一绽放开来。但杏花、梨花、苹果花是要留待结果的，大人不许孩子乱折。孩子们只好到村子西边或闲院里折杜梨花，回家后插在装有水的瓶子中，作观赏用，更有不安分的孩子爬到树上嬉戏，弄得花雨缤纷，令人不忍卒踏。

在杜梨盛开的时候，地面上少不了紫花地丁。花以地丁为名，自然是渺小得很了，冀中的荒地上常有这种小花，每每给人以小小的惊喜，倘有大片的闲地，如坟边，如沟洫处，便往往有连缀的紫花地丁，开得如紫色的毯子。紫花地丁可以药用，有止血、消炎、去肿之功效，在医学上应该是很有价值的，然而文人却不屑于吟咏，我所晓得的只有日本诗人蔣谷虹儿的一首，鲁迅先生亲自译成中文：

> 春的野上，
> 不管这寂寞地争开。
> 只有紫花地丁悄然低首，
> 芳容被泪影尘埋。

乡间小儿自然不会珍重紫花地丁的清高忧郁，常常把它们信手采撷，与柔柔的柳枝合编成美丽的花环，戴在头上，吹着杨柳枝做得的笛子，和着鸟鸣，一同咏春——这个印象至今还是相当清晰的。

在紫花地丁做成的毯子里，也时常点缀着开黄色花朵的"苦荬秧"。这种花的花冠要大于紫花地丁许多，金黄的，很是灿烂。它们很少丛生，所以很难形成大规模的色彩。冀中的人们大都喜欢这种野花，叫它野花，毋宁叫它野菜，这才符合家乡人的眼光——它们是可以吃的。"苦荬秧"有鲜嫩的叶子，采摘时便流出乳一般的汁液来，它们的味道是苦的，但苦中有韵味，一种涩涩的感觉。家乡的人们常常带着刀和筐子满地寻觅，倘采回家来，细细洗净之后，便可以把鲜绿的叶子放在棒子面中做烀饼，或就着自己做得的面酱食用，再加上少许香油，以发面大饼卷之，这些都是无上的美味——可惜许久不曾吃过了。

苜蓿

据说苜蓿是世界上栽培面积最大的饲草，其功用则不必多说了。我的家乡也曾经种植过大片的苜蓿，自然也是作为饲草使用的。但到了后来，随着农业大机械化在河北平原的兴起，畜力逐渐让位于各种农机具，苜蓿也就成了殉葬品。如今，在冀中已经很难看到大片蔓延的苜蓿地了，只是在路边或沟渠处偶尔还能发现一簇两簇的，它们在各种野草的包围中艰难地存活着。

以前我也只是把苜蓿看作牧草，从来没有觉得苜蓿还有近乎高雅的一面。后来年齿渐增，阅历渐丰，也读了一些书，知道了苜蓿的一些雅事。如读到《广群芳谱》时，就发现里面有一段关于苜蓿的记载："采其叶，依蔷薇露法蒸取馏水，甚芳香。"我曾经就此冥思许久，却想象不出苜蓿会有怎样的香味。童年时，奔跑在一望无际的苜蓿地里，并没有闻到有什么特殊的芳香。

记得小时候，每当春天到来时，尤其是杨柳舒梢之后，本来光秃秃的地面上就会悄然萌生出些许新绿来。不过几天，那些新绿就逐渐连接起来，缀成一片，仿佛绿色的毯子。风晴的日子，大地泛起缕缕紫色的烟霭。高而蓝的天底下，千亩万亩的苜蓿迎风舒展，田野间仿佛流淌着巨大的绿色波澜。其间，会有很多老人来采摘苜蓿的嫩叶，他们三三两两，点缀在绿野之间。有的老人还领着小孩子，小孩子唱着歌，歌声相答，余音袅袅，若远若近，使人神情恍惚。

苜蓿的嫩叶可以药用，在很多药典中均有记载。一件有趣的事情是，在《本草纲目》之中，渊博的李时珍竟然把苜蓿和木樨混为一谈了。当然，吾乡的老人们并不太知道苜蓿的药用价值，采回家里，全都是为了食用。初春的苜蓿叶子非常鲜嫩，剁碎之后，便可以捣出浓绿的汁液来。汁液捣尽后，再把泡好的大豆剁碎，混合成馅，点上香油，然后就可以包饺子了。

饺子煮出来后，个个都是晶莹剔透，隔着皮儿都可以看到里面的鲜绿，吃起来也是十分鲜美，咬上一口，都有无穷的余味。

我的奶奶非常喜欢苜蓿饺子，在以前，她常常背着筐子到地里去采撷苜蓿，回来后一根一根地择好，又用很长的时间和面、擀皮、调馅，包好饺子之后再将其煮熟，当热气腾腾的饺子端上桌来的时候，往往已是几个小时过去了。但奶奶却似乎不嫌麻烦，每当看着我们兄弟几个狼吞虎咽的时候，她都是一脸微笑。现在想来，那也应该是一种由衷的幸福吧。

每到春夏之交，没膝的苜蓿就会开出紫色的花来，苜蓿花并不是很大，但却极多，形成一簇簇的紫色的长条。花开时节，几百亩连结在一起也是极有规模的，极目望去，茫茫的平原上一片锦绣。那个时候，锦绣之地往往会成为动物的领地。除了翩翩的粉蝶和嗡嗡的蜜蜂之外，还有隐匿在苜蓿根丛深处的蜥蜴、草蛇、田鼠、鼹鼠、黄鼠、兔子、刺猬、黄鼬之类，百灵、吹地鵏和鹌鹑也把窝安置在苜蓿丛中，其间有追逐，有逃亡，有猎杀，有殒命，血淋淋地隐藏在美丽的花涛之下。

其实，这片紫色的深草与其说是动物的领地，毋宁说是孩子们的乐土。因为对孩子来说，其中的确有好多乐趣可寻：在苜蓿丛中寻找鸟蛋是一项细致且需要耐性的工作，而捕捉小动物则成为一种附带有刺激色彩的探险。孩子们自然不懂得生态保护，只是一味顽劣，他们常常把捉到的黄鼠或鹌鹑装进笼子喂养起来，每天放学后喂食供水，非常殷勤。有的还训练黄鼠要棍子，那是一种极具挑逗意味的恶作剧了。

大概到了麦收时节，也就该收割苜蓿了。在我很小的时候，水浇地里种的是麦子，而旱田里基本上都要种苜蓿了。20世纪80年代的头几年，生产队还没有解散，收割麦子和苜蓿还是整齐划一的集体行动。我虽然对那些时光的记忆并不深刻，但是每当收割作物时，那种波澜壮阔的劳动场面却令我实难忘怀。我后来再也没有见过那样盛大的画面了：几十人齐挥镰刀，唰、唰、唰，着实使人振奋；牛车、马车、骡车、驴车，各种各样的车拥挤在道路上，气势恢宏。大车小车的苜蓿被拉到场中，旋即就被堆集成一垛又一垛的小山。孩子们最是高兴了，他们从这座小山飞翔到那座小山，又从那座小山飞翔到另一座小山，欢呼而雀跃。当然，我从来都是其中最快乐的一员。

　　苜蓿带给我很多回忆，但如今，再想见到那样瑰丽的苜蓿乐土怕是很难了。苜蓿饺子还能吃到，但已经没有幼年时代的鲜美了。当我能够读懂《汉书·西域传》里"汉使采蒲陶、目宿种归"这样的句子时，苜蓿也终于消失在了我的视野里，化作种种记忆，天光云影，一片氤氲。

杏子

关于杏子的典故，我可以从孔子的"杏坛"到董奉的"杏林"想到不少；而关于杏子的诗词，我也可以从"红杏枝头春意闹"到"花褪残红青杏小"背出一些。我想，在传统文化中，人们总是钟爱杏子的，但这未必是我喜欢杏子的真正因由。那么我缘何偏爱杏子的呢？或者只是因为她的清秀、烂漫与脱俗？

我曾经很喜欢桃花的颜色，但总觉得桃花艳而近妖；梨花也一直为我所爱，但浓绿带雨的梨花又有臃肿之嫌。杏花不似桃花与梨花，一则不妖，二则不肥，浑然如清纯且清瘦的少女，玲珑多姿，且又矜严得使人不可有亵玩的念头。

每到春天，春风刚刚吹来，大地刚刚解冻，在不知不觉间，杏树的枝头就膨胀开来，然后是亢奋、昂扬，最后灿烂一片。而此时，桃树与梨树的枝头依然沉寂。直待杏花雪落纷纷时，桃花与梨花才得以一展芳姿，颇有些迟到的意味了。

我喜欢杏花，特别是春雨润其红姿的时候，在雨丝的笼罩下，杏花一袭雪白的轻裙，翩翩然，盈盈然，仿佛有姑射仙子的姿彩，然而又朦胧地隐藏在烟霭里，落寞得使人无比怜惜。恰如宋人韩元吉的词句："杏花无处避春愁，也傍野烟发。"

当杏花褪尽残红之后，一串儿又一串儿的小杏儿就会累累地出现在叶子当中，那些小杏儿十分青涩，青涩得可爱，又青涩得有几分羞怯。青涩是一种美好且让人怀恋的感觉，宛如一个人的青春，有多少天真就会有多少生硬。然而，时光荏苒，青春无法挽留，青涩的小杏儿总要成长，它们日复一日地膨胀，终于抹去最后一丝青涩的痕迹——大约到麦收的时候就会变黄变软，同时也就可以闻到杏子特殊的香味了，细腻而软甜。

杏子成熟后，累累地挂在枝头，繁密而且诱人，颜色尤其诱人。杏子的品种很多，有火杏、香白杏、大黄杏、串枝红杏、水晶杏、银白杏、红玉杏等，不同的种类展现出不同的色彩。譬如大黄杏完全是金灿灿的色彩，银白杏白花花地泛着青光，香白杏则白中透着微黄。而串枝红杏的红，更是一种极为可爱的颜色，六朝民歌里形容美丽女子的装束，就使用了一句"单衫杏子红"，想来也是妙手偶得的神来之笔。在成熟的季节，黄色、白色或红色的杏子摇曳在枝头，散射出无比的活力和无名的喜悦。那些美丽的脸孔迎风招展着，犹如一番未醒的梦事，绰约得无法描述，绚烂得难以形容。

吾乡俗谚有"桃三杏四梨五年"之说，意思是说，杏树一般生长四年左右就可以结果了，十年以内的杏树则处于产果的旺期。关于杏树，有一项充满乐趣的工作——采摘——颇值得玩味。在我家乡那边，采摘杏子通常叫"打杏儿"，意思和"打枣儿"是一样的，因为杏子结实很多，难以一一采摘，所以只需持一长竿儿，"哗哗哗"地打将下来就是了，方法与打枣儿略同。"打杏儿"的时候，最欢喜的莫过小孩儿了，除了可以吃很多的杏子外，还可以跑来跑去，手舞足蹈，尽享丰收带来的喜悦。但是大人一般是不准许小孩儿多吃杏子的，吾乡又有俗谚云："桃饱杏伤人"，意思是桃子可以吃饱，而杏子吃多了会上火，有时候饕餮太多会烧得鼻子流血，是以大人向来都告诫孩子，吃杏子要浅尝辄止。

在我的家乡曾有许多杏林，但并非是圣贤讲学或名医看病所留存的遗迹。乡人总是爱杏儿吧，我真不晓得为什么要种植那么多的杏树。尤其在我们村南边一个叫"三厂"的地方，就有着数不过来的老杏树，那些杏树大多都有一围粗细，老木丫杈，且姿态怪异。春天杏花开放的时候，望上去确实如同一片灿烂的雪海。雪海消尽后，就有青色的小杏儿出现了，"三厂"又化为绿色的波澜。童年的时候，那里曾经是我的乐园，然而现在老树早已伐光，"三厂"已经全部被民房所覆盖了。

冀中平原的田野里常常有刚刚萌生的杏树小苗儿——只是一个小小的嫩芽儿，这些小小的嫩芽儿曾经给我带来过无穷的乐趣，小时候玩耍的一个很重要的内容就是满地里去寻找初生的嫩芽儿。每到礼拜天，我们一群小伙伴在首领刘振辉的带领下，在田野里展开细致的搜寻工作。无论是晴天还是雨天，无论是在麦田里还是在菜园中，我们都会把这项工作进行得如火如荼，而不在乎风吹雨打。

当然，专门寻找杏苗儿的时候是有的，但更多的时候是伴随着打猪草的过程。找到一棵杏苗儿之后，便小心翼翼地将其带土挖出来，赶忙放在草筐中带回家去。种好之后，再培土、浇水，悉心地照顾着，甚至编制篱笆保护起来。于是这株小苗儿就成了自己的宝贝。那时候每个小伙伴都有几株宝贝小苗儿，而且好伙伴之间还常常比较宝贝的生长状态，共同企盼它们尽快成长。

清明前后，杏芽儿就会破土而出，那时候只有一个小小的尖儿，连叶片都没有。倘若挖回家去细心照管，到麦收的时候，它就会长到一尺多高，并冒出红红的尖芽儿，恰如红色的火焰一般，那种旺盛的状态正好象征麦收时节的所有景象。

麦收的时候可真是个好季节，田地里一片金黄的颜色，而杏树上也会呈现出成熟杏子所带来的饱满姿态。人们在这些灿烂的色彩当中咀嚼着忙碌的感觉，并享受着收获的快乐。在这样欢快的时刻，甚至连布谷鸟都不会闲着，它们一只又一只地飞过，从金黄的麦田间飞过，从这棵杏树飞向那棵杏树，又从那棵杏树飞向另一棵杏树，边飞边叫：

嘎咕嘎咕，杏子将熟……

麦子

　　相对于 20 世纪七八十年代的农业技术并未提升多少，农具是镰刀锄头，运输靠毛驴骡子，然而同样的装备，在生产队时期麦子亩产到 200 斤已是烧了高香，但分地后的第一年，亩产轻松超过 600 斤。后来化肥普遍使用后，千斤田也不是什么奇迹。这一巨大反差，用新制度经济学的产权理论来解释是十分透彻的，当然古人也早有洞见，如《吕氏春秋》记载："公作则迟，有所匿其力也；分地则速，无所匿迟也。"说的就是这个道理。

　　分地之后，古老的黄土地释放出巨大的生产力，饿怕了的人们贴出"政策落实暖人心"之类的春联，同时也铆足干劲种植粮食。那时候的田野几乎全部种上麦子，天地之间一片碧绿，且一望无际。长风吹起，滚滚麦浪正如大海波涛一般。人们不管有事没事，普遍喜欢赶着车行走在绿野间，牲口脖子上的鸾铃配合着清脆的鞭声，满耳流荡。有的人还把收音机放在车上，播放的音乐多是《在希望的田野上》，格调欢快，旋律酣畅，充满从濒死到新生一样的喜悦。

　　如同人们一样，从冰雪中返青的麦苗儿也一样充满着喜悦，它们欣欣然地分蘖、拔节、抽穗，迎着春风摇曳招展。即使是从麦苗儿里挺出的春蒿，也是同样的昂扬，它们通身碧绿，顶着点点的金黄。春蒿虽也孕育着生机，但它们毕竟影响麦子生长，必须要铲除的。那时候还没有除草剂，人们都是用耙地钩除掉春蒿，此外还有落藜、扎扎菜、苦荬秧等。村里的女人们是耙地的主力，她们常常带着孩子，三三两两，散落在无垠的绿野间，仿佛大海波涛里起伏飞翔的海鸥。

　　民以食为天，大概是因为有太多的饥饿记忆，平原上的人们对麦子总怀有一种刻骨铭心的情愫，即便是童谣里也会唱道"麦子熟了蒸馍馍"。从前一年的秋后，到来年的整个春天，人们小心翼翼地伺候着麦子。待到麦熟的时候，人们的脸上开始展现出喜洋洋的暖色，宛如田野里灿灿的金黄。生锈的镰刀也被拾掇出来，噌噌噌磨得雪亮，腌了数月的鸡蛋也端上桌子，配合着大饼大葱。饱餐战饭后，人们提溜着镰刀，来到麦地里，唰唰唰地割将起来。那时候割麦子，几乎是全村出动，包括所有的牲口。甚至连布谷鸟也会来凑热闹，它们在金黄的田野间一次又一次地飞过，"嘎咕嘎咕——快过麦熟——"。

80年代，人们解放思想，响应号召，一部分人开始尝试挣脱土地的束缚。在吾乡，有不少能人靠跑电料，早早地跻身于万元户之列。当然，也有一些人进城接班，吃了商品粮，成为亮堂堂的工人阶级。然而对于他们来说，麦熟却总是无法绕过的门槛。进了城的，跑电料的，届时都会赶回来，吃了腌鸡蛋，然后抄起镰刀。就像海子写的那样，东方，南方，北方和西方，所有的兄弟们，都在麦地里拥抱。三十多年前的一个麦熟季，在昆明跑电料的民哥，竟然坐飞机赶回来割麦子。从某种角度来看，他确乎像个诗人。

开镰时，大家几乎是同步的，所有的壮劳力都集结在一起，老人孩子则箪食壶浆，也不偷闲。麦熟时的田野，金灿灿的，宛如一块巨大的蛋糕，通体透亮，散发着幽幽的麦香。人们匆匆忙忙抢收抢运，仿佛一群又一群来回游移的蚂蚁。那时候，路上的车辆鱼贯而行，塞满了乡间的小路。牛车哞哞哞，驴车呃啊呃啊，銮铃叮当当，鞭声则啪啪啪，所有的车辆都严重超载，在后面都看不到车辆本身，只如一座座金黄的小山，晃晃悠悠地往前移动。

80年代的伟人说过，能抓得住老鼠的猫就是好猫；对于农民来说，能打足够多的麦子才是硬道理。谁家的麦子长势喜人，就会引来众人的赞叹；谁家的麦子割得细致，也会博得大家的赞许。那时候的麦熟，全部采用纯手工收割的方式，虽然慢，但却不像机械化那样浪费。即便如此，人们还是觉得不够细致，壮劳力用镰刀割过后，总有老太太带着孩子们在田野里拾穗。当壮劳力用铡刀铡去麦根儿时，老太太们也会在其中刨来刨去，生怕落下一棵麦穗。

麦子运回来后，首先要经铡刀铡去麦根儿，麦根儿充分堆积，也会形成一座小山的样子。老人们刨捡麦穗时，孩子们则热衷在麦根儿里打洞，钻来钻去，嘻嘻哈哈。铡去麦根儿后，则进入脱粒的环节，我小时候已经有了小型脱粒机，虽然还较为原始，依旧有手工操作的意味，但比之碌碡却要强之百倍了。脱粒的时候，在机器的出口处，麦粒会如雨如瀑地涌将出来，被饥饿吓破胆的人们当此场景，都有欣喜若狂之感。当然，到了后来，由于连年丰收，喜悦的效用也在递减，到了90年代，人们则已经漠然，甚至无动于衷了。那时候的孩子们很少下地，也不晓得什么叫丰收的喜悦了。

在人们的满足感递减的同时，土地边际收益也在递减。有学者认为，明清以来，中国的小农经济已出现了所谓的"内卷化"。而20世纪80年代，则是中国人口增长最快的时期，其时城镇化未能开启，大量的剩余劳动力投入到土地上，总产量的确提升了些许，但人均则在急速下降。于是大规模地移民势在必行——农民工进城开始出现，从而抵消了土地边际收益递减所造成的巨大压力。农民进了城，挣了土地上所不能挣到的钱，也就不再过多关注麦子的产量了。

我们的上一代，他们的童年遭遇三年困难时期，又在生产队中浪荡挣扎，提及麦子，大抵是痛苦的回忆。我们的下一代，在他们的童年里，麦子已经不是主角，甚至连配角都算不上了。说起麦假，他们不知何谓；说起麦假里的趣事与喜悦，他们更是不知所以然。综合考量可以说，只有那个摸着石头过河的时代，才全方位激活了麦子。麦子所带来的喜悦，在所有人心目中均是沸腾状态，甚至升华为一种精神的图腾。

"摸着石头过河"虽为俗语，但喻示了经济过程的演化特点，而并不指靠谁人天才的设计。麦子由70年代到80年代的大力飞跃，也没有谁人愿意居其功。老子说："我无为，而民自化"，"民自化"与"我无为"的确有因果联系，麦子无言，不知能否晓得先哲的妙论。后来的人们回顾那个时代，也看不透"无为"与"自化"的迷雾，但总要禁不住对所有摸石头过河及提溜镰刀割麦的人致敬，无论男女，无论贫富，无论上下，当然，也无论高矮。

新制度经济学认为，杜绝"搭便车"这一人性弱点最有效的方式是赋以产权。短时期产生技术飞跃，人生百无一遇；而赋予产权以节省监管成本则不失为良策。生产队的崩溃和家庭联产承包责任制的建立，从头到尾演示了这一理论的确切。然而，冀中的麦子迎风招展，吾乡之民唰唰唰地割麦子，谁也不知道有什么新制度经济学，无论科斯，抑或诺斯。他们只

植物篇

是一遍又一遍教孩子们唱着充满希望的歌谣：

老天爷，快下雨，
打了麦子我给你。
你吃瓢，我吃皮儿，
剩下的麸子喂小驴儿。

　　80年代的麦子，带给人们的不仅是一家一户的喜悦，也不仅是一县一域的喜悦，那是整整一个时代的喜悦。在那个时代的田野里，麦子以一种勇不可挡的气势成长着，所有的麦田都洋溢着进取的精神与青春的自由。那些在麦地捡拾过麦穗的孩子们，从那时起，也在麦子那里汲取了充分的力量。他们开始逾越父亲的头顶，在一粒粒的金黄中，踏上征程。他们所追逐的喜悦，充满惊险，也更为新鲜。

柳树

以前村边有很多巨大的柳树，每棵都有两三围粗。品种属于旱柳，枝条并不下垂，远远望去的确亭亭如盖。从树围上判断，它们大多都应有百年之龄了。多年以前，不知名的爷爷种下了它们；多年以后，种下它们的爷爷作古了，爷爷的子孙们也都老迈了。子孙们虽然还像爷爷一样在树下乘凉，消磨时光，但却没有人愿意追溯柳树的来龙去脉了。

年过百龄的柳树目睹过太多的人事代谢，按说它们应该老迈得不成样子，中通的树洞或败叶枯枝更能体现沧桑的意味，可它们偏不如此，而是用力支撑起茂盛的树冠，使得方圆几丈内漏不下一线阳光，而且除了啄木鸟凿出的小洞外，浑身更无破损之处。一个木匠曾经从树下经过，抬头啧啧称奇，他说这样健壮的躯体真不该属于老树，其他村落同样粗细的柳树早已是颓败多年，有的被风吹进土里，化为乌有了。

最粗的几棵柳树下面都有水井，每天都会有干活儿的人去那里乘凉，他们抹去汗水，然后说些闲话，有人叹息，也有人打盹。柳树默默地顶住日晒，更不做声，它们看惯了人类的叹息和打盹，日复一日，年复一年。每一年夏风吹来时，叹息和打盹的人都会有所更新。新老更替，生死轮回，每一代都大抵如此。一代又一代在叹息和打盹中悄悄衰老，在叹息和打盹中承袭着前辈的宿命。

树上的时光也是缓慢的，但却不似树下那样兴味索然。柳树应该更喜欢树上的一切，虫子一纵一纵地爬上爬下，蚂蚁浩浩荡荡地向南向北，虫子和蚂蚁在斑驳的树干上时隐时现，无论晴天，无论刮风，也无论下雨。它们都忙忙碌碌，像一个个苟活者，不过它们有时又奋不顾身，像急难好义的英雄。柳树理解不了昆虫的世界，它们只是默默地看着，像是在欣赏一部天天重复的舞台剧。

各种鸟儿在柳树上安了家，喜鹊搭巢，鸠鸠占巢，枭和隼直挺挺地站在枝头，而啄木鸟则咚咚咚凿个小洞钻进去。早上与傍晚的时候，各种鸟儿都会汇聚在树荫里合唱，高声部与低声部交错分合，如有指挥一般。柳树喜欢这种全神贯注的欢乐，鸟儿合唱时，它们总是全力配合，唱到金风吹起时，柳树会参差起舞，唱到微雨纷飞时，柳树也会沙沙伴奏。在风雨中，那些柳树莹莹如玉，兼以神光离合，恍如大地初开。

与人相比，柳树更喜欢昆虫、鸟儿给它们带来的愉快，不过孩子们在柳树眼里也是赏心悦目的，虽然孩子们也会折断纤细的枝条，但那是无伤大雅的，所有的柳树都不以为意。孩子们总是把柳条做成笛子咏春，呜呜呜的声音里蕴含蓬勃的生机，可以唤醒所有未醒的生命。一代又一代的孩子都攀折过柳树的枝条，柳树在每个春天也都能听到呜呜呜的笛声，代代无穷已。

柳树在冬天的时候就会憧憬春天的笛声，到了春天它们必然能够听到。日子很缓慢，阳光很煦暖，它们也都很满足，以为这样的日子会无限地持续下去。虽然年过百龄，但它们躯体健壮，心态年轻。那么青翠的容貌，那么婆娑的身姿，谁也不会将它们与死亡联系在一起。柳树们阅尽沧桑，看遍了人类的危难，然而并不觉得这会与树有关。它们是迟钝的，尽管它们看到树下的驴没有了，牛没有了，骡子也没有了，一辆辆冒着烟的机器哒哒哒地驶过，但这与树有什么关系呢？

直到有一天，冒着烟的电锯来到树下，柳树们才发出惊恐的尖叫。但尖叫是无济于事的，以往的轻歌曼舞都被骤然抹去。那些电锯吐出森森的牙，像一头头吮血的猛兽。猛兽咆哮之后，柳树们终于一棵棵地被放倒了，轰隆隆，轰隆隆，枝叶横飞，尘土四溅，那尘土一下子就笼罩了整个村庄，遮蔽了西下的夕阳。

伐树的时候，有很多人前来观看，他们的眼神是漠然的。没有了柳树，他们去哪里乘凉，去哪里叹息，去哪里打盹？这些自然没有人想过。孩子们一片欢腾，柳树倒下时的震撼景象是他们不曾见过的，那些轰隆隆的声音给他们带来遏制不住的快感。他们手舞足蹈，一声一声的尖叫比柳树的尖叫还要高。当然，孩子们也同样不会想到，没有了柳树，来年冰雪融化后怎么做笛咏春？

柳树被放倒的时候，虫子和蚂蚁完全不见了踪迹，应该是奋不顾身地逃跑了。鸟窝和雏鸟则散落在地上，一派狼藉。孩子们很兴奋，尖叫着前去捡拾。空中有无数的鸟儿在盘旋，也发出声声尖叫，那尖叫声更是高过柳树与孩子们的尖叫。然而尖叫是无济于事的，柳树终归是倒下了，再没有站起来的可能。时间长了，鸟儿们自然也就服了气，无奈之下而纷纷散去。虫子和蚂蚁是无情的，它们可以在其他地方继续忙忙碌碌；鸟儿则不同，村庄里虽然还有鸟儿，但是再也没有见过哪里能够提供给它们合唱的场所。

柳树倒下了，明月是不乐意的，因为月上柳梢的画面再也无法组合；清风也是不愿意的，因为吹面不寒的体验再也无法复制。没有了柳树，只留下光秃秃的田野和岑寂的村庄，没有一个人睁眼，甚至没有一个人喘息。没有了柳树，明月显得孤高黯淡；没有了柳树，清风仿佛也不再温和煦暖。那些曾经快乐的鸟儿们，它们一只只孤独地从天空掠过，也不喘息，也不睁眼。

留鸟们各自找寻自己的出路，有的去了房顶，有的去了烟囱，有的去了信号塔，有的孤零零地站在田间地头。日出日落，它们渐渐适应了没有柳树的日子。但是候鸟们并不知道这一切，它们回来的时候，被风月下的一切惊得目瞪口呆。它们习惯性地落在柳树梢头，却没想到一脚蹬空，一只只摔得鼻青脸肿。第二天，它们只得一只只狼狈逃离，这光秃秃的田野，这岑寂的村庄，没有了去年存在过的证据。

柳树被放倒之后，槐树取代了它们的位置，后来槐树又被杨树取代，再后来，杨树也被放倒，它们最终都没能长成柳树的规模。虫子和蚂蚁无情，它们愿意攀附新主；但鸟儿们却不愿栖息在细干纤枝上，喜鹊和鸤鸠还偶尔一落，而枭和隼躲得远远的，从来都不屑靠近。啄木鸟则干脆消失了，自从柳树被放倒后，啄木鸟就再也没有出现过。

不过还是有人见到过啄木鸟的踪迹。当年柳树截下的丫杈堆积在一个废弃的院子里，没人理会。一个穿着红裤子绿袄的网红偶然在一段丫杈上发现了一个小洞，有一只啄木鸟死在了里面，斑斓的羽翼散落了出来，与红裤子绿袄相映成趣。据网红说，那是村里最后一只啄木鸟。

苘

苏轼有《浣溪沙》云："麻叶层层苘叶光，谁家煮茧一村香？"此词系吟咏田园之作，词中的麻、苘、茧都可以提取纤维，供衣物之用，与人们的生产生计息息相关。在棉布普及之前，麻与茧乃是人们赖以遮体御寒的主料，则不消赘言。至于"苘"，听起来似为陌生，但在先秦时期也是可以制衣的，《诗经》里有"衣锦褧衣"，《中庸》里作"衣锦尚绤"，"褧"与"绤"通假，其材质即源自苘。

苘又称苘麻，但与苎麻、亚麻、大麻均非一科，或许因为有同样坚韧的纤维，故也称苘麻、椿麻，但吾乡只是叫苘，不称麻。苘在吾乡乃是寻常物，在田地里，在坑塘处，乃至在路边旮旯里都有生长。人们把那些随意长起来的苘视作杂草，往往与落藜、扎扎菜一并除之。侥幸存留下来的也是又黄又瘦，一副孤立无援的样子。

然而在以前，村子东边有一大片地专门用来种植苘，那片地属于一队，地势较为低洼。下雨时，街上的水先会注入那片地西边的大坑，大坑满了以后即越过大道注入那片低洼的地里。由于沉积了很多碎屑黑泥，水分不缺乏，养分也是充足的。不知是一队里的哪位能人，想到了种苘取麻，今日琢磨起来也觉得属于最优方案。那块低洼的地只能是种上喜水的植物，然而种藕是不可取的，一则不够深润，二则没人看着定会被偷。苘是廉价物，不用费上许多心思。

苘是一种顽强的植物，即便是在贫瘠的土地上，也能杀出一条血路来；苘又是一种乐观的植物，只要有存活的条件，它们就能毫无心思地生长起来。我后来在其他地方也见过苘，但却没有见过粗壮高大的。在我的印象里，只有村东那片洼地里的苘粗若儿臂，并高可丈八，成人走进去都会隐没其间。那些苘向着灿烂的阳光，活泼泼地，显现出极为亮绿的颜色，十分昂扬。

那片苘存在的时代本身就是一个昂扬的时代。人们爱地如宝，播下麦子，麦子昂扬地分蘖抽穗，将田野染为绿海，继而翻为黄海。人们也会播下棉花，棉花昂扬地展开丫杈，将嫩绿过渡为墨绿乃至于黑绿。那片苘是否需要人工播种，我记不清了。然而与麦子、棉花相比，苘的亮绿似乎是固定不变的，不会翻黄，也不会变黑，亮亮的，新鲜无比，不晓得其驻颜有术乃是有如何的诀窍？

春雨润泽之后，苘开始抽身上蹿，尤其那洼地里的苘，似乎扭动着，打着旋儿，发出咯吱咯吱的生长声。待到春夏之交的时候，苘已经蹿到一人多高了，圆心形的叶子层层叠叠，宛如蒲扇一般。熏风从半空横斜吹来，那些苘左右摇曳，仿佛煮沸的绿漆，翻腾、涌荡，甚至哗啦啦地四溅开来。苘地的北面是一条大道，老人常常带着孩子在那里玩耍，当熏风刮起时，老人的须，孩子的眉，以及他们的头发，统统被染绿，闪着亮亮的光。

夏季到来后，雨量增多，苘的身段蹿得更高，叶子也愈发肥厚。雨点落下来，哔哔啵啵，颇有些秋雨梧桐的诗意。雨大的时候，苘地的亮绿浸泡在白茫茫的雨雾里，不断发出轰轰轰的大响，像极了极速旋转的发动机。然而也只有在那时候，世界才有蹑手蹑脚的样子，知了也好，蛤蟆也好，统统噤声，路上偶尔有一两个趁雨追肥的行人，也无声息，他们踉踉跄跄地走着，白白的雨将其缩成小小的黑点。多年以后，那些追肥的人回忆大雨中的苘地，无不充满孤独的滋味。

平原的夏天不似江南，晴热的天数要数倍于雨天。其时，太阳高高照射，将大地晒成苍白无力的样子，树上的知了、坑塘里的蛤蟆都拼命聒噪，然而苘竟然在苍白聒噪的世界里开出花来，苘花虽不大，但金灿灿的，像极了希望的样子。那时候，耕种的生活十分单调，人们也简单乐观，尤其是始终怀抱希望，如盼着粮食丰收，如盼着孩子有个前途。"希望"一词是抽象的，但谈及那时候的希望，总是令人想起苘花灿灿，以及大伯大娘们合不拢的嘴唇。

在知了和蛤蟆聒噪的时候，孩子们也不闲着，那片苘地无疑是他们的乐园。他们用苘叶扣在虎口上猛拍，发出闷响；或用苘皮编了鞭子，则发出脆响；还有更巧一些的，用苘茎做成手枪的样子，用以相互攻杀。那时候的孩子多在野地里游荡，看到什么则破坏什么，苘地也因此遭殃，甚至

植物篇

019

连苘的蒴果都被啃了，尽管他们从不知道苘麻子有"利窍通乳，消肿滑胎"（《本草纲目》）的药用功效。

老人们觉得苘叶有用，他们往往把苘叶加在烟叶里抽，则口感柔和，同时又能节省烟叶，实是一举两得。当然，人们种苘并不是为了抽烟，而是为了提取外皮的纤维。每到夏秋之交，苘的蒴果变成黑色，也就到了收获的时候了。那时候，一队的壮劳力会协同上阵，众镰齐下，将苘收拾停当后，一捆捆地扔进苘地西边的大坑里。浮在坑里的苘再没有亮绿的颜色，而是暗黑发臭，像一具具浸泡许久的死尸。

浸泡许久之后，便进入到摔麻的环节。一队向有产生劳模的传统，迄今不衰。劳模们干起活儿来是不怕脏累的，他们跳到坑里，捞出那些苘，在坑边的柳树上啪啪地摔打。在摔打中，苘皮脱落，露出凝脂一样的木质，然而这凝脂是无用的，真正有价值的乃是其表皮。村民们虽然不会制作什么褧衣，但麻绳则是必需之物，像车上、口袋上都需要大量的麻绳，捆秸秆，束粮食，总之都与丰收相关。

除了用之于丰收，麻绳还有一个功能就是用之于衰绖，也就是俗语中的"披麻戴孝"。吾乡的丧俗里，除了要穿白布孝服外，还要在腰间及腿脚系麻绳，当是"披麻"的简化了。"披麻"的习俗可以上溯至《仪礼》，《仪礼》所用之麻，吾不知是否取自于苘，也不晓得有怎样的讲究。但在我的经验里，苘是一种顽强乐观的植物，甚至谓之毫无心思也不是什么贬语。在最悲痛的时候，腰里系根苘做的麻绳，是不是在提醒要节哀，要通达，要振作呢？

反正吾乡不提倡过悲，过悲伤身就走向了丧礼的反面。当有人号啕不已时，就有主事的人去劝慰，像出身于一队的兰香大姨还会用批评的语调说："快别啼哭了，人死不能复生，要往前看！"所谓"往前看"就是要看到希望，悲伤的人估计不会想到，他们腰间的麻绳乃是来自于苘，那一棵棵昂扬的苘，及其亮绿的叶、金灿灿的花，正是希望的样子。

柘树

村里人栽树都是有目的的，比如堂前栽种石榴，除了花果的需求外，也可以取个多子多福的企望。院子里栽桃、栽苹果也是如此，辟邪平安的寓意甚至要大于实际功用。至若房后村口的椿、榆、槐之属，据说也都有护宅佑民的意义，即便不如此，最起码也能支起一片凉阴，在夏天，好让老人们有个摇扇、唠嗑儿的地方。

但村里唯独有几棵奇特的树，貌似是没有用处的。它们长在村子东北角一个闲院外的斜坡上。村里人都不知道它们的学名，只是觉得它们所结的果实类似花椒，所以通称为"野花椒"。但是这"野花椒"却没有花椒的品质，而且结实后过不了多长时间，也会从树上掉光。我曾经采摘过几粒儿，在手里揉去揉来，揉得满手黄红，但终究没敢尝尝是什么滋味。

村里人从来没有把"野花椒"当成果实，估计也没有人敢于尝上一尝。"野花椒"的叶子有点像桑叶，但也不十分像，有位老人曾告诉我那些叶子可以用来养蚕，至于是长老爷还是党老爷，我则记不清了。上小学时，我的确有一段时间喜欢上了养蚕，也曾经为找桑叶而东奔西走。桑叶不济的时候，也曾经采过"野花椒"的叶子，但我的那些蚕终究不爱吃，顺通养的那些也是如此。

"野花椒"的枝条多刺，使人不好靠近。去掉刺后，那些枝条细长而柔韧，应该可以用来制作风筝。我有一次冒着被刺的危险折取过一些，用火煨圆后，做成了一只大蜈蚣的骨架，这应该是"野花椒"为我发挥出的最大效值了。可惜我那只蜈蚣设计得不好，一直没有放飞成功。叶子蚕不爱吃，枝条也没能成就我蜈蚣上天的梦想，于是我对那几棵奇特的"野花椒"彻底失去了兴趣，以为它们完全无用。

不过，那时候的我还是常常在"野花椒"身边经过，因为那里有一个让我心仪的闲院，里面密密麻麻长着很多树，也有很多鸟儿栖息，穿越那个闲院的确可以体验些密林探险的刺激。闲院的外面便是村东的田野，站在"野花椒"所在的斜坡上，可以远眺一望无际的绿油油的麦田。在"野花椒"旁边坐上一坐，有开阔的视野，那时候心情也会变好，遂不管"野花椒"有用无用了。

当然无用有有用的好，成材的树木总是最先被砍伐，像"野花椒"这种树，村里人是不屑处置它的，野花椒也因而得以尽其天年。多年以后，那个闲院已然为剧装厂所取代，密林中的鸟鸣替换为"哒哒哒"的缝纫声，但厂外的"野花椒"还在，它们依然是我童年时代的样子：长满钩刺的枝条上缀满了米黄色的果粒儿，迎风招展。只是现今向东望去，视野不再那么空旷了，不远处的公路上车来车往，两旁则已经矗立起许多电力公司的高楼。

也是多年以后，我读到了《山海经》，说是"发鸠之山，其上多柘木"，于是随手搜索了柘木的照片，我惊奇地发现，所谓的"柘木"原来竟是村边那几棵奇特且无用的"野花椒"。读《山海经》的前后，我也读了不少诗词，诗词当中常常出现"柘"，且多与"桑"并称。如王驾《社日》云："桑柘影斜春社散，家家扶得醉人归。"王安石《塞翁行》云："鱼长如人水满眼，桑柘死尽生芙蕖。"朱彝尊《鸳鸯湖棹歌》云："曲罢残阳人不见，阴阴桑柘石门青。"以前读到这些句子时，的确疏忽而未曾深究。当然无论桑还是柘，都没有华丽的花儿，不知道古人缘何大量栽种于家园处，或是养蚕之故，还是其他，不得而知。反正如今村里很少栽桑栽柘了，只有那几棵柘树冒"野花椒"之名守在村边，沐浴年年的风雨。

后来我又读《太平御览》，其书引《风俗通》说："柘材为弓，弹而放快。"又庾信的《春赋》中也说："金鞍始被，柘弓新张。"古人制造良弓，以柘木为上，桑木似乎都有所不及。柘树生长极慢，质密坚硬，且又韧性极好，在冷兵器时代端的是好身手。现在文玩市场上，以柘木制作的摆件，据说也是价值不菲的。此外，用柘木汁做染料，谓之"柘黄"，专供皇室之用。皇帝穿的柘黄袍，即来源于此。再有，《本草纲目》记载柘木的木白皮、根白皮，煮汁酿酒服，治耳聋耳鸣、劳损虚弱、腰肾冷、梦遗等症。不仅汉典如此，在畲药、彝药、佤药、水药、瑶药中也均有柘木治病的记载。以此看来，柘树无论是在古代还是现今，都是有大用的。

我小时候总以为那"野花椒"无用，其实只是见识不足罢了。那时连柘树之名都不知道，更遑论有用无用的分辨了，想来可笑。我后来去了不少地方，也经历了很多事，当然也见识了很多奇特而似乎"无用"的物什，乃至于人。其实，无论是物还是人，所谓的"奇特"，有时候固是不流于俗；所谓的"无用"，有时候或为大盈若冲。

　　回过头来看，还真要感谢那几棵柘树对我的启迪，它们不管别人懂得或不懂得，都坚守着生命所固有的韧性。它们也不管别人抛出如何的眼光，从来都是不卑不亢，也都不远不近，更是不温不火地存在着。起码在我的记忆里，它们活泼泼地存在了四十年，而且四十年依旧青春。时光荏苒，村里旧物越来越少了，它们却一天又一天，迎接朝阳，一年又一年，笑傲春风。

植物篇

狗尾巴草

农民与野草的斗争是无止无休的。无论是菜地，还是麦田，倘有几天不去，野草就会喧宾夺主，密密匝匝地挤满所有的空隙。不过，野草对于农民来说，又是一种丰厚的馈赠，若没有野草，羊啊，驴啊，马啊，牛啊，众多牲畜没的可吃，各类农事也就无以为继了。

冀中平原上野草种类很多，诸如马唐草、三楞草、牛筋草、稗草、星星草、狗尾巴草等。凡是野草，都会疯长，从扎根儿起就开始释放活力，蓬勃而不可遏抑，这之中以狗尾巴草尤甚。日复一日，年复一年，农民的耐心和承受力都被狗尾巴草肆意挑逗着，只要稍有懈怠，那狗尾般的穗子就蓦地长满一地，甚至还要迎风招展。

狗尾巴草外观不佳，除了初春时的一抹新绿外，在其他季节毫无秀色可言。尤其是夏天，太阳升起后，它们的穗子上涂抹着一层白花花的日光，铁铸一般挺立在沉闷的空气里。那股顽固的劲头，锄头、镰刀似乎都难以撼动。

对付狗尾巴草，农民都晓得斩草除根的道理。无论用锄头，还是用镰刀，都必须把狗尾巴草连根斩断，稍微留下一点儿机会，它们都会奇迹般地死而复生。即便是除根后未曾及时清理，只要有些许雨水，它们也会贴合在地面上，滋生出新根儿，由黄返青，继而蒸蒸日上。

从春到夏，由夏及秋，农民与狗尾巴草进行着恒久的较量。在我的记忆里，狗尾巴草总是和汗水相伴。我们的锄头、镰刀从来都是亮亮的，季节更替，它们都少有休息的时间。面对肆虐的狗尾巴草，农民的锄头、镰刀往往露出杀机，凛凛的寒光中，却也有爱恨交织的情愫萦绕。农民恨狗尾巴草难以铲除，却又爱它们肆意疯长，狗尾巴草是饲料，牲畜们总得养活啊。

狗尾巴草并不理解人类的复杂心态，它们只顾疯长，而不惜一切。春天的风，夏天的风，秋天的风，纷纷吹过田野，伴着云卷云舒的节奏，狗尾巴草一片片蔓延开来，毛茸茸，白茫茫，萋萋摇曳。然而这并不浪漫，在每一个季节，狗尾巴草都要挑战灭顶之灾，它们睥睨锄头，傲视镰刀，虽被铲除，也不肯屈服，更不敢绝望，倔强地握紧每一个死而复生的机会。

据说隐谷里的兰花曾经嘲笑过众草，不屑与之为伍。在这"众草"中应该就有狗尾巴草。不过嘲笑归嘲笑，兰花却没有死而复生的本事。它们高贵傲岸，却比不得狗尾巴草的低贱与鲜活，也禁不住狗尾巴草的围追与堵截。现实中无从立足，清高就没有了意义。

冀中平原上没有隐谷，我不知道那野生的兰花有何等的幽香。不过，在城里朋友的客厅里却见到过几棵盆栽的。城里的兰花没有乡下野草与之竞争，但仍不见景气，一条条没精打采的叶子懒散地耷拉着，与穗子撅起的狗尾巴草相比，活力确实有云泥之判。

进城二十多年，我没有养过高傲的兰花，当然也远离了田间的劳作与狂野疯长的众草。去年春天，我偶然搞到了一小块儿土地，随意种上了一些蔬菜，除草，浇水，搭架，倒是有些以前的田园模样。只是有一段时间，我因有事忽略了那些蔬菜。当再去时，则发现菜畦里长满了狗尾巴草，还抽出了穗子，蔬菜则被挤得奄奄一息。我曾有意贴近那些柔嫩的穗子，它们吱吱的疯长声立刻在耳边流荡开来。

狗尾巴草是农民的对手，也算是老友。对手兼老友，相互了解不言而喻。农民知道，狗尾巴草一旦出现，就再也无法杜绝，它们狂放不羁，全不怕兰花嘲笑，更不惧众芳攻讦。北京的水泥丛林不容田野的风吹过，我不晓得狗尾巴草是怎样进的城。我问过在北大医院工作的发小——洪波，他也并不知道，但他说，它们总归是进了城，想来也应该经历过不少的坎坷吧。

杜梨

村子西边有一条废弃的河，河边有一块儿方方正正的台地，台地南侧有众多参差摇曳的河柳，台地北侧则有一排密麻麻的枣树。台地的正中央，孤零零伫立着四棵杜梨。自打我记事起，它们就那么孤零零伫立着。很多年以后，台地南侧的河柳没有了，北侧的枣树也没有了，但杜梨却依然存在，浑然不觉台地周边的尘落又尘起。

冰河开化后，北方大地上吹来暖暖的风，天空被吹得蔚蓝而高，麦苗被吹得鲜绿而嫩。废河边的泥土松软而润湿，草芽儿纷纷探出头来，燕子呢喃，蜜蜂与金龟子也嗡嗡出动。当台地上的春光渐趋高潮时，杜梨也饶有兴致地加入进来，并以怒放的姿态升级为主角。杜梨的花多而繁密，远远望去真像团团的烂银，尤其是衬着蔚蓝的天空，恍有熠熠生辉的风采。

杜梨的位置距离村口不远，来来往往的人们都于此经过，他们也都喜欢这满树的春光，但是他们却不能说出这四棵杜梨的来历。杜梨是一种生长极为缓慢的树种，那四棵杜梨确乎是村里的老资格，据说几十年前就已是那样子，几十年后依然如此，它们的真实年龄恐怕已经无人晓得了。

不仅杜梨，村里很多物什的来历也都无从考证了，譬如村西边那条废弃的河，只保留一些蜿蜒向北的痕迹，似是黄河故道，但并无确凿的证据。从遗迹看，那条河当年应该很宽，或许是向北注入白洋淀吧，无从得知。再如那块儿方方正正的台地，不像纯粹出于造化，至于是何人所为，也没有人能说得清了。

或许是有了那条说不清的河，才造就那块儿说不清的台地，进而才孕育出那四棵说不清的杜梨。杜梨每年都能开出很多的花，不管是否有知音赏识，它们总以饱满的热情驻守村口，让村民们愉悦，让陌生人惊艳。很多陌生人进村来，往往会夸起村口那满树的春光。

也许只有我才会追问杜梨的前世今生吧，村民们对杜梨熟视无睹，他们从不在乎什么来历，一年又一年，任凭杜梨花开花谢。以前有一位胡子浓且长的合浦老爷，他也喜欢追溯各种来历，对于我们家族——大东院儿的掌故，他能说得头头是道。不过，关于那四棵杜梨，他也不能说清。说不清，有时候也会使人释然，世间很多事原本就无法说清，何必非要说清呢？那些杜梨，它们只要开花就好了。

植物篇

杨树

　　我们祖坟上有很多高大的杨树，大约有几十棵。具体树龄我并不晓得，只是小时候就已经觉得它们很是粗大了，现在看来似乎还是小时候的模样，莫非这几十年来它们并不曾生长吗？不得而知。有了这些杨树的荫庇，长眠的先祖们也得到了许多慰藉：杨树不但可以遮风挡雨，而且还时常引来鸟儿鸣叫，叽叽喳喳地平添了不少生机。

　　先祖的子孙们很多，有数百的规模，为村里第一大族。这其中还不包括迁至外地失去联系的。每逢除夕，子孙们都会从四面八方赶来，聚集杨树下举行盛大的祭祖活动。他们在杨树下点燃篝火，同时又带来很多烟花，于黄昏时分"砰砰砰"燃放个把钟头，将天空染成绚烂的紫色，此名之曰"燎星"。燃放之后，各自回家过年。那些年轻的子孙，大多数记不得乃祖的名讳。至于东迁始祖，大概连上了年纪的人也不会说清了。

　　然而，杨树总记得一切。那些杨树记得年年的"燎星"，记得年年的烟火，记得每一张脸孔由稚嫩到衰老的转变。树下坟头渐渐增多，即便没有碑刻，杨树也都记得每一个人的名字，记得每一个人的生平。树下没有大人物长眠于此，每一个人都像杨树一样普通，他们悄悄地来到世界上，又悄悄地死去。他们的子孙或许不晓得他们叫什么，以及曾做过什么，但杨树总是一清二楚。有风吹过的时候，杨树叶子哗啦啦地响，似乎是在念叨尘封已久的往事。

　　春风吹过田野，秋风吹过田野，四季的风吹过田野，杨树哗啦啦，如同无数的呓语。它们似乎在诉说，说自己虽已年迈，却总不会忘记以前那位仁慈的先祖。那位先祖并不出众，只是一个买地时为卖地者着想的厚朴小农。杨树记得他买地时屡屡劝卖活契，以便卖地者经济转好还可赎回。杨树还记得他辛苦积攒至210亩地的喜悦，褶皱的脸上开出了娇艳的花来。杨树也忘不了他放贷催债，遇人困窘，非但不讨，还要资助一二的义举。

那时他的脸上沉重得如同风雪前的彤云。

杨树最无法忘记内战期间货币崩溃的情景：赎地者和还贷者蜂拥而至，将先祖团团围住，吵嚷着让他兑现承诺。那些日子，先祖的表情是坚毅的，他紧咬牙关，收下那一堆废纸，210亩的辛苦积攒于是化为乌有。杨树最开始是心疼先祖，然而后来却很释然。土地散尽后，很快进入土改阶段，先祖的子孙遂被划归下中农之列。杨树们总是说，若非那位先祖的懿德，后世子孙如何逃过这劫难呢？

我的祖父是默默无闻的冀中小农，祖父的祖父也是默默无闻的冀中小农。再往上追溯，也无不是默默无闻的冀中小农。杨树太老了，它们或许已经记不清更久远的往事了，然而年年"燎星"的子孙们可以推断，也可以想象，杨树脚下长眠的先祖们，是怎样周而复始地勤勉农事，又是怎样生生不息地践行着朴素的信条。有时候迫不得已，先祖们还走出过冀中，有的走了西口，有的闯了关东，据说有位先祖闯关东一直未归，不知道杨树们是否还有印象。

勤勉朴素的冀中小农，从来都是默默地生，默默地死，死后除了一点土丘外，并不留下任何痕迹。好在有那么多的杨树，有杨树的呓语，后世子孙才得以想象那一具具平凡的躯体，曾是如何从世界上匆匆走过。在杨树的呓语中，那些平凡的土丘也不再是土丘，而是一个又一个鲜活的生命。有心的子孙也一定会收集更多材料，承担起复兴先祖懿德的重任。

与桃李相比，杨树没有艳丽的外表。只是开春后，它们都会长出暗红色的毛毛虫。我想，那就是杨树开出的花吧。杨树实在是太普通了，除了那些毛毛虫外，它们确实没有什么能拿得出手。不过几十棵杨树挂满毛毛虫的时候，却也有火炬一般的热情。每年春天，杨树的毛毛虫都簌簌地落，像下雨一样，逐渐铺满先祖的坟头。有杨树在，子孙们的内心很踏实，先祖的所作所为，至少有杨树代为记录；有杨树在，子孙们的内心也很慎重，他们的所作所为，也一定会被杨树代为下传。

植物篇

桑葚

　　吾乡并非蚕乡，桑树并不为多。印象中也就那么几棵，分布在不同家庭的院子里。吾乡有紫桑葚，但大多是白色的，记忆中的那几棵都是。每当凯风吹来，麦香扑鼻的时候，那些白色的桑葚便挂满了桑树，如珍珠般点缀在墨绿的枝叶中，烁烁放光。

　　桑花属柔荑花序，微小兼以颜色淡绿，因而花叶不易分辨。待到桑葚长成，或白或紫，一树方成玲珑的姿态。五月里，暖气小满，尚不为热。当是时，桑葚先于众果登场，叶肥果密，一片豪奢的模样。有的桑树其枝叶还要伸出墙外，桑葚掉落一地，也无法怜惜。鸟儿们在树间欢叫，都不屑去捡拾，但这对孩子却是无上的美味，他们往往趴在那里捡食半天，有的没吃够，还要顺着墙爬上去，这便会招来主人的责骂了，"嗨，嗨，那小兔崽子，当心你的腿！"

　　有桑树的那几家，主人都很厉害。那棵伸出墙外的桑树正是大贡奶奶的。大贡奶奶人很善良，但骂街却是村里最出名的。她若是连珠骂的时候，连鸽子都不敢从上空飞过。别说偷她的桑葚了，连想想都会不寒而栗。另外一棵桑树的主人——毛猪爷也非常厉害，他以整治孩子而著称，孩子们见到他都会哇哇大哭，我的表妹甚至都吓得吐过一地。毛猪爷家的桑树最为高大，所结桑葚也最多，但很少有人敢于去偷。

　　毛猪爷家的桑树大可合围，高数丈，远远望去，亭亭如伞盖。那棵大树远离围墙，孩子们连捡食都不太可能，只能一群群地绕来转去，哈哧哈哧地垂着三尺的涎。我家和振辉家因为离毛猪爷家较近，转得也最多。我们徘徊在墙外，可以听到桑葚掉落的声音，噼里啪啦，简直有惊心动魄的感觉；透过土坯的缝隙，可以看到毛猪爷在院里溜达的身影。那么多的桑葚掉落，他何以不去捡食？我们困惑且痛惜，他却步履悠然。桑树迎风摇曳，麻野鹊飞过一批又一批，嘎——嘎——嘎——

倔强的风土
The Land of Tenacity

有一次宛如做梦一样，现今想来还是觉得如梦，那一次毛猪爷忽然开开门，微笑着对我和振辉说："你们要不要吃桑葚? 快去里面吃吧!"我和振辉半信半疑走入院里，来到大桑树之下。那一刻还是有很多麻野鹊在飞，毛猪爷旁若无人地溜达着，桑葚从树上掉落下来，沙沙沙，沙沙沙，宛如一霎一霎的雨。

　　大桑树下面方圆一丈之内都被白茫茫的桑葚所覆盖，从远处看去，恰如一层白沙。我和振辉先是在地上不顾一切地捡食，继而又顺着蚂蚁的路径来到树上，蹲坐在麻野鹊与麻雀中间。麻雀很快飞走了，麻野鹊为维护它们的领地，躲在远处聒噪不停。我们并不理会它们，而是迅速将丫杈压弯，把那些如莹如玉的桑葚摘下放进嘴里，尽享甘甜。毛猪爷家的桑葚大而白，闻起来有浓密的甜香，吃起来糯糯的蜜汁满嘴。我和振辉来不及说话，只是不停地吃，直吃得腹大如鼓，也还不想停歇。

　　当然，不停歇是不可能的，最后我俩都有点口吐酸水了，直至眼前发黑。我俩蹲坐在树上喘气。那时候，风忽而吹过，桑叶哗哗作响，白亮的阳光在树间闪展腾挪，那些晶莹剔透的桑葚在日光中明灭隐现，变幻而诡异。鸟儿叽喳不停，忽而又一声不响，喧闹中也有寂静如夜的感觉。毛猪爷依旧在远处游荡，十分绰约。风再次忽而吹过，桑葚继续沙沙掉落，但地上那层并不增多; 吃了那么长时间，树上的桑葚也不见减少。风不停地忽而吹过，灌注在我和振辉的眼里，清凉而恍惚，仿佛误入了时间停顿的世界。

　　我们吃了多久离开的，确实不记得了。只记得走时毛猪爷还微笑地问吃够了没有。说实话，我从来没见他那么慈祥过，以至于我一直疑惑他还是那个把我拎至井边吓唬的毛猪爷吗? 那次饱食后不久，巨大的桑树就被毛猪爷刨掉了。至于是多久之后刨掉的，我则记不清具体的天数。多年以后，毛猪爷去世了，那片宅子便成为闲院，荒废至今。再多年以后，大贡奶奶也去世了，她的宅子被改造成为小卖部，那棵伸出墙外的桑树也便化为风中的记忆了。

　　如今村里谁家有桑树我确乎不知道了。中科院高能所里有不少桑树，我在那里住过半年，也曾经捡食多次，但终究不及毛猪爷家那次吃得过瘾。三十多年弹指而过，那次独特的体验让我终生难忘。后来，我又经历过几次看似寻常的片段，但次次都有刻骨铭心的感触。时光流淌，记忆随风而去，但总有几页无法翻过，在幽暗的岁月深处，它们自带光芒。

植物篇

梨
花

背景昏暗，方能凸显出焦点的鲜明。如以春阴垂野为底色，才会映衬一树幽花的明朗。昏暗的背景里，时有一树幽花方是趣味，倘若树树幽花或到处幽花反而会扰乱背景。背景与焦点处理不当，也就变得无趣无聊了。

很多花人工地胪列于一起，便是无趣；特意去看花也是无趣；特意去看胪列于一起的花更是无趣中的无趣。时光拖着万物飞跑，我大抵也进入了无趣的中年之列。每年春天，也就只能无趣地看花了，尤其是看胪列于一起的花，每每又说些无聊的话。

吾乡有个梨花村，近几年来颇为红火，每年梨花盛开时，微信朋友圈里都会热闹非凡，然而我一次也没有去过。或许有人觉得我清高，我却以为世间有趣的物什实在不多。说起有趣的人，那得在灯火阑珊处邂逅；说起有趣的花，一定是在角落里独自盛开，譬如黑球爷家的那树梨花即如此。我不晓得黑球爷是不是个有趣的人，但他家的梨花十分有趣，则是不须置疑的。

村里的梨树颇有几棵，占山哥家自然最多，100多岁的章奶奶家也有两棵，我家房后的三儿舅家也有，但这些树于我记忆中并不分明，我唯一觉得鲜活有趣的就是黑球爷家角落里那棵梨树。那棵梨树并不粗大，它孤零零地伫立于墙边，平居无人与它相顾相惜，它只有保持不言不语的姿态，用足足三个季节的时间，静候一场春雨的到来。

春雨到来的时候，春天的背景尚属昏暗。除了柳树凝绿，杏花泛白，其他的树木依然沉寂如冬。不过，那棵梨树却不甘落后，春雨打在枝头，所有芽苞便开始膨胀、升腾、闪烁，最后电光石火般露出笑靥，仿佛就是转瞬间，满树已是白晃晃一片了。黑球爷肤色较黑，院中的背景也很昏暗，这也就显得那一树梨花格外分明，宛如黄昏时分顽云里赫然劈开的闪电。

从我家到村里小学约有里许的道路，黑球爷家正是这里许道路的中点。

在每个春天，我都会在无意间瞥见黑球爷家的梨花，它在栅栏间嫣然地笑着，似乎专门等待着我。每年春天，黑球爷家的背景都很昏暗，梨树独自绽放时，貌似猛然爆发的烟光，又灿灿如银。梨树的花期并不很长，三五天后，梨花渐趋黯淡，终至隐没在昏暗的背景里，然后万绿涌出，一个春天也就结束了。

夏天、秋天与冬天，我都会照例去上学，也照例从黑球爷家的梨树旁走过。我对树上结不结梨子并不格外关注，只是觉得那棵树在就好。当然，我也会满心期待，期待年年春风吹起，期待年年满树梨花。在期待中，我升入了中学，经过黑球爷家的次数就很少了，那棵梨树便沉淀在记忆里，成为我童年有趣的回响。

我在村里的小学中度过了七年的时光，那棵梨树在角落里也绽放了七年。我童年的春天尘霾恣肆，昏暗朦胧，想来也唯有梨花才能带来亮眼的功效。那一树的明艳滋养了黑球爷，也烛照了我的内心。或者它还会穿越黑球爷的院落，躁动在麦熟爷的视野里，流荡在东升大伯的耳际。只可惜作为邻居的他们，并不晓得一枝春带雨有怎样的趣味，雨打深闭门又有如何的风情。

多年后，麦熟爷和东升大伯都搬离了当年的居所，那一树梨花是否还会出现在他们的记忆里不得而知。其实，在麦熟爷和东升大伯搬走以前，黑球爷就已砍掉了那棵梨树。同一时期，占山哥、三儿舅与章奶奶家的梨树也都消失不见了。所有的梨树都没有了，村里的春天似乎与明艳绝缘，不知春天会不会觉得无趣，也不知是否有孩子因此而感觉无聊。

三十多年过去了，黑球爷家里又长出了杏树与桑树。当然，杏树也会在春天开出明媚的色调，也会照亮昏暗的春天。但在后来的春天里，恐怕没有孩子如我一样若无其事，偶尔又探头探脑地张望了。而杏花也不会奢望有另外一个自己，每个春天都会背着小书包从旁边走过看过，从来那样有意无意，又从来那样若即若离。

植物篇

秫秸花

秫秸花学名蜀葵，《尔雅》称之为"菺"，又称之为"戎葵"。绍兴那边叫做"一丈红"，在鲁迅的印象里，那种花将水映作胭脂的颜色，乃至成为他思乡的蛊惑。吾乡则唤作"秫秸花"，在乡老的嘴里又常常讹为"熟气花"。与鲁迅浪漫的描述不同，秫秸花在吾乡很受贱视，其"秫秸"的称谓实可说明一切。

"秫秸"系去了穗的高粱，基本上是作为柴火之用，价值无几。以"秫秸"喻花，那么花自然也是常见无奇的。在吾乡，秫秸常常一束束地戳在围墙边，枯黄的烂叶乱糟糟支棱着，十分萎靡。然而每到春风吹起时，围墙下就会有秫秸花的嫩芽儿冒出来。有时候冰雪尚未全消，那些嫩芽儿顶着刺目的新绿，有些冒失，又有些慌张。孩子们并不会顾及秫秸花问世时的柔弱，他们常常在枯黄的秫秸里捉迷藏，爬的爬，滚的滚，往往就扒掉了秫秸花的嫩芽儿，弄得满手都是春消息。

然而大人们不会珍惜那些春消息，他们不愿意秫秸花肆意疯长，因为那样会将土坯拱裂，造成围墙坍塌。因此秫秸花刚刚探出头，便常有铁锹铲将过来，寒光闪处，嫩芽儿在转瞬间被铲落于地。不过这也不须担心，过不多久，围墙下就又有蘑菇土拱出，然后又有新绿迸现。大人们忙于春耕的期间，秫秸花趁机冒头，抬腰，可劲儿地疯长。有的大人偶尔也会给上它们几镰，但专门抽身对付它们的时间是没有的。当春耕彻底完成时，秫秸花的苞蕾都已然欣欣摇曳了。大人们看到待开的花，也就索性不管了。

秫秸花虽不名贵，但开起花来一片锦绣，着实有让人惊艳的感觉。譬如一个被普遍忽略的孩子，居然取得了非同一般的成绩，家人乃至族人心里会不会涌起一种心花怒放的自责呢？我不知道乡人会不会因为当初的铲灭而自责，但心花怒放往往有之。很多大人忽然围绕那片锦绣，表现出爱惜的神情，即便最为粗粝的老农，也少不了几句"好看"的赞语。

然而，秋葵花并不为赞语而绽放，它们好像也不太去计较他人是否自责。不管有没有人围观，它们都在斑斓的日光下熠熠生辉，全然忽略了旁人的表情与目光。在围墙边，在角落里，在篱笆间，那些红色的、紫色的、粉色的、黄色的、白色的花朵，一串串，一叠叠，如同蓄势待发的蝴蝶，拼命地震颤着彩翼，仿佛瞬间就要弹出似的。

有了秋葵花的装点，土墙上五彩缤纷，在强光的照射下，宛如一堵堵斑斓的白日梦。孩子们一天到晚都要在这梦里游弋几回，大人们茶余饭后也愿意到这梦里转悠几圈。秋葵花微笑着向梦里的人致意，全然遗忘了一路成长的艰辛。大人们接受了花的致意，恍惚中也记不得是否曾向它们挥动过铁锹了。世人谈及秋葵花时，总将顽强、坚韧与勇敢赋予它们，但很少有人想过，那些秋葵花为何在顽强、坚韧和勇敢之余，没有变成愤恨的花？

很多人赞赏秋葵花缤纷绚丽，我却喜欢看它们宠辱不惊的样子。它们在时间上曾与死神赛跑，在空间上又与枯枝朽木为伴。但它们似乎不曾悲戚，也不曾萎靡。在角落里，在黑暗中，独与天地精神往来。待到出人头地时，它们却主动抹掉了残酷的记忆，在众芳凋零的初夏，它们只将热情织成云锦，将善意汇作波澜。

多年以后，村里的土墙尽为砖墙所取代，大人们不再有墙头碎裂之虞，也就很少有人专门去铲除秋葵花了。当年扒掉过秋葵花嫩芽儿的孩子们，也均已成家立业。他们幼时的饥寒经历，也都化为坦然一笑。没有了威胁，秋葵花更加勃勃向上，向各家各户吹起了五彩的喇叭，关于前尘往事，它们似不在意，也从不提起。

刺槐

多年以来,我记忆中的刺槐都是昏暗的,它们在昏暗的光线里默然伫立,黑色的枝条裸露着,宛如羸弱肉体上暴起的青筋。乡人很少刻意栽种刺槐,任由它们自生自灭。刺槐一般都是在旮旯、角落、暗处悄无声息地生长,阳光、雨露、肥料似乎都与它们无关。然而,它们并不抱怨,也无愤怒,而是十分收敛,又十分自觉地抓住存活的机会,咬紧牙暗自拔高。

昏暗自有昏暗的好处,处于昏暗中的刺槐确乎可以躲过无数的戕伐,然而,它们也必须为此付出残酷的代价。在旮旯、角落、暗处,所有的干旱与瘠薄,刺槐必须学会承受。为了汲取生长的养分,它们必须付出十分的努力,同时要克服十二分的艰险。刺槐的根系扎得如此之深,深得连它们自己都感觉惊恐与眩晕;它们的枝干又是那么低调,尽量蜷缩与扭曲,似乎要努力做到不遮他树光,不挡他人路。一棵刺槐的成长,可以说充满了无数的坎壈与无数的侥幸。当它们高可参天时,又往往不愿说起曾经的昏暗轨迹。

在那昏暗的轨迹中,常有大风从昏暗的天幕后突然涌出,直吹得大地轰鸣,顽云疾走。于是一片片的庄稼荡漾倒伏,一个个的村庄镗鞳抖动,长空呼啸,星云惨淡,仿佛一切都在昏暗中惊心动魄地挣扎着。刺槐也随风仰俯,那些枝条撞击枝条,发出刹车般的锐声与塌方般的钝响。那时候,我们常常在深夜间,在震耳欲聋的大风中,悉心分辨刺槐细碎的嘶吼。最残酷的时候,刺槐会在大风中颠簸到癫狂状,它们发出急促的闷喘,甚至断裂声响起,刺槐的丫杈乃至整个树冠都会瞬间飞去。对于大风来说,吹彻一切固是司空见惯;而对于刺槐来说,错骨分筋,只能意味从零开始。

大风过后,常有严寒不经意间来袭。那时候气温率性无常,昨天还是阳光普照,但今早醒来可能已是满枕清霜。冀中平原的冬日,粗砺、震荡、肆意、暴虐,乃至于凛凛的肃杀。那时候,苍黄的大地时常冻得开裂,碧蓝的天空宛如巨大的冰晶，空气直欲凝固一般，甚至一敲即碎。那些淹没在寒潮中的刺槐，它们一棵棵、一列列，躲在最不引人注目的地方，沉默却又自尊。它们各自瑟缩着身子，各自悄然抖动，一如跺脚取暖的平原小农。它们的枝干光而秃，单调而毫无遮拦，除了几个昏暗的鸟窝和一两只瑟缩的鸟儿，便再无一点生机。然而，刺槐的光枝秃干在瑟缩之余又有顽抗严寒的韧性，尤其是那些顶梢，丝丝颤动，直欲划破苍穹似的。那一棵棵普通的树，平素里柔若无骨，危难时却又锐不可当。

严寒到极致，大雪也会不约而至。那些大雪从无征兆，有时直待早上开门，才能发现一切均被雪藏，干干净净，不留痕迹。那时候，只有刺槐虬龙般的枝干，宛如炭条一般凸显着自己的存在。那些炭条上披满了蓬松的雪，在冰冷的空气中铁铸一样，岿然不动。雪霁天晴时，又多有大风拂过，触动了枝雪，便有一股股闪光的银粉肆意喷出。大雪后的平原，苍莽一片。田野里，天与地上下通白，恍无界限可分。远处公路或为一痕，刺槐或为几点。也许只有在大雪中，只有在最远处，刺槐才能脱离昏暗，在白色背景中挺立起傲岸的身姿。

大雪过后，严寒稍息。大地上吹荡起微微的风，一股股腥软的云气飘来，顿觉空气中增添了许多的温润。其时，各种树木的枝头开始有嫩芽儿膨胀，柳树、杨树、杏树、桃树，有的萌发为绿，有的绽放为红。一切草木焕然奋发时，刺槐的枝头还是十分沉寂，光且秃的枝干嶙峋斑驳，姹紫嫣红似乎与它们无关。春意盎然时，群芳争春，吵吵嚷嚷。作为不争春的卓立者，刺槐始终是默默的，众芳不知其为芳，它也从不争辩，或者根本不屑争辩。

平原的春天，二月有杏花、李花，三月有梨花、桃花、苹果花、海棠花。三月过后，村内芳菲殆尽，地里开始有菜花盛开。当菜花开败后，已臻暮春时节，麦苗飞长，万绿如海如涛。当此时，一直处于昏暗中的刺槐开始焕发生机，它们黑色的枝头逐渐泛出淡青的颜色，继而泛白，在某个黄昏或某个黎明，突然迸发出烂银一般的光。所有在旮旯、角落、暗处的刺槐一下子被暖风拥到前列，每一棵都闪烁着，熠熠生辉，将整个平原映得通体透明。

植物篇

谷雨后，春事渐了。整个春季，没有人会想到刺槐，更不会以其指代春天。然而，所有人都不提防那些名不见经传的刺槐，它们竟会以磅礴之势为三春作结，为盛夏作序。以往在昏暗中承受的瘠薄、干旱、严寒，一时间化为泡沫迸散了，甚至刻意说起都似无凭据。在世人眼里，或许只有那一树树怒放的芳姿才是刺槐的标签。至于芳姿的背后，他们从不顾及，也从未留意。

　　刺槐盛开的季节，浓郁的香气飘荡在空中，弥漫于鼻际，浸润整个村庄。所有人都会赞叹它们的壮丽，称颂它们的浓香。孩子们也会爬上爬下，采下一串串玲珑的槐花，玩耍、打闹，甚至放在嘴里大口咀嚼。刺槐是有刺儿的，时有孩子因采花而被刺伤，甚至会鲜血淋漓。怒放的生命，有香，但往往更是有刺儿的，不独刺槐如此。

　　刺槐平生落魄，顽强过活，无人懂也无人赏，甚至无人认真地看过它一眼。当其怒放时，才有所谓的智者赞其大器晚成，也有更多的庸者竞相攀附，但刺槐知道这些都与它无关，因而从来也不以为意。未来的道路上，仍有昏暗、干旱、瘠薄须忍受，仍有暴风、严寒、暴雪须直面。刺槐们早已经习惯了一切困厄，它们默默地熬着，熬过冬天，熬到来年，直到膨胀、动荡、绽开，散射的银光直刺天宇。

蒜

那时候的农村，大棚尚未普及，冬季里只有白菜、萝卜和土豆可吃，如外就是各种腌菜了，其中最具代表性的就是腌萝卜、腌韭菜花以及腌蒜。有事不及点火或天寒懒得点火，谁家的饭桌上不曾摆上几头腌蒜？况且吃饺子少不得蒜泥，炖鱼少不得蒜瓣儿，平原上的人家，若不种上几畦蒜吃，如何熬得过严寒且漫长的冬季呢？

冀中平原有一种土著的蒜，其外皮浅紫，味道泼辣，有直可钻心的感觉。在金乡蒜尚未入侵之前，冀中到处都是那种产量不高但口味独特的紫皮蒜。紫皮蒜个头较小，剥起来较为困难。倘若种蒜，须先将蒜衣剥去，然后才能种到地里。吾乡有俗谚云"种蒜不出九"，大抵开春后的第一项农事便是种蒜了。于是在春节过后，各家各户便开启阖家剥蒜的行动，孩子们也常来凑热闹，蒜的辛辣会渗入他们指甲缝里，抹到眼上，弄得叫苦不迭，乃至哇哇痛哭。

时至雨水节气，即便没有真正的雨水降临，但空气已觉温润许多。天空越来越蓝，鸟儿也越飞越多。渐渐地，杨柳的枝头开始有绿意浮动，而杨柳树下也会响起拉水和担水的声音。人们把井水拉往或担往菜园，以为种蒜之用。其时，桶声锵锵，筲声铮铮，人们在小路上鱼贯而行，欢声笑语不断，和着鸟鸣，打破一冬的沉寂。

在所有农事活动中，菜园里的活计是最为轻省的。种蒜虽说也算劳动，但对于闲散一冬养足精力的农民来说，只当是舒舒筋骨罢了，没有人会感觉劳累。而孩子们更觉开心，他们仿照大人的模样忙不迭地将蒜瓣儿按入沟中，又忙不迭地引水浇灌。尽管这些动作多被斥为捣蛋添乱，但孩子们依然会干个热火朝天。即便是多年之后，那些种蒜的孩子还是会常常忆起种蒜时温润的风，那些风夹杂着蒜味儿，一波一波，一漾一漾，竟像水一般涌入他们梦里。

　　早春的平原，料峭春寒，雨疏风骤。除了些许不怕冷的野草探头探脑外，其他的嫩芽儿居多选择蛰伏于地。当此时，蒜芽儿独不畏惧，冒冒失失地钻出地来。它们一行行，一畦畦，一片片，碧绿的尖芽儿顶着露珠，在苍黄的土地上，有如启蒙者一样的孤独。然而，蒜芽儿又没有启蒙者的孤傲，它们很快就长高了，在它们脚下，喇喇苗、燕子尾、扎扎菜、野葡萄、马齿菜等各种野菜均被提携而出。

　　蒜苗儿脚下的野菜，从来都被农民视为祸害，要定期清除，而无人怜惜。但这蒜畦当中，也常常会冒出桃树、杏树、杜梨、奈子的嫩芽儿，农民锄地的时候，遇见那些柔嫩的小芽儿，常常会手下留情，允许它们自灭自生。蒜畦中多有果树的幼苗儿，这是孩子们的常识。那时候，孩子们往往趁大人中午歇晌时一遍遍地涉足蒜苗儿中间，一旦发现桃树杏树的幼苗儿，便用打草刀子细致地挖出根部，和土攥作一个圆球，忙不迭地回家种去。至于蒜畦里挖出的坑洞，便无暇顾及了。大人们看到那些坑洞以及挖伤了的蒜苗儿，一定会恨恨地怒骂："这是哪群小兔崽子干的？"

　　蒜畦在中午时分于孩子们是乐园，但在一早一晚却是老人们的世界。那些老人们带着锄头和打草刀子，但未必一定要劳作。那蒜畦里的野草早被老人们根根薅掉，蒜苗儿上的害虫早被他们个个捻死。他们偶尔锄几下地，或捎带着抽几根蒜薹，但更多的时候只是坐着马扎盯着那些蒜，似乎在倾听它们生长的声音。早上的霞会落在老人们身上，晚上的霞也会落在他们身上。在我的印象里，他们的身子如同凝固的雕像，映着漫天灿灿的红光。

　　老人们抽完了整畦的蒜薹，蒜的叶子便逐渐枯黄了。与此同时，田野里的麦子也成熟了，漫天遍野，金黄一片。农民常常在收割麦子的空当里去刨蒜，所谓"刨蒜"其实并不符合乡人的语汇，准确的应该叫"出蒜"。在吾乡，用挠者谓之"刨"，用锨者只能是叫做"出"。"出蒜"是一种富有乐趣的工作，大人们前面执锨，孩子们后面拾蒜，旋即便能装满一车。拉蒜的车不需骡马，人力完全足以胜任。往往是大人驾辕在前，孩子们助力在后，一路小跑，一路烟尘，那种收获的欢快随着歌声流荡出来，似乎可以直上霄汉。

蒜一旦拉到家里，立刻便有老人围将过来，用他们长满茧子的手，将蒜编成蒜辫，然后挂在墙上风干。风干后的蒜可以随时揪来，或剥成蒜瓣儿，或捣为蒜泥，成为平原人家饭桌上刻骨铭心的佐料。当然也有部分蒜头不用风干，而是切好，洗净，直接加以腌制。人类对蒜的认知向来泾渭分明，恶之者唯恐避之不及，爱之者却不可一日无之。想来三四十年前，各家各户，鱼肉或为不时之需，蒜却能大行其道。最可称道者乃是将蒜泥拌上酱汁，调好香油，蘸以馒头，入口辛辣却满嘴余香。

以前村里有四个生产队，每队都有自己的菜园。每到种蒜与出蒜的时节，四个菜园里到处都是人们忙碌的身影，一派生龙活虎的场面。当时的我年龄尚小，但每个菜园的每一块蒜畦大抵都实地走过，从蒜畦里挖过的桃苗儿、杏苗儿不计其数。那时候并不曾想过三十年后菜园会悄然消失，蒜畦会隐然淡去。只是有时候在梦里或还可以见到那些紫皮蒜以及种蒜的老人，尤其是在邵庄集口高声卖蒜的高大老头儿，一边晃着身子叫卖，一边咧着厚厚的嘴唇起誓说："新蒜嘞，新蒜嘞，自己种的新蒜，价格合理，骗你我是你儿子！"

马齿菜

以前的时候家家养猪,猪除了吃糠吃泔水外,还要有大量野菜以为补充,譬如千穗谷、扎扎菜、落藜、喇喇苗以及马齿菜,这些都是猪常吃且爱吃的野味。我小时候,下学后的第一件事就是要到地里打草或打菜,打草是为了喂驴,打菜则是为了喂猪。打得菜来,就会径直奔往猪圈,将菜倒给猪。猪吃起野菜来十分欢腾,嘴里冒着绿沫,并嚓嚓直响。

春天的时候,所有的野菜都刚刚冒头,茎叶纤细,难以抓到手里,因此不太好打。到了春夏之交,雨水渐足,各种野菜遂成浩然之势。那些千穗谷、落藜、喇喇苗,吸足了水分,可劲生长,一片片、一丛丛,踊跃奔腾。当此时,马齿菜也不甘落后,它们伸脖挺腰,翻蹄亮掌,仿佛在一瞬间,就从纤细变身为粗壮,那些紫红色的茎随意匍匐,绿而肥厚的叶子则四处伸展,宛如农忙时节血脉怒张的黑红汉子,健硕的肌体上闪着油油的亮光。

暮春时节,田野里的麦子长到尺许,溢出浓而腻的绿,齐刷刷大有滚动之势。在这万绿当中留有一些白地,本是预备种花生、棉花用的。因为闲置着,遂为野菜所侵夺。马齿菜喜欢在白地上肆意生长,形成一片片红绿交织的地毯。人们也特别愿意在白地上打菜,因为不用一棵棵地搜寻,稍一用力,便能满筐满车。那时候,平原上总是吹拂着袅袅的风,麦浪随风涌荡。人们背着筐或拉着车穿行于乡间的小路上,映衬着盖地的绿和铺天的蓝,宛如一首驰荡的童谣。

不过,夏天打马齿菜就没有那么多诗意了。到了夏天,白地里长满了花生和棉花,已经没有马齿菜的领地了。要想打到马齿菜,必须钻进棒子地中找寻。那时候还没有除草剂,马齿菜难以根除,即使在棒子底下不见阳光的环境中,它们也能释放出无限的生机。人们若能忍受棒子地里蒸笼一样的高温,打满一筐马齿菜也不须费多少工夫。那时候,钻进棒子地里打马齿菜乃是日常的功课，也是农民的本分，孩子们自小养成了习惯，也不觉得特别辛苦。

夏天打的马齿菜除了喂猪，还可以晒干以供冬天食用。马齿菜茎叶肥厚，含水量大，晒干后分量则会缩减很多，一筐马齿菜也晒不出几斤干货。再者，马齿菜富含各种甙、酸，黏稠成分过多，晒干也着实不易。因此，晾晒马齿菜也要付出许多的劳动与耐心。那时候，很多家庭都会晾晒马齿菜，其中晾晒最多的乃是洪波的爸爸——广成叔，广成叔是村里的乐天派，人缘极好。他在世的时候，每年都会晾晒大量的马齿菜，据说可以铺满整个房顶，他留下一部分自己食用，更多的都是送了人。

我家每年都会晒上一些马齿菜，有的年份忘了，便会去广成叔家询问，那一定是有的。每年的隆冬时节，冀中一带流行吃马齿菜馅的包子。吃包子最讲究和馅，乡人喜欢将泡好的马齿菜，混以白菜、豆子和粉条，一起剁碎，并辅以各种调料，搅和得色香俱全。马齿菜相当"吃油"，因此所选用的肉要肥瘦相间，以肥肉多为最好，有的家庭甚至还要放些腥油。包子包好之后，以干柴大灶蒸之。揭锅时，屋里热气腾腾，遂与外面寒霜冻雪形成鲜明对比。

马齿菜类似笋干，其肉质黏而涩，泡得后则有爽嫩的口感。马齿菜做得的包子鲜香可口，别有一番风味。对于我来说，那种味道总是思乡的蛊惑；对于汪曾祺来说，可能也是如此。汪曾祺曾提及他的母亲也以马齿菜为馅蒸包子，至于他们高邮的做法是怎样的，就不得而知了。

广成叔不但是个乐天派，而且也是个美食家。在这一点上，他与汪曾祺十分相似。广成叔说话必笑，甚至逢人必笑，仿佛忧愁与他无关。他尤其喜欢站在街头说笑，把孩子们逗得嘻嘻哈哈，把大人们逗得前仰后合。说笑一通后，广成叔便要回家喝酒，他喝酒总是佐以各种熟食，什么肝儿啊，肚儿啊，肺啊，大肠啊，喝好了再吃上一两个马齿菜馅的大包子，甩了鞋倒头便睡，逍遥得有如那个赤脚大罗仙。

广成叔一年四季都很逍遥。春天给猪打菜，他常常和孩子们一起，迎着袅袅的风，穿行于绿色的麦浪里。夏天时，他在给猪打菜时，会晾晒大量的马齿菜，同时赤着脚走来走去。隆冬时分，他将晒好的马齿菜分散到各家各户，怂恿大家蒸包子。那些马齿菜被广成叔打来后，焯水晾晒，终于在寒风吹彻时，化作一锅锅人间的烟火。

棉花

以前的平原，雨水丰沛，日照充足。雨水丰沛有利于麦子抽穗，日照充足有利于棉花绽开。那时候，乡人种麦子以糊口，种棉花以贴补家用。春天时，麦子在天幕下伸展升腾，宛如四面涌荡的碧海。秋天时，棉花在大野中盛开怒吐，仿佛定格后并不攒动的羊群。

春天麦浪如碧海涌荡的时候，留种棉花的白地里还十分沉寂。直到枣树发芽儿，乡人方才将棉花籽泡好，待其尖芽儿冒出时种到地里。棉花苗儿拱出地面后，便抽身疯长。当其植株逐渐成形时，也就到了麦收时节。那时的田野突然间转变成灿灿刺目的金海，尔后万镰齐发，不到几天，大地又转变成一派光秃秃的荒漠。不过，幸有棉花长成，它们以片片绿洲的模样横亘在天地间，微风过处，油油招摇。

麦收过后，人们便开始将精力移注在棉花上。首先是防止棉花疯长，要一棵棵地将岔枝掰掉。棉花的岔枝吾乡称之为"疯杈"，那些"疯杈"确乎如疯了一般地长，几天不掰，便不可控，所以乡人们需要不厌其烦地掰呀掰。不仅如此，随着雨季到来，蚜虫、棉铃虫也大量孳生，是以乡人们还需要背着喷雾器频频地打呀打。几天不打药，蚜虫就会将叶背糊满，棉铃虫就会滚成一团又一团。那时候，乡人们整天在棉花地里忙活，掰了疯杈后就打农药，打完农药又得掰疯杈，周而复始，忙得如陀螺一般。

我不喜欢雨季的棉花，尤其不喜欢那种铺天盖地的农药味儿。每当看到那些写着"氧化乐果""辛硫磷""菊酯"的瓶瓶罐罐，我就有头痛欲裂的感觉。但我的父母和其他伙伴的父母必须冒着刺鼻的味道，钻进棉花地里呲呲呲地打着农药，有时候一打就是接连两三天，不得休息。那时候，他们的额头总是湿乎乎的，淌着的不知道是汗水还是药水。当然了，在雨季的时候，棉花会开出黄色和粉色的花，但那些花在我印象里总是和农药味儿相联系，不觉葳蕤，也不觉绚丽。

雨季过后，棉桃结出，也就不再需要掰"疯杈"和打农药了。空气中异味儿渐消，棉花地里则郁郁葱葱，更点缀些晚开的花朵，居然也有种妩媚的意蕴。当然，乡人们不会在意棉花妩媚与否，他们更愿意享受短暂的悠闲时光。其时，棒子、花生、黄豆与棉花一样，都已经完成了培护，不需额外劳动的投入了，但乡人们依然会在地里转来转去。那时候的人们都很简单，也容易满足，只需想到就要丰收了，一种快意便会写上他们的眼角眉头。

乡人们的悠闲时光总是很有限。俗谚云："处暑见新花"，这里的"新花"指的就是新棉花。棉花开了，农民就有的忙了。棉花吐絮周期颇长，从处暑到霜降，最长可以达到两个月的时间。棉花吐絮最旺的时候，大概与秋收重叠。那时候，壮年劳力要去收棒子、花生和谷，尤其是收棒子，从掰棒子叶、掰棒子到运输棒子，都是重体力的劳动。相对而言，摘棉花就要轻省许多，在主要劳力忙不过来的时候，摘棉花的工作就要交给老人和孩子们去完成了。

那时候，农村子弟从小就要下地干活儿。像最繁重的收棒子，父母都要求孩子参加，而摘棉花则更是责无旁贷了。摘棉花一般不在上午进行，下午露水蒸发殆尽后，才是最佳时机。其时，老人和孩子们便要在腰间系好包袱，走进亮白耀眼的地里。那时候的平原早已走出雨季，天空变得又高又蓝，而且还常常涌起棉花一般的白云，恰可和地上的棉田交相辉映。秋风吹起，棉花涌荡，一波波滚往前方，好像白涛白浪一样。

那时候，我和小红、小欢、小超，有时候还有小娟、小龙，迎着秋风，唱着歌儿，钻进棉花地里，比赛看谁摘得快，看谁摘得干净。不远处还有艳秋和建伟，他们也是比赛的，而且他们的爸爸——娃子爷还定有奖励的措施，大概是一口袋一毛钱，这一措施每令我们艳羡不已。更远处，还有许许多多的孩子，也有许许多多的老人，他们也唱着歌儿，歌声袅袅如秋风。至于他们比不比赛，就不知道了。只远远望去，他们的头似在海水中游泳一样，时而潜下，时而冒出。

棉花开得最旺的时候，白光四射，如同冬天大野里漫天的雪，又如薛蛋哥和堆叔那满头的银发。那时候，薛蛋哥和堆叔也去摘棉花，其时，云与棉与人的脑袋，上下一白，显得玲珑无比。堆叔的儿子亚军并不喜欢摘棉花，但他的力气大，他喜欢把一包包的棉花扔上车去，到了棉站，他更喜欢把车上的棉花一包包地扔向庞大的棉山。多年后，已成为苏州金牌司仪的他还兴高采烈地回忆说："扔棉花的时候，我跟你讲，轰轰的！"

"轰轰的"，大概是棉花扔去四散开来的场景，的确充满了欢快。我喜欢那种欢快，但相对而言，我更喜欢运棉车行驶在路上的感觉。那时候秋高气爽，骡子和毛驴都会觉得舒畅，踊跃向前，运蹄如风。乡人们把棉花运至棉站，如果成色达到最高的"39个瓤儿"，就会卖个好价钱。回去的时候，一定会把鞭子甩成脆响，伴着牲口鸾铃的声音，一辆辆车呼呼驶过。那种欢快的节奏仿佛直插天际。

那时候，交了棉花还可以打到棉花籽油。平原大量种棉的时候，棉花籽油是大众赖以生存的食材。不过，打棉花籽油着实不易，要跑到50余里以外的高阳县城。年轻人骑自行车两个多小时不是难事，但是家里没有年轻人的老人则多半无法，只得央求他人代劳。村里的年轻人大都淳朴厚道，帮一帮老人们全当是自己职责所在，从无计较一说。

大贡奶奶和进友爷常常托年轻人去城里打油，进友爷的绰号居然叫"棉花籽"，有的年轻人打得油来，故意嚷叫"棉花籽"，大贡奶奶一般会骂道："浑蛋，你个小兔崽子"，但她的脸上却笑盈盈的。那时候，大贡奶奶墙边晒着很多棉花柴，棉花柴上有许多棉桃正在开花，在金秋的阳光下，灿灿如银。

瓢葫芦

　　我家房后面曾经有一大片菜园子。每到春天种菜的时节，我的耳际就会响起吱吱呀呀的水筲声，和树上叽叽喳喳的鸟叫相映成趣。那时候，老来肥爷爷、五丫哥乃至小片儿，他们整天都会在菜园子里忙碌，种蒜的种蒜，沟葱的沟葱，种麻山药和种西葫芦的也不少。老来肥爷爷很喜欢麻山药，他每年都要种上两三畦。那些麻山药长得很快，东风一吹，便会打着旋儿往上蹿。蹿到一定程度，麻山药就需要搭架了。那时候，老来肥爷爷会在晴光如泼的野地里摆弄秫秸丫杈，热了就解开上衣，露出一个肥嘟嘟的大肚子。

　　麻山药的叶子小而密集，搭好架好像个葱葱郁郁的三角帐篷。老来肥爷爷的麻山药架与别人的一样葱葱郁郁，但不同的是，他的架上总有些阔大的叶子悄然伸展出来，没多久就会开出白色且长着绒毛的花朵。花谢之后，则会长出莹莹如碧玉一样的瓜儿来。颇为奇妙的是，那种瓜儿会迅速膨胀，几天不来看，就要长大一倍左右的样子。瓜儿结出后，老来肥爷爷更离不开菜园子了，有时雨天也会转来转去，仿佛看守着宝贝一样。

　　在我的童年时代，村里人经济条件普遍不好。即便是孩子，瓜果之类馋人的东西也很少能买来吃。倘若院子里有棵果树，无论桃李，那都是令人艳羡不已的。占山哥院子里恁多的桃李，也不知道引逗了多少孩子勾留往返。至于老来肥爷爷莹莹如玉的瓜儿，一春一夏，我则窥探已多，觊觎甚久了。当时常有老农沿街叫卖菜瓜，那些菜瓜也有莹莹如玉的外表，我也偶尔吃过一二，有着极为清爽的口感。那时候我想，老来肥爷爷的宝贝也当是那样的味道。

　　以前的菜园子实在没有什么直接能吃，人们多是在自家院里种植西红柿、黄瓜之类的蔬菜，很少给地里的菜园子留下一点甘甜的余地。这就越

植物篇

047

发凸显出老来肥爷爷瓜儿的诱人。当时我似乎刚到上学的年纪，并不知道那瓜儿是叫做"瓢葫芦"的物什，更没有考虑过它能不能吃，只是想尽快摘下一个来大快朵颐。然而老来肥爷爷看得特别紧，似乎天天要在那里值守一样，无论我叫来振辉，还是星辉，逡巡几多，都没有得手的机会。

老来肥爷爷身材胖大健壮，肚子尤大，看上去像是弥勒佛，但他却从不像弥勒佛那样笑容可掬，而是一直沉着脸，瞪着翻白的眼睛，加上他的体态，使人有凛凛的畏惧感。那时候只要有孩子接近他的菜畦，他便会大声呵斥，如同霹雳一样，甚至把孩子瞬间吓呆吓尿。有时候，他还会跺脚追孩子，孩子们望风而逃时，常有点魂飞魄散的感觉，有一次增户慌不择路，连鞋子都跑丢了。

其时，孩子们都喜欢在菜园子里寻找些桃苗儿和杏苗儿，然后回家栽种，这也免不了踩踏了各种蔬菜。老爷爷们把蔬菜当宝贝，尽心看守就成了常态，动辄追孩子也成了常态。有的老爷爷追不上孩子，往往举杖叱咤，还有的急得向孩子扔土坷垃。老来肥爷爷没有扔过土坷垃，但他会盯紧菜园子里的孩子，眼睛里射出很凌厉的光，好像可以穿透人似的。然而，那种可怕的眼神也不能压住孩子们肚子里的馋虫。老来肥爷爷看得越紧，孩子们就越觉得那瓜儿美味无比。

有一次，大概是黄昏时分，我趁着微光潜入老来肥爷爷的麻山药架下，抱住一个最大的瓜儿，狠狠地啃上了一口。当时还没尝出是什么滋味，就听得耳边有一声巨喝："你要干什么呀！"我抬头看时，发现一个胖大健壮的身影站在我面前，一手拿着马扎，一手拿着蒲扇，宛若半截黑塔，眼睛里射出幽幽的光，仿佛能够刺破昏暗一般。我当时瞬间一呆，真没想到老来肥爷爷黄昏时分还会在架下端坐，片刻后，我回过神来，也不及害怕了，一头钻入麻山药架里，然后一溜烟儿地逃回了家中。

在吾乡，孩子们摘些瓜果，叫做"发废"，算不得偷盗，然而遭了损失的人找到家里，当着大人的面批评一顿孩子，却是常有的事。我被老来肥爷爷当场捉住，也没法抵赖，只得惴惴不安地等待着风暴来袭。然而，那场风暴却一直没有发生，我等了两天，三天，却始终不见有任何动静。老来肥爷爷家离我家很近，步行用不了两分钟，要来是十分容易的。老来肥爷爷的老伴儿——大爱奶奶每天都到奶奶那里斗纸牌，那天之后，她还是每天到奶奶那里斗纸牌，而且笑盈盈的，好像任何事都没有发生一样。

虽然我总是躲着走，但也有邂逅老来肥爷爷的时候，我贴着墙边心惊胆战地挪过去，他也没有叫住我。那时候他依然腆着肚子，一脸阴沉，拿着马扎和蒲扇，铁铸一样伫立在街口。老来肥爷爷不理会我，我甚至都有点为之恍惚，我想，难道是那天天黑，他没有看清我吗？或是他憋着去学校告诉老师们呢？那时候我特别怕有人去学校打小报告，但事实证明老来肥爷爷也没有那样做。经过了那次惊吓，我许久都没有去过菜园子。直到夏去秋来，我彻底放心后，才又开始涉足菜园子，老来肥爷爷见到我还是会呵斥，但他却始终没提过我啃他瓢葫芦的事情。

瓢葫芦当然不能吃，村里的人种植瓢葫芦是用来做瓢的，就像药葫芦用来装药，油葫芦用来捣香油一样。老来肥爷爷喜欢瓢葫芦，有如宝珍大伯钟爱油葫芦。我啃了老来肥爷爷的心爱之物，他并没有给我以报复，甚至连该有的谴责也没有，这倒叫我颇有几分感激了。虽然那件事之后我依然有尝尝瓢葫芦的欲望，但却再没有祸害过老来肥爷爷，一则是因为害怕，二则也权当报之以李了。

后来有一年的年末，好几家聚在老来肥爷爷家杀猪，其时叫声连天，我与亚青也随着去看热闹。杀猪要烧开热水，便于将猪放在滚烫的水里拔毛。那时候，集上的商品已经不少了，很多家都在集上买铁勺作舀水用。然而老来肥爷爷家还是用瓢舀水，他家有很多瓢，大瓢、半大瓢、小瓢应有尽有。亚青其时没有注意到，我却发现其中一个瓢上竟有一个嘴形的斑痕，咧唇露齿，像嘿嘿傻笑一样。

拳头郎

　　牵牛花在我们村叫"拳头郎"，为何要叫"拳头郎"我不知道，它的花既不像"拳头"，也不像"郎"，很是莫名其妙。当然，也有可能是"牵牛郎"发音的讹化。不过其学名"牵牛"同样也让人摸不着头脑，那种喇叭形状的花冠，实在跟"牵牛"扯不上半点关系。

　　春天的时候，拳头郎随着各种野草探出头来，沐浴春风春雨，然而它们的命运也多与野草一样，在锄草时被人们一遍遍地斩除，甚至毁尸灭迹。最后，只有路边、沟洫里，或是篱笆上存留一些，艰难地生长着。

　　路边与沟洫，或干硬，或贫瘠，在那里，苟延残喘的拳头郎一棵棵面黄肌瘦，纤细得弱不禁风。风里吹来的土，雨里带来的泥，沾在它们藤上，抹在它们叶上，弄得灰头土脸，十分肮脏。然而，干硬、贫瘠与肮脏还不算是什么威胁，待到葎草疯长时，它们方才面临厄运：层层的束缚，百般的蹂躏，直至摧残到奄奄一息。

　　葎草在吾乡称为"拉拔蔓子"，为藤本，其茎蜿蜒恣肆，甚有张力。每到雨季来临，葎草便会爆发起来，四外伸展，恍有吱吱的声音。葎草的疯长势必对拳头郎造成绞杀之势，束手、扼腕、搂背，不用多少时日，那些积贫积弱的拳头郎便会淹没在葎草的狂热中了。

　　不仅如此，葎草的茎叶上还有许多尖刺，皮肉一碰就是一道血槽，人们唯恐避之不及。当然，也有厌恶者带来镰刀，在路边，在沟洫，一顿乱削，直削得葎草体无完肤，随地翻滚。被葎草所裹挟的拳头郎也往往中刀，它们无辜地匍匐于地，直至太阳出来，与葎草被一并晒干。

　　然而，人们的镰刀虽快，却无法将葎草尽数剿灭。干白的地上，只消一场雨，便会有葎草万条攒动，很快绿做一团。那时候，偶尔会看到拳头郎干瘪的身影，但往往是沦陷在葎草之中，它们全身僵硬，动弹不得，咽喉更是被死死扼住，无法嘶吼，也无法呼吸。

秋收后，葎草其势见衰，不少叶子枯黄凋落，委顿不似往日。其时，拳头郎却从葎草的枯藤败叶中探出头来，迎着白露，向着秋霜，孜孜不倦地生长，不作半点停歇。它们那扭曲的茎日益粗壮，心形或三裂形的叶子则越发黑绿。就在不知不觉中，它们竟然覆盖了葎草，爬满了路边，爬满了沟洫与篱笆。

秋日的天空，蔚蓝而高，剔透空幻。秋日的田野，一派苍黄，远望无际。在蓝与黄的波澜里，却呈现出拳头郎那黑绿色的小惊喜。而且在那一丛丛黑绿中，竟也密密麻麻吹起一朵朵的小喇叭，白的、红的、绛的，粉的、紫的、蓝的，宛如五彩绚烂的星星。秋风吹过，那些喇叭似乎传出悦耳的旋律，向着天空，向着整个田野播放。

多年以前，我们那群小儿郎常常在路边、在沟洫里、在篱笆上摘取拳头郎的小喇叭，女孩儿扎在辫子上，男孩儿制成标本夹在书里。在秋日的枯萎中，唯有拳头郎能给人们带来生命的亮色。然而，那时候的我们并没想过拳头郎缘何叫"拳头郎"，也不知道一朵喇叭花的开放，要经过多少坎坷、屈辱与绞杀。

多年以后，我们已不再是小儿郎，但却攥紧了拳头，咬牙前行。多年以后，女孩儿风鬟雾鬓，已经扎不住一朵喇叭；男孩儿满面风霜，也无意再制作半个标本。然而，他们疲惫的梦里，却常常有拳头郎随风摇曳，在路边、在沟洫里、在篱笆上，吹着喇叭，五彩一片。

水萍花

　　以前平原上有很多野花，春天有紫色的地丁，紫色的扎扎菜；夏天有黄色的菏，黄色的蒲公英。秋天的种类似乎少一些，不过也有各种野菊，另外，在村口或路边也常见一丛丛的水萍花。水萍花具有一种穗状的花序，呈粉红色，花开的时候总是映着秋日湛蓝的高天，显得绚烂无比。

　　那时候，我常常陪奶奶去石连城村的大姑家，每次都要走一条现在业已消失的土路，土路的两侧常常长着一种粉红色的花，有风吹来，那些花穗前后摇曳，如摆动的狗尾。摇落的花英，左右飘拂，甚至会吹在人们的身上。奶奶说："这狗尾巴花，实际是叫做水萍花的。""水萍花"，这只是奶奶的独特叫法，除了奶奶，村里其他人尽数称其为"狗尾巴花"。

　　狗尾巴花的叫法其实十分形象，水萍花的花穗的确像一条条狗尾巴，只不过色彩稍嫌艳丽而已。而水萍花的叫法却显得有些匪夷所思，吾乡平畴一派，少有水湾。水萍花长于村口或路边处，多与水无缘，何以谓之"水萍花"呢？关于这一问题，我曾思考多年。虽然一时无解，但出于对奶奶博识的信任，我还是十分认可"水萍花"这颇有诗意的称谓。

　　狗尾巴花的叫法实在太难听了，我的小伙伴们在我引导下，居多认同了"水萍花"的称谓，当然他们也没有十分追究这一说法的来历。多年以后，我读书渐多，偶尔的一个契机读到了水萍花的学名，居然是叫做"红蓼"的。而红蓼在《名医别录》《本草纲目》等著作里都是注明"生水中"或"生水傍"的，或许因而得名。以前的平原，雨水丰沛，坑塘沟洫多有水存积，水萍花当也是傍水而生的，只不过后来渐渐干旱，它们遂服从了逆境，在旱地里挣扎过活。

　　诗人们常常吟咏红蓼，如白居易写道："秋波红蓼水，夕照青芜岸。"又如杜牧写道："犹念悲秋更分赐，夹溪红蓼映风蒲。"他们把水萍花写得很美，而且也都展现其近水而生的特点。不过在吾乡，除了我是没人知道"红蓼"这一称谓的，它太文雅了，雅得曲高难和，因而也就脱离了种地人的生活常识。这还不算，据说更早的《诗经》里，水萍花竟是被叫做"游龙"的，所谓"山有桥松，隰有游龙"是也。"游龙"这样的名字，断不会有人联想到路边的狗尾巴花，即便是问村里种花最多的铁桩哥，大概也只能嘿然不语。

水萍花生有托叶鞘，据说这是判定为蓼科植物的根本依据。在吾乡还有一种吃起来酸酸的蓼科植物——白绒蓼，俗称为"醋醋溜"，也是具有托叶鞘的。不过"醋醋溜"好像始终无法长高，在一点上，水萍花与之不同。在水分充足的地方，水萍花竟可高达三米，它的茎粗壮且每节膨出，孩子们常常折做钢鞭打闹，那时候的乡间小路上，常有孩子挥舞水萍花的钢鞭，一群群，一伙伙，喧闹非凡。

三十多年前，我奶奶住在一个空旷院子的东屋里。那个院子属于我的大爹，是留待为小欢盖婚房的。其时尚未盖婚房，而是播种了很多黄豆，甚至还种了一棚韭菜。饶是如此，院里还是空余了很多闲地。我和奶奶做伴时，在那些闲地上栽种了杏树、梨树，还有仙人掌和望日莲。尤其是还栽种有多棵水萍花，由于勤于浇水，它们竟然都长到了丈许高。秋天开花时，那些花穗攒攒而动，参差披拂，常常使观赏者无端自失，恍惚进入了一个粉红流荡的醉境。

奶奶喜欢干净，她常常把门前的空地打扫得纤尘不染，然后放上桌子，让我和小红、小欢、小超坐好，然后端上她做的发面饼和炒鸡蛋。我们吃饭的时候，水萍花常常拂着我的衣服，落英洒满一桌。那时候，吃饭时总是要听评书，吃完饭还是要听，我们几个常常是静静地听，任由那水萍花簌簌地落。太阳落下去，月亮升上来，常常浑然不觉。偶然有清风徐来，将水萍花吹入脖颈，痒痒的，才使人幡然回到现实中。

水萍花绽放的时候，也有其他的花与之辉映。单是在奶奶的院子里，就有奶奶种的丝瓜、我种的茑萝以及小超种的葫芦。早秋的时候，丝瓜与葫芦还能开出黄花与白花，而我的茑萝则猩红一片，它们似乎都有意无意地配合着水萍花那阵阵的粉红。奶奶院里的时光是静默的，在静默的时光中，却也暗中浸润了各种草木带来的欢喜，那些欢喜，如秋云冉冉而不断，如秋水迢遥而自流。

高粱

据说在困难时期，高粱是冀中农民的主食。由于高粱面很难黏合，和面时必须要加入榆皮面，以达到食物胶的效果。不过，这也会导致一个排便困难的问题。当然，排便困难总归是小问题，有东西可吃才是第一要义。可以想见，那时候村东村西一定种了很多高粱，必是红彤彤的世界。但在我小时候，高粱不再广为种植，夕阳中血浪无垠的盛景早已化为风烟中的传说了。

在我小时候，村东的台田一带却曾种植过大片的多穗高粱。多穗高粱不是本地品种，其植株矮壮，穗大粒实，固是酿酒与酿醋的佳品。不过，稍嫌缺憾的是，多穗高粱的籽实多作淡青色，即便台田种植面积不小，却也无法形成血海奔腾的大场面。当然，鸟儿们不会在乎什么颜色，它们一群群进出于多穗高粱当中，或起或落，像一团团游移不定的黑雾。

凤岐大伯每到秋风拂荡的日子，常常叫上我和凯舅去地里捕鸟。那时候的多穗高粱颗粒饱满，吸引着各种各样的鸟儿。入秋后的平原，碧空如洗，白云如絮，大风一股股地吹来，多穗高粱随之摇曳起伏，宛如淡青色的海波。凤岐大伯让我和凯舅来回驱赶那些鸟儿，而他在远处布网，从东到西，从南到北，他的身躯在漾漾的淡青里忽隐忽现，飘忽得如同一枕沉酣初起的秋梦。

多穗高粱的茎也有些甜味儿，孩子们常常当作甜高粱食用，虽汁少渣多，可也算得差强人意。捕鸟的时候，我和凯舅常常随手拔上一棵，折成数节，剥了皮喀喀啃嚼。但多穗高粱毕竟不是甜高粱，孩子们吃上两口也就作罢了，更不会进一步祸害，所以种多穗高粱不用搭窝棚专门看着。倘若种了甜高粱，待到将要成熟的季节，就必须搭起窝棚，派老人或是孩子长期驻守了。

甜高粱，又称甜芦粟、糖高粱，或北方甘蔗。在我们平原上，是直接称为甘蔗的。从外形上来看，甜高粱与高粱相差无几，但它们却拥有甘甜的茎，其口感像极了南方的甘蔗，这一特点仿佛使它们与高粱划清了界限。然而南方的甘蔗运到北方价格不菲，比起甘蔗，甜高粱因本地出产而物美价廉，贫困的群体也多能吃到，因此它们就成为很多人童年经验里无法忘怀的味道。

我小时候很多家庭都种过甜高粱，种在田野里的需要搭窝棚看守，那时候村子里以石头爷、娃子爷两兄弟种甜高粱为大宗，而艳秋和建伟就成为看守专业户了。当然，他们姐弟俩也常常拖着一捆甜高粱在邵庄集上叫卖，大抵是一毛钱一根的样子。我家与石头爷、娃子爷一向搭伙种地，去他们家的次数十分多。每次去他们家，至少都能给上一根甜高粱，多的时候竟有好几根。时节如流，如今石头爷已经去世十五年了，但他当年存储甜高粱的小院还在，每次经过那里，总觉得有甘甜的味道呼喊起来。

当然，仅靠石头爷的馈赠解决不了馋嘴的问题。有时候馋急了，还得要去发发废，偷上几棵尝上一尝。偷甜高粱需要技巧，或是在秋雨绵绵的下午，或是在黑咕隆咚的晚上，一般这两个时候无人看守。晚上的时候过于阴森，孩子们一般不敢，而秋雨的下午最是好的契机。秋雨中的平原，黄翠交织，漫无边际。秋雨淋漓，人畜皆无，则更见空旷。其时，我与浩叔、青松常常踏着泥泞的小路，去偷折一两棵甜高粱，然后躲在村边的麦秸垛旁奋力嚼成渣滓，贪婪地吞下汁水。那时候的雨，打在村边的树上，发出啪啪的声响，然而那声响却响不过我们的吮咂。

人们种多穗高粱是为了取穗酿酒，种甜高粱主要是取茎食用，另外很多人家还会在田间地头点种些普通的高粱。普通的高粱看似普通，但其功用确乎超凡。普通高粱全株挺直，可以擗去叶子编作晒枣、晒棉花的簿；普通高粱上面长穗的一段最为挺直，吾乡称为"葶秆儿"，带穗可以制作扫地的笤帚和刷锅的"炊帚"；去穗后，孩子们常常用以制作箭杆儿，老人们则常常用以穿成盛放馒头、大饼的"钥窝儿"与"盖帘儿"。在那些器具匮乏的年代，没有高粱，日常的生活似乎难以为继。

我的姥姥是穿"钥窝儿"和"盖帘儿"的能手，每到秋后，她便将那些"葶秆儿"裁好，戴上花镜，在秋天的艳阳下穿针引线，而我与表弟们用榆木做弓，以"葶秆儿"为箭，在院子里射来射去。那些旧时光缓慢且煦暖，如同凤岐大伯从高粱地里捕来的短趾百灵鸟，眯着眼睛，散了羽翼，慵懒得几天也不叫一声。那时候，凤岐大伯常常拎了鸟笼，来到姥姥家看电视闲聊，姥姥穿着"钥窝儿""盖帘儿"，与凤岐大伯闲聊着。凤岐大伯靠在墙上，也很随意，久而久之，他那油腻的头发将墙皮靠出了一大片黑色的印记。

茴香

　　我在上海时候,常去武川路附近的一个菜市场,那里有各种各样的蔬菜,其中包括北方不常见的特有品种。不过,使人诧异的是,北方有些常见的蔬菜在上海的菜市场中确乎难以找到,如卤水豆腐,如圆的茄子,就都没有发现过。再有就是茴香,说起茴香,上海乃至整个江南地区的同学都不知何谓,或有曰:"你说的就是那种调料吧?"

　　调料中当然有茴香,但那只是茴香的籽实,又称为"小茴香"。新疆还有一种叫"孜然芹"的植物,类似小茴香,籽实乃是烤羊肉串的主要香料。"孜然"一词系维吾尔语"زيره"的音译,孜然在新疆地区食用极广,但在内地却不甚为人瞩目。农耕世界稍食腥膻,有花椒大料足可,香味馥郁的孜然不太入汉人法眼,小茴香亦是如此。不过,在中国北方喜欢吃茴香鲜嫩的茎叶,是以每家的园圃里常常有一两畦茴香栽种。老人们有事没事就会去捯饬茴香畦,干一会儿活儿,悠然地抽会儿烟,这样的情景在我童年记忆里司空见惯。

　　村里修了自来水之后,部分村民遂将菜园搬回自家的院子。但在那之前,由于浇水困难,村民们要统一到村外种菜的。刘连城村共有四个生产队,其中以我们四队的菜园为最远。不过,这并不妨害大家种菜的热情。那时候,我的姥爷从保定退休回村,便长期蹲守在菜园中了。我们的菜园不大,但所种品类齐全,如葱、蒜、豆角、北瓜、白菜、萝卜、茄子、黄瓜,几乎应有尽有。当然,韭菜要种上一畦的,茴香也要种上一畦。

　　那时候园圃里的蔬菜,以茴香最为翠绿,即便到了秋后,其他蔬菜已现焜黄之态,茴香则依旧翠绿如初。茴香不但始终翠绿,其叶子还毛茸茸的十分可爱。若低下身姿去看,那些密密麻麻的茴香真是像极了南方山岗上一望无垠的毛竹,只是版本缩小了很多而已。下雨的时候,那些"毛竹"左右摇曳,无数的大水珠压在它们身上,并滚去滚来,宛如一曲叮叮咚咚的乐章。

下雨的时候，雨点打在不同的植物上，会发出不同的声响，各种声响掺杂在一起，使得田野摇荡起来，宛如广漠且恣肆的大海。雨不大的时候，姥爷也会来到菜园当中，带着雨具转来转去，仿佛要倾听蔬菜生长的声音。那时候，保杰爷也偶尔会来，姥爷便与他一起抽烟，一起讨论些蔬菜的问题，乃至各种庄稼的学问。雨大了，两位老人便或摘或割，带着蔬菜各回各家，一切都自然随意，如同高天上卷息不止的云。

雨中的蔬菜十分新鲜，尤其是茴香，上带水珠下带泥，洗去泥巴后，那些茴香更有青翠欲滴的感觉。茴香作为蔬菜，我一向以为不太适合炒，冀中一带有用茴香炒豆嘴儿吃的，但味道并不见佳。肃宁的华阳酒店有一道蒸茴香的菜肴，味道还比不上茴香炒豆嘴儿。茴香作为蔬菜，最佳的食用方法毋宁包饺子。冀中一带普遍以为，味道最好的饺子，一为韭菜馅，一为茴香馅，倘有这两种，其他如白菜、豆角、蒜薹、西葫芦统统叨陪末座。

姥爷喜欢茴香馅，每当他割来茴香，便会忙不迭跑到凤辰那里称肉，然后再去召集我们表兄弟几个来吃。我们几个只需剥好蒜就可以了，而姥爷和姥姥则忙作一团。姥爷负责剁馅和馅，姥姥负责和面擀皮，一切停当了之后，两人就开始包饺子了。姥姥是捏饺子，这是四乡八里普遍的手法。而姥爷作为保定的厨师，用的却是挤的方式。姥爷挤饺子是绝活儿，他用竹片做得一个别致的小抹子，总是飞快地抄起馅儿，飞快地挤好，整个过程宛如行云流水。他挤的饺子皮薄馅儿大，煮好后晶莹剔透，端上来个个鼓着肚儿，最小的表弟总是用保定的腔调高声惊叹："看，好多小猪儿！"

姥爷作为厨师，各种饭菜都做得十分可口，这极大宽慰了我童年时代的辘辘饥肠。姥爷做的饺子颇值得称道，煮熟后无论放置多长时间都不会发暗，别人做的饺子则没有这样的效果。姥爷煮好了饺子总是让我们几个孩子先吃，他和姥姥后吃。我们狼吞虎咽的时候，他们就在一旁边抽烟边默默地看着，仿佛我们就是他们豢养的一群小狗。当然了，姥姥也常常说我们像狗，每次吃茴香饺子的时候，她必然会说："外孙子是姥姥家的狗，有吃的就来，没吃的就走。"然后又往往笑着加上一句："一群白眼狼！"

姥姥骂我们是狗的时候，我总是会想到茴香上的一种叫"茴香狗"的虫子。"茴香狗"其实就是"茴香虫",系金凤蝶的幼虫,在吾乡独称"茴香狗"。"茴香狗"似乎只生在茴香上,尤以茴香墩子上为多。茴香墩子是留待打籽的茴香,高可达两米。茴香墩子开黄花,伞状花序,虽不说有多漂亮,但也有温婉的感觉。茴香墩子开花时,常有许多斑斓的"茴香狗"趴在花叶上,它们行动缓慢,还时不时伸出两个金黄色的触角。姥爷常常用手捉虫,当他的手碰到"茴香狗"的身体时,那两个金黄的触角便会飞速缩回,直如闪电一般,倏——倏——

植物篇

沙果

　　我小时候一直愤懑自家院里没有果树，父母似乎无心栽种，我有心却总又栽不成活。然而我家四邻都有果树飘香，如房后边的嘎舅、三儿舅家，就有杏有梨，东南边的乐奶奶家，大概是有梨有杏，而正南边的明奶奶家，确凿是有杏，梨则确凿没有，不过倒是有一棵非常粗大的沙果树。

　　杏树是开白花的，且在春天开得最早；紧接着，梨树也会开出白花，较之杏花的亮银色，梨花的白终究是有些淡青。每当春风吹起，春雨飘落，嘎舅、三儿舅家亮银与淡青交替，将那单调的白摆弄得错落有致。东南边的乐奶奶家也有各种的白，远远望去，宛如漩涌的白雾。而正南边的明奶奶家，除了杏花的亮银外，还有一种来自沙果花的白，此花稍带一点粉色，使葳蕤的枝叶里透出些许的娇媚来。

　　沙果的花叶与苹果相仿，发芽开花也与苹果同步。春分时节，先是枝条上冒出带有锯齿的嫩芽儿来，绿中带紫，在黄霾雾雨中显得分外分明。春分过后，雨水渐多，嫩芽儿蜿蜒奔放，摇身就长成了暗红的花蕾。清明的风吹过，暗红转瞬变为粉白，整棵树一下子玲珑剔透。那时候，槐树、椿树、枣树还没有发芽儿，整个背景昏黄一片，沙果花则明艳无比，卓卓如野鹤之在鸡群，晃晃直欲灼人两眼。

　　明奶奶家的大门是那种非常破烂的柴门，白天总是歪在一边，从不挡来客。那时候，我常常到明奶奶的院里遛上几圈，倒不是为了欣赏沙果的繁花，而是去寻找一种叫"吹地鹬"的鸟儿。那种鸟的叫声嗡嗡的，沉闷而辽远。我父母给我捉到过一只，但我那时候很小，不小心一松手，让它飞到了明奶奶院里，然后就消失不见了。从那以后，我总能听见南边院里嗡嗡的鸟声，甚至有一次还恍惚看到那只鸟儿隐匿于沙果花丛里，褐色的影子一闪一闪。

　　我到院子里找鸟儿的时候，明奶奶也并不阻拦。只有我拨弄那些明艳的花儿时，她才出面制止。明奶奶有两颗牙撅出嘴唇外，这是她的面相特点，但这并不可怕，她向来宽厚和蔼，说话时总会用慈祥的目光注视。看到我转悠时，她忙不迭地提醒："千万不要弄掉了花儿，秋天才有沙果吃啊。"到了秋天，沙果成熟了，明奶奶果然会摘下一些，给她的外孙女——邵庄的那个红姐吃，同时也给我吃。那时候她的外孙子小盼尚在襁褓，吃不得沙果。

沙果酸甜可口，极大地满足了我对水果的渴望。这也是我对明奶奶存有温暖记忆的原因。明奶奶较为节制，每次给沙果只是一个或两个，唯独有一次风雨大作，沙果落了一地。她用"大襟"兜着不少沙果给我，终于给我一次大快朵颐的机会。不过，这样的机会只有一次，后来那棵沙果树的树干出现了空洞，然后就开裂了，也不再结果。当小盼成长起来的时候，树干中空已颇为严重，仅有一两条枝杈还挂着叶子，花儿是自然不会再开了。

明爷爷去世后，明奶奶便搬到了我家东边，与小盼父母同住。长着沙果的院子遂逐渐荒芜，榆树、槐树、椿树、枣树竞赛一般地疯长起来，遮蔽了整个院子。院子里不见人迹，鸟儿却越来越多，其中麻雀最是繁密，柳莺、山雀概不少见，只是再没有见过吹地鹩。虽然偶尔也会听到一两声沉闷辽远的嗡嗡声，但没有了沙果花的映衬，我再也没有邂逅那孤独的褐色身影。

待到小盼的弟弟小岭成长起来时，那棵沙果就仅剩一段枯死的木桩了。小岭会说话了，明奶奶也去世了。估计小盼都没有吃过那棵沙果结的果子，更遑论小岭了。没有了明奶奶，没有了沙果，那个院子的一切都似乎被风吹去了。曾经的一树明艳，曾经嗡嗡的吹地鹩，在人们记忆的深海中都杳不可见，只有月亮偶尔照进疯长的昏木里，明暗斑驳，铺开一地清冷。

小岭到了结婚的年纪，便在那个院子里盖了新房，并整合了院落。而今，从前的一切了无凭据。那棵沙果所在的位置盖了影壁，无可寻觅，甚至连昏暗疯长的树木也不见一棵，鸟儿也不见一只。一切在时光里流逝，曾经把人引向空灵之境的生命全都消失了。再也没有人从那样的空灵里，见其所见，闻其所闻，触摸他所触摸到的一切。

韭菜

与辣椒、土豆不同，韭菜不是舶来品，在最古老的典籍里，韭菜的身影频频出现，如《夏小正》里提到："囿有见韭"，又《山海经》记载的好几座山，均"其草多韭"。"韭"字象形，甲骨文中虽尚未发现此字，但想必殷商时代早已有之。《豳风·七月》大约为周初之篇什，其中有"献羔祭韭"之说，当可为证。

先民们如何吃韭菜？这个问题我并没有研究过。所谓"献羔祭韭"，是不是在羊羔熟后撒上些韭菜末呢？倘如是，那一定令人食指大动了。又《礼记·内则》云："豚，春用韭"，也容易让人产生乳猪熟后撒韭菜末的联想。先秦时候，处理羊羔、乳猪多用炮法。所谓炮法，据说是将羊羔、乳猪内脏取出后，填以红枣，裹上泥巴烘烤。烤好后去泥，裹以面糊炸之，继以沸水煮之，煮好后蘸着醋酱吃。或许也会撒上一些韭菜末提味儿吧，这就因人而异了。

能以猪羊祭祀的大抵是高门大族，普通人没有那样奢豪的实力。同样是《礼记》记载，庶人春天祭祀用"韭以卵"，"韭以卵"可能就是韭菜炒鸡蛋。如羔如豚，一般家庭难承其重，但一盘子韭菜炒鸡蛋却不是什么稀罕玩意儿。我小时候从未吃过羔豚之属，但韭菜炒鸡蛋却不曾少吃。那时候的鸡皆为自家院里散养，韭菜皆为自家院里培植，全天然配以纯绿色，如今的食材固是难以望其项背。

吾乡的韭菜根紫叶细，气味浓烈，一旦割取，满院弥香，乡人极爱之，常以"味儿真蹿"来形容。乡人割得了韭菜，常以之炒鸡蛋，但更多是用来包饺子和蒸包子。韭菜炒鸡蛋未必比得上葱花炒鸡蛋和香椿炒鸡蛋好吃，但若做馅，韭菜的鲜美程度绝对要居于榜首，纵使是茴香也无法与之比并。

吾乡招待亲友时，饺子向来不得缺席。即便是无酒无菜，只要主食里有饺子，那便可以算得好饭。在我童年的经验里，姑和姨回娘家来，奶奶和姥姥都会以饺子招待，而韭菜从来都是做馅的首选。那时候，大家分工

佝强的凡士
The Land of Tenacity

明确，和面的，擀皮的，择韭菜的，剁馅的，和馅的，包饺子的，各司其职。空气中韭菜味儿缭绕荡漾，孩子们的欢声笑语充斥其中。当饺子端上来时，孩子们常常是一跃而上，锅碗乱响，勺筷哐当，腾起来的白气，笼罩起一张又一张的笑脸。

与饺子一样，乡人吃韭菜包子时也常常洋溢着欢愉。在许多年前，人们常以助工的形式进行工程修缮。助工不需要支付酬金，管饭则是必须的。当然，有酒有菜最好，没有也没关系，但主食韭菜包子却是不可或缺的。主家蒸包子，邻居亲友都来帮忙，其时空气又是弥漫着浓郁的韭菜香。包子蒸好后，便可招呼那些干重活儿的汉子们来吃了。那些汉子个个精壮，拿过雪白的包子来便蹲着吞吃，简直如风卷残云一般。这其中刘连城村网红——穿红裤子绿袄的刘辉总是最先吃完，然后咂咂嘴，露出一口森森的绿牙。

吾乡的汉子文化程度不高，也颇不在意吃相优雅与否。但据说古代的富贵之家吃韭菜极为精致，譬如唐宋时代流行吃春饼，必须要佐以春盘。春盘又称五辛盘，其中必有韭菜。所谓"辛盘青韭"，这在苏轼、辛弃疾有关立春的诗词中都曾提到。苏、辛地位高，又都颇好美食，精致的韭菜必是品尝不少。当然，也不是所有诗人都有如此讲究，卫八处士"夜雨剪春韭"招待老杜，就显得十分仓促，然而仓促中又透着几分清新。仓促薄设，想来不会精致，但通脱如老杜者又岂会在意？十觞过后，老杜的吃相大约如同乡下汉子吧，只是吾乡的汉子无沉郁之笔，也难尽顿挫之妙。

自从老杜用"剪韭"之后，后世诗人写诗也多用"剪韭"，割韭菜的说法就显得俗气了。不过，近来"割韭菜"一语又被赋予了全新的寓意，足够后世学人倾力探讨的了，此不赘论。单说真正去割韭菜，也是有一定讲究的，俗谚说"触露不掐葵，日中不剪韭"，道理就十分简单，中午割韭菜容易晒坏茬口，会影响下茬生长。再有，到了秋季，如果想要韭菜开花，那也就只得罢手不割了。

头茬韭乃是佳品，几茬之后，菜蔬渐多，韭菜遂沦为下等之物，秋后则更是无奇。人们往往放任不管，于是韭菜也就开出花来。韭菜花又称韭苔，其实是一葶白色花簇，不算十分好看。倘若成规模地绽放，那也会非常壮观。吾乡的柳科一带建设有韭菜种植基地，后来扩展至边寨、王佐、寄子庄、军庄等多村，甚至连邻村高口都有不少。秋收前后，那些韭菜花开得白茫茫的，一望无际，又映着平原高蓝的天空，使人颇有梦幻之感。

乡人放任韭菜开花，也是有所谋求的：韭菜花可以腌制韭菜花酱。以前的时候，物资匮乏，韭菜花酱是无数农民冬日饭桌上仅有的滋味，想来足可感恩。以前冬日的黄昏，常有不少老头儿骑车带着柳筥，高声吆喝："韭菜花，咸菜嘞！"当时的寻常场景，现在依旧历历在目。制作韭菜花酱并不复杂，只需有韭菜花、盐、姜就可以，现在还流行加苹果或梨。母亲现在每年都要腌制很多，味道还是当年的味道，但感觉却大不似从前了。

韭菜花酱味道极为刺激，好之者常常趋之若鹜，恶之者唯恐避之不及。好恶不同，固不可以雅俗论之。喝星巴克不是什么高雅，而吃韭菜花则未必低俗。吾乡网红刘辉有云："雅到矫情定是俗，俗到率真才是雅"，真可谓之至论。

一千多年前，有位吃惯肥羜的宰相杨凝式，偶尔尝到一点穷人糊口的佐料，口腹感到了从未有过的满足。之后挥毫运笔，竟如斜雨横风。韭菜花味儿还未散去，《韭花帖》已然一气呵成。当时的一点灵光，得以化为满纸烟霞，不都靠韭菜花这"俗物"的激发吗？

桃花

　　以前的时候，村里人大多手头拮据，很少能买得起水果。大家普遍的做法是种上几棵果树，到果子成熟的季节拼命解馋。那时候村里颇有几户果树多的人家，如章奶奶家、毛猪爷家，尤其是占山哥家，都是有足可炫耀的资本。然而我家没有果树，振辉家也没有果树，我们俩栽种果树的壮志，大抵是从记事起便萌生了。

　　吾乡的春天，四野里都是一望无垠的麦田，在麦苗儿丛中，常常有果树的嫩芽儿长出，其中最多的就是桃树。我和振辉每在打草之际寻找那些嫩芽儿，挖回来栽种在自家的院落里。为了防止家里的鸡啄啄，我们要修好篱笆；为了防止家里的猪啃食，我们要垒好砖垛。总之是为了它们的成活，费了不少苦心。不过，我们挖回来的桃树，无论怎么用心呵护，却也总是十不存一。

　　经过几年的尝试，我与振辉分别种活了一棵桃树，且终于长至第三年，也终于迎来了开花的希望。不想有一天夜里，邻居建昌姑夫的羊脱了链锁，跳过墙来，把我的桃树径直啃了个精光。第二天清晨，我看到那残败的光景，不由得号啕痛哭。但不管怎么哭，也都是于事无补了。在那一年，振辉的桃树开出了许多花。

　　我的桃树死了之后，我又尝试重新栽种，但连续两年都没有成活，最后只得去央求占山哥，问他是否可以送我一棵。那时候占山哥家有无数的桃树，蜜桃、毛桃都有，但他本质上十分吝啬，在我呼唤了一百多个占山哥后，他才勉强送给我一棵又细又弱又歪巴的桃树，枝条上有几片稀稀拉拉的叶子，还黄不楞登的。但不管怎样，我总归是有了桃树。我把占山哥送的桃树种好后，立刻就去请振辉前来欣赏。振辉看后说了什么，我忘记了，那时候他的桃树已经蹿起一墙多高了。

　　来年的春天，振辉的桃树又开花了，猗傩其枝，并灼灼其华，人们在墙外一瞥即可心生绚烂。各种生灵也都随之踊跃翻飞，譬如流连的戏蝶，更有自在的娇莺。当然，我的桃树在那年也开了花，但只有三四朵的样子，惨淡到都没有一只蜜蜂光顾。花开了，虽然羞于示人，但我还是请来振辉欣赏，振辉如何评点的，我也记不清了。

又过了一年，我的桃树突然干枯而死。砍掉树干后，从它的根部又生出一簇新芽儿，经过三年的时间，这簇新芽儿长成小树，又开出几朵小花。那时候振辉的桃树已经越过了房顶，每年都开得如同片片云锦。我那时候颇有些不服气，羡慕甚至嫉妒的心情都有，但也终究无奈。振辉的桃树越长越大，花越开越多，每个春天都能为乡人呈现出满树的生机。

我的桃树苟延多年后，终于彻底死去，我也离开了村里小学，进入乡里的中学读书，由此也彻底告别了童年。振辉初中辍学之后便去打工谋生，我后来则进入县城上学，大家各有各自的路，遂不得朝夕相随了。虽然世事变迁，可我总以为振辉的桃树会一直茁壮盛开，但在后来，不经意间发现振辉的哥哥翻盖了新房，那棵桃树也没有了踪迹。那棵桃树是怎么消失的，是死了还是刨了，以及为什么死或为什么刨，振辉没有告诉我，我也总是忘记了问他。

总之，我们俩的桃树虽然一枯一荣，但最终的归宿却是一致的。现如今，无论在他家还是在我家，都寻找不到一点桃树存在过的踪迹了。这就像我们的村子，四十年弹指一挥间，不知道招揽过多少路人，也不知道送走了多少过客。那些在路上捡粪的老爷爷呢？那些在树荫下拆布头儿的老奶奶呢？那些赶着驴车串亲来的老爷爷、老奶奶呢？那些种果树的人呢？章奶奶呢？毛猪爷呢？占山哥呢？现在回想起来，固如梦幻泡影，一闪即逝。

在时光的征程中，没有谁是永恒的存在。凡俗的人世，或如我的桃树，贫弱不堪，或如振辉的桃树，光芒四射，然而总归却是如露如电，一点因缘灭后，最终遗落在时光的陷阱里，不留一点印痕。所以得意时的尊大，失意时的菲薄，想来也都不过是一个个笑话。世间万事万物，没有谁能是时光的对手。倘若诸事较真，便已落入第二峰头。

现今吾乡也不必栽种水果了，集市上瓜果梨桃应有尽有，只需购买就是了。甚至人们都不怎么种麦子，往昔那一望无垠的麦田也退化为暗黄的荒野；村东的苘地和大场也都为机床咯嚓咯嚓的工厂所替代；最是振辉的头顶，曾经是一派葱茏，现在则秃得锃明瓦亮。世味似纱，幸运的是，我与振辉每年还能喝点热酒。有时在风雪声中，有时在雾霾之下，酣足之际，也都会相视而笑，凭谁问，怎么一晃就年届不惑了呢？

我与振辉喝酒的时候，时常会加上一个刘雄。刘雄只有二十多岁，跟他说毛猪爷，没印象；跟他说占山哥，也颇为淡薄；跟他说105岁去世的章奶奶，则近乎神话；至于找桃树和种桃树的事情，对他来讲，只是一个悠远的传说罢了。振辉回忆起他的桃树，脸上便能闪出一树明艳，而令我意想不到的是，振辉竟然还记得我那棵小破桃树，说它虽然曲里拐弯，竟然也能开出花来。

我的桃树不在了，振辉的桃树也不在了，它们终归于沉寂。可对我来说，它们让我希望过，也让我失望过；让我有过努力，也让我有过执着；让我有过羡慕，也让我有过煎熬。回首栽种桃树的年月，也算是除过挂碍，有过开悟。从这一点来说，它们并未完全坠入虚无。

振辉拙于表达，只是喝酒不语；刘雄想说什么，却苦于懵懂无知。我不精佛理，理解不了性空假有的妙谛，也参不透万法唯识的玄机。只是觉得有酒喝便好，有回忆下酒就更好。酒喝多了，脸上会现出桃红，回忆多了，心里便能涌起许多的欢喜。

植
物
篇

柏树

以前，村子东南方向四里许有一片柏树林，远远望去，蔚然而深秀，这在以杨柳榆槐为主流的平原上颇是罕见。我自小看惯了杨柳榆槐，因此每每远眺时，总为那片柏树林而感到愉悦、欣喜乃至于惊奇。

我们村东一马平川，以前的时候都种着麦子，墨绿无垠，仿佛镶嵌在天地间的巨大翡翠。春风徐来，翡翠辄浮荡动摇，化为绿色的锦缎。风大的时候，则有江海波涛之势。在麦田尽头，有村落横亘，柏树林耸出房舍几丈余，绰绰约约，宛如一大片塔林。有时候有朝霞与暮霭掩映，则更觉虚无缥缈。

乡老们常提及徐福的故事，并说海外有三座仙岛，岛上有长生不老的灵药。那时我年龄尚小，也不知山海为何物。只是觉得日出之时，东南的柏树林金光吞吐，兼以麦海蜿蜒起伏，浓绿奔涌摇曳，真是像极了仙岛的神秘传说。

或许海外仙岛就是那个样子吧，雨后苍翠欲滴，雪后萦青缭白。无论何时去看，无论怎样去看，都是与众不同。我向南眺望，向北眺望，目之所及，不过是些萧萧杂木，都无东南那样的奇景。

我自幼年起，每想一直而东，看看那柏树林的左近，是不是会有想象里的珍奇。然而，这个简单的愿望对我来说，竟然是如此的艰难。那翻滚的麦浪真如同海一样茫然无际，隔断了我幼小的步伐。

然而我求索的脚步并未停歇，终于成长到某一天，终于有了穿过麦海的能力，我终于第一次来到了柏树林中。那是一个看验尸的机会，验尸的现场就布置在柏树林里。那些柏树的确粗大，大约有几十棵，霜皮溜雨，黛色参天。然而树下却是一大片土坟，乱砖破瓦，荒草萋萋，时不时还传来几声凄厉的枭啼。

验尸的时候围拢了很多人，还有人爬上了大柏树。那是一个被打死并抛尸的老头儿，尸体已经腐败，肤色直如酱黑。法医用刀咔咔地切，亲属在一旁嘤嘤地哭，恶臭则一阵阵地涌来。万不料我向往着的海外仙岛，竟是这样的人间惨象。

自从我看了验尸后，就再没将柏树林与海外仙岛相联系。后来那片柏树林没有了，想到树下的情景，也不觉得十分可惜。倘若当初不见，倒也还好，人世间的一切大抵如此。

那片柏树林属于庙头村，与邵庄接壤。我小时候赶过无数次邵庄集，但总是因为大人不愿引领，没办法去柏树林一探究竟。后来去那里看验尸，大概是在 1993 年，那年我 15 岁。同行者为洪涛爷、振荣叔。而柏树林被砍伐殆尽，当是那之后的事情了。

西瓜

　　瓜农的劳作要比粮农辛苦，粮农不用整饬土地，每年只需施肥、浇水，周而复始即可。但作为瓜农，在种瓜之前，必须要先行培沟，大约是二尺多宽的土沟，培好沟之后，紧跟着要支上竹条或细棍儿，然后就是种瓜籽。瓜籽种好后随即覆盖地膜。覆膜后的西瓜可以比不覆膜的提早成熟个把月，自可占到先机。吾村有很长一段时间都种植这种覆膜西瓜。每到春天覆膜的时候，村东村西的田野白光烁烁，像料峭春风里尚未消融的冰雪。

　　覆膜之后，只需静待瓜籽发芽儿，这一时段瓜农们可以稍作停歇。待到嫩芽儿扑棱着两片子叶破土后，瓜农们就要转变为上发条的状态了。他们成天候在地里，拔草、追肥、抠孔、通风，一环紧扣一环，披星戴月自不待言。瓜沟里的野菜野草，由于覆膜的缘故，生长速度如奔涌的洪水，两天不作清理，就会一片嘈杂。那时候，瓜农们蹲在乏味的地膜边，三三两两，上午连着下午，任由干燥的春风将他们的脸孔吹成酱一样的颜色。

　　覆膜西瓜有几个关键的节点，处理不好，会影响一季的收成。首先，抠孔最是考验瓜农的经验，抠得过早，容易把瓜苗儿冻死，抠得过晚，又容易被阳光灼伤。初春的冀中平原，忽冷忽热，瓜农对天气变化的预判就成为必须掌握的本事。其次，西瓜拉秧后会在几天迅速开花，蜜蜂不足又是一个棘手的问题。因此那几天的早上，瓜农必须迅速进行人工授粉。人工授粉着实辛苦，吾乡有一俗语叫"跪揜马爬"，乃是跪、蹲、爬一系列动作叠加的意思，用在人工授粉这里十分形象。西瓜都在早上开花，为了授粉，得把雄蕊一朵朵摘下来，分别涂抹雌蕊。早上露水很重，一路下来，瓜农们常常全身泥水一片，有时浑如土人一般。

　　种瓜虽是辛苦，不过惬意的事情也不是没有。授粉之后，小瓜就会猛然膨胀起来，几乎一天一个样子。过不了几天，墨绿的瓜秧便会遮蔽地膜，其间一个又一个的小瓜，古灵精怪地滚满整块儿西瓜地，并且时而飘散出一股股淡淡的清香。那时候，瓜农们会闲适一些，不过他们还是会蹲守在陇亩间，三三两两，一边聊天一边抽烟，又一边看着小瓜生长。那种悠然，直如烟气一样，婉转而舒缓。

西瓜长到更大一些的时候，就要搭窝棚看瓜了。对于小孩子来说，这是最为惬意的事情。瓜农们准备好木桩、门板、油毡与秫秸簿，有时只在一个下午，就能神奇地搭建起一个窝棚。当窝棚搭建好之后，孩子们会像疯了一样欢呼，钻进去、爬出来，忙得不亦乐乎。待到麦子成熟时，村东村西的窝棚已是星罗棋布。在苍黄的麦浪里，那些窝棚仿佛漂泊在水面的船舰，熏风吹拂，麦浪俯仰，船舰似乎还真有摇摆游移的迹象。

麦子成熟后，西瓜也要面临上市了，那一阶段瓜农们最为辛苦。他们先要抢收麦子，然后集中精力把西瓜卖出去。为了方便教师与学生，那时候的农村还会放麦假，大约是两个星期。大一点的孩子会参加割麦子的劳动，小一点的主要任务就是看瓜。看瓜是十分惬意的工作，只要懒洋洋地睡觉就行了，尤其是雨天，更是睡觉的好时光。其时，整个田野里空无一人，云压得很低，雨点密密匝匝地打在瓜秧上，竟如同泠泠的弹奏，兼以蛙鸣虫唱，此起彼伏，天地间直有一种超凡入圣般的玄秘感。

雨天看瓜，稍嫌寂寞，月下看瓜，才更见悠然。芒种前后的天气，尚不太热，晚上更是清风习习。当是时，明月如霜，流银满地，那些西瓜竟然也会泛起点点光芒。瓜农们因为白天劳累，顾不得欣赏静谧的夜景，然而跟随大人看瓜的孩子们却都睡不着，他们会去听强哥讲武侠，或是听刚叔吹笛子。那个吹笛子的刚叔可是位音乐高手，他月下的笛声悠扬婉转，常常引来邻村芦管的和鸣，那个吹芦管的，旋律直戳人心，我后来一直怀疑其人乃是团丁村的吹歌天才——大干。

当然，晚上看瓜不能光是玩耍，还要负责驱赶偷瓜的蟊贼。有些蟊贼容易驱除，比如刺猬，刺猬吃瓜时会发出哗哗的响动。顺着哗哗声，用铁锨只一铲，便能使刺猬现形，但刺猬一般不打死，只消赶走就是了。有的蟊贼则难于对付，譬如偷瓜的人，需要格外当心。有一个时期，邻村人偷瓜成风，甚至有些黑恶势力参与其中，他们不但偷瓜，而且还常常滋事，如砸窝棚或打人，往往是家常便饭。于是瓜农们只得拿起粪叉自卫，月下

植物篇

的叉尖，也会生起凛凛寒意。就像强哥说的，月下的瓜园，并非都是田园诗情。

邻村的地痞砸了窝棚，瓜农们多不敢吭声，那种自认倒霉的神情，收拾残局的举动，大概类似于被抢后的卖炭翁。没有被打砸的瓜农得赶紧把西瓜卖到县城，晓驾牛车或晓驾驴车的情形，却也酷似卖炭翁。吾村离高阳县城有50多里，进城卖瓜，大约要凌晨4点出发，驴车一顿一顿，8点多方能到县城，然后就开始七八个小时的暴晒。瓜农们一开始还能高声叫卖，到后来只是苦苦地等了。这期间也会出现几个县城的泼皮无赖，他们只是白吃白拿而已，居多不会动武。

在城里卖瓜，被城里人奚落、谩骂、敲诈都是司空见惯的事，瓜农们见得多了，也都不会介怀，更不消诉苦了。为了养家糊口，再暴躁的瓜农都不会与人争执。他们多是默默卖完西瓜，默默赶着驴车回家。在回家的路上，又是一路暴晒，瓜农与驴都能晒出黏沫来；有时候还会遭遇突如其来的横风暴雨，瓜农和驴也要选择默默承受，包括押车的孩子，湿漉漉地都如水鸡一般。

那时候的西瓜品种有花皮的"郑州三"、白皮的"郑杂九"以及黑皮的"中育六"，那些品种个头不大，现在想来口感也不是特好，但是在那样一个匮乏的年代，吃也吃不完的西瓜却着实滋润了每一个孩子的童年，留下许多甘甜的记忆。

多年以后，曾经的孩子吃着买来的西瓜，居然学会了啃皮的吃法，当然，他们又对啃皮颇为不屑。吃西瓜时，他们都会对自己的孩子说："当年爷爷种西瓜的时候，谁会去啃皮啊，全然是掏心的吃法！"

"郑州三""郑杂九""中育六"都属于早熟品种，大约是芒种开卖，夏至后基本结束。结束后，窝棚会拆除，瓜秧也会拔掉，残留的地膜也会用粪叉一点点地挑出来，堆在路边烧化。瓜秧、地膜处理完了之后，才会尝试补种棒子，于是瓜农们一转身变为了粮农。在棒子地里，常有无数的瓜苗儿长出来，瓜农们会刻意留下几棵，待到秋天收棒子时权当是送给孩子们的惊喜。那时候，瓜农们会打开干瘪的秋瓜，大笑着对孩子们说："这没准是你拉出的籽呢！"

西瓜是一种严重忌讳重茬的作物，重茬后会无端死秧，或生长缓慢，或结出干瘪的果实。瓜农们种完了自己的地后，便会与不种瓜的换地经营。吾村的西瓜种植大约维持了十几年，终于无地可种，覆膜西瓜遂悄然而止。20多年后，曾经的地膜与窝棚已经蜕变为一种若有若无的传说了，只有偶尔看到脖子比脑袋还粗的天才大干，才又会使人想起瓜棚外如水的月色，但我一直拿不准当年那悠悠的芦管，到底是不是他？

臭椿

臭椿之所以叫臭椿，乃是相对香椿而言，其实臭椿与香椿的关系并不是一臭一香那么简单。它们叶子不一样，一奇一偶；它们树皮不一样，一滑一皱；它们果实也不一样，一翅一蒴。它们漫说不是同一属种，其实连同一科都算不上。臭椿系苦木科，香椿系楝科，从基因角度来说，差得还不是一点半点。

以前的村子里，香椿并不多见，只有毛猪爷、占山哥、亚青等少数家庭栽种了几棵；现如今为了春天吃菜计，几乎各家各户都种植了香椿。它们千篇一律地伫立在窗前门后，形态体量如一个模子铸就，端的是呆板。与之不同的是，近些年来，臭椿却有点遭遇灭顶之灾的趋势：原来那些巨大的臭椿被砍伐殆尽，而一些冒冒失失破土的臭椿苗儿也被乡民执意铲去，大概是因为臭椿叶不能吃，干不堪梁，总归是无用的缘故吧。

对于一棵树来说，不能吃，不堪梁就是无用了。虽然椿木可以用来制作樗蒲，但樗蒲又有什么用，不过是玩物丧志罢了。"樗"为臭椿雅称，《诗经》里说"采荼薪樗"，"薪"，名词动用，也就是说，臭椿的功用就是作为干柴烧火。臭椿生长速度极快，因而并不致密，属于易燃的木材，农村过年时大锅炖肉常烧臭椿干柴，那火苗的确突突的。如果一种木材仅仅用于烧火，那被贱视也就不言而喻了。

在以前，臭椿也是无用的材质，但乡民们却允许它们在村里自由地疯长，院里院外，街头巷尾，似乎无处不可挺出。乡民们当然不以臭椿为至重，没有人会去有意栽种臭椿，但臭椿种子会凭借自身双翅，纷纷扬扬，飞得到处都是。只消一场春雨，臭椿芽儿就会飞速抽出，一排排，一片片，恣肆蹿升。尤其是在一些闲院或空地里，无人理会它们，它们遂杂遝并起，如苒苒的绿云。

吾村最大的一片臭椿在大队部的门口，明远舅姥爷的房之东。那片臭椿有七八棵的样子，皆粗壮高大，有直举参天的状貌。然而，臭椿是一种短命的树，即使有参天的伟岸，树龄也过不了半百。《庄子》里提到的可以活到八千岁的大椿其实是木槿，跟臭椿实不相关。明远舅姥爷房东边的臭椿应该也没有多长的树龄，但它们亭亭如盖，确乎可以遮挡大风大雨。那时候明远舅姥爷常常戴着高度眼镜，袒胸露怀，坐在树下的马扎儿上，慢悠悠地与他人抬着杠。微风拂来，椿花簌簌如雨，像是为抬杠伴奏一般。

抬杠是无用的，即便令对方词穷，却也未必能实现全面的折服。明远舅姥爷晓得这个道理，他抬杠的时候十分有风度，从来都是自由随意，且不紧不慢、不温不火，甚至都讲究些纵控张弛。我后来觉得，那些无用的抬杠对他来说，或许也有些偶寄闲情的意味。明远舅姥爷抬杠能力达到峰值时，村里杠倒律师后起之秀还没成长起来，也不知道他是否有罕逢敌手的寂寞。后来明远舅姥爷去世了，臭椿树下就没有了那些无用的抬杠。再后来，那些巨大的椿树也全部砍伐，自由而无用遂成为一种风烟中的传说。

1995 年，吾乡一带爆发了樗蚕狂潮。乡民没有见过樗蚕，只是觉得恶心可怕。那些蠕动的青白虫子很快就爬满了臭椿树，几个昼夜便将叶子吃了个精光。然后蔓延到其他树上，即便路上也是密密麻麻，骑车经过，常常压得黄水飞溅。光秃秃的臭椿刚又长出一点新芽儿，马上就被樗蚕瓜分，反反复复几次之后，很多臭椿就死掉了，我一直怀疑村里臭椿大量减少是与那次樗蚕浩劫有关。

臭椿开花如黄色米粒儿，带着一种异味，这就是臭椿得名的由来。不过，臭椿的异味还是可以忍受的，习惯了似乎还有一种莫可名状的亲切感。花落后不久，臭椿便可结出大量黄红相间的翅果，那些翅果点缀在绿叶间，煞是好看。在我小的时候，椿花飘落、翅果纷飞是司空见惯的情境，但后来却难得一见了。即便是我后来到了一所以"自由而无用"著称的学校，也未在校园里见到一棵臭椿。

马蔺

　　我家房后有个菜园子，村里二队的人们都在那里种菜。菜园子的最南端有一眼机井，机井里的水通过一条向北的明渠输送到各家各户的菜畦里。明渠在吾乡有一专门的称谓，叫做"垄口"，垄口由土筑成，中间走水。乡民浇地时，垄口是重点监控区，因为一旦垄口漏水，则是为他人做了嫁衣裳。

　　平原上春天干旱，几乎天天有人浇菜。那一淙清澈的水便成了孩子们的乐园，然而大人们却不喜欢孩子们停留在垄口一带，除了口渴可以饮水外，其他的嬉闹都是不允许的。不过玩水似乎是孩子们的天性，尽管有驱赶，有喝责，孩子们依然不愿离开，乃至躲躲闪闪，与大人们打起游击。大人们无奈之下，只能是对垄口培土再培土，以防止因孩子乱挖而溃坝。

　　离机井最近的垄口其两侧是普蓉家的菜园子，大概是为了保护她家的菜园子起见，她在垄口的两边栽种了不少马蔺。其时，我并没有亲眼看见她栽种，只是听说是她。一开始，谁也没有注意，到了春夏之交时，垄口两旁竟然闪出无数墨绿色的铁条来，它们根根上举，如暴怒的刺猬。当时我并不认识马蔺，一直以为是兰花的。同属于二队的同乐舅姥爷有一本《十竹斋画谱》，曾借与我看过，我觉得里面的兰花与普蓉种的东西很像，便认作是兰花。为此，我还曾经跑着去告诉爱花的山叔："普蓉在二队菜园子里种兰花啦！"

　　普蓉是刘连城村最勤劳的人，但她没有文化，未必理解兰花的雅趣。不过她的丈夫义芳却当过县教委的领导，颇有些见识。义芳退休后在家也养些花草，还曾送给我一棵天竺葵，我于是想在菜园子里种"兰花"当是义芳的主张。当然了，一口气种上那么多固是普蓉的风格。那些"兰花"掩映在垄口两边，任由清流泠泠穿过，颇有些画谱里的意境。

　　对于那些"兰花"，我颇有些倾心，十分想挖上一棵回家种养，于是把这想法告诉了五丫哥，五丫哥听完笑着说："什么兰花啊，那不过是些马莲，随便你挖吧！"马莲是吾乡对马蔺的俗称。看五丫哥的态度，马莲当不是什么好货，于是我有些泄气了。到垄口边来拔，又因其根系发达难以撼动，于是我一怒之下回家拿来铁锹，不想恰好邂逅老来肥爷爷。老来肥爷爷曾因我啃过他的瓢葫芦而一直耿耿于怀，他腆着大肚子凶巴巴地问我："你要干什么？"于是我慌张之余，只得夺路逃走。

多日之后，我再去垄口边看那些马蔺，却惊奇地发现它们开出了一朵朵紫色的小花。那些小紫花并不磅礴绚烂，然而迎风笑傲，没有一点自小的神色。当然，在众菜众草中，紫色的花颇有些鲜艳的容姿，但它们又低眉垂袖，表现不出自矜的样子。总之，是静静开放，仿佛一切都可以欣然接受，仿佛到处都可以随遇而安。我看到了那些花，相信那些花也看到了我，不知道它们会怎么想我。我计较过它们是不是兰花，也计较过要不要种在家里，现在看来，都是落了下风了。

那时候我年齿虽小，但也有些小情绪，于是那条开着马蔺的垄口就成为我排遣不快的处所。无论是在细雨中，还是在夕照里，我都会去那里转转。无论什么时候，那些小紫花都是恬淡安静，如淡淡的春风，一瞥之际，可以拂去心头点点的灰尘。那时候我总觉得，那些马蔺是懂我的，尽管它们只是静静开放，从不言语。

马蔺与我的对话不知持续了多少年，一年又一年，仿佛年年如此。马蔺后来什么时候没有的，我也记不清了。它们的消失也宛如淡淡的春风，将一切吹得了无痕迹，连同自己也倏忽不见了。大概二三十年后，普蓉、义芳及老来肥爷爷都去世了，似乎没有人记得二队菜园子马蔺的事情了。我也只是偶尔回忆吾乡童谣时才会想起马蔺，童谣云："马蔺开花二十一，二五六，二五七，二八二九三十一。"以前孩子们做游戏时常常唱起，但迄今我也不知道是在表达什么意思。

谷

　　小米在碾秫之前称为粟，俗名谷子，吾乡只叫"谷"，发音阴平。吾乡粮食很多，但大米来自江南，麦子源自西亚，而玉米是美洲的舶来品，真正属于本土的只有"谷"。华北一域，人口迁移频繁，但某些物种终始不变，古籍里说神农之时天雨粟，邯郸的磁山文化遗址发现近 8000 年的碳化粟遗存，都间接或直接证明这一物种的古老与坚韧。

　　谷系旱地作物，整个生长过程无需特别浇水，在机井并不完全普及的时代，种谷的性价比还是蛮高的。改革开放之初，冀中平原上还有大量的旱地。我们村东的沙窝，村西的大地就都是旱地，村民们在其间种谷也最多。谷的生长期不长，大多于夏至以后抢墒，不需特别浇灌。嫩芽儿出土时如密集的绒毛，待到盛夏，则一派齐刷刷的苍绿，微风拂来，如荡荡的碧波。

　　秋收时节，谷与其他作物一并走向成熟，那些沉甸甸的谷穗闪出白、黄、橙甚至是暗红的颜色来，俗话说粟有五彩，几乎每块地的颜色都不太一样。然而乡民们却不着意于审美层次的追求，在他们看来，颜色不同，也都是口粮而已。品性相同，收割方法也没有什么差异，大抵都用镰刀割开来，捆成"谷个子"拉回家。秋收的时候，天空往往高而蓝，阳光烁烁而不炙，鸟雀叽喳，秋虫唧啾，人语盈盈，牲口哞哞呃啊。收获的幸福飘荡在空中，如烟如缕。

　　谷拉回家，就交由老太太们处理，老太太们用爪镰一对一地将谷穗掐掉，然后收集在一起。男人们则赶来牲口拉着碌碡来回地轧，如此，谷粒便可脱落。老太太们掐谷，在我童年的记忆里无异于一幅温馨的风情画，她们三三两两，围坐在一起，很随性地聊着天，匣子里随性地播着评书，烟圈随性地飘来飘去。那些时光绵绵软软，明显有种甜香的味道，一如奶奶烧柴火熬制的小米粥。

　　老太太们掐谷用的爪镰呈梯形，单刃，此器具大抵由来已久，或可追溯到上古时期。陕西的双庵遗址、河南的二里头遗址都发现有类似形状的石刀，固是粟作文明的标志。不过，爪镰在吾乡还有一种神奇的功能，就是配合咒语治疗带状疱疹，大约是古代巫风的遗存。我小时候村里就只有大淑妗子会这一神术，后来她去世了，村里也不再种谷，爪镰遂都被当成生锈的铁片扔掉了。

乡民不再种谷，大约与牲口的退场有关。上个世纪 80 年代，吾乡的劳作还是极大依赖着畜力。家有骡马，户有驴牛，置办大量的草料是必不可少的。谷的秸秆十分挺实，是优良的饲草。睡虎地秦简记载有上缴国家的"刍稿"，那个"稿"大抵就是谷的秸秆。谷的秸秆在吾乡称为"秆草"，秆草常在秋后铡碎，待到冬季拌以麸子于夜间喂养牲口，如此才能使牲口在草木枯黄时保住体力。迨至 90 年代，机械开始普及，牲口迅速被淘汰，秆草遂成为无用之物，这也极大影响了谷的种植。

不过，即便没有了牲口，秆草也不能说完全无用。在吾乡，秆草另有一种神奇的功能，即作为"燎祭"的燃料使用。吾乡除夕有墓祭的习俗，当是在节日表达慎终追远之义，因在黄昏时分举行，故名"燎星"。以前"燎星"必用秆草，不知是否为古风的遗存，甲骨文多记载燎祭，使用秆草者当不为少。近年来，吾乡不再种谷，遂无秆草可用，"燎星"的燃料为棒子秸秆所替代。棒子秸秆不易点燃，效果差强人意。而怀旧的人总觉得不伦不类，但在秆草消失的年代，有棒子秸秆可用也算聊胜于无了。

棒子秸秆可以代替秆草，但制作炉糕时，棒子面就不能代替小米面了。吾乡在过年时有制作炉糕的风俗，所用食材就是磨成面的小米。小米磨成面后，用水拌成稀粥状，然后再通过发酵，便可一一倒入特制的鏊子里，只呲啦一声，软软糯糯的炉糕便可出鏊食用了。我的姥姥很喜欢摊炉糕，以前大量种谷的时候，她每到过年都会摊上很多，然后上顿吃了下顿吃，一直可以吃到正月十五。那时候，我的寒假作文里常常提及摊炉糕，那一声声的呲啦，仿佛比炮仗更像过年时的声响。

平原上的谷消失以后，爪镰也消失了，秆草与炉糕也消失了。此外，碌碡与镰刀也都弃置不用，甚至连以前常吃的小米饭也都不见了，如今乡人充其量只喝点小米粥。多年以后，我和亚青还清楚地记得，最爱在当街吃饭的石头爷，常常端着一大碗黏稠的小米饭，蹲在十字街旁大口大口地吞吃着。那时候夕阳西下，落照打在黄澄澄的小米饭上，更加灿灿如金。

植物篇

毛桃

　　毛桃为平原上的土著桃种，只要种上桃核就能成长为毛桃，不需特别的整饬。至于蜜桃是不是本地所产，我不晓得，但蜜桃需要嫁接却是尽人皆知的。我们小时候种上蜜桃核，长成后会结出毛桃，颇不甘心的振辉试验过无数次，然而结的都是毛桃，无一例外。

　　虽然毛桃没有蜜桃个儿大，但花却是无异的。清明前后，平原上雨水渐多，桃树枝头的花蕾也都膨胀起来。有时在一夜之间，就能开得满树绚烂。古人用"灼灼其华"来形容桃花是十分到位的。桃花开时，即有一种动人的粉色，在初春昏暗的背景里，确乎自带光芒。振辉家有一棵大桃树，每到春光骀荡的日子，粉色光芒四射，似乎都能照亮天空。振辉家那棵桃树没有经过嫁接，结出的果子是毛桃，我好像也曾吃过，但却记不得许多细节了。

　　我与振辉都喜欢找些桃树栽在家里，然而并不专业，栽了许多年也活不了几棵。相对而言，占山哥算得上是奇才，他栽什么果树都能盎然一片，他的院子里有毛桃也有蜜桃，大抵有十几棵，另外还有杏树、李树，春天的时候，真如一片锦绣。占山哥穿行在果树小径里，花雨缤纷，恍如诗境。占山哥是不是个诗意的栖居者，我不知道，然而占山哥确乎不愿与人交往，他的毛桃、蜜桃都不曾与人，我好像扒过一些，但也记不清具体的味道了。

　　占山哥的性格颇有些寡合，但他却破天荒地给了我一棵桃树。那棵桃树将要结果的时候被另一位寡合的人——囤哥悄悄地接成了蜜桃。不过，最终的命运是长了几个蜜桃之后就死掉了。我自小喜欢栽树，但少有成活的，即便成活，也都弱不禁风，苟延残喘。这大概与我属于火命有关。像栽树极好的占山哥、囤哥应该都是木命吧，或者水命、土命也是相宜的。

　　五行八字之说，想来也是无稽之谈。占山哥与囤哥都是有意栽树之人，树长得好固不稀奇。然而有的人并不有意栽树，即无心插柳之举，也能长成葱茏一片，便使人啧啧称奇了。如占领哥，他只是在旧院里随手扔了一些桃核，结果竟长成一派蓊蓊郁郁的桃林。我记得在读初中时常去占领哥的旧院，那时候的确没有桃树，10年后他家的旧房颓圮，然而房前桃影却是婆娑摇曳了。

占领哥旧院里的桃树不知几许棵，没有任何的修剪，没有任何的整饬，它们乱糟糟地挤在一起，有些泼辣，有些野蛮，也有些蓬蓬勃勃的冲劲儿。想来春天桃花绽放时也会涌荡奋腾，如火如霞地射出光芒来。遗憾的是，我没有在春天去看过，或许占领哥也不曾去看。但每当桃子熟了的时候，我俩总能聚在一起，也都会去占领哥的旧院吃桃子。这样的情境持续了好几年，直到那个旧院卖掉后才画上了休止符。

那些时候，占领哥正处于人生低谷，我也有待升华，虽然阅世未深，却都尝到了些苦楚的滋味，幸好有桃子可吃，能带来一些甜甜的慰藉。占领哥旧院里的桃子无人嫁接，结出的桃子必然是毛桃无疑。然而那些毛桃很甜，虽然没有蜜桃多汁，但却自有一种软糯的口感。毛桃熟透后，可以将果皮轻轻揭去，露出莹白的果肉，只一口便可以吞在嘴里，甜而糯的味道在舌尖齿底滚动时，所有的不快也就抛之脑后了。

占领哥家的旧院是个十分幽静的所在，毛桃成熟的时候却有些热闹，那些麻雀、喜鹊、白头翁以及众多不知名的鸟儿纷至沓来。好在桃树每年结果多，也不必吝惜那些鸟儿的啄啄。占领哥家的毛桃从没人管理，也没人疏果，是以串串累累，堆积在枝头，闪耀出红彤彤的光。那时候占领哥没有什么朋友，只是年年将我引进院内，然后一顿饕餮。当是时，脚步沙沙，树影晃动，鸟儿们纷纷回避，叽喳之声不绝于耳。

我和占领哥蹲在树间饕餮的时候，谁也不做声。只有风吹过来的声音，细如微吟，大如镗鞳。白花花的日光像水一样直泼下来，使人影黑白相间，使桃林斑驳一片。我与占领哥什么也不想，只是剥皮开吃，一口一个，吃了一个又一个，核扔了一堆又一堆，直有点快意恩仇的感觉，尽管是时的不得意，与恩仇并无半点关联。

一口一个，吃掉一个毛桃只需几秒，十分容易，但吃的人多不为此琢

植物篇

081

磨桃子生成之艰难。从严冬到酷夏，那一口便吃掉的桃子也须熬过许多难熬的日月。种地也是一样，黍稷重穋，禾麻菽麦，在风雪霜雹中，哪一种作物不是一个"熬"了得？我与占领哥都是种地出身，自然都明白其中的艰难，因此也就不消多说了。每年在桃林里饱餐一顿，互相鼓劲儿，可以借此检点往年走过的路径，挥却许多的失落的意绪。

多年后，我与占领哥在寂寞中熬了过来，只可惜那片桃林早已不在了。青春的时光很慢，中年的时光很快，在飞逝的时光里，太多的细节都被遗忘了，就像我忘记了振辉家毛桃的滋味，忘记了占山哥家毛桃的滋味，有时候也怕占领哥家的毛桃同样逃出我的记忆，因此每次见到占领哥，我都会提醒说："你还记得那些毛桃吗？"

如今每年都可以和占领哥聚谈，也吃些肉食海鲜，喝各种各样的酒，唯独没有秉烛相对，再尝尝毛桃的滋味了。占领哥不爱好文学，振辉也不爱好文学，他们肯定不知道狄更斯，但与他们聚谈时，我总会想到狄更斯小说那如出一辙的结尾：熬过来的朋友们必定相聚在某个夜晚，有炉火、有圆桌、有热茶，你看着我，我看着你，氤氲里，那些旧日的时光永在。

扎扎菜

据记载，周武王封黄帝或尧帝后裔于蓟，其故址在今北京白云观一带，20世纪50年代还存有一个大土丘，即"蓟丘"是也。蓟后为燕所攻灭，成为新的燕都。燕将乐毅有名言曰："蓟丘之植，植于汶篁"，关于此句，历来众说纷纭。不知道是将蓟丘的植物种在了汶河边，还是将汶河边的植物移到了蓟丘上。且不管作何解，蓟丘上的植物总是少不了蓟的。

蓟分大蓟与小蓟两种，大蓟在北京一带也有分布，但小蓟显然更为常见。我总觉得蓟地之得名乃是缘于小蓟，在北京的道路旁、沟渠边，总有一片片小蓟生长着，虽然常遭践踏乃至于删刈，但它们总能东躲西藏，顽强地开出粉色的绒花来。小蓟叶子的边缘有许多硬刺儿，北京话因而称其为"刺儿菜"，而吾乡叫做"扎扎菜"，也是取有刺儿扎手之义，这一点本无不同。

在北京偶尔可以看到大蓟的身影，然而在我童年的记忆里，大蓟是缺位的，或者说，吾乡本就没有大蓟。而小蓟确乎密密麻麻，在田野里一片又一片，勃勃地生长着。北京南去300里便是吾乡，这300里再南去300里以至更南的300里，都是一马平川，小蓟就在这广袤的河北平原上肆意蔓延，角角落落，无处不在的样子。我常怀疑作为河北简称的"冀"就是"蓟"的另一种写法，因为在西周金文中，"冀"的字形非常像一株蓟，有根有刺儿，且开着头状花序一样的花。

如果"冀"是"蓟"的另一种写法，不但可以解释"冀"的字源，而且也可以印证上古时北方都是一望无际的蓟。恰如我们村东的台田、沙窝一带，先前都是旱地，种不得冬小麦，春天时是撂荒的。每当东风漾漾吹来时，田野里便会出现一片又一片的小蓟，那些小蓟在干黄的土坷垃上铺开油油的绿，远远望去，也有一种涌往天边的态势。

在我记忆中，柳树是春天最先发芽儿的木本，而小蓟也就是扎扎菜，是最先返青的草本。扎扎菜属于多年生植物，冬天虽然枯萎，但根部却深藏地下以等待时机。当惊蛰春雷一响，它们便忙不迭地钻出来，展开几片嫩嫩且带有白色绒毛的叶子，以之标记大地春回。扎扎菜返青最早，给田野带来盎然的生机，但于自身其实不利。早春时节，家畜、家禽已渴望野菜甚久，乡人会忙不迭地将野菜挖来，于是扎扎菜率先遭了厄运，它们先是被齐头割下，然后任由猪鸡啃食啐啄。

春天去地里打野菜于我是温馨的回忆，那时候有煦风暖阳，有蓝天碧野，还有三三两两的人影与飘飘忽忽的歌声。然而，对于扎扎菜来说，未必有如此多的美好。在人影歌声中，会飞来凛凛的刀，唰唰地将它们分为两段，不留一点血迹。别人的美好感受，于它们总是刻骨铭心的残酷，更有人将它们连根拔起，形成为金文里那个带根、带刺且带花的"蓟"字。扎扎菜从古到今，一路伤痛，铸造到彝器上，也往往能入铜三分。

扎扎菜的生命力极为顽强，上古时期遍布于中国北方，而今依然遍布于中国北方。几千年来，刀声嚯嚯，牛羊哞哞，无数的杀伐，无数的啃啮，却从没能让它们屈服。它们傲然迎风，扎煞着身上的刺儿，你若给我一刀，我必还你一刺。虽然力量微小，但却不会随便气馁，更不会轻易投降。即便被斩断之后，它们也能在沉潜中悄然愈合，直待发出新芽儿，展开绿叶，然后迎着阳光，向上挺立，依旧是浑身的刺儿，森森的，锋芒毕露。

凭借着不屈与倔强，扎扎菜被多次斩断后依然能想方设法开出美丽的花来。大约在春夏之交，吾乡的扎扎菜便进入花期了。在田间地头，一丛丛的扎扎菜参差起伏，配合着跳宕的阳光，一朵又一朵，开出绒绒的花，朵朵直举。暮春孟夏，吾乡万芳零落，田野里千里一碧，单调得有几多空洞，又有几许乏味。好在扎扎菜可以闪出耀眼的粉色，将缤纷的诗意撒向绿野平畴。

扎扎菜外表刚硬，内心却是温软的。有位叫米斯特劳的作家就坚称，蓟认识基督，还摸过基督的衣裳，并且把基督的爱如自己花冠上的绒毛一样播撒四方。扎扎菜绽放到极致时，的确显现出气定神闲的神情，没有悲戚，没有怨怼，不诉苦，不乞怜。它们大方绽放，淡然收尾，低眉颔首，确乎有点像十字架上的微笑，只是没人知道这微笑背后经历过什么。

几千年以来，北方的大地从来都是苍莽不语。当代人只能看到当代，没人会理会先前都经历了什么。那个蓟地的封国，《礼记》说是黄帝之后，《史记》说是尧帝之后，孰是孰非，已经无从考证了。不过封在蓟地，运久祚长似乎是个规律，黄帝后裔与尧帝后裔且不说，就是后来以蓟为都的燕国也算是坚持到了最后。而且这个燕国却也像极了扎扎菜，那易水悲歌与图穷匕见，不也一样带刺儿，一样的桀骜么！

凌霄

　　其实平原上花也不少，如萝卜、白菜之属，桃树、杏树之类，都能开花。不过，人们栽萝卜、白菜是为吃菜，种桃树、杏树是为吃果，专门为看花而栽种的并不为多。像宝僧爷栽种朱顶红，姑老姥爷栽种马樱花，就曾令我啧啧不已。当然了，宝僧爷是老师，有逸致则不待言；姑老姥爷是放羊的，却也有烂漫的胸怀，那满院的花草虫鱼都是明证。宝僧爷与姑老姥爷栽种专门看花的花，乡人都是以之为然的。

　　以前我是宝僧爷那里的常客，朱顶红看多了也就不觉得稀罕。同是以前，邻村有户人家在村东栽种过一个整畦的马樱花，虽然至今我也不知道是谁那么诗意，但那一畦的芬芳，让我也不觉得姑老姥爷家有难得的品种了。至于海英家的仙人掌，杨妍家的美人蕉，则都属于大路货，剩下的臭芙蓉、对叶梅之类的就更不用提了。

　　我自幼就喜欢识记草木鱼虫之名，不用说臭芙蓉、对叶梅了，就是张豆家的西方莲，义芳家的天竺葵我也是认识的。不过有一次到薛蛋哥家去，一棵藤状植物确乎难住了我。薛蛋哥非常自信地给我介绍说是爬山虎，然而我觉得不是爬山虎，因为小学课文里有篇叫做《爬山虎的脚》的文章，其中有插图，其叶子类似葡萄，还有卷须。而薛蛋哥家的植物虽也爬墙，但叶子似西红柿而不见卷须，所以不管薛蛋哥多么自信，我始终不认可他的结论。

　　虽然我不认为那棵植物是爬山虎，但对它的爬墙能力却颇为神往。我第一年看到它时，它大约有尺许高，而第二年便爬了半墙，郁郁葱葱地遮住了薛蛋哥家的西窗。第二年的时候，薛蛋哥更认定是爬山虎了，理由也很简单：倘若不是的话，岂能如此善爬？其时我已经不着意计较那植物的种属问题了，而要上一棵栽在窗台之下则成了我的梦想。好在薛蛋哥是个和蔼的人，也很慷慨，没说几句便将唯一的一棵扦插好的小苗儿送给了我，这比吝啬的占山哥要好上十倍亦不止。

　　我属于火命，种树是不成的，可能占山哥洞悉了我的短板，因而口口回

倔强的风土
The Land of
Tenacity

086

绝吧。不管怎样，占山哥有点可恶，而薛蛋哥则是可爱的。当我那第一棵小苗儿死了之后再找薛蛋哥要时，他又一次把扦插好的小苗儿送给了我。那一年，他家的藤本植物已经爬满了墙，而且开出了娇艳的花朵。那些花朵红彤彤的，又泛着些橙色，宛如串串铃铛一样悬挂在绿叶间。薛蛋哥常常在花下溜达，显然是极喜欢那些花，他雪白的头发与红花绿叶反差颇大，却又相映成趣。

那时候，薛蛋哥的年纪并不大，但是头发已经像雪一样白了，后来他的胡子也像雪一样白了，以至于很多人开玩笑说这是姓薛的缘故。除了毛发雪白，薛蛋哥似乎就没有其他特点了，村里大多数人不知道他还能栽出一墙袅娜的花。大凡惜花种花的，多是心存美好的人，像宝僧爷和姑老姥爷皆是，薛蛋哥也是一样的。我那时并不迷恋朱顶红或马樱花，却憋足了一个心愿：像薛蛋哥一样，让那些不知名的花儿开满我的窗台，我推窗看去，就能有一派绚烂的光景，恍如某些诗人玲珑的诗境。

那棵不知名的藤本植物，我大概给薛蛋哥要过三次，他每次都慷慨地送与我，然而我始终没有种活，同时也始终不知其名。随着年龄的增长，我在后来终于知道了那棵植物的名字——凌霄，但同时也失去了窗前种花的机缘。近些年来很少经过薛蛋哥那里了，不知道那棵凌霄还在否？倘若还在的话，当也粗若碗口了。三十多年了，那些枝丫应该覆盖了整个房子，或者蹿到了墙外，后邻刘树申经过那里，枝花都可以拂到他的头。

凌霄就是《诗经》中的苕，所谓"苕之华，芸其黄矣"，说的就是凌霄的花。历代以来，描写凌霄的诗歌有很多，赞美者谓其有冲天之志，贬低者说它有攀援之心。文学的典故，薛蛋哥肯定不晓得，即便作为老师的宝僧爷也未必知道"苕之华"。当然，不知道典故并不妨碍他们家里鲜花掩映，像清癯的宝僧爷徘徊在朱顶红边，就有十分旖旎的风情；而薛蛋哥在凌霄丛中，于橙红里现出一抹雪白，亦有几许烟煴的意蕴。

人生何其卑微，推窗就有凌霄横斜的愿望，三十年来都没有完成，或许永远都是我的一个梦了。人生又何其简单，村里很多人都从薛蛋哥那里移植凌霄，然后栽得满墙满房。庆苓爷和学大伯家的还伸展到了大街上，而且开得橙红一片，从夏到秋，吸引许多行人流连逗留。绣花厂里的也开得如锦如绣，那些绣花的年轻女孩喜欢站在花影里拍照，其时白裙漫飞，如翻卷不息的云，又仿佛薛蛋哥隐于花间的白发。

枣树

　　以前，我们村子里有着数不清的枣树，每家院子里都颇有几棵，甚至有不少人家种植枣树以为围墙，四四方方地围成一圈浓绿。在村外的水坑边和大场边，更是有百千棵的枣树胪列驻守，其中居多是小株细木，但也有不少老木虬枝。小株细木密密匝匝，老木虬枝苍苍莽莽。它们不间断地组成一排排战阵的模样，遮蔽了村庄所有的房舍。夏天远远望去，郁郁葱葱，浮荡着团团紫气；冬天远远望去，却也萧然一片，点染着淡淡的蓝烟。

　　枣树的生长期很是缓慢，随便一棵腰围模样的枣树都会有百年以上的树龄。枣树的性格也很是倔强，即便树干破洞充斥，朽木碎屑纷然，但它们依然会抖擞挺立，全不服输。枣树发芽儿较晚，谷雨前后，当杨柳枝头的绿意已然骀荡成海时，枣树方才有动作。不过，一动就快，那些小小的嫩芽儿往往悄然萌生，也许就是在一夜之间，枣树铁条似的枝头就布满了黄绿色的蝶衣，微风拂来，宛然展翅欲飞一般。枣树不与万绿争先，它只为春寒断后，当它一旦参与春光时，也会在迟钝中生发出焕然一新的色泽。

　　枣树的叶子不大，也不密集，无法完全遮蔽阳光，因而很难形成大片的绿荫。春光明媚的时节，太阳虽然明亮，但也并不灼热。站在枣树下，温和的光线从枝叶间穿过，在地上留下斑斑驳驳的影子。抬头仰望，但见满眼都是绿色的晴纱，阳光如同钻石般闪烁其间。那时候，村里颇有几条由老枣树交错形成的林荫路，我时常骑车穿行其间，任那斑驳的阳光打在脸上，明明灭灭，那种感觉如梦幻一般，仿佛自己都融化在阳光之中了。

　　枣树的花儿如黄色米粒儿一般，并不美丽，倒是颇为密集。枣花凋谢，会形成簌簌的花雨，花雨纷飞时，空气中就会飘荡起蜜一样的清甜。每一个孟夏的晌午，我骑车穿行林荫路时，不但有阳光哗啦啦地泼洒下来，而且也有枣花簌簌地落在身上。那些枣花最终散落一地，铺成黄黄的一层。自行车驶过时，会产生一种沙沙作响的软意。孟夏时节不似暮春那么梦幻，

倔强的风土
The Land of
Tenacity

但却平添了许多的喧闹，比如枣树上多有蜜蜂的嗡嗡飞舞，也时有娇莺的恰恰啼鸣，但树下是否有叫卖黄瓜的牛衣小贩，如今确是全然不记得了。

枣花凋谢不久，就会生出许多淡青的枣子来，最初个头还小，但已是玲珑晶莹，宛如碧玉一般。盛夏时节，有了充足雨水的滋润，所有果实都竞赛一样地增长着。村子里的枣树都不疏果，所有枣子都拥挤在枝叶间，吮吸着雨水，玩儿命般地膨大起来。它们密密麻麻，很快就会将丫杈坠弯，似乎直要坠成葡萄的态势，有时还要将细枝生生撕扯下来方才罢休。

我家院里的枣树多时共有十几棵，其中屋门口那棵应有上百年的树龄。虽说也算高龄了，但一直处于盛果期，每年都会结出很多的枣子。每当雨后，枣树结果的丫杈都会低低垂下，整棵大树真像一把镶嵌了碧玉的大伞。枣树枝条垂下时，是十分堪摘的，即便是老人、孩子也都能随意摘取。老人常常用青枣制作哄孩子的玩具，譬如我的奶奶就总是制作一种叫做"小鬼推磨"的玩具，首先将一颗大枣切入半边做磨盘，尖尖的枣核作为支撑点，两颗被横棍儿串联起来的小枣被当作小鬼，横棍儿放在枣核尖端，使得小鬼转来转去，煞是精巧。而孩子们玩的东西就相对简单了，他们喜欢摘下青枣充当弹弓的弹丸，左装一兜，右装一袋，每天对准枣树上的蜂窝，练习百发百中的技能。

家乡的枣树品种很多，有婆枣、灵枣、金丝小枣、脆枣、妈妈枣等，坟地里还有一种小小的酸枣。秋天的农村，万物成熟，所有的果实都累累地挂在枝头。其中枣子半红半绿，最是娇艳可爱。枣子成熟后会变红，也往往开裂。那些裂纹总是让人无端欢喜，我常常想，那些裂纹中是否会淌出蜜一样的汁液来呢？待到秋收，所有的作物都会被收割，所有的果实都会被采摘，这一点枣子也不例外。不过，收获枣子只需用长竿打下即可，不需要付出太多体力，是以乡人总是将其放在秋收的最后一个环节，悠闲地将其打将下来。现在想来，那一场景多少也是有些闲情逸致的。

小时候过秋是十分辛苦的，不过那局面却也热闹，真可谓生龙活虎。割谷，掐谷；掰棒子叶，掰棒子；刨花生，摔花生；割山药蔓，刨山药；摘棉花，拔棉花柴……。路上的驴车、马车、牛车、骡车鱼贯而行，宛如一条长龙，清脆的鞭声不绝于耳。而今人们都不再种谷、花生和棉花，收棒子也完全机械化了。没活儿可干，也算得是一种寂寞。不过，当年的人们普遍关心能否少干点，寂寞不寂寞则无暇顾及。轮到打枣的时候，也就意味着一年的重体力劳作即将完成，因此人们的脸上都浮现出一种轻松欢愉的神情。啪、啪、啪——，大人们用长竿儿用力打，枣子哗啦啦地落将下来，真是如雨如瀑。小孩儿拿着篮子和筐跟着捡，任凭那些枣子乒乒乓乓地砸在头上，虽然也时常有声声的尖叫，但空气中洋溢着的满是收获的幸福。

在物资短缺的年代，枣子是重要的食物来源。这也是院里村外广植枣林的原因之一。长辈都是喜欢枣子的，他们用秫秸编制成"簿"，专门用以晒枣。枣子晒好后，可以用来蒸枣糕、枣卷子、枣窝头以及各种各样的吃食。以枣子为食材做得的各种美食当中，最具特色的莫过于醉枣了，我的奶奶和姥姥都擅长制作醉枣，首先是要挑那些饱满、青硬且没有破损的枣子，用白酒擦拭后放进坛子里，随后放置于阴凉处并且密封好，如此十几天后便可食用。当开坛时，酒香四溢，枣子已经变得周身通红，光亮可鉴。醉枣糯软香甜，清爽可口，一颗下肚，便有无穷的回味。

时光荏苒，一晃二十多年没有吃过醉枣了，而且也有二十多年没有参与打枣了。如今的秋收，早已没有以往生机盎然的局面了，甚至在路上也难得遇见一两辆车，从事纯手工劳作的乡人更是罕得一见。由于房屋翻新和街道扩展，大量的枣树被砍伐了，尤其是两条枣树交错的林荫路也不复存在。在新疆大枣的强力攻势下，本地枣子的存亡可谓无关宏旨。关于枣子带来的乐趣，对于年轻一代而言，或许已经近乎一种传说了。

虽然每年都回家乡，但时过境迁，很多物事已不如昨。只是暮春回去的时候，常常发现那些已遭砍伐的枣木墩子旁，会有一丛丛新绿迸发出来，那便是新生枣苗儿倔强的身姿了。那些枣苗儿排列在道路两侧，连连绵绵，此起彼伏，完全是删刈不尽、铲除不绝的样子。每当看到那些新绿，许久不曾有过的梦幻感又会油然而生。在恍惚中，仿佛会看到新生的枣苗儿迎着阳光挺起身来，蓬蓬勃勃，森然陈列于道路两侧。枣花簌簌地飘洒着，枣子哗哗地跳宕着，人们一声声叫喊着"好枣！"簌簌、哗哗与人们的叫喊中，时光仿佛回转了，浑不觉家乡已是渐行渐远。

倔强的风土
The Land of Tenacity

动物篇
Animals

野鸽子

以往村里很多人都迷恋鸽子，他们在房顶上或是陪房里搭建鸽笼，每天都要为鸽子精心调配五谷。放鸽子时，他们目不转睛，脑袋随着鸽群摇来摇去。在所有的迷恋者中有一位痴迷的人物，名叫义国，他从不午休，在汗流如雨的夏天为侦察一两只鸽子的来路可以跑上几公里，气喘吁吁也不觉疲惫。

我小时候的记忆中只有鸽子，并没有野鸽子这一物种。我实在不晓得野鸽子是什么时候来到吾乡的，仿佛不经意间就飞满了整个平原。后来的时候，在树上、屋顶、庄稼地里，到处都可以看到如鸽子一般大小且灰不溜秋的鸟儿，它们或单独，或结伙，踮着趾爪，一步一啄，时不时发出"咕咕咕"的叫声。乡人给这种鸟叫野鸽子，野鸽子其实就是斑鸠，体型与鸽子无甚差别，尾巴却比鸽子长上一些，叫声也比鸽子响亮。它们呼朋引伴时，"咕咕咕"的声音闻于数里，空气的抖动都可以被鼻翼感受到。

村里养的鸽子只是群飞，悠悠的鸽哨儿声在天空中飘来飘去。这或许也是一种美好的场景，但过多的重复就让人感到乏味了。鸽子不在枝头降落，也很少在野地里逡巡。它们只遵循固定的路线，如此守则的特点使它们与天地万物隔绝开来，春夏秋冬在它们那里也无多变化。而野鸽子就颇为不同，它们放浪不羁，愿意与每一树木结交，愿意和每一季节为侣。它们没有统一的规划，只是在朝云与夕霞间随意地出没来去。

夏天与秋天，田野里食物充足，野鸽子叫声很大，"咕咕咕"的声音此起彼伏，响彻田野。到了冬天，寒风吹彻，野鸽子的声音就会变得寥落，它们不再发声或是为了保存体力，以便能够熬过漫长的饥寒。在冬天的田野里，常可以看到野鸽子扎煞着翅膀，时而腾起，时而落下，在萎而黄的土地里频繁地翻动着每一片枯叶。那些场景，像极了平原上土里刨食的老农。

当田野完全为茫茫大雪包裹时，野鸽子只得一群群地飞向村庄逃难。那时候村庄的烟岚中，就会蓦地涌起无数的野鸽子，它们铁铸一般停在突兀的枝头，一动不动，形成密密麻麻的斑点。野鸽子渴望鸽笼里的暖意，但终究不敢落下；野鸽子觊觎鸽子的吃食，但终究不敢索取。那些家养的鸽子不曾体会田野里那无数的寒风和无垠的大雪；家养的鸽子也不曾想过，每只野鸽子都要在生命里孤独地过冬。

家乡的春天，风会把大树刮歪；家乡的冬日，雪会把大地压实。风和雪不会对任何一个人怜惜，村里的确有很多人就死在了风雪之夜；同样，风和雪也不会对任何一只野鸟儿姑息，我亲眼看到过冻死的鸟儿从树头坠落，"啪"的一声，之后是死一样的沉寂，没有任何的"咕咕咕"为之追悼。风是空气逃走，雪是云朵失足。在逃走和失足的惶恐中，造化自然不会顾及太多，更何况只是一个个平凡的人，和一只只卑微的鸟儿。

与家养的鸽子不同，每一只野鸽子都要学会挺过冬天，最好的策略就是放低身段，学会进村取暖要粮。我小时候在冬夜里常常被野鸽子低沉的声音惊醒，开门出去，却只有明月如霜，野鸽子隐在高大的槐树里，无从得见。我常常故意撒些粮食留给它们，这样它们总可以在我家找到一些吃食。当然，村里也有专门以打谷为生计的人家，譬如刘辉家就有用以脱粒的机械设备。在刘辉家，残落的粮食应该也够野鸽子糊口了。

时光弹指而过，我现在很少在家乡夜宿了，即便夜宿也很少专门听是否有低沉的"咕咕咕"，况且门口那棵高大的槐树早已砍伐，即便还有如霜的明月，野鸽子在我家又何枝可依？自我离开家乡后，不知道村里是否还有如我一样惜怜野鸽子的人，不知道有谁还会着意给它们留下粮食？二十多年后，刘辉已经升级为网红，穿上红裤子绿袄的他，早已冷落了打谷脱粒，那些野鸽子光顾他家也未必能够谋求一线生机了。

即便没有我与刘辉有意或无意的救济，野鸽子还是有其生存之道的，还是可以熬过凛冽的冬天。只要熬过冬天，野鸽子很快就会恢复生机。春分之后，万绿丛生，各种野鸟儿都会活跃起来，它们一群群地停留在村口的杨树、柳树和枣树上，有的领奏，有的和鸣，有的宛如双簧管，有的宛如小提琴，各种各样的鸣叫声在绿色的海洋里荡漾着。其时熏风微拂，水塘里泛起阵阵涟漪。野鸽子"咕咕咕"的叫声融入风中，溶进水里，一切都染上了新鲜的绿色，宛然是《田园交响曲》第一乐章那种初到的惊喜。

多年以后，我常常选择在春分时候回到村里，村里的风在吹，村里的阳光在照，村里的树木在返青，村里的一切都荡漾在《田园交响曲》中，使人忘记了困厄，忘记了冬天。春分的时候，村里的天空中或有鸽哨儿的声音，村里的小路上或有迷恋鸽子的人走动，那都不是我关心的。我只一回头，身后就有野鸽子叫了，"咕咕咕"，"咕咕咕"，有些嘈杂，有些聒噪。那时候我笑了，虽则很多大场卖了，很多大树刨了，但野鸽子总是旧相识。有那些"咕咕咕"与"咕咕咕"，谁敢说从前的一切了无凭据！

驴

驴这一辈子活得很不容易，一年四季都要干活儿，春秋两季要耕地，夏收和秋收更是要运输粮食。只有冬天稍微闲在，但零零碎碎的活儿也有不少。农民在农闲时或修葺禽舍，或整饬院墙，这都要由驴忙里忙外，拉进拉出。驴干起活儿来，虽然比不得牛的力量，也不似马那样利索，但驴却有一种拖不垮的耐力。耐力是十分可贵的品质，在机械未曾普及的时代，重活儿、累活儿全靠人的手乃至驴的腿。人与驴必须要具备耐力，不然，一年又一年如何熬过？

机械未曾普及的时代，驴是农民的支柱。面对繁重的劳作，农民需要和驴同甘共苦。或在大雨滂沱的午后，或在风雪交加的傍晚，人和驴患难与共的境况常常出现在人们的视野里。那些驴夯拉着脑袋，一步一顿地拉着车，宛如到处赔礼。车上的主人也往往疲惫至极，鞭子扔在一旁，甚至连吆喝也都省了，只是由驴瑟缩着蹒跚向前。

大多数的驴都晓得忍耐的重要，无论面临多么艰难的环境，它们都要学会承受，譬如寒风吹彻，譬如骄阳似火，驴都不应该有丝毫的畏缩。在农民的世界里，驴是劳作与收获的强大支撑，代表着信心与力量。驴在院子里虽然拴着不动，但与围绕主人跑前跑后的禽畜相比，孰轻孰重自不言而喻：鸡鸭可以半年一处理，猪羊大致一年一更新，猫狗多不过三五年，而一头好驴，至少要在家里待上十年以上的光景。

一头好驴，必须要将勤奋干活儿当成自己的本分。主人扬起清脆的鞭声，就得努力奋进。好的驴干起活儿来往往精力四射，撒起欢儿来四蹄如风。以往麦收和秋收的时候，乡村小路上便有无数的驴车簇拥而行，各种鞭声不绝于耳。有的主人还给自己的爱驴配上鸾铃，叮叮当当地响彻道路的两侧，乃至响彻田野，柳树、杨树会听得来回倾倒，参差披拂；牵牛花和田旋花也听得纷纷摇摆，欢腾地吹开了喇叭。

倔强
的
风土
The Land of
Tenacity

驴拉车拉到兴奋时会大叫几声，呃啊——呃啊——呃啊，其他的驴听到也会回应，一时田垄上"呃啊"之声此起彼伏。这声音撕裂而刺耳，掩盖了青蛙，惊起了百灵，甚至直冲霄汉。在夜里，驴不睡觉，它们慢慢吃草且静静地听着众狗猖猖。偶尔，它们也会大叫几声。那些极具穿透力的声音会长久地浮荡在空气里，如一丝细烟，在耳际钻来撞去。那时候，风在吹，人在睡，村庄连着村庄，黑魆魆的如同神秘的梦境。驴没有诗意，它们夜里只是吃草，不懂得鉴赏四下斑驳的树影，没兴趣抬望穹顶孤悬的明月。

驴没有诗意，欲望却是有的，不过欲望必须要克制，它们要学会的是配合而不是交配。春耕和夏耕时，需要多头驴配合干活儿。懂得配合是衡量一头好驴的又一标准。好的驴在协作时要分清谁是主驴，谁是副驴。主驴怎么拉犁，副驴怎么拉犁，这都是有严格界限的，不能紊乱。学会配合的同时，也必须要学会压抑交配的欲望。什么时候可以交配，那需要双方主人的协商，由不得驴去自专。驴若不明白，面对的只能是主人的一顿苦抽。

对于一头好驴来说，不光是努力干活儿和懂得配合就能得到安生，它还须解得人意，太执拗了不行，太躁动了也不好。一头不听指挥的驴，即使再健壮，那也不能算是胜任本职的。如若在农夫眼中失去了使用价值，那么很快也便能瞧见屠夫尖刀的寒气了。

所以驴必须谨慎地活着，能干是一方面，另一方面也要学会察言观色，能体会主人的喜怒哀乐方是一头合格的驴。更为优秀的驴不但要在鞭声中习得进退，更要在喝骂中听出真假。因此，几乎每头驴在临终总结时，都会说自己一辈子活得如此飘忽。

有的动物，越老反而越安全，如猫如狗，特别老的猫狗就没人理会了，任由它生死。然而驴却不同，老驴和病驴不堪其职时便有性命之虞了。像那种懒洋洋的老猫，或是颤巍巍的老狗，每个村都不少见，但瘸驴或走不动的驴却百不遗一。没有了存在的价值，主人定不会将它们的命运交给时间。

世界万物，时间长了都会产生感情。这是人性，也是驴性。驴不愿离开主人，主人也不愿舍弃驴。但贫瘠的土地，微薄的收入，使得任何主人都难以承受巨大的消耗。驴老了，或驴病了，主人也要逐渐学会放弃。但真正告别时，主人一般都要泪流满面。处理了驴，甚至好几天，主人眼圈都是红红的。

大约在20世纪90年代中期，农用车开始在冀中农村普及，牲口们遂被成批处理。一头又一头的驴被牵出来，好好喂上一顿，然后拉到集市上叫卖。那些勤奋的驴，懂得配合的驴，以及学会察言观色的驴，尚不知将要到来的命运，它们在集市上东张西望，面对高矮胖瘦的屠夫们，也时不时地要大叫几声，呃啊——呃啊——呃啊。

春天的早上，夏天的早上，所有季节的早上，那些驴们被牵出来，一头头地赶向集市。主人的惆怅，驴们当然不晓得，即使是经过驴肉火烧的摊位时，它们也一样欢腾，一样跳跃。鞭声依然清脆，鸾铃依旧悦耳，只是主人双眼模糊，晶莹闪烁的全都是往日耕耘的旧影。

黄鼬

农闲时节，吾乡的老人们喜欢在暖阳中负曝闲谈，其内容不外乎谈天雕龙，搜神录鬼。甚至有些老人在农忙中也不吝时光，有听众在场，他们往往就会搁下锄头，放下镰刀，然后点燃烟袋，吧嗒——吧嗒——吧嗒，青烟缭绕而上，瓜棚仿佛随之飘纱，豆架也仿佛随之升腾。

老人们常常提及的神有青苗神和八蜡神，鬼的种类就更多了，如水鬼和吊死鬼，等等。此外还有一种"魔"，系涂了鼻血的树桩所幻化，其特点是随人同步进退，只有倒穿鞋子方可摆脱。除鬼神外，有灵性的动物也是不能随便触碰的，吾乡的老人们把有灵性的动物归为四种，谓之"四大门"或"四大仙"，分别为狐狸、蛇、刺猬和黄鼬。

我小时候村里的野生狐狸已经灭绝，蛇、刺猬和黄鼬倒是多见。关于蛇与刺猬，吾乡倒没有什么特别的描绘，然而老人们普遍以为黄鼬之附体迷人，比狐狸尤甚。鬼物附体迷人，吾乡谓之"闹撞客"，所撞之客，可能为鬼，但亦可能系黄鼬作祟。据老人们说，黄鼬会模仿人言，亦能远程控制人的举止。中招的人只能任由其摆布，黄鼬说什么，人便说什么，黄鼬弯腰踢腿，人便弯腰踢腿。"闹撞客"往往发生在幽幽的暗夜，那时候常常星月无光，阴风怒号，端的是诡异无比。

我开始上小学时，村里方才开始通电。在此之前，村里的照明只是靠豆粒儿大的油灯。那时候村里人口不多，荒宅与闲院却为数不少，村外更有许多鬼火飘忽的坟地。人被束缚在共同体的土地上，完全丧失了对外面世界的遐想。唯有月黑风高之夜，那些呦呦叫着的狐狸，那些到处窸窣的刺猬，那些如闪电一掠而过的黄鼬，方可点燃乡人们那被温饱压抑的点点灵光。

我上小学时有了电，却没有了狐狸。那时人们开始热衷盖新房了，但荒宅闲院依然不少。我家前面就是一大片闲院，前面的前面以及前面的前面的右边，都有很大片的闲院。而西边占山哥的居所，虽然不是闲院，但林多草密，亦同于闲院。众多的闲院便成为黄鼬绝佳的庇护所。纵使是后来通电照明，黄鼬们也并不畏惧。它们一个个地穿梭在门窗射出的光隙里，滚滚如黄色的波浪，眼睛还时不时地射出电焊般的强光。

我曾亲眼看到过"闹撞客"的人，的确有古怪的话语与古怪的行为，是否为黄鼬作祟则不得而知。不过在"闹撞客"的档口，有人确实遇到过黄鼬蹲在墙头上拜月的场景。据说那只黄鼬面对清冷的月亮，前爪做拱手状，一起一伏，一伸一缩。四下里寂无人声，只有黄鼬的导引和人的呼吸相伴。我听完讲述惴惴回家，其时夜风阵阵，树影婆娑而斑驳，月下宛如通灵之境，然而所有墙上并不见一只黄鼬。

黄鼬拜月较为罕见，有的人毕其一生，也不一定能有机会寓目。网上有人给黄鼬拜月以科学的解释，认为只是站起来观察情况而已，前爪拱乃是为了维持平衡。当然也有人给黄鼬附体以科学的解释，谓其臊腺能干扰人的神经，以致产生幻觉。不过吾乡的民众却不以为然，他们敬畏黄鼬大仙的道行，并固执地相信祖辈关于黄鼬闹喧儿的话语传承。祖辈老话提及鬼找替身时气氛阴森恐怖，而关于黄鼬闹喧儿，则谓之大仙开个玩笑而已，总之是充满了喜感。

以前村里的动物不少，有各种家禽和家畜。不过家禽与家畜已被驯养得相当麻木，它们只是机械地吃食吃草，了无生趣，甚至连眼睛都是呆滞的。而黄鼬却不如此，它们烂漫活泼，伶俐敏捷，幸好有它们存在，才给封闭的生活增添了一种灵动的新鲜。那些满院槐香的夜晚，那些一枕秋霜的凌晨，黄鼬大仙的光临，总是伴随着鸡鸭乱叫，众狗狺狺。隔窗望去，时不时有黑魆魆的影子如闪电般地掠过，它们在月亮或星星的照耀下，竟会泛起微微的银光。

黄鼬很难捉到，一则乡人出于忌讳而不大敢捉，二则这些小东西着实狡猾而难捉。不过，我家的邻居——三儿舅却是捕黄鼬的高手。有一次，三儿舅一下子逮住了三只，还特意叫我前来观赏。我看见他家槐树下的管道中，有三只毛色油亮的黄鼬，目光如炬如刀。虽然已然沦为阶下囚，但那骨子里透出的桀骜却令人不寒而栗。三儿舅家那只仰俯随人的狗，时不时冲着黄鼬喑呜叱咤，但那些黄鼬动也不动，仿佛有一脸的不屑。

三儿舅捉得的黄鼬实在有限，引不起黄鼬的种群危机。但后来很多闲院都盖上了新房，黄鼬的数量开始飞速下降。我们的前面、前面的前面、前面的前面的右面，连同占山哥那草木芊芊的院子，都被平整后整饬为住人的新居。人声喧哗下，黄鼬遂无歇脚之地了。黄鼬种群的衰减，与20世纪末人口的大量增长形成了鲜明对比。

20世纪末的中国农村，资本的力量开始主导既有秩序。机器零件与人的欲望共舞，在新世纪初达到了一种狂欢状态。在狂欢中，农业被日益边缘化，各种动物——家养的与野生的均在悄然退场。村边电力金具大楼建起的同时，蛙声、鸟声与蝉声也渐至稀疏零落。近些年来，蛇与刺猬的命运大抵与黄鼬一样，几乎完全沉没在隆隆的机器声中，不见半点踪迹。

在前年的春节期间，我于一个大雪的晚上经过村边的杨树塘子，其时白雪茫茫，四下明亮一片。我忽然发现远处雪里有东西在动，飞快剽疾，宛如一股喷射而出的激流。近些看时，我才发现那是一只孤独的黄鼬，我努力定睛，却看不清它的面孔，再走近时，它却仓惶逃走了。许多年了，世事沉浮，幸存下的黄鼬一定经历了很多磨难，只是不知道它的眼神里是否还有不可逼视的光！

动物篇

狸狗子

自从狐狸灭绝后，狸狗子便成为冀中平原上最为凶猛的野兽。为了喂饱饥饿的肠胃，它们游走在林间墙头，如箭一般地射出，枝叶间漏下的月光都来不及照到它们斑驳的皮毛。它们也许嗜杀成性，但凡它们经过的场所，都会引起各种动物恐惧的嘶吼，以及仓惶的逃窜，甚至剽悍如黄鼬者也唯恐避之不及。

狸狗子乃是我乡间的叫法，它的学名为"豹猫"，其实也就是换过太子的狸猫。狸狗子喜欢独处，习惯昼伏夜出，其品性凶狠好斗。生活在山林深处的狸狗子野性十足，野兔、山鸡被它们肆意猎杀，毛羽纷飞，鲜血迸流。平原上没有那么多的野物，狸狗子便潜行于禽畜之间，时而一呲雪亮的獠牙，于是鸡死鸭伤，甚至猪羊身上偶尔也会留下它们深刻的爪印。

我的奶奶曾经多次提及狸狗子的凶悍，她说狸狗子喜欢吃猫，猫一旦遇见狸狗子就会魂飞魄散，呆立不动，任由其摆布。狸狗子往往把猫摄到水边，让其喝水后吐出胃里的脏东西，然后从容地将其吃掉。狸狗子不仅虐猫如此，甚至全不惧人，我奶奶也曾提到一个人携镐与狸狗子搏斗的案例，结局是人被抓得遍体鳞伤，而狸狗子却能全身而退。

由于奶奶和其他老人的渲染，我对狸狗子充满了好奇。然而，我小时候狸狗子在冀中平原上已经极度濒危，实是难得一见。有一次，父亲带我去高口村，在路上他指着一个水沟说有狸狗子，但我并没有看清。后来向父亲问及此事，父亲却说记不得了。还有一次，宝安爷说他看到了一只狸狗子，像大猫一样缩在墙头，他一开门狸狗子便如一道光般地消失了。再有一次，一群比我大一些的孩子在村东的碱疙瘩处狂挖，说是有狸狗子在此。然而我等到最后，也没见他们挖到狸狗子的一根毛发。

我终于没有见过狸狗子，这未尝不是我童年时代的一大憾事。为此，我曾经于夜里在高口村边的水沟里、宝安爷家的墙头上逡巡几多，但恨无踪迹；村东的碱疙瘩，夜里是不敢去的，后来我总是想，我是否因此错过了邂逅狸狗子的机会？或许在某个风高月明的夜晚，最后一只狸狗子立于碱疙瘩之上，身上泛着淡淡银色，眼里透出凛凛的寒光，那股通天的杀气笼罩着村东的田野，蛐蛐不敢低语，蛤蟆也不敢做声。

没有了狐狸，没有了狸狗子，平原上也就没有了嗜血的猎杀。麦子和苜蓿茁壮地生长，野兔、野鸡、黄鼠、鹌鹑、百灵也开始公然地抛头露面，于是田野里一片祥和。如此祥和的局面于我是相宜的，因为我并不喜欢嗜血的猎杀。不过，我又十分向往奶奶的描述，狸狗子那凌厉的身手与傲岸英姿总在我心中挥之不去。尤其是它们那桀骜的眼神，总让我回忆起三十年前一个屡遭邻村围剿但从未屈服的孩子。

那个孩子在进城之前没有见过狸狗子，进城后，又过了很多年，他来到了动物园。他没有汇入围观狮子、老虎的汹涌人流，而是在一间标识有豹猫的栏舍前停驻下来，凝望几多。那里边的几只豹猫——也就是狸狗子——焦躁地踱来踱去。面对围观它们的人，它们充满了愤怒，它们的眼中放射着寒光，俨然透出重重杀机。

然而，坚固的钢丝网困住了狸狗子的野心与雄心，外面的体臭味、烟味、香水味已经使它们感官紊乱。豢养在园中久了，它们的矫健已经日益收敛，它们的不驯也逐渐为深思熟虑所替代。大凡来自乡野间的狸狗子，在进城后也要学会适应环境，也要经历痛苦转型。它们不会揽镜自照，否则连自己都会觉得陌生。

动物园中的狸狗子显然很孤独。其实动物园里所有的动物都很孤独，钢筋水泥原本不是它们的自然天地。山林里的狸狗子我不知道，在我家乡的平原上，狸狗子可以在场边的麦秸垛里歇脚，可以在西上岗儿的地洞里容身，它们磨牙吮血，嗖嗖地飞过一个又一个院落，仿佛夜行的大侠。然而，它们竟灭绝了。在放纵天性的地方灭绝，无疑是一幕血泪交流的悲剧。

我现在常常想象，动物园中的狸狗子有一天能够用它们的利齿咬断钢丝网，以它们闪电般的身姿，轻盈地掠过栏舍，然后穿过车水马龙的街头，

动物篇

103

一路向南，越过大兴，穿过雄安，来到广袤的淀南平原。在夜深人静的时候，它弓着身子并树立起所有的毛发，或在村东，或在村西，扑朔迷离般地吼上一宿。

然而这一切只是想象，也是多年以后的想象。多年以后，狸狗子逃出城市的种种设想一直在我脑海中延伸。那时候，淀里的春水应该正蓝，淀南的麦浪应该正绿。我奶奶的妹妹——姨奶奶，虽然瘫痪了二十年，但依然健壮。每一个春天，她都念叨起奶奶口授的传闻，吓唬着她的外孙女："小可馨，你可别啼哭了，狸狗子来了！"

鹞子

来自冀北的秋风，吹彻平原的一切。秋风向下直坠，田野里瞬间成熟，一片金黄；秋风向上腾起，天空中刹那洗净，万里蔚蓝。迎着吹彻的秋风，农民在金黄的田野里劳作；同样迎着吹彻的秋风，鹞子在蔚蓝的高天上翱翔。

鹞子翱翔于天际，或五或七，或八或九，有时竟会密密麻麻地布满天空。它们飞得很高，高到云端，高且盘旋，宛如一群集结的战机。它们偶尔也会低飞，迎着阳光低飞，一个个黑影悄无声息地在大地上掠过。秋日的天空，各种鸟儿都在拼命捕捉飞虫，鹞子穿梭于群鸟当中，奋力击啄，碎尸、毛血、粪便纷纷坠落，惨叫之声在空气里伸缩弥漫。

鹞子飞到村子上空时，各家的公鸡、母鸡均是惨叫一片，有的母鸡甚至吓得瘫痪在地，扎煞着翅膀，寸步难移。鹞子在房上、树头游来转去，翅膀在沉重的空气中扇动，发出破水裂帛般的闷声。那时候，鸡不敢动，鸭不做声，源自基因的恐惧在四下里荡漾开来，隐隐如雷。

秋收季节，人们都在金黄的田野里享受丰收的喜悦，他们并不提防村里的嗜血猎杀。粮食一车车地运回村里，鸡却一只只悄无声息地失踪。宝安爷时不时广播失踪的鸡，然而鹞子听不见，它们一只只地飞过村子的上空。那时候，落日的金光从碎裂的乌云里穿过，照在鹞子矫健的羽身上，宛如朵朵腾空的火焰。

也许宝安爷并不认同，我却一向以为鸡的失踪与鹞子有关。虽然我也未曾目睹毒辣的猎杀，但鹞子的桀骜不驯恰好符合杀手的特点。我与振辉约好，要对鹞子主动出击，打压一下它们那股嚣张的气焰。然而，鹞子飞翔的高度远非我等所能触及，即便有鹞子偶尔低飞，但很快便会升高，再升高，高过所有鸟类，直至模糊为一个飘忽不定的黑点。土坷垃、弹弓统统成为笑话，线枪、气枪也全部无济于事了。

动物篇

105

当然，鹞子不会长时间翱翔于天。它们有时也会降落在村边的柳浪里，或孤立于村外的坟头上。停驻时，它们傲然挺胸，眼睛间或一轮，扫射出无形的光，让人感到一种刺目的痛。柳浪或坟头都在弹弓的射程之内，我和振辉偷袭过鹞子，也曾有弹子打中过它们，它们中弹后会扑棱几下翅膀，随即亮出钢钩似的双爪，毛羽偾张，那准备出击的姿势，宛如俯冲直下的歼击机。

那时，我与振辉也同样桀骜，就这样与鹞子博弈多次。鹞子凶猛迅捷，我们的弹弓奈何不得它们，但再强悍的鹞子也无法抵御罗网的缠缚。村里的十字道口处有宝安爷的一处闲院，闲院里堆积着大量柴草，啮齿动物以之为庇护而大量繁殖。路军的爸爸在那里布置了罗网，目的是捕捉野兔。那张网的确很有收获，网住过好几只野兔，但谁也不曾想到鹞子也会沦为网中的囚徒。"鹞子，鹞子！"随着众人的呼喊，我被看热闹的推到了鹞子跟前。那只鹞子被套入网中，倒剪在地，它虽奋力挣扎，但却愈缚愈紧，网丝深深陷入肉里，淋漓的鲜血涔涔渗出。

庆苓爷试图徒手捉鹞，但遭到鹞子钢爪无情的反击，差点被抓伤双手。庆苓爷是村里有名的猎手，猎兔无数，甚至在沙窝捕获过一只凶猛的貉，但他显然无法抵挡鹞子凌厉的攻势。庆苓爷放弃捕捉，于是再也无人敢于靠前。然而，近距离围观猛禽的机会实在难遇，于是一批又一批的人凑过去围观，其时，鹞子已经没有力气挣扎，但它的双爪依然张开着，眼睛里喷射出愤怒且高傲的光。

鹞子被缚住的下午，下起了大雨。鹞子淋在雨中，宛如一团乱麻。我不曾想，印象里一向神骏的猛禽，竟有如此丑陋。下雨的时候，人们不再围观鹞子。鹞子独自在雨中淋了很久，雨停时似乎已无声息。一只流浪的黑狗跑过来，试图接近那鹞子，那只许久不曾动弹的鹞子突然伸出嘴来，向空一啄，黑狗蓦然后退，一根挡在前面的木棍被当场啄作两段，发出一声闷雷般的钝响，啪———

野貉

　　冀中平原没有密林险滩，兼以人稠村众，野兽实难觅栖身之所，所以自古就从未听闻过什么豺狼虎豹。只是最近几十年来，蠡县的留史与肃宁的尚村相继发展为大型皮毛市场，狐狸、貂、貉等所谓的野兽才进入人们的视域。不过，那些野兽也不能算是真正的野兽，它们与"野外"无缘，而是被关在一个个狭小的笼舍里，由昼及夜，从生到死。

　　吾乡多有从事皮毛生意者，从事养殖的也不为少。尚村华斯集团的崛起，更起了推波助澜的作用，于是贩卖的贩卖，养殖的养殖，四乡八里，一时间形成庞大的毛皮产业链。刘连城村以收购皮毛为生计者多至几十家无算，养殖大户也颇有几家。我的发小中就有伯辉、刘辉、树申养过狐狸和貉，其中又以貉为最多。他们的院子里设有笼舍，养有大狗，那些貉懒洋洋地趴在笼舍里，目光涣散，一动不动。

　　那些貉自出世起便被安排好了一生。它们需要在笼舍里度过所有的日子，直到被电击扒皮的那一天为止。它们早上也能迎接朝霞，晚上也可凝望星斗，但这份"自然"对他们来说却是凝滞的，它们只能透过笼舍看到那一小块儿固定的天空。此外，貉们的吃食也是固定的，发小们每天都会熬制掺有骨粉、鱼粉的棒子面粥，平均分配给众貉，一天一大锅，周而复始。那些貉吸溜溜地喝完粥后，便只有眯眼发呆了。它们胖墩墩地匍匐在笼舍里，毛发蓬松，活似一个个沾满土的雪球。

　　众貉在笼舍坐稳了奴才，也都学会了向主人谄媚。每当主人出现时，它们都会霍然站起，像陀螺一样自转不停，同时还会发出呜呜声用以乞怜。人世间谄媚的情景概不少见，畜牲与人大抵一样，一旦陷入被安排的境地，又有谁不为保全自我而竭虑殚精呢？从这一角度来看，人类其实并没资格嘲笑貉。貉谄媚主人，同时也会谄媚狗。貉的谄媚，狗们很是受用。当众貉自转且呜呜的时候，狗们都会停止狂吠，向它们颔首摇尾。

然而，无论众貉如何诌媚，也无法改变它们命已注定的劫难。每年冬天，它们皮毛达到最佳状态时，死神便悄然走近了。那些死神并不肩扛镰刀，而是手持一根根电棒，他们用电棒把貉击倒后，不待其抽搐停止，便抽出雪亮的尖刀，只一划，那血便喷溅到数尺外，宛如一支铿然射出的红箭。腥味势必引发众貉的躁动，一时间惨叫声飘至村子上空，盘旋而缭绕。

貉们相对较蠢，它们比不上猪，没有猪的带领，它们根本想不到驱逐主人，更不会发挥出乌托邦的思想。所以人类提防猪就是了，大可不必提防貉。猪可能会造反，而貉充其量只会逃跑。不过，貉要逃跑也不容易，它们被禁锢于笼中，吃喝拉撒都是在看管中进行，根本没有挣脱的机会。唯一的机会据说是在交配的时候，当然交配也是主人安排好的，但在那一刻主人十分忙乱，提高了逃跑的可能性。据说有一只貉抓住了机会，挣脱了主人，撞开了大狗，风驰电掣般地逃走了。

自此以后，在刘连城村东的沙窝地界就出现了一只无主的野貉，它或隐或现，飘忽不定。有时候，它也会来到台田的大道上溜达，但更多是穿行在田间地头，偶尔也会卧在畦垄里闭目休闲。它并不十分怕人，但也高度警惕，使人无法靠近。当有人走近它时，它便呲起獠牙，下意识地后退几步，然后一弓身子，如箭一般地射出，随后隐没在无垠的麦浪里，不留一丝痕迹。

野貉出现的那个春天，天气十分明媚，沙窝一域麦浪如海，野烟如织。柔和的风吹在野貉的身上，根根毛发如钢针抖举。不过几个月的时间，它精瘦了下来，四腿骨立，双肩如削，但目光却益发犀利，一瞥之际，竟也如炬如刀。野貉步履轻盈地经过田野，黄鼬、黄鼠风声鹤唳，野兔、野鸡也都闻风丧胆。显然，它已经不再是一只善于诌媚的奴才，而是成为凛凛的一方霸主。黄昏或黎明时，它还会接近村庄，在众貉的诌媚声停歇后，时不时发出几声胜利的低吼。

那只野貉是从谁家逃出来的，我竟无从得知。反正伯辉没来沙窝找过，刘辉与树申也没来沙窝找过，村里其他的养貉大户也都不曾宣布其归属。当然，宣布了似乎也没什么用，在野地里，人若想徒手捉貉无异于痴人说梦。没有了归属，也便成就了彻底的自由。那只跑丢的貉竟然成天游荡在沙窝的绿野里，一个月，两个月，三个月，乃至于数个月。数个月之后，下了大雪，那只野貉不再那么从容，而是瑟缩在秫秸丛里，因为它已经迎来了自由后的第一次围剿。

刘连城村的养殖户普遍厌恶那只野貉，他们担心它的低吼会导致其他奴才的叛逃，于是养殖户们约好要在大雪后围捕并处决之。然而，那只野貉剽疾如闪电，转瞬便无踪。一个网名为"踏雪无痕"的养殖户未曾参与围捕，大家引以为憾。不过，即使"踏雪无痕"来了，也未必赶得上野貉半分。野貉的速度实在太快了，养殖户们费尽了心思，却不曾薅到半根貉毛。那只原本土灰色的野貉在雪地逃亡了多天后，竟然越来越白，以至于与茫茫大野融为一体。

大雪之后又是一场大雪，在两场大雪之间，有一位长得酷似王志文的高手——庆苓爷加入了围捕的行列，据说他设下的罗网很少走空。有高手加入，那只野貉的结局自然也就十分明晰了——它最终还是没有能摆脱宿命。我不知道它的肉是被吃还是被扔了，但它的皮肯定是被卖到了尚村华斯集团，成为华斯皮革加工厂的一张原材料。工人们并不晓得那张皮的来历，当然，那只皮与众皮叠放时也没显示出不同。但当工人将其扔进芒硝中鞣制时，那张皮的边缘却爆发出了刺目的光芒，轰——轰——轰。

動物篇

蜻蜓

那时候，田野里麦子熟了，灿灿的一望无际；那时候，阳光充足，如洒如泼，照得大地腾起缕缕紫气；那时候，蜻蜓从阳光下飞过来，迎着薰薰的暖风，忽东忽西，忽南忽北，忽然停在那些冒出来的麦穗上。

麦田里的麦子是平齐的，然而有一些细而长的茎秆儿冒出来，吐出凌厉的锋芒。蜻蜓飞过来，叮在上面一动不动。它们的薄翼反射着白花花的阳光，闪闪如电。有些血红的或幽蓝的蜻蜓，被阳光冲洗得鲜亮多姿，像自信的花儿一样迎风摇曳。

那时候的时光是缓慢的，蜻蜓叮在冒出的麦穗上半天不动，直到刷刷的镰声逼近，它们才勉强飞走。然而它们又低徊辗转，始终不肯远去，仿佛无限留恋麦田里的一切。麦田里的日光与风竞相煦暖，在孩子们额角留下吻过的痕迹。

孩子们喜欢麦田，也喜欢蜻蜓，他们如风一般地追逐着蜻蜓，旋转斗折，欢笑声此起彼伏。大人们则默不做声，任凭汗水流下来，流到臂膀上，又流到镰刀上。镰刀上滚动着人们的汗水，映射着太阳的光，晶莹四射。

麦子收割完毕，蜻蜓们无处落脚，它们开始向村边的小路上集结。那时候的小路也铺满阳光，尤其是余晖返照，浮现出红彤彤的颜色。那时候的蜻蜓在柔和的光线里奔忙，铺天盖地。它们似乎对夕阳迷恋至极，拼命地拖拽着，生怕那闲散的时光转瞬飞走。

蜻蜓在小路上集结的时候，小路上也会集结很多孩子。那些孩子从家里拿来扫帚，在晴翠的光岚中挥舞。更小的弟弟、妹妹则躲在一边，他们伸长了脖子静静地看着，手里牵着一只只刚刚捉得的蜻蜓。所有的孩子都欢呼雀跃，脸上浸满夕阳的颜色。

那时候小路上也有很多骡车，那些车辆辆相接，鱼贯而行。大人们赶着车，车上装满了麦子，也落满了蜻蜓。蜻蜓并不怕人，它们围着大人们的草帽翻飞。大人们眯着眼睛，听着鸾铃，任由蜻蜓叮在鞭梢儿上，迎风抖动。

那时候，小路上的蜻蜓依旧如瀑如雨。大人们从暮霭中走来，他们迈着疲惫的步伐，穿过孩子们的欢笑，穿过蜻蜓战阵的轰鸣，没有任何声息。

那时候，大人和孩子一同归来，其时蜻蜓乱舞，晚霞来映，刹那间风韵如诗。

柴狗

那时候各家各户都在旱地上种植很多红薯，那些红薯并不售卖，主要供猪食用，同时也是狗的主粮。有了红薯，养狗的成本很低，因而家家户户都会养上一只柴狗。每到揭锅时分，柴狗便会摇尾垂涎而来。吃饱后便躺在白花花的日光里睡觉，哈哧哈哧的舌头下闪出白森森的牙。晚上的时候，任何风吹草动都会激发它们连锁性的狂吠，此起彼伏，像飞来飞去的尖刀。

柴狗拒绝一切陌生的东西，无论看到的，还是听到的，有半点不熟悉，它们都会暴躁地嘶吼乃至撕咬起来，但它们一般不会去咬主人。它们很清楚自己的地位，一旦咬了主人，它们的狗命多是到此为止了。即便咬了主人后逃得及时，不至于有性命之虞，但变作丧家犬却也着实可悲。所以对主人保持足够的温情，这才是一只柴狗合格的标志。有事没事围着主人转转，摇摇尾巴，便可被主人视作是忠诚的举止。这一点不仅在柴狗那里，在所有狗那里都是适用的。

人们常常训斥柴狗的短视、低视，甚至是势利眼，柴狗们均是噤声不语。对于人们的权势，它们向来不敢反抗，而且还要温顺地摇着尾巴。不仅如此，聪明的柴狗还要学习如何观察主人的眼神，如何揣摩主人的心思。生存不易，柴狗也要学会保全自己，因此向人们习惯性地低头，在柴狗们看来不为可耻。一只柴狗无主家依傍，可能随时被炖被烤。因此主家垂青，柴狗们自会不吝爪牙为之前驱。

然而，即便主家垂青，有可依傍，也并不意味可以安然高枕。近些年来的农村，田园风情渐渐退场，熟人社会渐渐坍塌，机器的轰鸣声渐渐淹没了一切。众柴狗在这惊人的世变中也显得不知所措。前些年俯首称臣，如今引领群狗者有之；前些年作威作福，如今寄人篱下者亦有之。周围瞬息万变，实是令狗眼昏花。人们可能不太明白，柴狗们可能也不太清楚。

事实上，人有人的社会，狗有狗的江湖。

一只柴狗独处时拥有狗的理性，两三只在一起时头脑也还清醒，但更多的柴狗萃在一起却往往丧失判断，尽显残酷。那时候乖巧便会霍然转为激昂，温顺则霍然转为极端。它们东来西往，昼夜游荡，宛然组了狗帮一样。它们时不时地追逐一两只丧家的柴狗，胁迫它们。那些被胁迫且又丧家的柴狗，被咬开皮肉则司空见惯，有时候狗血流淌一地，散发着刺鼻的腥味。

柴狗在江湖中屡有危机，即使萃在一起也无力对抗时代的洪流。譬如主人们形成崇洋的倾向，柴狗们便无力挽回。那时候，有些奇形怪状的洋犬从大城市蔓延到县城，进而波及农村。柴狗们的位置虽尚未被顶替，但传言四起，导致狗心惶惶。有的柴狗沉默不语，更多的柴狗则磨牙喰血，跃跃欲试。更有个别柴狗从南到北，狂跑狂吠，如同一阵阵黑色的旋风。

洋犬的样貌与举止往往触怒柴狗，只要有一只柴狗为此狂跑狂吠，众狗们的血脉就要开始偾张，很快便会大规模萃起来。它们或竖耳摇尾，兼以暗呜咆哮，激情洋溢地展示本土的优胜；或三三两两地结合，一趟趟地游走在大街小巷，刺探敌情，寻找着下手的时机。它们在黑暗中射出的瞳光，灼灼如岩下电。

狗心惶惶的日子里，众柴狗都尝试将愤恨的烈火燃向洋犬，只要是卷毛、沙皮、秃尾巴的类型，统统都要成为敌视的对象。偶然有娇小的洋犬溜出家门，萃起来的柴狗便会蜂拥而上，一顿咆哮，把洋犬吓得屁滚尿流。当此时，柴狗们的本土信念得到充分释放，整体上的满足感也就取代了个体的沉沦。

然而洋犬很难靠近，像黑背、狼青、苏联红等类型，体型实在巨大，性情着实凶猛，柴狗根本不是对手；而各种萌宠的洋犬又被主人牵着、抱着，很少脱离主人的视野。溜出家门的娇小洋犬，又实在是偶然得不能再偶然。柴狗确乎想维护本土，却苦于没有机会。它们愤恨的烈火起伏腾宕，烧灼得眼珠血红且嗞嗞作响。

即便无法对付洋犬，那起码也得萃起来排斥洋犬，不让众狗与之相接。柴狗们粹合后便容不得反对派，同时也容不得旁观者。它们号称最能代表众狗，但却从不顾惜作为个体的柴狗的狗权。洋犬无法攻击，个别特立独行的柴狗往往成为众狗看不惯的对象，于是组团去撕咬便不可避免。在村头的土场上，或村外的坟地里，常常有多只柴狗集体撕咬一只柴狗的情况发生。在太阳的照射下，那些柴狗身上的血都闪着刺目的红光，扑啦啦地随风颤抖。

柴狗之间的战争，白牙森森，鲜血淋漓。在夕阳中，一声声的惨叫传彻旷野。平原的日暮，壮观而迷离。长空静穆，大地沉寂。那些被咬伤的柴狗踽踽而行，它们的影子被余晖拖来拖去。它们宿命地挥送红日西坠，青春的书也一页页地在狗脑中翻起。它们吃腻了红薯，也啃得了骨头。它们讨好过主人，也顺从过权势。它们抵制过洋犬，也最终被同类咬伤。它们疲惫不堪地走着，同时也回顾着狗生，直至太阳消失，暮气潮水般淹没了一切。

狗生不堪回首，它们的一生屈辱与残酷同在，口水与血水同流。它们随时准备攻击他狗，同时也随时提防着他狗的攻击。它们嗜血的眼睛里似乎不会出现温情的内容，它们残酷的头脑中也很少留刻暖暖的印象。那些老旧的土墙、破烂的栅栏，以及蜷伏的懒洋洋的柴狗，在人们的眼里，温情浑在。但在柴狗的意识里，却全不如此。它们会条件反射般地将同类咬醒，使它们耸毛，呲牙，瞪眼，耳朵竖作尖刀，忙不迭地来上一阵狂吠，像漫无目标且极速扫射的机枪。

黄马褂

我幼年时代的平原，雨水相当充足。每到雨季，瓢泼一样的大雨可以连着下上一夜，连绵的小雨更是可能几天都不停止。那时候，村里的墙头常常传来轰隆隆的颓圮声，烂泥委弃一地。村外的坑塘里满满当当，闪着粼粼的光。蝉声与蛙声和鸣，如同快板与慢板交织，吱吱呱呱，那种欢乐竟可唱彻天宇。

村子东头原有两块儿土场，土场东面有两个大坑，北坑稍小，围绕着参差的翠柳和挺拔的绿杨。南边的坑大且浅平，里面长满水草，雨水充足的时候，水域颇觉开阔，有种让人眼亮的感觉。那时候，北坑的蝉与南坑的蛙重章叠唱，似要吵破一切阻碍的样子。在欢乐的喧嚣中，确乎有生命破壳而出，如蝌蚪、水黾、龙虱和水虿纷纷涌现，宛然是被北坑、南坑的合唱同时叫醒。

雨水久积，蝌蚪就率先出现了，它们密密麻麻，摇摆着黑色的尾巴，浮动于水草之间。紧随着蝌蚪，水黾、龙虱和水虿也纷纷出现，整个坑塘开始有了灵动的氛围。水黾在吾乡称作"水担杖"，它们身子细小，还长着长腿，可以在水面疾速飞跑；龙虱在吾乡称作"水盖子虫"，它们游水速度也相当可观，且浮沉无定；水虿在吾乡称作"水蝎子"，系蜻蜓的幼虫，它们很沉着，在水下静静地浮着，一动不动。蝌蚪、水黾、龙虱、水虿在北坑、南坑都有分布，但北坑里却独有一种神奇的生物——"黄马褂"，这在南坑里是寻觅不到的。

"黄马褂"通体黄褐色，背上覆盖一个厚重的硬壳，硬壳稍有些淡青的颜色。硬壳底下长满着褶皱一样的软片儿，灿灿如金。那些软片儿一张一翕，带动身子旋转游移。此外，黄马褂还长着一条长长的尾巴，尾端又有两条狭长的须线，酷似张开的剪刀。这种似虾而非虾的生物并不是游水的高手，它们没有鱼的滑腻，也不具备虾的弹跳能力，当它们浮出水面时，只要随手一抄，便可逮个正着。握在手里，它们只能是瘫软如泥，不能作半点反抗。

多年之后，我在新闻上看到说某地发现了恐龙时代的珍奇物种"鲎虫"，俗称为"三眼恐龙虾"。我看了图片后哑然失笑，其实就是我童年时代十分寻常的"黄马褂"而已，这都能上新闻，实可谓少见多怪了。不过，在新闻里，我也获得一则足够震撼的知识，那就是这种鲎虫的卵可以在100℃的高温下存活，而且具备在干燥土壤里滞育的能力，据说最多可达数十年之久。也就是说，去年伯辉捕捞到的某些黄马褂，有些竟可能与我们年龄相仿。

多年以前，我和伯辉年年都会从北坑里捉得一些黄马褂，放到瓮里养殖，好像小学时年年都是如此。后来我到外地求学，辗转打拼，而伯辉留居乡里一直坚持捕捞。最近十年来平原大旱，北坑没水，怕是连伯辉也遗忘了以前的欢乐。好在前年与去年雨水稍多，坑中又涌现了密密麻麻的黄马褂。伯辉信手捞将来，做了几道下酒的菜，据说真还有些虾蟹的滋味。

不过，满足口腹之欲显然则背离了儿时的捕捞目的。以前从不曾想过黄马褂还可以食用，只是随手捉来，带回家作观赏之用。以前的时候，我和伯辉每年都在北坑里捕捞很多，振辉和星辉也会捕捞很多，但北坑里的黄马褂似乎被施了不盈不虚的神咒，无论捞取多少，依旧是密密麻麻，在数量上看不出任何变化。同时，黄马褂也不识惊惶，同伴被捞走，剩下的仍然翻着褶皱的软片儿游行，像朵朵欢快的菊花。

1988年，刘连城小学进行危房改造，我们只得迁到村东的坑塘边上课。由春至夏，大概接近一个学期的光景。我那时候正上小学三年级，任课教师系冯来僧老师。冯老师将露天课堂设置在北坑与南坑之间的土垄上，土垄上有很多粗大的枣树，小黑板就挂在一棵最粗大的枣树上。冯老师在枣树下讲课，同学们都伏在地上书写。现在想来实是艰苦，然而我们当时却不觉得，而是欣然怡然。北坑、南坑的一切恍如一番绿色的梦事，同学们上课学习，却都有做梦的感觉。

那时候的北坑众柳环翠，在翠柳中间会有各种各样的鸟儿争鸣，尤其是啄木鸟还会发出响亮的笃笃声。那些啄木鸟有红背、绿背、黑背、白背之分，冯老师讲着分子分母，同学们却注视着红、绿、黑、白。冯老师发现后呵斥大家，大家就把眼角的余光转向南坑。南坑有明亮开阔的水域，偶尔有蹁跹的白鹭，甚至有白洋淀逃来的鸬鹚。白鹭和鸬鹚出现后，班里群情雀跃，连冯老师也控制不住局面。不过，冯老师似乎也不去格外管理，他也会放下粉笔，把脖子伸得老长，并踮着脚张望。

那时候，同学们上课时一个个神情痴荼，目光散乱，下课后却生龙活虎。冯老师的哨声甫落，同学们早已抬脚奔向坑塘。南坑里的浅水可趟，大家会携手趟水，有时候也会捞取蝌蚪、水蚤，或追逐龙虱和水黾。当然，也有不少同学跑到北坑边捕捞黄马褂。那时候，伯辉会带着头，他拿着透明的罐头瓶，只往水里一投，便能提上好多只。那些黄马褂被装进瓶里，也不作恐惧之态，只是舒展大方地游行，仿佛迎着日光震颤羽翼的蝴蝶。

冯老师再度上课的时候，大家饮水用的罐头瓶里都装满了黄马褂，于是大家紧盯着罐头瓶继续做题，冯老师也不以为忤。那时候云淡风轻，清波如镜，坑边绿树凝碧，而西天残阳如血。冯老师认真讲着课，同学们认真盯着黄马褂；黄马褂顽强地活着，而乡村少年则在拼命生长。就在不知不觉间，蝉声渐少，蛙声渐歇；黄始催绿，夏已欲秋。

夏已欲秋，水则在消退。一转眼，南坑已经接近干涸，仅剩有一条壕沟存留着些浑浊的水，蝌蚪、水黾、龙虱、水蚤所有物什都悄悄消失了。北坑稍深，但积水也已减却太半，众多黄马褂拥挤在一起，大有束手待毙的况味。当然了，黄马褂终将在静待干涸中悄悄死去，然而它们留下了倔强的卵，那些卵遁世无闷，浑然不怕几十年没有水的困厄。

待到我们回校上课的前夕，北坑与南坑都已呈肃杀态。男生都不屑去捞取黄马褂了，女生颇有怜惜之情，也无心捞取。那时候男生只对跳壕沟保有兴趣，女生也跃跃欲试，但她们居多不敢，只有凤娟大胆试过一次，不想径直跌落沟中，黄色的水花溅起丈许，扑通——

蛇

据说灵长类动物在进化中形成了关于蛇的恐惧基因,但凡有蛇类经过,猴子、猩猩都会狂烈地蹿跳、嘶吼,以提醒同伴警戒。人类亦不例外,遇见蛇,且不管有毒无毒,多数人都会有头皮发麻的感觉,更遑论是踩到、摸到了。我曾有一次掏鸟窝掏到了蛇,那种体验真如失重一般,心脏骤然一紧,直欲晕将过去。

春天是鸟兽孳生的时节,麻雀、山雀以及各种各样的鸟儿,都会积极投入地下蛋、孵卵。于是各种树洞、各种墙缝儿便成为男孩们猎奇的乐园。男孩们伸手从树洞或墙缝儿里掏出蛇来自是家常便饭,我身边不少伙伴都有这样的经历。胆大如我者,心脏扑腾一会儿也就罢了,胆小者往往被吓尿,甚至是发起烧来。

在吾乡,爬入树洞或墙缝儿里的蛇大都为锦蛇类,俗称"菜花蛇",吾乡叫做"菜长虫",是一种行动缓慢且无毒的蛇类。它们无甚进攻性,有时抓在手里亦不妨事。菜长虫在某些地方是被称做家蛇的,它们不但出没于树洞里、墙缝儿里,在人们的院落中、茅厕中、猪圈中,也会堂而皇之地出现,甚至会肆无忌惮地游走在人们的堂屋里。以前人们的房子较为老旧,缝隙太多,几乎每家每户都有从屋里挑出菜长虫的经历。乡人一般迷信家蛇为财神,并不打死,然而又着实恐惧,于是只得作挑出去处理。不过据说这是无效的,蛇凭着气味还会自己找回来。

我曾在奶奶屋里用叉挑出过一条正吃麻雀的大蛇,也曾戴上棉手套在三姥爷家的地窖里抓上过一条小蛇。那两条蛇都是菜长虫,性情温顺,如若换作是"白立杆儿"、那我绝对是不敢靠近的。"白立杆儿"学名为"黄脊游蛇",从"游蛇"这一名目着眼,也可以想见其行进速度之快。"白立杆儿"全身细长,行进时身子扭动幅度很小,似乎是直线向前。吾乡有多位老人说过,"白立杆儿"可以在麦穗上顺风而走。然而那样的奇观我并未见过，现在想来，当是一种如风的俊逸，每每让人神往心驰。

"白立杆儿"不但速度极快，同时也凌厉异常。乡人谈及"白立杆儿"，都似乎害怕它们两眼闪露的凶光。我虽未见识过"白立杆儿"飞跃麦穗的好身手，但它们竖起身子的霸气举动却领略过多次。记忆最深的一次，是和振岭在沙窝挖出的那一条"白立杆儿"，那条蛇钻出洞后，即竖起身子向我俩追来。我俩一时间望风而逃，而那蛇直如风一样紧追不放。关键时刻，振岭家那只养了十几年的老狗挺身而出，叼住"白立杆儿"猛甩多次，我们才最终得以脱离险境。

"白立杆儿"虽然迅疾凌厉，但却系无毒蛇，也不需十分害怕。以前冀中平原上到处都可见蛇蜿蜒盘曲，但大多都是无毒的类型。只有一种叫"野鸡脖"的蛇，在无毒与有毒之间。"野鸡脖"学名"虎斑颈槽蛇"，这种蛇通体翠绿，颈部两侧有黑斑与红斑相间排列，煞是醒目。"野鸡脖"有毒腺但不与毒牙贯通，因此是否属于毒蛇还存在一定争议。据说在日本是归为毒蛇的，且有死亡案例为依据。不过"野鸡脖"性情温顺，行动迟缓，极少攻击人类。在吾乡，从未有人将其视为毒蛇，似乎被其咬伤而中毒者只有一例，大概是梦根的爸爸臭货哥，据说肿胀了几天也就痊愈了。

"野鸡脖"常常出现在坟地的草丛里，它们翠绿的颜色常与青草混为一体，因此踩到它们是常有的事。我家祖坟外围有一片草地，郁郁苍苍的，很少有人涉足。我和振辉、继宗常常趟过那片草地以寻求刺激，每一次都会驱赶出很多"野鸡脖"，它们一条条缓慢曲折而行，蛇头攒动，信子伸缩，窸窸有声的样子。它们颈部的黑斑形成一个恐怖的"八"字，一串串的红斑则赫然闪光，谓之"野鸡脖"还真是形象的比喻。

菜长虫、"白立杆儿"、"野鸡脖"是吾乡最为常见的蛇。这三种蛇都不会长得太大，超过一米已是不小。冀中平原上似乎没有大蛇，不过吾乡的黑球爷竟在老刘坟看到一条没有尾巴的大蛇，据描述似乎有大镐把粗细。黑球爷吓得农具都不要了，跌跌撞撞地跑回了家。不过，黑球爷的奇遇也就发生了那么一次，此后再没听说有人邂逅过那条粗大且没有尾巴的长虫。

说起奇遇，黑球爷尚不能望伯辉之项背。伯辉曾在洪生爷家房后的枣树下邂逅过一条通体洁白的蛇。然而无论他怎样向别人描述，除了我之外，好像没有人愿意相信。我之所以选择相信伯辉，是因为我也有奇遇，而且伯辉也不能望我之项背。伯辉遇见的蛇白似白云，而我遇见的蛇则蓝似蓝天。

　　那是一个中午，当时我独自一人游荡在祖坟西面的大坑边。在坑边草地上，竟有一条蓝色的蛇蜿蜒而过，那蓝莹莹的鳞甲在碧草的衬托下显得分外分明。在我发呆之际，蓝蛇钻入野地消失了。这一奇遇令我困惑不已，诉说无端。后来我终于弄清了蓝蛇的来历——大概是虎斑颈槽蛇的蓝化，其时我已离开家乡兜转多年。世事羁绁，我已不再热衷于各种隐喻的诠解，但那条蛇在草地上闪耀的蓝光，却一直在我记忆和想象里延展伸长。

The Land of Tenacity

麻雀

　　无论是在城市，还是在农村，麻雀都属于最常见的鸟类。在早晨，在中午，在黄昏，在任何时候，麻雀们都铺天一般地飞，飞起来宛若爆炸腾起的烟云；同时它们又盖地一般地落，落下去仿佛军阵前纷纷射落的箭镞。

　　无论春夏秋冬，也无论田间地头，麻雀们都会铺天盖地地腾起或飞落。"铺天盖地"一词即是物种成功最好的注脚。不过，"铺天盖地"有时也并不尽善，宛如蚁民一样，一旦"铺天盖地"，往往也就失去了被眷顾的理由。

　　比之锁向金笼，失去眷顾虽意味着自由，但同时也意味着诸多未知的风险。"铺天盖地"的成功乃是种群意义上的成功，就个体来说，它们并不会因此得以摆脱生存的困境。譬如遇见天敌，"铺天盖地"对某个倒霉的个体实无多少意义。况且"铺天盖地"也无形中造成了资源紧张之势，麻雀们的食物并不充足，是以羸瘦的占绝大多数，更有许多常常在寒风中饿得瑟瑟发抖。

　　麻雀的天敌有许多，空中飞的有鹞子，有隼。鹞子和隼向来身手矫健，它们常常在高天翱翔，掠地而飞时多是为了捕食麻雀。鹞子和隼以麻雀为主食，它们可以在空中击啄群鸟儿，盘旋、俯冲、陡转，翅膀"扑拉扑拉"的声响似可击彻空气。麻雀们在危局中左冲右突，大部分虽可保全，但毕竟有倒霉的要落入魔爪中。其时，尖喙鲜血淋漓，毛羽纷纷撒落，对于麻雀来说，这些场景不啻为一场锥心惊魂的梦魇。

　　麻雀一般将窝搭在墙缝儿和树洞里，在这些地方鹞子与隼无计可施，可蛇和鼠却出入无碍。作为麻雀另外的天敌，蛇和鼠会在墙缝儿、树洞里长驱直入。它们吞噬鸟卵，撕咬鸟雏，有时会杀得毛血满地，哀鸣漫空。多年以前，周围涉黑的地痞纵横吾乡时，就是这般磨牙吮血的状况。一些老实的乡民往往遭其殴虐，实有类似于窝毁雏亡、铩羽而逃的麻雀们。

说起麻雀的天敌，乃以人类为甚，鹞子、隼、蛇、鼠均难望其项背。吾乡小孩儿几岁便可玩弄弹弓，有人甚至玩到知天命之年。娴熟的弹弓手可以射杀无数麻雀。更何况在缴枪之前，以气枪射杀麻雀取乐者，大村往往多至数十人，小村至少也有七八个。那时候，从清晨即闻清脆枪响，麻雀则一只只应声而落。许多年了，我记不清麻雀是如何惊惶四散的，但那啪啪枪响，像极了旧时某小吏踹向乡民门板上的皮鞋声。我清楚地记得，乡民惊愕的眼神被叫嚣和骤突起的尘埃所淹没。

当然，即使没有天敌，没有人类，麻雀们也不可能高枕无忧。它们铺天盖地的繁衍，也暗含了食物匮乏的隐患。秋收时节，粮食充足，算得是幸福时刻；春季夏季，虫子孳长，也还凑合；至若雪冬无食，才最是难熬。那些羸瘦的麻雀在呼啸的风里，瑟缩着身子，啄食着荒草败叶。这样的场景几乎出现在所有冬天的早晨，和所有冬天的晚上。麻雀的温饱，与时代之兴亡未必同步，盛世的麻雀，苟延残喘者也不可胜数。

平原上酷寒的天气如同狙击的枪，麻雀虽有毛羽，但也常常猝不及防。平原上每逢暴雪，都会有家畜冻病，有牲口冻伤，更有麻雀在树梢间悄悄冻死。麻雀们先是铁铸一般停在枝头，纹丝不动。北风如刀，一刀一刀地剜刻着它们的躯体，它们终于会坚持不住，忽然"啪"的一声落下来，那声音在阒寂的半夜里，宛然是一声闷雷。乡民们在寒冷的冬季死去，也是这样一种死法，闷雷般地最后一搏，也就再无声息了。

冻急了麻雀也知向暖。那时候的窗子多用纸糊，屋里如丝般的暖意会浸过窗纸，传导出窗外，于是便有很多麻雀挤在窗棂上，排成一溜儿，像是一块块酱好的萝卜。每到晨曦初露时，它们便叽叽喳喳，划破黑暗的沉寂。在我关于麻雀的所有回忆里，唯此算是一抹仅有的亮色。

麻雀在吾乡被称作"家雀"，或简称为"老家儿"，由称谓也可看出它们的平常无奇，当然也可看出它们与乡民关系的紧密。然而，麻雀们不会体恤乡民们挥汗如雨的艰辛与跪拳马爬的卑懦，它们该哜便哜，该啄便啄。当然，乡民们也并不同情麻雀们的饥寒与辗转，他们该逮就逮，该抓便抓。本可相怜的近邻一直如在陌路，它们是在各自呼号，他们是在各自奔突。

猫

我家养过许多猫，但它们总是中途殒命，存活到最后的几乎没有一只。这其中有被猪吃掉的，有钻进炕洞被熏死的，更多的则是吃了被毒死的老鼠而被毒死，即便是我们从北京带回的波斯猫和长毛猫也没能逃过厄运。我曾经多次眼睁睁地看着那些猫在地上痉挛而死，它们的惨叫一声弱似一声，直至没了气息。寄生的跳蚤估计也中了毒，它们从猫的身上四散开来，像哗哗掉落的芝麻。

后来我家也逐渐信服了"毒鼠强"的功效，不再求助于猫。那时候，邵庄集上有一个装着木腿的老头儿卖老鼠药，生意十分红火，而与其红火相对应的是，村里的猫和狗纷纷死去。有一段时期，村里竟然听不到一声猫狗的声音，晚上静谧得十分瘆人。不过到后来，老鼠学乖，都不认诱饵了，人们在无奈之余才又想到了猫。于是猫又开始多了起来，尤其是在"毒鼠强"禁用之后，猫们很快就恢复了往日的繁盛。

我读高中后，在县城住宿，也就不甚理会家中养的猫狗了。永青哥跟我们家调换的那条红狗，我也只是在寒假、暑假时才瞅上几眼。不过，有几个假期我倒是注意到一只黑狸花猫，这只猫很有意思，它总是胖墩墩地卧在我家和小盼家之间的墙上，有时又卧在山叔与小岭家之间的墙上，还有时会卧在刚定爷与浩叔家之间的墙上。不管是在谁家墙上，它所发出的"喵呜"声都可以震荡四邻，尤其是在深夜里，那些"喵呜"宛如水波，一圈圈漾向黑寂的远方。

关于那只猫的来历，我完全不晓得，小红也不知道，刘雄更是说不出个所以然来。当然，来历不明并不妨害它的存在。那只猫似乎永远卧在墙上，成年累月都是一个姿态，无论阳光煦暖还是雨雪交加都是如此。它有的时候像一叠青砖，有的时候又像个茅罐。夕阳中，它留得一个火烫的剪影，而在月光下，它又好似一道黑色的闪电。

猫属于半驯化动物，与人的亲密度远亚于狗，但这并不是说猫就完全不与人亲昵。我家养过的波斯猫与长毛猫，都愿意围着人腿蹭来蹭去，有时也会滚一滚东西以博信宠。然而，那只卧在墙上的猫却全不如此，它生性极为薄凉，从不主动靠近人类。当人走近时，它立即会竖毛、翘尾，同时亮出森森的獠牙，全身透出凛凛的杀气。

我不知道那只猫捉不捉老鼠，大约是捉的，即使不捉，那声震四邻的"喵呜"也足以将鼠辈吓走。据小红说，自打那只猫卧上墙来，四邻八家的老鼠确乎少了很多。有鉴于此，她专门准备了盘子喂猫，放上各种吃食，缓声叫猫下墙，但那只猫却理也不理。任凭怎么叫，它只是半睁眼睛，一动不动，眼神里透出的全然是冷漠与不屑的神情。

那只猫虽然桀骜不驯，但我们家族还是给予了它足够的宽容。无论它卧在谁家的墙上，都没有人刻意去驱逐它。而且不管它吃与不吃，每家每户都给它备过专门的吃食。然而，我们家族宽容却不代表全村都是如此，它曾经好几次被捉走，又好几次逃了回来，甚至有一次硬生生拖回来一块拴它的秤砣。我不知道它被捉后受了多少虐待，最后一次回来后，它卧在墙头上"喵呜"了好多天，甚为凄惨。

或许那只猫也知道自己不容于人，多次被捉之后，它便决意要离开村子了。或许它对我们家族还是有所留恋吧，在它出走之前，它每天每夜地卧在墙头哀嚎。直到有一天，它霍然蹿上了我家的房子，然后顺着房子后面的榆树冲了下去，继而钻入二队的菜园子当中。所有的动作连贯自如，一气呵成，犹如一阵黑色的风。

刘连城村东村西都有大片的田野，都种着一望无际的庄稼，庄稼之下，也藏匿着无数的田鼠。一只家猫决意做野猫，食物却也不会匮乏。当然，大多数家猫都不会选择做野猫，一则是它们的生性都不够薄凉，二则是总会有人收留它们，给予它们想要的温暖。但唯独那只黑狸花猫与众不同，它在我们墙上横卧数载，却与我们总是若即若离，心藏渴望但还半信半疑，目露凶光却又无意有意。

然而，它最终下定决心做一只野猫，此后十余年的时间里，它再也没有出现在我们家族的墙头上。不过，有人曾提及在村东的沙窝一带看到过它。据说那只猫见到人之后依然会竖毛、翘尾、呲牙，做出十分厉害的样子。不过它与人对视之后，最终还是选择后退几步，然后快速钻进庄稼地里，如秋风吹走浮云，不留一点痕迹。

鸡

　　鸡这一辈子很不容易，它们从小就得适应群体生活，破壳而出后，便被装进箩筐之中。箩筐里拥挤而嘈杂，空气稀薄，小鸡们求取权益的空间有限，只得逆来顺受地活着。个体农户孵化的小鸡还算有福，有大鸡领着，白天可以到处游荡；而作为商贩的孵化者，就提供不了许多福利，他们给予小鸡的空间更为有限，多有小鸡因踩踏或因窒息而死亡。

　　商贩孵化出小鸡后都要沿街叫卖，很多小鸡因而得以一见天日。暮春时节，天空湛蓝，日光煦暖，东风微熏，所有草木都在拼命地生长。其时，就有商贩出现在树荫下，他们的自行车都带着大而圆的箩筐，里面装着密密麻麻的小鸡，碰撞且滚动，像一个个鹅黄的绒球。老太太们喜欢小鸡，常常围着指指点点，挑来挑去。小贩也不理会她们，只是靠着大树拉着悠扬的长声吆喝："卖小鸡嘞，卖小鸡嘞！"

　　老太太们都是爱鸡的，她们每年都要买上几只，或三五，或七八，最多也不会超过十几只。小鸡们被老太太们买回家，便能过上一段幸福的时光了。老太太们所买小鸡不多，可以提供足够的空间、水米与呵护。有的老太太还会将小鸡放在盖帘儿上，供以泡好了的小米，任它们自由啄啄，然后带孩子们于一旁静静欣赏。老太太们提供的待遇太高了，往往让习惯受虐的小鸡不知所措。

　　虽则老太太们珍爱有加，但小鸡们却不会像狗一般恃宠而骄。它们吃惯了苦头，也明白自我的地位。老太太们怕它们丢失，给它们身上涂上各种颜色，小鸡们也明白，那不是普通的青红，而是一种具有依附意义的烙印。它们其实不需要逃走，只需听话且活着。

　　那些颜色遮蔽了小鸡自然的鹅黄，快马加鞭一般催促它们发育成长。春天的风吹到夏天，变得软软黏黏；夏天的风吹到秋天，变得凉凉肃肃。在四季流转中，小鸡们长出了白色、黑色、黄色、红色乃至棉花籽色的羽毛。

在成长里，那些鸡们脱去了涂抹的华衣，却塑造成依附的习性。时至此，再也没有一只鸡想过逃走。

白天，鸡们在老太太的院子里游荡，晚上不上窝便上树，作息有规律，饮食也有保障。每当有老太太端着粮食走来，鸡们马上便会围拢过去，咯咯咯地乱叫不停，甚至扑棱着翅膀表达急切之意。老太太撒下粮食，鸡们便一顿乱啄，起伏有致，铿然有声。有了老太太的呵护，鸡们有了安全与归属，每每宁愿"逃避自由"。即便有时因为炕上拉了屎，碗里啄了食，而被孩子们追得咕咕转圈，它们也不会越过围墙展翅而去。

有老太太的呵护并不代表鸡们可以养尊无虞。鸡小的时候，有可能被猫攻击，有可能被狗吃掉，落入猪圈还有可能成为猪的佳肴。看似祥和的院子，对于小鸡来说，实是杀机四伏。鸡长大后，来自家畜的侵害停止，但一些天敌却不会因此收手，如鹞子会从天空俯冲，黄鼬会从树间偷袭，传说中的狸狗子更是如鬼如魅，眈眈相向。鸡们一生都是惶恐的，不知哪天，它们也许就会悄然消失，没有征兆，也不留痕迹。

自古以来，众多天敌频频劫掠，鸡们早已惊心破胆，因而形成了群体生活的习性。大凡群体生活的动物，都是出于安全的考虑而让渡可贵的自由，在这一点上，人并不比鸡高明多少。群体生活自然会衍生出天然首长的专制，让渡自由也就意味着一定程度的奴役与剥夺。在一群鸡当中，有俯首称臣的母鸡，有低三下四的公鸡，当然也总会有一只油光闪闪、耀武扬威的雄鸡。雄鸡可以对母鸡任意踩啄，可以对其他公鸡任意驱赶。它走路都像检阅队伍的样子，眼睛里流露的都是不可一世的光。

作为农户来说，养母鸡是为了吃鸡蛋，养公鸡是为了吃肉，至于是不是鸡中领袖，人们并无分别。每到年前，便有屠夫磨刀霍霍，然后捉住公鸡只一割，噗的一声，鲜血喷射一地。即便是最为暴虐的雄鸡，也只是蹬蹬腿就咽气了。其他鸡木然地看着，似乎忘记了它们曾经的王。一代雄主成了盘中餐，群鸡本能地啄食它的骨头羽毛后，便准备迎接新一代雄鸡的统治。一年又一年，似乎年年如此，新生的一代并不比老一代有所长进。

在吾乡，公鸡大抵只有一年寿命，母鸡可以活上好几年，但衰老不能下蛋后，也会被一刀结果。一般三五年后，院子里的鸡会更新一遍。几轮更新之后，那些熟悉的老太太便会悄然淡出了；再几轮更新之后，很多孩子遂长大成人。岁月荏苒中，院子里的一切都在变化，唯有鸡们的周而复始，成为孩子们记忆中不变的风景。

孩子们长大后，也能学会鸡们学不会的世故与圆滑。然而，他们还是常常回忆起院子里的一切，无论是草长莺飞里的小鸡，还是风雨如晦时的大鸡，都给他们以思乡的蛊惑。在孩子们的印象里，童年的幸福都和奶奶、姥姥相关。在半梦半醒之间，她们宛然还在。朦胧的视野里，她们端着粮食，用善意的目光看着那一只只"鼓鼓头"，或是"毛毛腿"，一边学着鸡叫，咕咕咕，咕咕咕，咕咕咕。

孩子们长大后，也会适应鸡们所适应的拥挤，也会效法鸡们的苟且与懦弱，偶尔也会俯首称臣、低三下四，但他们的梦还是纯净的，有如家乡的明月之夜。家乡的月夜，空中流霜，整个平原一片莹白。那时候，鸡们也能沉溺在诗境里。在诗境里，鸡们忽略了等级与尊卑，忘记了痛苦与恐惧。一鸡破空高叫，遂引来群鸡和鸣，一时此起彼伏，连绵数里。那种嘹亮与疏阔，像一把把尖刀，飞来飞去，扎进孩子们的心灵深处，直至鲜血迸流。

倔强的风土
The Land of
Tenacity

吹地鹬

我小时候那么小，总觉得地远天遥，看不到任何边际。村东的旷野里，麦子如同一派漾漾的碧海，广漠无限。那时候的风，直接从高天坠落，嗖嗖地，在麦海上砸出片片绿痕。高天蓝得很梦幻，太阳晶光闪烁，孤独地悬置一方。天空中或者还有各种鸟儿飞过，然而我看不见，我只能看到云堆飘移，一团又一团，悠悠的，沉寂无声。

那时候，在沉寂的绿和沉寂的蓝之中，突然会传来几声粗笨的叫声，嗡——嗡——，闷闷的，却非常具有穿透力。我找不到声音的来源，旷野里的绿和高天上的蓝截然分明，宛如刀割过一样。绿和蓝里，空荡荡的，连一个黑点都没有。那种空旷，有点像海上，又有点像是在梦里。

那时候我没有见过大海，不知道海的辽远，但我的梦里却有很多梦，有很多美好。月亮常常带着几点星光，透过窗户，照进梦来。梦里的一切像被牛奶洗过，绰约而朦胧。做梦的时候，鸟儿的叫声又会响起来，嗡——嗡——，村里似乎没有人，又似乎全在屏息听着鸟儿叫。月色如水，空气里回荡着鸟儿的叫声，像是在梦里，又不像是在梦里。

我似乎问过我瘫痪在炕的爷爷，然而我对爷爷的记忆也如梦一样地模糊，或许就是爷爷告诉我"吹地鹬"那样一个名字，说是有长的嘴，褐色的背，在莽莽的旷野里会隐去一切痕迹，只有嗡嗡的吹地声存留。嗡——嗡——，每隔一会儿就能发出一声，一声又一声，撕破空气，敲击人的耳膜，刺入人的灵魂，然后归于沉寂。或许别人听不到，不过我能听到，躺在炕上的爷爷也能听到。

爷爷去世后，我忙于成长，从那么小长到不算那么小。旷野依然那么绿，天空依然那么蓝，爷爷融入醉人的绿蓝之中，不知道他是否还可以听到吹地鹬。嗡——嗡——，那个声音不管谁去世了，也不管谁在长大，只是在

动物篇

沉寂的空气里猛然响起，春天如此，冬天如此，一年四季都是如此。几声之后，一切凝重如死，宛如从缤纷没入了黑暗。

村里每年都会有人死去，也都会有人渐渐长大。死去的人不会理会绿蓝的分割，长大的人不再感到地远天遥。对于死去的人和长大的人来说，孤独的滋味都是一致的，那半夜孤悬的明月，几点烁烁的疏星，都是寂寞的眼神。陡然响起的嗡——嗡——，仿佛寂寞的钝刀直插孤独的心肺。在半夜孤悬的明月下，死者有寂寞的死，生者有寂寞的生，只是他们自己从来不觉得。

村里有很多好热闹的鸟儿，如麻雀、喜鹊、山雀、黄雀和野鸽子，那些鸟儿在村西的榆树上排比了又排比，罗列了又罗列，成点连线，沐浴着暖阳，织就一张唧啾唧啾的网。榆树上的鸟儿，村里人都能叫出名字，然而，对于那种嗡嗡的声音，他们居多叫不上名字，也都说从来没有见到过。

我曾经固执地去寻找那沉闷而辽远的声音，有时它在如注的暴雨里响起，那时候天地迷蒙一片；有时它在漫天的大雪中流荡，那时候视野里空无一人。偶尔有流动的影子可以跟踪，我跑啊跑，跑得气喘吁吁，但只一两声后，便再无半点痕迹。

多年后，野不再绿，天不再蓝，那时候也就没有了陡然响起的嗡嗡声。村西的榆树上肯定还有鸟儿聒噪，然而从来与梦无关。孤悬的明月下还会有人死去，也有人悄悄成长。或许大家早已不再寂寞，那个嗡嗡的声音失去了存在的意义，似乎就在弹指间，它与时光一起流逝了。

在我残存的记忆里，似乎捉到过一只长嘴褐背的鸟儿。提及那只鸟儿，我总会联想到过世的爷爷。那只鸟儿是不是吹地鹞，我不能确定。似乎我不小心一松手，让它飞到了前院的明奶奶家，然后就消失不见了。从那以后，我偶尔能听见前边院里嗡嗡的鸟声，甚至有一次还恍惚看到那只鸟儿隐匿于沙果花丛中，褐色的影子一闪一闪，仿佛有淡淡的光芒。

马蜂

以前的时候，吾乡树头有不少马蜂窝点缀其间，那些蜂窝或如圆饼，或如白色的袜子，很随性地挂在枝叶之上。因为高高在树，对人够不上什么威胁，人们也就懒得理会它们了。当然，马蜂们也不想被人们理会，它们自成一统，其社会组织井然有序。据说蜂王、雄蜂、工蜂各安其位，像极了那个传说中的理想国。

马蜂们是否真的各安其位，我没有认真研究过。不过某些动物全不如此，某些动物的安分只是惯于被驯服而已，那些形式上的效忠权当是表象吧，然而马蜂的群体并非如此。工蜂们是否具备挑战等级与奴役的勇气吾不知，当大难来临时，却全不见蜂王的踪影，而慷慨赴难的工蜂们则前赴后继。原本可以逃离，但它们从来都是逆行而上，毫不吝惜地扬起自己的尾刺，闪出勇悍的光芒。

马蜂的大难多是来自于孩子们的顽劣。那时候，孩子们普遍钟爱弹弓，且蜂窝在射程内，又处于静止状，无形中就成为孩子们练手的靶子。孩子们的子弹系晒干的胶泥球，硬如石子。倘若力度大、打得准，则可以将整个蜂窝击落，打偏了能够切下半缺，力度不够也可以将蜂窝打得摇摇晃晃。是时，那些低等的工蜂们便哄的一声，全巢出动，风一般扑将过来，逃避不及的话，那一针刺骨的滋味便要好好品尝了。

然而即便被蜇，孩子们还是会不知悔改地打蜂窝，带着报仇的心理，下手要比平常更狠。随着"嗖嗖"的胶泥球声，那些蜂窝晃来晃去，马蜂们炸了一次又一次。过往的路人害怕被蜇，躲得远远的高声咒骂。然而路人们也救不得马蜂，那些孩子从来都是一股势不两立的劲头。有孩子们的存在，马蜂们的理想国，似乎从不理想。

孩子们大约只是寻求刺激罢了，马蜂们的灭顶之灾对他们来说是抽象的。那些纷纷坠落的尸体，在孩子们眼里与落叶固无差别。余下的无家可归的马蜂，在孩子们的意识里也不能引起半点怜悯。长大以后，孩子们多半会忘记那些无端的杀戮。然而马蜂的后裔们，耳边总是残存着祖上垂死的呼号。

孩子们所寻求的刺激，形成了马蜂的地狱，马蜂在地狱边缘的挣扎，孩子们从来都是无视的。为了将马蜂推入地狱，孩子们似乎使尽了手段，弹弓不及的地方，便有孩子想到了火攻的办法。那些大一些的蜂窝，或稳固一些的蜂窝，使用弹弓有时无济于事，于是就有孩子用长杆子绑了软草，趁夜间燎之。我记得那软草点燃时，如同扭曲的魔鬼的脸。靠近蜂窝时，发出哔哔啵啵的声音，然后是一簇一簇的蜂骸坠落，打着旋儿，如暴风中的碎屑和尘埃。

蜂窝点燃后，一切都大势已去，也许雄蜂会侥幸逃窜，然而工蜂却能忠于职守，忠于自己的家园。面对危难，它们义无反顾，盘旋着逆行回来，扑在火里，发出一闪一闪的耀目光亮。孩子们看着那些马蜂自蹈死地，未尝有愧疚之心，反而时不时地发出声声喝彩。

蜂窝被烧过后，只剩得片片漆黑的焦土。在焦土之下，遍地是工蜂的残骸。或者还有些残存的马蜂，围着焦土逡巡而不肯离去。蜂窝里的蜂王或者也被付之一炬了。在烈火中，几乎所有的马蜂都会灰飞烟灭，谁也不是什么出得洞穴见过太阳的先知。

打蜂窝或烧蜂窝的孩子们也有首领，当然无论首领还是等闲的，都避免不了被蜇的风险。甚至有的首领被连刺几针后，双眼顷刻就挤成小缝儿，宛如刀片割出的一般。马蜂蜇伤没有什么特效药，乡人们也不就医，只是习惯性地给孩子抹上大酱。那时候常常有孩子脸上糊满大酱，别人取笑他们时，他们肿胀的脸上也会动上一动，不知是笑是哭，当然也看不出谁是那个自以为是的哲学王。

羊

　　人类迄今已经驯化了很多家畜，但部分家畜偶尔会愧对"驯化"二字。猫属于半驯化动物，咬人、挠人是常有的事，则不消说了。狗作为人类的忠实朋友，翻脸后也是相当无情的，浩叔家的狗把刚定爷咬得缝了许多针，冯老臭家的狗一下子咬穿了刘杰的鞋底儿，是皆可为证。即使是看来老实的牛，若是发起脾气来，也是锐不可当的。生产队时期，村里二队的牛就把一匹骡子顶死了。我还亲眼看到过老闹哥的牛发疯似的跑，直至把文荣舅的车撞到了沟里。

　　相对而言，猪与羊还算是驯化较为彻底的家畜，不过猪有的时候也会拱圈，甚至是拱倒了墙，因此需要给个别猪的鼻子穿上铁丝儿。至于羊，则全不用担心，除了羊羔偶尔会跳出圈外，大多数的羊都会在羊圈里老实待命，动也不动地挤成一团。即便是有羊被拖了出去，其他羊也不作慌乱状，该吃草的吃草，该饮水的饮水，安然恬淡，仿佛什么都没发生一样。

　　无论猪还是羊，长期圈养的生活，使得它们野性尽失，祖先遗留下来的几分灵动，早在砖石与栅栏间消磨殆尽。尤其是羊，未被驯化以前，在高风险的林莽里，它们会飞岩，也会走壁，宛如我在贺兰山看到的那些一样，矫健而俊逸，身上都闪着幽幽的光。然而，自从进了羊圈，默认了规训与惩罚，从而坐稳了奴隶，它们的皮毛也就逐渐黯淡下来，遂忘记了先前的一切，包括先前的浪漫与自由。

　　忘记了浪漫是可悲的，作为家畜的羊，遇见野花，也会头不抬地吃掉，不曾有一点怜惜。甚至人家的麦子，即便有千里一碧的盛景，羊们同样会径直当做食物，而不做半分的欣赏。忘记了自由则是可鄙的，羊们走出羊圈，只是例行觅食，所有能吃的一并入腹，吃食的声音嚓嚓的，像暮春的隐雷。进食的时候，羊们是默然的，集体无声。它们步调一致，不会违制，更没有僭越，即使偶有掉队的个体，鞭子一响，恢复原有队形只是分分钟的事。

村里的牧羊人都有一根长长的鞭子，从我记事起就牧羊的宝珍大伯，到后来才牧羊的腻大伯都是如此，而从我记事起一直到后来都从事牧羊的胜舅则更是如此。他们的鞭子上都系有红缨，威严中又显出几分妩媚。当然，妩媚是留作自己欣赏的，对羊来说，鞭子只象征威严。无论是宝珍大伯、腻大伯，还是胜舅，只要鞭子一响，他们的羊即刻令行禁止，没有哪只敢随便挑战鞭子。由此可见，古代中国称长官为牧令，《圣经》里称臣民为绵羊，良有以也。

村里的家畜时常挑战人类，像刚定爷和老闹哥都是老实人，拿暴虐的畜牲没有办法，但遇到民哥则全然不同了。以前他家耕地时骡子不听话，民哥竟然把骡子扳了个跤；而咬坏了小锋媳妇的狗，更是被民哥一铁棍砸烂了头，其时鲜血迸流，如泉涌。这异常残酷的场面，羊们也都看在眼里，于是就有了彼此暗通的训诫，即不要冒犯权威，必然相安无事。事实也的确如此，除了最终一刀外，人们也不会刻意追剿温顺的家畜。

作为家畜，最终一刀乃是必然。自古以来，人类都喜欢杀羊，因为杀了剐了都无甚声息。中国古文字的"羊大为美""以羊为祥"或"鱼羊为鲜"，都与献祭有关，甚至专门放羊的羌人，也被殷人专门用作牺牲。西方的《旧约》里有"替罪羊"的典故，乃是将无辜的羊燔祭，满足上帝伟大的实验。相对于其他家畜，羊们实在是温顺，温顺则容易被杀；容易被杀，则愈发温顺。对于羊来说，这似乎是一个陷入恶性循环的魔咒。且越是循环，羊们就越是懂得：敢于挑战人类，估计都等不到献祭或替罪的时刻，就会被一刀封喉。

自从随了人类，羊们便把温良的基因发挥得淋漓尽致，这在吾乡也并不例外。吾乡的牧羊人都不是什么厉害角色，然而羊对他们始终俯首称臣，漫说是冒犯，即便连触藩的尴尬都统统避免了。在牧羊人的鞭子之下，羊们只是吃草，然后吃草，不舍昼夜地吃草，在吃草中等待最终的一刀。屠夫们进行宰杀时，羊们也不作咩咩的狂叫，它们只是用两眼注视着项间游动的尖刀，并不瘫倒。直到脖子快断时才重重喘上几口气，倒地蹬腿，向世界作别。

据说羊的基因里也有好斗的一面，古埃及和古希腊文化中的主神都曾以羊的面目出现，甚至还有一个潘神，竟是羊首人身，大抵都是对公羊撞击力的崇拜。大概在上古时期，羊的锋芒还未褪尽，峥嵘的双角，还会泛起凛凛的杀气。然而随着后世献祭与替罪的展开，羊们越来越驯服，直到近世，原有的几分倔强竟忘得一干二净。或许这是一种特有的保护机制，使得它们在种种淫威下得以绵延至今。不过，人们对此是欢喜的，没有一个牧羊人不喜欢羊的驯服，牧令们也大抵希望人类如此。

人类有造反的时候，倘若揭竿而起，再精干的牧令也难以掌控；羊们偶尔也会返祖，虽则罕见，但一旦迸发，也有所向披靡的意味。多年以前，占山哥就养过一只健壮的公羊。有一次，那只羊不知因何爆发了怒火，竟于歧道地一带将占山哥连撞了十几个跟头。其时，所有的羊都在仰望，甚至顶礼这一高光的时刻。那只返祖的公羊，面对匍匐在地的占山哥，久久作挑战状。而所谓的前程，所有的未来，统统被抛在了脑后。

很快，那只公羊就不见了，占山哥怎样处理了它，现在已经无从考证了，想来不会有什么好下场。与占山哥同时牧羊的人，如建昌姑夫、老聚大伯、老迷叔以及傻娃哥，他们的羊群里始终没有出现过敢于撞人的羊，而且他们也从未听说以前有过敢于撞人的羊，所以占山哥的公羊只能算百年一遇的特例。特例被处理之后，一切又恢复了平静。羊们很快就忘记了那场于温水中燃起的烈火，它们又是吃草，再吃草，等待着贩卖与屠宰，那是它们的宿命。

后来，占山哥总是佝偻着腰，是不是那只公羊所赐，不得而知。温水中都能燃起烈火，这里有占山哥的过失。从中可以看出，占山哥不是一个合格的牧羊人。后来占山哥就不再牧羊了，倒是有些自知之明。与之相比，一生都在牧羊的胜舅，确乎可以做到与羊同甘共苦。尽管他并不知道"羊的门"式的高贵救赎，但从不尽情虐待，这一点是尽人皆知的。胜舅那系着红缨的鞭子，多半是凌空一抖。

胜舅与他的羊似乎长久待在旷野里，无论酷暑严寒，从我小时候就那样，我长大后依然如此。他所有的羊都静默无声，只是不停息地啃啮着春天的花与夏天的绿草。到了冬天，则啃啮枯枝败叶，与雪泥一同吞了。胜

动物篇

舅是个单身汉，从不着意于衣物的整洁；他的羊土里打滚，更是灰不溜秋的，看不出白的颜色。我后来在呼伦贝尔，在伊犁看到过的各种洁白的羊，远远望去，宛如颗颗珍珠一般。然而，它们无论怎样洁白，都不如胜舅的羊更像是羊！

猪

以前的时候，人们种地以贮备全家的口粮，养猪以获取一年的零花。猪食性杂，野菜、野草便可以养活，同时也可以帮人们处理剩饭和泔水。当然最重要的还在于猪强大的沤粪功能，庄稼人没有粪如何种地？从沤粪的角度来说，羊们、狗们都是无法与猪相比的。

平原上并不是家家养羊、养狗，但家家都养过猪说起来并不夸张。那时候每家的院子里都有猪圈，猪圈分成上圈、下圈两部分，上圈有顶棚，有食槽，供猪吃住；下圈则是一个大坑，供猪排泄之用。人们会时不时地往坑里填充柴火，柴火和粪在猪的践踏搅拌下，会沤成农家肥。农家肥是农家生活的强大驱动，没有猪，沤不成农家肥，人们的生活就如同断了传动的链条。

人们养猪都是着眼于生计，从感情上来说，绝大多数人并不喜欢猪。肮脏与懒惰且抛开不说，最关键的一点，是作为驯化了的家畜，猪依然要保持一些从丛林里传下来的桀骜。家猪被驯化了上万年，但野性的基因并未完全丧失，它们长于拱圈，乃至跳圈，甚至要攻击人类。有一次，我们出村上学经过严连城时，一头猪疯了似的从坡上冲下来，一下子就把振岭掀翻在地，身法迅疾如闪电，使人猝不及防。

人们防止猪拱圈，要给它们穿了鼻子。方法其实很简单，就是用铁丝穿进鼻子，然后拧作环状，如此猪就不敢拱圈了。穿鼻子会流血，但所流不多，猪的号叫也不至于过惨。相对而言，劁猪才是痛不欲生的经历。人们驯养猪是为了吃肉，只有劁过的猪才会好好长肉，不然就会跳圈出逃。猪攻击人类的概率虽小，但若不劁却也不能完全杜绝。劁猪就是阉割睾丸或卵巢，那时候劁猪的都是饶阳县的，他们骑着挂个马尾的车子，拉着长声到处吆喝"劁猪好——劁猪好——"劁儿猪（公猪）的时候只需一刀，劁母猪就得掏好长一会儿，其时惨烈的号叫有摧肝断肠般的恐怖，丝毫不亚于它们生命最后的那一刀。

　　劁过的猪就老实多了，它们只是吃，越来越胖，从而失去了跳圈的能力，当然也就不再时时展示基因里的桀骜了。不过它们还是会看不起羊温驯的怂包样，更遑论狗那种感恩戴德的奴才相了。即便是被劁死，猪也不学羊的咩咩讨好，还有狗的摇尾乞怜。猪觉得那样才更像是被阉，或者说是被阉了灵魂。猪们是有些傲骨的，也许还有点对权力的渴望。比较起来，庄园里那些蠢的羊和坏的狗，显然更为卑微。

　　猪能变成拿破仑，这只是一个寓言，不可太信。即使有过桀骜，有些傲骨，所有的猪都得面对现实，度过自己庸碌的一生。它们的生命除了吃，则还是吃。人们将糠和麸子拌好泔水喂它们，它们吃得嘁嘁嚓嚓作响；人们将红薯配上落藜熬粥喂它们，它们同样吃得嘁嘁嚓嚓作响。猪们或许都不知道，人们苟且于生计，只得依赖这单调的嘁嘁嚓嚓。猪们也永远不会晓得，人们对它们有多少恣睢暴虐，人们就得接受多少上峰的颐指气使。

　　养猪就是为了卖个好价钱，猪被拉走，养主们也不会动什么感情。倘若在上秤之前拉了屎，养主们还会恶狠狠地咒骂猪不争气，尽显恣睢的一面。杀猪的时候，则是一派欢腾，那些猪被屠夫按住，只一刀，喉咙里的血便像泉水般喷出。血流干后，则用气筒打气，猪的身体便会如气球一样膨胀起来。接下来，扔进滚烫的锅里拔毛，然后吊起来开膛破肚，猪头也会被斩下，然而没有人觉得恐怖。猪眼里的暴虐，在人的眼里，完全是烟火、蒸汽以及各种的喧嚣。

　　羊死了，人们往往会摇头惋惜；狗死了，很多人更要泣血涟如。这与猪死的欢腾相比，简直有云泥之判。猪们不知道人为什么对它们如此无情，答案其实很简单：人们不喜欢猪大概是厌恶猪不知感恩。有人说，猪八戒提及救他的太白金星时，都磕头大叫恩人，而他的这些同类因何不懂俯首哼哼几声呢？真是辜负了起早贪黑的喂养。猪被阉后已多不桀骜，保留了这么一丁点不愿屈就的倔强，然而人们始终愤愤不平。

　　人们不平衡的时候，猪们也在不平衡。它们一边嘁嘁嚓嚓地吃食，一边也在默默地咒骂。人们看不出什么，但猪们那被耳朵遮蔽的小眼睛里往往射出冷峻的光，似乎已经表明了立场：冷血的人们，道貌岸然的人们，禁锢了我的自由，断绝了我的生育，吃我的肉，穿我的皮，用着我的大粪种着庄稼，又嘲笑着我的懒惰与肮脏。反过头来还让我感恩戴德，哼哼，真是可笑至极！

正是因为觉得人类可笑，才有猪预谋逃跑。有只猪还真的成功了，它一头扎进了甘蔗地，后来还长出了獠牙。不过那只猪是云南的猪，生于野鄙，近于边陲，尝到的恣睢暴虐肯定要少得多，所以胆子也大。畿辅之地的猪都很安于生活的设置，做不到特立独行，即使跑了也跑不远。亚军家的猪跑了，亚青一会儿就能给他找回；刚定爷家的猪刚要跑，就被门楼爷砸了一砖，那猪躺倒在地，蹬了几下腿，哼哼了两声，死了。

The Land of
Tenacity

人物篇

Folks

聚大伯

  我与聚大伯熟识的时候，他已经有70多岁了。那时候我大概只有10岁，当我们两个人前后走着的时候，我瘦小的身躯就会被他宽大的脊背遮掩起来。他走路非常慢，因为他的腿已经严重变形了，扭曲得仿佛不足以支撑他圆而大的上身，是以一步三摇，摆来摆去，这是他留给我的一个很深的印象。

  聚大伯叫刘聚龙，虽然他的岁数可以做我的爷爷，但是按照村里的辈分，我只给他叫大伯，当然也就给他的老伴儿叫大娘了。聚大娘比聚大伯大两岁，她似乎很尊敬聚大伯，因为向以利嘴著称的她从来没有骂过他一句，最起码我从来没有听见过。老两口住在一处很简陋的老房子里，房子有三间，一间睡觉，一间做饭，另一间储藏东西。这种格局在以前的村子里是非常普遍的。但每到天冷时，他们的卧室就往往成了厨房，老两口常常围着火炉包饺子，一个在下面，一个在炕上，一边包一边煮，一边煮一边吃。

  两位老人有一个共同的爱好，就是爱吃肥肉。村里有谁家杀了猪，总会把最肥的卖给他们。我现在还常常忆起那样一个情节——某个冬天的午后，在屠夫们吆喝很久之后，聚大伯踏雪而来，他包裹得很严实且一路蹒跚，拿到肥肉后，又满意地蹒跚而去。聚大伯回到家后，就和聚大娘一起切肉，劈干柴，然后烧火炖肉——要为过年做准备了。

  农村过年时除了炖肉和置办年货以外，其他的劳作并不很多。乡亲们一般都比较清闲，于是很多人常常聚集在冬阳里晒暖，但这时候却很少能看见聚大伯的身影，因为他要窝在家里为人们写春联。现如今，每家每户所贴的春联几乎都是印刷品了，但在以前特别是三十多年前，集市上根本就找不到卖春联的，只能全靠手写。我村虽小，却有不少老人识文断字，且手笔居多不孬，甚至可以和一些所谓的"书法家"一争先后。聚大伯在村里并不是写得最好的，但自从最好的去世之后，他就成了最好的。他写字相当严谨，字也端庄，还有一个特点就是从来不作连笔，这在老成人当中比较少见。

聚大伯为人非常和蔼，所以很多人都来找他写春联，他也来者不拒。于是在除夕之前的几天里，他的小屋就成了红纸的世界。聚大伯工作起来颇为认真，他常常要在炕上放上一个小桌子，摆好文房四宝，然后慢吞吞地，一笔一画地写起来，而聚大娘则在一旁聚精会神地看着他写，尽管她并不识字。

那个时候我正在上小学，有一天估计是心血来潮吧，我忽而想要学习毛笔字。父亲听了我的想法后欣然同意，继而就跟我说起了聚大伯，说聚大伯非常厉害，厉害到会写梅花篆字。我那时候并不知道什么是梅花篆字，但依然表示很崇拜。几天后我放学回家，家里就有了毛笔和墨汁，当然还有两张写满了字的纸，是大伯写给我做法帖用的，现在还能回想起来其中一张的内容：

偶来松树下，高枕石头眠。山中无历日，寒尽不知年。

另一张是什么，我尽管使劲回忆，却记不起来了。可以说，那两张纸对我当时的生活状态影响太大了。我家的墙上、柜子上处处都飘满了我纵横涂抹的笔迹。有一次居然惹恼了父亲，他一脚就把我的墨汁给踢飞了，结果弄得满墙都是，比原来污染得更加严重，于是他大怒，按住我的屁股，狠狠地揍了我一顿。但这并改变不了我对书法的热爱，我不再在家里乱写了，而开始盯上了大街小巷的砖墙。那时候，我几乎什么都写，尤其爱好写招工及批发冰棍的广告。

不仅如此，我还热衷在自己的作业本上写，有一次有位老师发作业的时候，拿着撕下来的封皮对我说："你以后不要乱画了。"这一次我的自尊心很受打击，觉得十分羞愧，暗暗发誓再也不写字了。那个时期，我又迷上去东团丁村练武术，于是书法就彻底荒废了。

然而过了一阵子，聚大伯一步一蹒跚地找到我家里来了，估计是因为很长时间不交作业了吧，总之他颇为不悦，非常严肃地对我说："你这个孩子不要半途而废。"一边说一边摇头，一脸惋惜的表情。那时候我并没因为自己半途而废而感到难过，反而为他的惋惜而感到一阵阵不安。聚大伯走后，我依然不安，甚至都不敢从他家门前经过了。

又过了一些日子，我又碰到了聚大伯，他把我拉到他们家，对我说："你不愿意学写字，那我教你打珠算吧，你看看我打得有多快。"于是就噼里啪啦地打将起来，时而抬起他那耷拉着的眼皮，慢悠悠地说："这是除法，叫'九归架'，很少人会打的。"现在回想起来，估计他是相当自豪的。但他哪里想得到，我早已对珠算厌恶且又相当不屑，我一直认为算那么快，除了能做小买卖外并没什么用，于是十分漠然。后来他见我不感兴趣，就改教我看黄历与看风水，我同样也没有学，于是他就不再找我了。他肯定是非常遗憾的——觉得我不可教也。

后来我上了初中，学习就忙了，更无暇去聚大伯那里了。只是偶尔在寒假去他家里看看，他依然会很热情地招呼我上炕，然后把笔给我，一边叫我练习，一边指点。也就是在那时候，我在姥姥家的坛子底下发现了一本柳公权的法帖，同时在村东的石碑上发现了三先生的柳体遗刻，这又一次激发了我学习书法的兴趣。不过那时候，我渐渐有点看不上大伯的字了，因为我发现柳公权写的远胜聚大伯，甚至石碑上的字都比聚大伯要好许多。于是我去聚大伯家练字的日子越发稀疏了。

我10岁的时候开始练聚大伯的字，两年后学习柳公权的《玄秘塔碑》，同时参习村东的碑刻。20岁以后又练过一段颜真卿的《颜勤礼碑》，22岁时又喜欢上了米芾。当然，在这过程中，我的眼界开阔了，古往今来书法家的帖子，我看过了几多。于是字没写多好，而随意臧否的"本事"倒是增益不少，这就是所谓的眼高手低吧。反正那时候喜欢上了米芾，竟就把自己当成了米芾，任何人的字都要找找瑕疵，真所谓不知道天高地厚。记得有一次我把复印好的名家帖子带给聚大伯看，估计也有显摆的心理吧。聚大伯没怎么吭声，他的确没见过杨凝式、傅青主的作品，更不知道谁是郑道昭和张裕钊。那时候，我不知道他是一种什么样的感受。现在想来，觉得自己实是无聊。所幸我也没说出什么过头的话来，而聚大伯也没怎么在意。

人物篇

145

村里的写字人的确都是没有见过"世面"的把式匠，跟名噪一时的大家自是不能并论，当然两者确也没有必要相比。聚大伯写字并不是为了争名逐利，他既没有机心，也不会谋算，仅这一点，他就胜过任何的浮华、体面与堂皇。聚大伯曾经培养过我，虽然我并不成器，但很多年来，他都一直关心着我。每逢我有重大考试，他都不忘来到我家里，送上一个保佑我幸运的考试符。他一步一蹒跚地来，又一步一蹒跚地离开——这些情景一晃都有十多年了——那些黄色小符都是他亲手制作的，虽然不见得有什么神奇功效，但每当回忆起来，心头总是暖暖的。

　　20岁后，我离开了农村来到了城市，过起了颠沛流离的生活，于是就很少再能见到聚大伯了。只是每年春节回家时，还要去他家坐上一会儿，他已经不再给别人写春联了，因为大家可以在集市上买到精美的印刷品了；还有就是老人家已臻耄耋之年，别人也不好意思再劳烦他了。于是聚大伯的砚台也就尘封起来，不知道他有没有感到过失落。

　　2003年冬天的某日，我当时正在上海。民哥打来电话说聚大伯死了。我问是怎么死的，他说也不知道，反正就是非常快的病。老人午后出来散步，估计感觉心脏不舒服，就趴在了柴火上，然后就没有气息了，前后没有超过10分钟。我听完之后，感喟良久。聚大伯活了84岁，好像很少得病，但却这样说走就走了。所幸，他走得十分安详。聚大伯脾气很好，一辈子没得罪过什么人，又喜欢帮助别人，所以大家都说他没有受病痛折磨，可能是一生修来的福气。

　　以前每当村里有谁家盖房子，主人就会找张红纸请聚大伯写上"上梁大吉"的字样，以防出现意外。"上梁大吉"是贴在屋子里大梁之上的，由于屋子里大梁太高，所以这些字样往往保存完好。2008年的春节，我在大街上发现了一张"上梁大吉"，字体端庄严谨，中规中矩，一眼之间我就看出这是聚大伯的手笔，不知是谁家装修房子时从大梁上撕下来，当成垃圾丢弃在了大街上。我发现它的时候，它已经残破不全了，而且沾满了泥水。我站在那里盯了好久，因为我知道，这可能是我最后一次见到聚大伯的笔迹了。

　　第二天，我再从那里经过时，那张纸已不见踪迹，我心黯然许久。

冯老师

　　想一想，自己作为一个教师去教育学生，迄今也有十几年的时间了。当了教师，才能深切体会到为师的不易，常常怕诲人不倦变成毁人不倦，所以对于教学我从来没敢懈怠过，算是比较负责的。学生们容忍了我的平庸，却肯定了我的态度。每逢结业，看着他们给我的留言，我又能深切体会到为师的幸福与满足。

　　我也上了很多年的学，其间遇见的老师也不可计数了，对我影响很大的也颇有几位。他们为师多年，应该更懂得为师的各种滋味。送走了一批又一批的学生，迎来了一张又一张的面孔。岁月荏苒，风霜将印痕刻在他们的眼角，一道又一道，噫！不意老之将至。有的老师遭遇过很多坎坷，然而在他们的脸上却很少看见怨望，譬如冯老师，无论何时都是那样的安详。

　　冯老师的大哥名叫冯和尚，二哥叫冯喇嘛，他自己的大名是冯来僧，在兄弟三人当中，他的名字还算是周正的。冯老师是我的小学老师，在的话也已近 80 了，当初教我时却正值盛年，只有 50 不到的样子。在当时，冯老师既教数学又教语文，后来还教自然，是一个全能手。当然，这样的老师以前在乡村比比皆是，全能而普通。尽管现在看来普通，但在当时每个儿童的眼里却都是无比高大的。

　　我小的时候十分崇拜冯老师，因为我曾听别人说冯老师在高中毕业后考上过一所叫做社会主义学院（涿州）的学校。然而，正当他跃跃欲试地想去上大学时，却突然传来学校撤销的消息。一个高等院校说没就没了，现在看来也是十分荒唐的事情，可以想见当初冯老师曾是如何的失落了。不过，这段经历却加深了学生们对他的崇拜——往往是乍闻一惊，继而是

人物篇

肃然起敬。

回到农村的冯老师只好务农为业。为了维持生计，他去太行山里贩过柿子。后来结婚生子，过着一个普通农民的生活。我不清楚他是什么时候当上一名民办教师的，自我上学起，在朦胧的印象中，就存在那么一个方脸且慈祥的中年老师，永远穿着一身蓝色的中山装，在校园里走来走去。后来我知道了他是冯老师，刘连城小学教师组的组长。那时候条件艰苦，校园里没有电铃，也没有钟，冯老师嘴里的哨子就成了最具权威的指令。

后来我到了冯老师的班级，发现这位老师还是蛮幽默的。他喜欢自己编题，譬如：小明家养了 3 只小鸡，小亮家养的小鸡数目是小明家的 2 倍，小秃家养的小鸡数目是小亮家的 3 倍，问小秃家养了多少只小鸡？我们看了这样的题目后首先要哈哈狂笑一阵儿，冯老师也跟着眯眯地笑，乐到高潮时，有的同学就在后面手舞足蹈了，甚至还捶桌子砸板凳了。那时候，冯老师就会收敛住笑容，严肃地说："别造反了，别造反了，快点做题！"

我们班有个同学叫志刚，他非常爱出汗，课间十分钟就能玩得大汗淋漓。一上课，他把帽子一摘，头上简直雾气腾腾。这时候，冯老师就会来上一句："志刚，又蒸了几锅馒头啊？"还有一个同学有些近视，又没有配眼镜，上课的时候就常常用双手按住眼睛望向黑板。大凡近视的人都有这样的体验，手指轻轻按住眼球就会清楚好多，但是这样却也做出了一个拿着望远镜的姿势。冯老师讲着讲着就会突然对那个同学说："你觉得前面有情况吗？"

我小学时代的生活条件是非常艰苦的，跟现在大有区别。现在村里的人或者自己有车，或者动辄就要打车。而我们那个时候，家里有辆拖拉机就已经相当不错了，大多数人出行只是骑自行车。我记得当时乡总校常常要组织尖子生考试，而且在哪个村里考是不固定的，一般是选拔两名同学参加考试。冯老师就常常用一辆自行车，旁边挂上两个大竹筐，把两个学生放在里面，一路飞奔，不像是去参加考试，倒如同要去集市上卖小猪崽儿。

冯老师很少留作业，这种教学方式是我一直向往的，可以美其名曰：无为而治。应该感谢冯老师，留给了我一个轻松的童年。如今每每看到现在孩子庞大的作业量以及名目繁多的加强班时，我都感觉不寒而栗，也深为他们丧失了童年而感到不平。我能拥有美好的童年回忆，都是来自冯老师的恩赐。我的家乡是在广袤的冀中平原上，野地里有各种各样值得玩味的东西。没有作业的威压，同学们在课余几乎完全是在田野里放牧了，抓鸟、打蛇、上树、爬墙、遛狗、找桃树、放风筝……有时候把人家的麦子弄倒了，或是偷了人家的果子，就会被冯老师开除，但这却不需要害怕，第二天继续去上学，顶多是挨上几板子。冯老师打完之后会大喝一声："进去做题去吧！"

冯老师也打人，但并不常常打，但只要打就会打得很厉害。那个时代体罚是很流行的，几乎每个老师都会打学生，学生的心理也普遍强悍，打几下向来无所谓，并且不敢告诉家长。我就亲眼看见冯老师打一个女生俊丽，"啪——"俊丽头上的卡子就从窗户飞了出去，大家相顾愕然，教室里一时间鸦雀无声。还有一次，冯老师打一个叫洪波的男生，一巴掌下去，打得洪波脑袋一歪，撞到了另一男生亚青的头上，亚青的脑袋一歪，撞到了墙上，"咚"！

冯老师也曾狠狠地给过我一巴掌。我清楚地记得那天去学校比较早，学校没有开门，于是就在门口站着。忽然听见嘈杂声，向北望去，原来有个人正和冯老师嚷嚷，冯老师铁青着脸，一言不发。一些人佯装劝架，实则是欣赏。我跑过去伸长了脖子呆呆地看着，一直看到将要上课。嚷嚷终于结束了，冯老师来到学校，开始讲《狼牙山五壮士》，我觉得乏味，就在下面画画。那时候，我是一个小小"画派"的掌门，成员有亚青、伯辉、振岭等几个，画派的规矩是上课时一同画画，内容以画孙悟空为最多。我们以往上课时画画冯老师从来不管，有时候还笑眯眯地问画的是什么。只是那一次，他越讲越快，突然间那只像蒲扇一样的巴掌就落在了我的头上，啪！我只觉得眼前一黑，脑袋一沉，一下子就磕在了桌子上……下了课，冯老师愤愤离去，同学们都来幸灾乐祸地慰问，我也只是讪讪地笑着回应。

不过，报仇的方法是很多的。不知道哪个同学发现的，我们方言里"老师"的读音和"拉屎"的读音在读快了的情况下基本一致，所以喊一声"冯

人物篇

拉屎"是不容易听出来的，而且好几个同学都已经喊过了，私下里交流，感觉很好。于是挨过打的同学千方百计要凑到冯老师面前大叫一声："冯拉屎"，那时候冯老师的眼睛就会眯成一条线，微笑着连声答应："嗯，嗯！"于是这个同学就回来窃笑，另一个同学也会无缘由地跑过去，皮笑肉不笑地大叫一声："冯拉屎！""嗯，嗯！"冯老师的眼睛又会眯成一条线。

冯老师并不常常打人，在我记忆里也就那么少数几次，更多的时候则是慈祥的。他喜欢给我们讲故事，现在他教的许多知识我大都忘却了，但他讲过的几个经典的故事却记忆犹新。冯老师也很负责任，大冬天的，他常常一个人在浓烟滚滚的教室里生火，直熏得两眼通红。火生不着的时候，他有时会自言自语地发飙；把火生着后，他就乐呵呵地把眼睛眯成一条线。

冯老师上课从不迟到，且风雨无阻。讲课也很认真，班里的气氛也很活跃，甚至是欢腾一片。冯老师下课后就变身为一位普普通通的农民，他常常挑着担子去摆弄他那几分地的菜园子。此外，割麦子、收棒子、摘棉花、刨花生，各种活计都不得缺少。作为农民，冯老师是合格的；作为教师，冯老师也是突出的，做学生的知道得最清楚，冯老师教课十分认真，只是有点率性而已。

我离开村里的小学后，就很少见到冯老师了。我慢慢成长着，冯老师则一天天地衰老下去。终于有一天，他病倒了，脑血栓导致了半身不遂。记得我去看望他的那天，下了好大的雪。他住在县城的医院，躺在一间阴暗的病房里。我问候他的时候，他两眼呆滞地看着我，已经完全不认识了。那时候，我突然觉得有些难过，只希望冯老师能够尽快好起来。

冯老师出院后留下了一些后遗症，尤其走路不再那么利索了。他已经不能上课，也摆弄不了他的菜园子了。他每日只能在乡间的小路上碎步蹒跚一阵子，一走一抖，一抖一走，有时迎着朝阳，有时在落日的余晖里。这样的场景持续了十多年，十多年后，冯老师去世了。乡村的小路上不再有他蹒跚的背影，但我却常常想起他艰难行进的样子，有时候也会梦见他，他两鬓斑白，颓然欲倒，只是脸上安详如初，浑然是当年上课时的模样。

姑老姥爷

我是在后来才知道"合欢蠲忿，萱草忘忧"这句话的，在以前我并不知道合欢与萱草还有使人快乐的功效，我甚至不知道马缨花就是合欢，金针就是萱草。马缨花与金针是我童年常见的植物，在我们村子里住有一对老人，他们没有子女，却拥有两个大大的院子，一处院子种有马缨花，另一处院子则种有金针。两位老人那时候都有70岁了，因为自己没有孩子，因此对孩子格外喜欢，且又因为与我有亲戚关系——他们是我姥姥的姑姑和姑夫，所以我也就得到了他们特别的宠爱。

我给他们叫姑老姥和姑老姥爷。那时候我还很小，在上小学，放了学常常到他们家去玩上一玩，以期得到好吃的点心。如没有点心可吃，那么至少还可以摘到树上的果子。老人的院子里种有很多果树，单是杏树就有三棵，另外还有一棵沙果，一棵楸子，一棵石榴，一棵柰子，数棵枸杞以及无数的甜枣。两位老人虽则喜欢孩子，但门户还是守得相当紧，一般不会让孩子们在自家折腾，但我却是一个例外，我可以随便上树，随便上房，即使是弄折了大的丫杈，他们也不愿轻易指责。

那个时候，我只对吃的东西感兴趣，看着满树的果子，我总是按捺不住兴奋的神经。但凡是能吃的东西我肯定会往嘴里放，即使是被不熟的果子涩得叫唤，那也在所不惜。姑老姥爷总是逗我，常常给我摘下还非常青的楸子，让我吃在嘴里，看着我被涩得垂涎流泪、嘴歪眼斜，他就会哈哈大笑起来，同时姑老姥也会跟着微笑。当然那时我还非常小，具体情境早都忘记了。但他们却会常常讲起来，一遍又一遍地重复，每一遍都滔滔不绝且饶有趣味。

姑老姥爷家有很多好玩儿的物什，除了满院子的果树外，他们还养着很多绵羊——姑老姥爷以放羊为生计。他们院子里有两个大水缸，一个饮羊，一个则养着很多鱼，除了金鱼外，还有很多极为普通的小鱼儿，如鲫鱼、白鲦、"麦穗"和"趴地虎"都有，甚至还有几条大泥鳅。那时候我常常趴在水缸边看鱼儿游来游去，竟能呆呆地看上很长时间。姑老姥爷家没有养鸟儿，但他家由于院大树多，一年四季也都有群莺乱飞的景象。尤其是在春天，院里的树木都开了花，鸟儿从这棵树飞到那棵树上，又从那棵树飞到另外一棵树上，叽叽喳喳，清脆婉转，使人有如沐春风的感觉。

　　春天的时候，姑老姥爷院里的杏树和沙果都会开出白色的花来，玉骨冰肌，如银如雪。虽则清纯有余，绚烂却稍显不足，姑老姥爷家的院里没有桃树，但恰有一棵马缨花来装点春天。马缨花花朵作粉红色，绒绒的有若鸟羽。暮春绽放时，宛如绿色幕帘后突然钻出的笑靥。远远望去，又有如团团锦绣，使人心旌摇曳，恰若微风吹过树头。

　　姑老姥常常采撷一些马缨花，扎在一个小女孩儿的辫子上，那个小女孩儿非常爱美，每当簪了花朵，脸庞就浮现出快乐的神情。后来我想，莫非马缨花，也就是合欢，真的有使人快乐的神力吗？

　　姑老姥爷每天的工作只是放羊，对于合欢之美，他是疏于鉴赏的。而且合欢似乎也并没有让他感觉快乐。他常常骂街，总是劈头盖脸地咒骂他那群倔强的羊。因为没有子女，姑老姥爷虽然已是70多岁的人了，但还是要支撑起家庭，麦收、秋收时重体力活儿也是避免不了。我常常看到他用小拉车拉着一车麦子艰难地行进，瘦骨嶙峋的躯体上滚满了汗珠。

　　然而，在那个时候，我却十分忽略姑老姥爷的辛苦，每天都要缠着他讲故事。姑老姥爷讲故事在村里是十分出名的，我至今都不晓得他怎么会有那么多故事可讲，现在我能记起来的还有十几个之多，更遑论已经遗忘的了。我喜欢他搜神录鬼，无论在他干农活儿还是放羊时，我几乎都会扯着他的袖子央求于他。记忆最为深刻的是一次刨红薯的时候，他一时来了兴致，故事讲了一个又一个，烟袋抽了一锅儿又一锅儿，以至于来听故事的孩子越凑越多，且都托着下巴挪不了窝了。现在想来，他那种滔滔不绝毋宁是一种自我的陶醉。

姑老姥爷和姑老姥的脾气都不是很好，发怒了常常开口大骂。他们辈分较高，年纪又大，所以一般人都很怕他们，但他们唯独对孩子颇好，从来不骂，在孩子当中又唯独对我最好。他们常常把好吃的留给我吃，譬如冰糖、花生，有时候竟是桃酥或江米条儿。姑老姥爷并不爱吃这样的零食，只喜欢一锅儿又一锅儿地抽烟。尤其是在放羊的闲散时光里，他端着烟袋杆到处游荡，他的周围散射着蓝幽幽的烟光。村边也飘出阵阵炊烟，不时地逗引着羊群。落日的余光将人与羊的身子拉得老长老长，形成一个个黝黑的剪影。

姑老姥爷在 75 岁的时候得了肠梗阻，他再也放不了羊了，遂将羊全部处理。做了手术后，居然恢复得还不错，第二年他就又下地干活儿了。那时候他已非常羸弱，佝偻得不成样子，但他还是要在酷热的阳光下锄棒子地——那是我最后一次见他干活儿了。我从自家的瓜园里摘了一个西瓜给他，并帮他锄了半天。他也没有说什么，打开西瓜，用手挖着瓜瓤儿就往嘴里放，他的两腮都已塌陷下去了，宛然是骷髅一般。

痊愈后的姑老姥爷变得相当沉默了，我也再没提过讲故事的要求。那时候我已经读初中了，或许是对他的神鬼故事丧失了兴趣。总之，对我来说，他已经没有故事了。但他们家仍然有很多果树，有很多花，十几年来一直都是如此，尤其是庭前的一大片金针，也就是萱草，每年初夏都会开得很旺，黄灿灿的色彩具有极大的穿透力，使人振奋，使人昂扬。

姑老姥常常说："金针是可以吃的，晒干后就是黄花菜，做打卤面时，卤儿当中放上一些最好了。"我也常常见她拿着剪刀，在金针丛中走来走去，但是剪半天总也剪不多。她是爱花的，尽管她从来不知道金针就是《诗经》里鼎鼎大名的忘忧草。

姑老姥爷患病的时候，姑老姥照顾得很好，尽管两位老人日子过得十分拮据，但她总会做一些好吃的给他吃。那时候她非常频繁地去剪金针的花骨朵，剪了之后进行晾晒，以满足打卤面的需求。一碗素淡的打卤面，加上黄花菜、豆嘴儿、木耳、豆腐，有利于消化吸收，对肠胃病人是十分相宜的。那段时期，姑老姥剪得太多了，以往金灿灿的花丛居然变得光秃秃的，没有了生气。

姑老姥爷康复后，姑老姥却病了，她得了脑血栓，而且比较严重，她瘫痪到了炕上，直到去世都没能再起来。于是姑老姥爷从一个被照顾者转换为一个照顾人的人。他每天都要做饭洗碗，同时还要忍受姑老姥无端的呵斥，譬如有一次，他划了三根火柴都没点着火，姑老姥就在炕上大加指责了——嫌他浪费。那一段时期，我每到他们家去，心情都会变得沉重起来，可我也爱莫能助。出屋来看满院的花草都在，尤其是合欢与萱草都一如旧日，但它们真能使人忘怀生活的重压吗？

　　没多久，姑老姥爷再次病倒了，他与姑老姥两个人一同躺在炕上。我的姥姥与姑老姥爷的侄媳便成为照顾者。姑老姥爷得的是重感冒，病情恶化得相当快，没有几天就已气若游丝了。终于在某一天，他死在了姑老姥的身旁，那时候姑老姥已经不能说话了，面无表情的脸上却一直流泪。

　　在姑老姥爷去世后的第三天，姑老姥也去世了。他们去世后没多久，他们的院子就被卖掉了。买主盖上了新房子，我就再没去过。多年后的某一天，我因有事去那家，发现沙果树与石榴树还在，只是不见了羊声咩咩，不见了合欢与萱草的踪影，不见了我那繁花四起的童年。秋风吹起，沙果与石榴仍然玲珑圆润，但没有了旧墙与朽木作证，它们已然与我无关。

宝僧爷

在农机具尚未普及的年代，田间劳作十分辛苦。村里人累了一天，回家往往倒头便睡，很难再有精力顾及无甚报酬的物什，如花鸟鱼虫之属。但宝僧爷却不一样，他没有结过婚，生活压力不大；又是小学老师，不用起早贪黑，而且还有礼拜天可以休息。因此在行有余力的情况下摆弄点花草倒也正常。那时候大家都是仰望吃商品粮的人，他人养花，多被视作不务正业，而宝僧爷养花，则全无非议。

宝僧爷是我们大东院儿家族的一个爷爷，同时也是我的第一位老师。那时候我在学校叫他刘老师，在街上碰着则叫宝僧爷。宝僧爷在学校很严厉，有时候还用小棍儿打手，在校外却十分慈祥，常常笑嘻嘻地端出他家的糖稀给我们分享。宝僧爷既教语文又教数学，也常常给我们讲故事。他讲故事时抑扬顿挫，喜形于色；讲课时又会板起脸孔，大声呵斥我们背书。因为他很严格，我真的背下了很多歌谣，尤其是那些有关春天的句子，如《春风吹》：

春风吹，春风吹，
吹绿了柳树，吹红了桃花，
吹来了燕子，吹醒了青蛙。
春风吹，春风吹，
春风微微地吹，小雨轻轻地下，
大家快来种蓖麻，大家快来种葵花。

宝僧爷教我们的时候，天空总是飘着湿漉漉的春雨，地上总是吹来暖呼呼的熏风。我们常常吟哦着那些关于春天的歌谣，到树梢头，到田野里去寻找春天。此外，也可以到宝僧爷家里去寻找。宝僧爷的小院里不但熬制糖稀，有甜甜的味道，同时也有各种花的清香飘来飘去。宝僧爷是个热爱生活的人，他在院里种了不少蔬菜，同时也种了很多花草。除了粉红的桃花外，还有各种颜色的草本的花。花开最旺时，宝僧爷的小院里宛如铺着一片片五彩的锦缎。

多年以后，宝僧爷退休了，我也上了初中。初中时功课紧了，就没有太多时间到树梢头，到田野里了，不过宝僧爷的小院还是可以转上一转。他的小院一年三季都有花开，冬天则转移到屋里。冀中冬天冷，宝僧爷要给众花生了炉火取暖，有的花还要放在枕边，像对待宠物似的。过了冬天，宝僧爷又一盆盆地将花搬到院子里，施肥浇水，殷勤伺候着。待到暮春时，他的小院就迎来了一年中最壮美的景象：几十朵朱顶花一齐竞开，宛如熠熠灼烧的火焰。

宝僧爷小院里的花以朱顶红为主，不过也有一些其他名目的花，如韭菜莲、红花菖蒲、玉簪、栀子、夹竹桃等，还有一种叫做"倒挂金钟"。那时候，宝僧爷似乎缺少个听众，每见我来都会兴冲冲地拉住我，滔滔不绝地讲。当然了，他不再讲以往的那些课文，而是跟我说众芳的名目与习性。我那时对养花兴趣一般，但对识记花名却分外热衷。宝僧爷见我能背下那些花名，十分欣喜，甚至还夹杂着几分的感激。有一次激动之余，竟把一棵十分珍贵的白色朱顶红送给了我，可见他的内心也是久为寂寞的。

我那时候也热衷搜寻一些并不寻常的花木，目的就是博宝僧爷一笑，为此跑了很多村庄，当然也弄来了千瓣葵、紫竹梅、茑萝等宝僧爷不曾见过的花。同时为了知道更多的花名，我隔三岔五地就去庞佐的登记书店翻阅养花的书。屡次翻而不买，也挨过不少斥责。渐渐地，我知道的花名超过了宝僧爷，也往往能解答他到处追问而不得的疑问。那个时候他见了我，两眼都会放出光来。

有一次我从西安给他淘到石竹和雁来红的种子，他很高兴。可等到花儿出土，他就开始笑话我了："你那雁来红，不就是野地里的千穗谷吗？"我看了看，叶子果然相像，于是只得讪讪地笑，他便哈哈地笑了起来，像是胜利了一回。不过到了秋天，宝僧爷所有的朱顶红都无半点颜色了，那几棵被认定为千穗谷的植物却益发红了起来。宝僧爷怡然地说："看来你是对的，秋天就得靠雁来红支撑门面了。"

这之后，宝僧爷果真种了很多雁来红，于是他的小院在秋天也闪耀出灿灿的红光。朱顶红的红色清新明媚，雁来红的红色厚重质朴。那两种红色，或列队于院中，或驻扎于墙上，于一春一秋，分别组合成火焰之阵。清新明媚也好，厚重质朴也罢，它们都是跳跃的、闪耀的、升腾的，在陈旧的背景中射出血的颜色，又宛如荒古世界里流动不息的熔岩。

有了雁来红，宝僧爷小院里的秋天显然更为绚烂，红枣、红薯、红色的高粱，在雁来红的映衬下更加红艳。即便是以素雅名世的菊花都点燃了热情，似乎也要喷火，而茄子、辣椒等蔬菜更是有股蒸蒸向上的冲劲儿。我那时候喜欢在宝僧爷小院里吃糖稀，顺便寻找春天；后来也喜欢吃着糖稀，顺便寻找秋天。关于秋天的歌谣，宝僧爷也教过我们很多首，其中一首尽管没有涉及雁来红，但却很像是描写他勃勃生机的小院：

秋天到，秋天到，
地里的蔬菜长得好。
冬瓜披白纱，茄子穿紫袍，
白菜一片绿油油，又青又红是辣椒。
勤浇水来勤锄草，蔬菜丰收人欢笑。

在我的记忆里，宝僧爷的小院每年都要出产很多蔬菜，同时也能变换出各种烂漫的色彩，尤其是朱顶红与雁来红的红色，让人舒畅，让人振奋，让人沸腾。那样的红色持续了一年又一年，仿佛年年都是如此。然而到了我上大学的时候，我不经意地发现小院里的那些红色衰减了很多，而宝僧爷也骤然衰老得不成样子。宝僧爷向来体弱多病，尤其幼时挨饿落下了哮喘的病根，这个病根使他受尽了折磨。在冬天时，他的脸孔常常苍白得没有血色，说话时喉咙里伴随着小鸡儿般的哮鸣。然而宝僧爷也不悲观，他自我调侃说过冬就是闯闯鬼门关，"闯过去就多活一年，闯不过去就拉倒。"

那些冬天，宝僧爷常常一身瘫软地趴在炕上，时不时要吸一吸氧。我去看望他时，他多是对我点头，已没有太多心思谈论花了。那时候，他的屋里只点缀着少数绿植，院里墙角处则摞起半人多高的空花盆。我触景生情，也觉得有些心酸，于是安慰他说："等天暖和了，你的病就会好了，到时候再把那些空花盆种起来吧！"

熬过了冬天，宝僧爷的身体就会有所好转，但他却种不了许多花了。那时候他只能凑合着出来，在街上走走。有时候也来我们的油坊闲坐，我跟他说些稀奇古怪的花草，他总是静静地听，却不再像以往那样的欣然了。秋风再度吹起后，他喉咙里的哮鸣声又会严重起来，宝僧爷也会默默做好准备，等待下一轮的闯关。生命之火渐熄的状态下，很难再有那满院的火焰，那满墙的熔岩了。

我读大三那年的秋天，宝僧爷去世了，他终究没能熬到最新一轮的闯关。宝僧爷去世后，他的花盆遂被处理，小院里一棵花都没有了。街上的人也渐渐忘记了他，尤其是新的一代，都不知道他的侄子还有一个作为老师的伯父。我离开村子以后，一直奔波辗转，无暇养花，但我却保留下一个识记花名的习惯，继而发展到识记一切植物。多识于鸟兽草木之名，我这一癖好却不是源自《诗经》。很多人遇见不认识的花总要问我，我也乐于去研究解答。当他们赞扬我时，我总是能想起宝僧爷那得意的微笑。

宝僧爷无力养花的档口，就将许多花送与了别人。那些雁来红太像千穗谷了，估计没有人要，现在应该灭绝了吧。但那些朱顶红却存留了后裔，分散在大东院儿不同的家庭中。每到暮春的时候，家族的人们就开始在微信朋友圈里晒出朱顶红，山叔会晒出团团的烈火，小超会晒出滚滚的熔岩，宛然是当年宝僧爷小院里的模样，只是再配上一些歌谣就更好了。

占山哥

　　我常常做一个梦，梦见占山哥登上高凳剪枝。那时候李花开得正旺，随着枝头晃动，那些洁白的花瓣儿纷纷飘落，或飞飏于空中，或匍匐于树下，宛如温润的春雪。

　　占山哥酷爱李树，他的院子很大，他全部用以种植果树，仅有一条狭长的小路供人过往。那些果树居多是李树，大的估计有十几棵，小的则无法计数了。此外，还有一些杏树、桃树、梨树以及海棠，每当春天到来时，占山哥的院子里都会织成绚烂的云锦。

　　占山哥在小路上走过时，枝花常常拂着他的头。他也常常半隐在花后，让人无法看清他真实的脸。春风吹过，繁花倾倒，其间往往有些不明显的轮廓随花而动，那多半是占山哥出门了，绰约朦胧，如同虚化的镜头。

　　占山哥真实的脸孔颇为清癯，因为没有结过婚，没有拉家带口的拖累，他看上去要比真实年龄小一些。我十多岁的时候，他大概有四十多岁了。不过他的行为并非使人不惑，他不事稼穑，将他的土地转租或任其抛荒，以全部精力摆弄他那满院的李树，这在乡人看来是典型的不务正业。然而，占山哥却不以为意，他很少与外人交往，每天只是在那些李树中时隐时现。常年陪伴他的，只有一条没有尾巴的黄狗。

　　占山哥家东边是我奶奶曾经住着的院子，因为地利的缘由，我获得偷窥占山哥的机会远比其他小伙伴为多。李花开放的时节，占山哥的院子里真若四射的烂银，亮得双眼无法逼视。这种光景使我很是心醉，于是我常常爬上一棵巨大的歪脖枣树，去欣赏那雪白的花海。占山哥发现后总是让我下去，我申辩说："我又没在你家树上！"占山哥则文绉绉地反驳说："你侵犯了我的领空！"

据说占山哥出生在内蒙古的和林格尔，那应该是他父母走西口去过的地方。虽因贫困而不曾读过什么书，但占山哥说话总是文绉绉的。比如有人问他问题，他给予肯定答复时，便会说："对，很对，对得很！"同时拉着长声儿，貌似个学究。他若不满时，也会编出"看着的看着干的干，看着的给干的提意见"那样的牢骚，合辙押韵，宛如个诗人。

占山哥不但像学究和诗人，有时还像个英雄。据说他年轻时有一次竟把村干部打了，公社里的警察来抓他，反剪了他的双手。当押着他在大街上经过时，面对全村看热闹的群众，他扯开嗓子扮起了大义凛然的李玉和：

狱警传，似狼嗥，我迈步出监。
休看我，戴铁镣，锁铁链，
锁住我双脚和双手，
锁不住我雄心壮志冲云天。
……

占山哥还有一次也被抓进乡里的派出所。由于村里时常传言他有些手脚不干净，于是上面便怀疑他偷了小学里的旗杆。据说派出所里的警察用电话机摇他，他被电晕过去多次，然而就是不招。最后派出所也十分无奈，只得不了了之。放他的时候，一个警察还叹息说："老狗，你行的，骨头真硬！"

"老狗"并不是对占山哥的蔑称，占山哥小名儿是叫做"狗蛋"的，于是很多人就给他叫"狗蛋"，有人则干脆就叫他"老狗"，更多的人呢，给他叫狗占山。甚至有人还给他编出歌谣来，歌谣云："狗占山，偷人砖，撅着屁股着人扇。"

然而我实在想不起占山哥偷过什么，或许真的捡过几块烂砖吧，那也都是无关紧要的东西。与其说他偷东西，倒不如说他居多是处于被偷的地位：很多人都偷过他的李子，有时候还组团去偷。因为他人缘不太好，甚至也有人认为偷他是应当的。我那时不仅偷窥过占山哥满院的晴丝花雨，而且有时也会逾墙去大快朵颐——占山哥的李子实在是太甜了！不过，当年那些类似草莽的行径，现在想来却多觉惭愧。

吾乡一向认为孩子扒瓜掠枣的行为算不得偷，充其量叫做"发废"而已。饶是如此，我有时还是会心所难安，想补偿占山哥点什么。后来上了大学，回家少了，也就难以见到占山哥了。只是听说他不再捯饬李树了，而改行放羊，据说他羊群里有一只领头的大公羊，凶狠好斗，曾把他顶得满地乱滚。又后来，听说占山哥的羊也全处理了，之后经人介绍到肃宁县刘家务村的养殖场去喂狐狸、喂貉，他的院落便彻底荒废了，那些李树也无人管，一棵又一棵地相继枯死。

十年前的一个夏天，我忽然碰见了占山哥，他穿着浅蓝色的短袖，骑着一辆半新不旧的电动车。我叫他，他站住了，于是就聊了起来。他说他正准备去上访，原因是刘家务养殖场的那些雇主没有给够他足额的工资。占山哥谈起这种让人懊恼的事，却并不着急，慢悠悠且文绉绉地说："我得叫他们好看，我一说我表弟的名字，他们准会胆小，还不得乖乖的！"说到这，他的声音抬高了八度，一副胸有成竹的样子。占山哥的表弟是当时的河北省副省长，但据说他们并没有什么交往。

那一次我给了占山哥一盒烟，占山哥非常高兴，跟我聊了好半天，而且一直跟我说："你出息了，你出息了。"自那一面后，我就再也没有见过占山哥，也不知道他讨薪成功了没有。

占山哥无儿无女，最后住进了养老院。他很少回到村里，直到 2017 年去世。占山哥的院子荒废了至少十年，他的房子全部倒塌了，李树一棵也没有了，只有杨树、榆树、椿树不嫌冷落，疯也似的生长着。很多鸟儿在树上搭了窝，黄鼠狼和野猫也频频出没。有一次，我爬上了梯子向院里张望，但见满眼荒寒，找不到当年的半点痕迹。

占山哥去世前将院落卖给了他的邻居张铁军，铁军很快就盖上了新房。我没有到铁军的新房那里去看过，但我知道铁军兄弟勤劳务实，肯定不会再种上那么多的李树，而任由花谢花飞了。

马师傅

那时候，马师傅习惯早早起床，将他那长而阔的庭院打扫得一干二净。然后，泡上一壶热茶，正襟危坐，等待徒弟们的到来。清晨的阳光透过林叶打在他古铜色的脸上，灿灿地放光，仿佛鎏了金的佛像。

马师傅圆脸大耳，又喜欢剃光头，真有佛光普照的面相。他家出门北走便是团丁集，集上的剃头师傅与马师傅熟识，给他剃起头来一丝不苟。马师傅的脑袋总是亮如灯泡儿，于是有人将少林学艺的神奇情节附会在他身上。其实马师傅向来足不出户，他那一身功夫与少林并无关联。

我认识马师傅的时候，他已经有60多岁了。他年轻时做过什么，大抵无从考证了。马师傅从未提及少林如何，武当怎样，他所传的拳术乃是本地戳脚与本地翻子所混成，称之为戳脚翻子拳——沧州与保定之间盛行这样的和会。若东到沧州，便着意于戳脚与劈挂掌的糅合了。至于戳脚如何糅合劈挂掌，马师傅总是不得其解。他很少出门，大概也没有见识过沧州的拳术。然而他对此颇为好奇，我曾见他满脸困惑地向人打听劈挂掌："呃——咦，是个什么样子呢？"

马师傅是个地道的农民，安土重迁，很少在外闯荡。但他喜欢与人交谈，又喜欢读些杂书，兼以记忆力又好，虽不出户牖，却也积累了一些关于武林的学识。他热衷于边喝茶边听人讲述，如沧县的闯王刀，如孟村的八极拳，一说起这些功夫，老人家便要两眼放光，喜不自禁，但有时也会十分懊恼，叹息没有学习的机会，也没有切磋的缘分。

20世纪80年代，中国的农村虽已从共同体的束缚中解放出来，但巨大的封闭性依然笼罩着田间地头。马师傅有意开阔眼界，但时代所限，他实无法四处交流。虽则如此，马师傅的博闻强记还是帮他极大地提升了修为。马师傅很谦卑，有一次他貌似自言自语地对我说："你们刘连城的刘万启会套燕拳，燕拳是燕青拳吗？燕青拳不就是霍元甲的迷踪艺吗？刘万启这个人不可轻视！"

刘连城村的刘万启虽精通燕拳，但其为人独来独往，终不能开宗立派。因此，刘连城村的孩子们都跑到4里外的东团丁村，投于马师傅门下。马师傅是刘连城村的女婿，由于这层关系，他所收的徒弟中，有三分之一来自刘连城村，人数大概有七八人之多，我算是其中之一。不过我并不适合练武，按照马师傅的评定标准，我们这七八人里只有一个刘亚青资质为佳。

除亚青外，还有一个来自归还村的小辉也是练武的好材料，马师傅常常不吝言辞赞许两人。对于人数最多的东团丁村弟子，马师傅却很少表彰，有时候还会埋怨几分，如功夫最为深厚的冯青士有一次突然从房下跳下，这着实让老人家出了一身冷汗。他后来常常向别人说起此事，说起他的担心，又说起冯青士安然无恙，责备的语气里也会略带一点低调的自豪。当然，另外一个功夫深厚的马志刚演习戳脚时，马师傅虽不喝彩，但还是会微笑致意的。

戳脚乃是"北腿"中的翘楚，紧凑舒展，开阖有度。马志刚猿臂鹤腿，有练戳脚的天性，尤其是那小脑袋儿一扑棱，踹、拐、点、蹶、错、蹬、碾，一路施展开来，身形连环如飞。当此时，马师傅还会站起来，跟着左右游走。不过，我从未见过马师傅演习戳脚，他很少传拳，而是由他四个儿子代传。他亲自的传授，只是翻子拳，然而即便是翻子拳，我也只看到过少数几次。有时马师傅主动来到场中，大家心领神会，便自觉围拢上来。马师傅往往会高喝一声："呔，攮拳如卷饼！"真是声若洪钟。然后打出一套属于大翻子拳种的"架子锤"。他先是向上通天两拳，随即展开"八闪十二翻"的身法，上下如行云，前后如流水，两厢虎虎有风。那时候，日光透过树荫打在他的光头上，阴晴明灭，斑驳而陆离。

马师傅的院子长而阔，周遭种有很多树，春夏时节，浓绿袭人，树荫满地。马师傅每天都将地面打扫得白亮白亮的，众多徒弟就在那白亮的地面上排好队，依次演习那套"架子锤"。其时，便有人敲起鼓，咚咚咚地敲，马门弟子们群情激越，个个抖擞精神，将那"八闪十二翻"展现得酣畅淋漓。马师傅端着茶碗，不停地品头论足，恰似巡视庄园的领主，所有的表情和手势都透出一种不可言说的自信与从容。

马师傅的练武场于周末时最为红火，鼓声一响，孩子们遂蜂拥而至。初级学习者练基本功，如弓步与马步；中级则是套数，如戳脚与架子锤；最高档次就是刀枪齐上了，此外还有剑法和棍法，软家伙则有一种九节的铁鞭。周末的下午，大家练将开来，整个院子吆喝声声，烟气腾腾，兼以白刃铮铮。马师傅端坐微笑着，看得十分入迷。吾乡之民，平素为镰锄所羁縻，挣扎于温饱间，大概无人关注马师傅的高妙与精绝，想来他也是十分孤独的。不过，这种师徒的授受倒可带来些许宽慰，也能排遣马师傅那几分的寂寞吧。

马师傅授学有教无类，像我这种不成器的学生也照收不误；他也不执意于束脩之礼，带几个瓜来他也接受，不带亦无不可，只是兵器需要自备。农忙季节，马师傅还会带着徒弟们干些农活儿，譬如收麦子、种棉花之类的。学武的时候，我们还是十来岁的孩子，收麦子干些粗活儿尚可，像种棉花这种技术性高的活计则无法胜任。于是所谓的干活儿往往演变成野地里的摔跤打拳。那时候的田野，有时金黄，有时墨绿，黄得若淌，绿得欲流。我们在黄绿波澜里游移不定，宛如一群叽叽喳喳的小鸟儿，贴着地皮掠飞。

与叽喳的小鸟儿不同，马师傅平居总是一副若有所思的样子，劳作的间歇也是常常锁眉思考。现在想来，他应该是极想参悟更多的拳术，总汇更多的绝招，可惜那时候能得到的资料实在有限。形意郭云深之深县，八卦董海川之文安，太极孙禄堂之完县，离高阳均只有百里之遥，但马师傅却终生无法一窥内家宗师之故里。即使是最近的河间张占魁家，估计马师傅都没能一探究竟。我曾亲耳听到马师傅疑惑地说："咦，内家拳到底怎么发力呢？"可惜他至死也没能找到答案。

马师傅的战队最盛时达到过几十人，其中绝大部分是小学生。那些孩子在当时均极度痴迷，以至于很多老师都对马师傅不满。不过马师傅并不以为意，在小学老师的声讨中打拳，更是一种不同寻常的洒脱。直到马师傅的老伴病倒，他才稍作让步，暂时解散了队伍，但这之后终究没能再收拾起来。马师傅那群叽喳的"小鸟儿"，也渐渐长大，他们开始为学业奔波，开始为生计忙碌，他们很多人已经把当年的功夫忘却了，跟斗也不能再翻，鲤鱼也不再打挺，还有的人胖得走路都困难了。那个能正打十套，倒打八回的冯青士，不知道当了村长的他，是否还有回身暴起，一剑封喉的神勇？

马师傅没有等到冯青士当村长的那天就已经彻底老了，他心脏不好，听不得嘈杂，院子里遂不再有咚咚的鼓声和叽喳的欢笑。马师傅的刀枪都收了起来，唯有一根手杖紧紧跟随于他。马师傅有时坐在门口的秋风里，任落日的余晖染上他的衣裳。云多的时候，他的额角还会闪现一抹霞光，然而他并不觉察，只是恬淡地坐着。多年以后，那抹霞光慢慢消失了，马师傅佛像一般的脸孔遂趋暗淡，他的人生也就此落幕了。

马师傅大名叫马德华，小名叫马郭燕，以小名行。马师傅的拳法恰如其名，即便年逾古稀时，其身形也有燕子般的灵动。年年春风都会吹起，马师傅不服老，年年也都会迎着院里的桃花打拳。当他那一套"架子锤"打到自得状态时，刚猛迅捷的拳影里也会闪现出桃花妖媚的风姿。练家子都晓得，境界臻于极致，刚柔本自无别。我不是练家子，但多年之后，我却想通了马师傅的困惑，其实他不必对内家与外家介怀的，功夫倘不欺世就好了，何必一定要有内外之分呢！

鼠大伯

鼠大伯的小名叫小鼠，估计是生于鼠年的缘由。然而也极有可能是叫小暑，若确是"暑"这个字，那一定是生于夏天之故了。鼠大伯去世多年，到底是"小鼠"还是"小暑"已经无从考证了。鼠大伯的大名很周正，叫刘电奎，但基本没有人这样称呼他，只有在收电费时才偶尔广播一下。更多的时候，村里人唤他"胡鼠"，或者"疤拉鼠"。

鼠大伯幼时曾寄养在蠡县的湖村，所以有了"胡鼠"那样一个外号。又因为他上眼皮上有很多疤，故而又得了"疤拉鼠"这样一个诨名。当然了，鼠大伯对这两个名字甚不满意，别人叫他"胡鼠"或"疤拉鼠"时，他高兴时便不吭声，不高兴时便会用极生硬的语言怼过去，偶尔竟会带了骂腔。为此，他跟别人还动过手，不过，结局还是以他挨揍居多。打过架后，大家还是唤他"胡鼠"或"疤拉鼠"，全然没有表现出忌惮的意思。

鼠大伯并不懂"水至清则无鱼"的道理，他也不明白乡村中实际上存在一个隐性的江湖。在江湖中不一定非得混水摸鱼，但必要的随波逐流却不可少。然而，鼠大伯偏不如此，他向来锱铢必较，学不来半点通融。村里曾经照顾鼠大伯，为他谋得一份开井放水的差事，鼠大伯自是感激，便严格执行村长每天只放一小时的规定，简直半秒不差。或有人要求多放几分钟，他一向是坚决不应的。显然，他也为此少不得挨过几记老拳。

鼠大伯不仅因为放水与人起过纠纷，即便是在娱乐过程中也总是摩擦不断。鼠大伯喜欢打扑克，农闲时节，他几乎会一天不落地加入村头的扑克战队。打扑克与麻将不同，并不赌钱，只是图个乐子，但鼠大伯却极其在意，他不仅在意输赢，而且还要在意每一个环节。别人出牌不好，他便会埋怨，埋怨到一定程度又往往会升级为争执，有时候撕扯两下也是有的。

撕扯过后，鼠大伯还会继续打扑克，并不暂停稍息。不过，他有时候也很沉默，紧握着牌，凝眉不语。那时候他便会出汗，即便是在隆冬，他额头的汗也会直灌而下，而且头顶还会冒出缕缕白烟，宛如武侠剧里高手运起神功一般。

鼠大伯不但爱与外人较真儿，于自家兄弟犟起来那也是牛拉不回的。譬如有一次，他与四弟东升一起包饺子，本来挺欢乐的一件事却因为馅里放不放酱油产生了抵牾。两人相争不下，喊声越来越高，震得隔壁黑球爷家的梨花纷纷坠落。最后的结局是鼠大伯跳到院子里抓了把土放在了馅里。单以这一事例衡量，鼠大伯确乎是阋墙的典型，但实则不然，鼠大伯更多的时候是对弟弟们照顾有加。鼠大伯幼而失恃，长兄又在天津学徒，因此呵护幼弟的职责全都落在了他的肩头。鼠大伯因此学会了女红针织，几个弟弟的衣服、鞋子都由他来做，以至于迄今都有人学着鼠大伯侉侉的腔调逗他四弟："东升，你听说，我给你做鞋穿！"

鼠大伯虽然有些固执，但却着实心灵手巧，他给弟兄们做的鞋子我没见过，但我却见识过他自己设计的挑水扁担。以前村里没有自来水，吃水要到村东的井边去挑。别人都是用肩膀挑着扁担，挂着两只筲，哼哧哼哧地喘气走；鼠大伯却设计了一种固定在自行车上的小扁担，可以骑车带着筲悠然地往来。别人往往一趟都没有到家，而鼠大伯却不苟言笑地来回走了两三匝。大人们是否佩服鼠大伯我不知道，我们作为孩子那可是五体投地的。尤其是我和振辉，总热衷于搞些发明，一见覃思之人，便觉胸怀沛然无阻。

孩子们不但佩服鼠大伯，同时也对他有所依恋，因为鼠大伯是当时村里唯一卖糖葫芦的人。鼠大伯的手巧也表现在糖葫芦的制作上。糖葫芦制作对糖的火候要求较高：糖凉了，则蘸不均匀；糖过度沸腾，却又影响色泽。鼠大伯对火候掌握得十分到位，熔化的冰糖恰到好处地包住果子，无论是山里红、海棠果，还是麻山药，都能在冰糖的润泽下变得甘甜松软，且又不失果子原味。那时候只是觉得鼠大伯的糖葫芦好吃，并不曾多琢磨。现在想来，越发觉得鼠大伯确乎手巧，其手巧与其执着的性格大概相辅相成。

鼠大伯糖葫芦蘸得好并不使他自矜，他一直认为那就是一个谋生的手艺而已，可以做，也可以不做。后来他精力不济，就真不做了。与之相比，鼠大伯更看重一项能让他在村里拔得头筹的技能——唱河北梆子。糖葫芦人人皆可蘸，但河北梆子却不是任何人想唱就唱的。梆子这种地方戏高亢苍凉，音调变幻极多，音域跳宕极大，敢唱已是不易，唱好则更是难中之难。鼠大伯貌不惊人，却是村里公认的梆子好手。他善于将真嗓儿与假嗓儿融会，恰如冰糖和果子的黏合，实是天衣无缝。鼠大伯唱低声部用真嗓儿，有如果子的原汁原味；唱高声部用假嗓儿，好似凝固的糖壳，都能给人以尖锐且兴奋的刺激。

鼠大伯虽然善于唱戏，但从不肯屈就。他若不愿唱，任凭谁说，那都是无济于事的。他若有情绪，别人随便一提，他便开口唱来，拦都拦不住。有一次他在争执中获胜，那天晚上颇为开心，在众人撺掇之下，他开口便是一折《大登殿》，扬眉吐气的神情溢于言表：

金牌调来银牌宣，王相府来了我王氏宝钏。九龙口用目看，天爷爷！观只见平郎丈夫，头戴王帽，身穿蟒袍，腰系玉带，足蹬朝靴，端端正正，正正端端，打坐在金銮。这才是苍天爷爷睁开龙眼，再不去武家坡前去把菜来剜。大摇大摆上金殿，参王的驾来问王安。……

河北梆子高声部太高，攀升上去着实不易。鼠大伯唱高声时，那假嗓儿细若钢丝，绷得紧紧的，一环一环地缭绕爬升，直若插入云际似的。当唱到最高一个字调处，鼠大伯的脸上登时紫气大盛，直映得四周紫莹莹一片。唱腔爬到顶峰后便要回落，此时紫气稍歇，听众们也会随之释然，长出一口气。当一曲终了，听众们掌声顿起，同时他们脸上也都会浮现出一朵朵娇艳的桃花。

鼠大伯有时候心情不好，那时唱的梆子就较为憋屈，譬如《辕门斩子》中有一节八王爷叙述杨家遭遇的哭腔，从来都是鼠大伯宣泄情绪的好桥段：

休提起三国里周郎年少，杨元帅在宝帐比古不高。曾记得肖银宗打来战表，他要夺我叔皇锦绣龙朝。潘仁美在金殿帅印挂了，你父子为先行遇水搭桥。杀杀杀、战战战，马入夹道，两狼山困住你父子英豪。你的父命七郎搬兵求救，又被那潘仁美诳下鞍桥。射一百单三箭屈死那年少，将尸首推河内顺水漂摇。……

鼠大伯晚年患上了脉管炎，没有得到很好治疗。他的右腿明显歪在了一边，一走一跛，有时候他嘴角都略带抽搐，那一定是疼得钻心了。在病痛的折磨下，他变得不再那么执着了。有人唤他"胡鼠"或"疤拉鼠"，他也会吭上一声。别人让他唱戏，他便一遍遍地唱来。在去世前的几个月里，他竟隔三岔五地唱起《辕门斩子》。那一节"休提起"被他演绎得炉火纯青，每一字都咬得轻重得体，每一句得拉伸得纵控有致。尤其是唱到"将尸首推河内"时，他的声音猛然抬升八度，一喷、一砸，淋漓酣畅。待升到最高处，产生几秒的间歇，忽然又极速坠落下来。当此时，鼠大伯的两行热泪也就喷薄而出了，不知道是憋气憋的，还是存在自伤自悼的成分。

鼠大伯唱戏时很忘我，他紫气大盛的脸也使他从外观上看似酒神。鼠大伯并不喝酒，他从不知道酒精的麻醉可以使人暂时放下执着。然而他却可以以梆子为酒，唱到兴奋时，的确也能生发出暂忘一切的效果。鼠大伯年轻时常常矜持不唱，到了生命的尽头，却过足了梆子的瘾。大约十几年前，每一个寒风吹彻的黄昏，每一个月华如水的夜晚，刘连城村民的耳际都有鼠大伯不绝如缕的唱腔相伴。那种苍凉的狂欢，如风嘶吼般盘绕在刘连城村的上空，执着而不肯退去，有时甜腻如蜜，有时坚硬得如四周陡起的顽云。

凤岐大伯

　　我懵懂无知时，并不晓得凤岐大伯名字的妙处。只是有一次，在姥姥家看《封神榜》，看到"凤鸣岐山"的情节时，凤岐大伯便说那就是他名字的来历。那时候我已上初中，多多少少也知道些"封神"的典故，对于凤岐大伯名字的来历，我倒是有些肃然起敬。然而，凤岐大伯并不以此自矜，他说完依旧安然地靠在墙上看电视。姥姥家炕边的那片墙上，已被他油腻的头发靠出了一大片儿乌黑。

　　刘连城村有不少光棍汉，凤岐大伯是其中之一。在所有光棍汉中，凤岐大伯的名字是最文雅的，其他如占山、东升、麦熟之类就显得有些土气了。不仅如此，凤岐大伯身材魁梧，仪表堂堂，在所有光棍汉中确乎有拔俗出尘之概。只是让人琢磨不透的是，他何以会在婚姻上跌了跟头？上个世纪 80 年代，村里一批跑电料的介绍来一批云贵川妇女，然而凤岐大伯也没有因此脱单。别人有时候为他鸣不平，但凤岐大伯却总是淡淡一笑，似乎这事儿与他并无关联。

　　凤岐大伯性子较慢，很多事情都反应淡漠，仿佛一切都与他不相干似的。无论旁人毁之誉之，他总是报之一笑，如此而已。譬如他在年轻时便不事生产，村里非议很多，多是笑话他不干农活儿，总归是失去了农民的本分。凤岐大伯对此只是淡淡一笑，也不做辩解。因为不事生产，凤岐大伯家无余财，每年只待秋后捡些别人遗落的棒子，供一年之用，是以一年四季，顿顿仅得餷粥。旁人为此取笑他，他仍然是不介意，淡淡一笑了之。

　　凤岐大伯顿顿餷粥并不是为了什么不杀生的信仰，他也杀生，有一次我就看到他将一碗爬满蚂蚁的棒子面粥一饮而尽，然后笑着跟我说，蚂蚁是药材，实际上是很有营养的。当然了，凤岐大伯顿顿馕粥也不是为了提倡素食，他也吃肉，有时在别人家吃饭，他将那排骨、猪蹄儿、鸡腿儿夹到碗里，吧唧吧唧吃得挺香。有人故意问他喜欢吃肉还是喜欢喝粥，他又是淡淡一笑，慢悠悠地说："吃肉不是问题，问题是没有肉。"

凤岐大伯常常到别人家吃饭，但却不是白吃，而是以之代替该有的酬劳。凤岐大伯虽然不事生产，但各种生产技能都掌握得十分精到，他又特别好说话，因此村里人都喜欢请凤岐大伯助工。尤其是垒墙的时候，是必然要去请凤岐大伯的。凤岐大伯是村里首屈一指的助工师傅。他对吊线特别讲究，因此垒出的墙平整调顺，技艺直令人啧啧不已。干完活儿，主人自然会管饭，也少不得酒菜。其时，凤岐大伯便不再回家喝粥，也会照例吃上不少肉。然而，村里冬天基本不动工，他便长期喝粥。即便整个冬天顿顿馕粥，他也欣然怡然，完全表现不出对肉的格外渴望，仿佛是肉是粥在他那里并无差别。

凤岐大伯不但垒墙了得，他还擅长修理各种器具，尤其是自行车的毛病，几乎没有他不能处理的，甚至收音机、电视这些精密的电器，他也略懂一二。孩子们都喜欢他，因为他会给孩子们制作竹蜻蜓、制作风筝，他甚至还会制作一种用绳子牵引，可以动起来的竹节木偶。此外，凤岐大伯还会写毛笔字，每年春节，他都要自编自写春联。不过，他写的毛笔字不是特别好，他常常叫我去看他写的春联，我却每每有些不情愿。他也能看出我的难为情，但也从来不以为意。

我虽然不喜欢凤岐大伯的毛笔字，但对他捕鸟儿的本事却无比神往。凤岐大伯喜欢养鸟儿，他出门的时候，手里总是拎着一个鸟笼子，鸟笼里装的鸟儿不尽相同，有的年头是画眉，有的年头是黄雀，还有的年头是我们本地的百灵。凤岐大伯并不买鸟儿，所有的鸟儿都由他亲自捉来。每次捕鸟儿的时候，他都要叫上一帮小孩儿一同前去。那时候我和凯舅就是他的小尾巴，有时候还有外来户齐晓东。我下了学就去找凤岐大伯，帮他拿网、拎笼子，推着、拉着、簇拥着他一起赶往村东的沙窝。

那时候，沙窝种有不少苜蓿，也种有不少多穗高粱。暮春时节，苜蓿儿欲开花，穗高粱也长到半人高。其时，整个田野一片凝碧，大风刮来，苜蓿与高粱摇曳起舞，黏稠稠的绿意仿佛要流动起来。那时候，我们都被大风吹得睁不开眼睛，肺里灌进凉风，真有溺水的感觉。鸟儿们估计也不习惯大风猛灌，迎风乱飞。凤岐大伯趁此时把网挂在多穗高粱上，同时让我和凯舅从苜蓿地里赶出鸟儿来。我和凯舅在苜蓿地乱跑，鸟儿飞到半空中，我们仰望湛蓝的天宇，那种高玄悠远，真像一首愉悦的童谣。

鸟儿盘旋到半空，旋即又落下来，有些落在网上，便被缚住了羽翅。这时候，凤岐大伯便赶过去把鸟儿摘取下来，放进笼子里。不过，他摘取鸟儿是带有选择性的，一般来说，他只选取四种鸟儿，一种是金翅，一种是山雀，一种是绿绣眼，一种是本地的亚洲短趾百灵。其他如白颤儿、白头鹎、长尾巴山鹛都是性情暴烈的鸟儿，实是不好驯养，凤岐大伯就随手把它们放了。我们捕得鸟儿后，便又推着、拉着、簇拥着凤岐大伯回家，一路上欢声笑语，笼中的鸟儿叽叽喳喳，宛如春风一样暖畅。

凤岐大伯捕回的鸟儿总是养养就放了，除了那只长年伴随他的画眉外，其他金翅、绿绣眼之类没有待过半年的。他的确爱鸟儿，但又总是担心束缚了鸟儿的自由，禁锢了鸟儿的天性。放飞了鸟儿之后，他又会去捕捉新的鸟儿，然后又进行新的放生。如此周而复始，一年又一年。在这期间，凤岐大伯并未出卖过一只鸟儿，虽然找他求货的人络绎不绝，但终究会在他那里吃个闭门羹。可能那些求货的人也会诧异，为什么凤岐大伯宁可喝粥，也不换点钱来买点肉吃呢？

我上了初中后，就再没有跟凤岐大伯捕过鸟儿，也不知道他后来又发展了新的小伙伴没有。后来平原上使用的化肥农药越来越多，鸟儿也随之越来越少。以前那些金翅、绿绣眼、长尾巴山鹛都难以找见，凤岐大伯还能不能捕到鸟儿真就不得而知了。再到后来，村里组织了锣鼓队，凤岐大伯喜欢上了敲鼓，咚咚锵遂取代了以往的叽叽喳。村里的锣鼓队有几位主力，除村长刘利民外，还有松苓爷、启爷以及年幼的志勇，凤岐大伯也是其中之一。村里每有婚丧嫁娶，锣鼓队都会前去敲打。志勇那时候只是一个十岁左右的小孩儿，左蹦右跳，敲打起来十分活跃。而凤岐大伯不管场景如何激动人心，他都不动声色，只是把握自己的节奏，咚咚咚咚锵，十分沉稳。

又过了一些年，启爷死了，志勇外出务工，凤岐大伯也得了病，村里的锣鼓队也就解散了。据说凤岐大伯心脏不好，而且也时常犯病，折磨得他挺厉害。我有一次看到他，他坐在道口的墩子上，出气已是颇为困难。凤岐大伯只喝粥，很少见到油水，应该不是血压血脂的问题，但何以心脏不好呢？实是不得而知。我建议凤岐大伯去医院查查，他也没说什么，铁青的脸上没有了以往的淡淡微笑。那一次是我见他的最后一面。

没过多久，我便听说凤岐大伯去世了。埋他的时候，没有出现"凤鸣岐山"的神异，甚至连一只普通的鸟儿也没有。据说那天的雨下得十分大，所有的纸偶都淋了个稀巴烂，烧纸也完全点不起来。坟坑里积了半坑水，似乎都能漂起棺材，以致下葬时有人的鞋子掉下去都无法捞取。埋人回来，大家都埋怨那场嚣张的暴雨，说那可不是凤岐大伯的风格。

柴老师

吾乡之民大都以务农为业，胼手胝足，懂不得许多学问，悟不出什么玄机。平时见面无非谈些牲口桑麻，是以不需什么劳什子知音。然而柴万增老师却不同，他以多才多艺见称吾乡，他会谱曲、会作词，唱得京剧、拉得京胡，而且还写得一手好字。刘连城小学里教书的先生颇有几位，但像柴老师一样解得风雅的却着实罕有。这也就难怪柴老师时时会有知音难觅的孤独了。

我的发小振岭是柴老师的外孙，他家的老房里有一幅柴老师的书法，与报纸拼在一起。盖了新房后，柴老师又挥毫写了同样的一幅，这次是贴在了门框后面。我小时候去找振岭，无论旧房新房，总是要读上一读。那时候并不认识几个繁体字，但标题"小重山"三字并无障碍，作者"岳飞"也算认得，内容里也识得一些字，可惜连不成句。但其中"知音少"三个字十分扎眼，念不下整首词来，却念了无数遍"知音少"。那时候阅世未深，从不知道"知音少"会是一种怎样的寂寞。

多年后，我终于懂得了《小重山》的意境，低徊婉转，寄慨深遥，实是宋词中的极品，其韵致远出《满江红》之上。世人论及岳飞，皆知半真半假的《满江红》，然而柴老师却属意《小重山》，可见其眼界之高，非一般人可比。只不过，吾乡实是"知音少"，他的超逸的笔法，却多是给人糊了墙。

柴老师也常常觉得自己非一般人可比，他天性澄澈，无遮无拦，有时候像个老顽童。譬如他将自己足以自矜的本事归为五项，分别是：教学好、唱京剧好、拉京胡好、制作京胡好、书法好。这当然是他自己的总括，没有什么论据，却也不容别人置疑。别人若是对此一哂，他紧跟着便有知音难觅之叹了。我形容他像老顽童，并不失当。顽童对于他人的评价，从来都最是较真儿。

至于柴老师教学好不好，年深日久，我也想不出有什么独特的细节了。不过，冯老师、穆老师还是民办老师时，他早就是公办老师了，这权且算是他教学好的证明吧。至于唱京剧，我从来都不感兴趣，小时候更是分不出什么好坏。柴老师在课堂上唱戏，我们也就被动地听听。他一副兴高采烈的样子，我们却一个个恹恹欲睡，不知道他是否因此也发出过"知音少"的感喟。

柴老师上课时给我们唱过很多的戏，我只记住了一句"娘生儿，连心肉"，现在想来当是《三家店》秦叔宝的唱词了。我那时候不喜欢任何戏曲，因而所记不多。不过我倒是对柴老师自己谱曲作词的一首歌印象深刻。我小学时代很多老师都能暂代音乐老师教习唱歌，但能自己谱曲作词的却独有柴老师。那首歌至今我还记得一句歌词，曰："高阳县音乐之春百花香，锣鼓声声震云天。"柴老师亲自组织了合唱队，他们站在树荫下一遍遍地演习。那首歌简明流畅，荡漾在对叶梅与扫帚梅丛中，又染上些斑斓的情调。

柴老师在组织合唱队时神采奕奕，他那白白的脸上浮现出合唱的欢乐，仿佛有贝多芬式的光辉。不过，柴老师仅仅组织过一次合唱，之后便退休了。除了那次合唱，柴老师大概都是寂寞的，柴老师很少与他人欢聚，大部分时间都是独处一室，痴迷地探索琴艺。柴老师一生都对京胡痴迷无比，有人回忆说，有一次，连绵秋雨连下十多天，柴老师家漏成了水帘洞，锅碗瓢盆摆了一地，人则无从立足。然而，柴老师却处变不惊，他戴着草帽，穿着雨衣，坐在角落里拉着京胡，任由雨滴和鸣。后来人们常常拿此事调侃柴老师，然而我却觉得颇有味道。话说孔子陈蔡绝粮时不也弦歌不绝吗，只不过少个颜回那样的知音罢了。

柴老师所说的制作京胡好，是不是真的，真是不太好说。我从未看到过他制作的京胡，松苓爷或许看到过，但我也没有为此专门求证。柴老师是会修理收音机和电视机的，水平大概一般般，并不突出。不过，他却有两项他并不特别引以为豪的本事，令我记忆犹新。一则是能画，二则曰能写。柴老师画画虽不出众，但画器皿、画人物也算是惟妙惟肖。譬如他教我们《静夜思》时就曾在黑板上画过李白。再有，他还曾在黑板上画过一个板凳，让我明白了什么是立体感。那些画现在想想并不算什么，但在当时已足以使我们肃然起敬了。

柴老师画画无人欣赏，但他写作的本事却终于招致了一位知音。我上六年级时，乡里的中心校办过几期名为《芳草》的文学刊物，柴老师在上面发表过一首诗歌，诗曰："金箍棒，细又长，东海龙王把它藏……"后面的内容我无法背诵了，大抵是写将金箍棒变作灯棍儿照耀孩子学习。关于那首诗，我印象虽深但不以为佳。我上初三时，柴老师搬进了来子住过的小坏屋，在那里，我又见到一首他自述生平的作品，诗云：

幼年家境甚清贫，军阀混战倭寇侵。

半生勤奋育桃李，到老反为篱下人。

亦非子孙不贤顺，只为清静度几春。

游心骋意茶又酒，开怀还有书与琴。

那次与我一起欣赏此诗的还有民办教师刘晋强与他的学生刘洪波。强哥那时颇好读书，见识不凡，可以说是当时刘连城村首屈一指的人物。那个晚上，他一字一句地解读了柴老师的诗歌，喜得柴老师两眼熠熠放光。惜乎一年后强哥殒命，柴老师的诗歌就再无人细致解读了。失去知音，不知后来又为他增添了多少叹惋。

柴老师唱的戏、拉的琴、画的画、写的诗，在我看来，都比不上他的书法。柴老师与聚大伯一样，都是练柳体起家，字体紧结秀媚，笔道则铁画银钩。聚大伯的特点在于大方舒展，而柴老师则更见俊爽硬瘦。最有意思的是，刘连城村这两位书法达人，居然是对门而居。我在四年级时，拜聚大伯为师学习书法。有一次，我带着纸笔将要进入聚大伯家时，被柴老师生生叫住了。他问我带纸笔做什么，我说学习书法。他立刻上前拽住我说："先到我家来，我跟你说说。"到了他家，他摆好纸笔，一边演示一边说："你聚大伯的字，'撇'写不出尖来，'竖'则上下一笼统，这都是问题。你不如跟我学吧！"

聚大伯这两个问题我也发现过，所以说柴老师的指摘，是十分中肯的。柴老师笔画的问题似乎少些，但却失之狭仄局促。总体而言，我还是觉得两人水平在伯仲之间，一时难于抉择取舍。那时候在村里擅长书法，除了红白喜事也无甚大用。因此也无所谓派别之分，谈不上什么门户之见。从先后顺序着眼，我肯定不能辞了聚大伯，但也不好违了柴老师的美意。于是只得均衡分配时间，或进刘家，或入柴门，然而又生怕让对方看见，恍恍惚惚，直如做贼一般。

那时候我对书法也并不特别上心，经常是断断续续，哩哩啦啦。聚大伯就曾批评我半途而废。聚大伯家都不多去，去柴老师家就更少了。柴老师与聚大伯一样，的确是颇为用心地教过我，悉心指点撇当如何，捺该怎样。可惜这"二对一"的教学也未能使我练出点门道，估计两位老师不知该是如何的遗憾了。除了楷体外，柴老师还会写魏碑与草书，这是他真正胜出聚大伯的地方。他的魏碑骨力遒劲，他的草书流畅连绵，均有较高的功力。可惜我当时浑浑噩噩，竟然都没说过一句由衷赞誉的话。柴老师的用心指导，大概会被别人取笑为谬托误传了。

柴老师晚年常常流连于红白喜事上，或写喜联，或写铭旌，别人夸他字写得好，他白白的脸上便会显出顽童般的微笑。不过他的字好在哪里，稼穑之人就难以说出了。强哥在的那几年，论道精邃，常常能搔到柴老师的痒处。但可惜强哥英年早逝，柴老师的作品便无人点睛了。强哥死后，柴老师也似乎觉得别人廉价的夸赞没有味道，于是也不再追问人家，只是一个人落寞地吃着熬菜，啃着馒头。有一次，在国通哥的丧事上，馒头还十分诡异地硌掉了他的一颗牙。

柴老师80多岁的时候，琴也拉不得了，字也写不好了，但他依然徘徊在红白喜事上，专门给人挑刺儿。柴老师写不了字之后，和尚舅成了村里的书法达人，顺理成章地成为红白事上的忙客。然而柴老师看不上和尚舅的字，遂以指摘和尚舅为己任。每挑到一错儿，柴老师便眯眼笑个不停，其可掬的憨态，真是像极了《射雕英雄传》里老顽童搞怪后乐不可支的神情。

柴老师有时候孤高得像个遗世独立的文士，有时候却也天真俏皮，说些不着边际的话，宛然是老顽童一般。我小时候嘴巴下面曾得过黄水疮，延续多日也不见好，上课时也常常是脓血交加。有一次，柴老师突然对我说："你回家后拿棒子轱辘（玉米芯）蹭蹭，然后糊上一把白面，不就好了嘛！"我那时虽然小，却也知道这一招儿实是不靠谱。现在想来则哑然失笑，我明白，他那些不着边际的话里，实是隐含着一种诙谐的天性。柴老师谈吐风趣，村里尽人皆知。但据他外孙振山说，他去世的时候，只一翻身就没了声息，没有留下一句话。

柴老师给自己的一个孙子取名为"博通"，我没有看到过博通的身份证，不知道是"博通"还是"伯通"。如果是"博通"呢，则实是柴老师自我的写照。大概只有博通之人方可为柴老师的知音。倘若是"伯通"呢，也当是柴老师自我的写照。大概取名的时候，柴老师潜意识里还是存在一个无束无拘的老顽童吧。

和尚舅

　　以前的时候，吾乡各村皆有庙宇，刘连城小学就是在庙宇废墟上建立起来的。据说村西的西上岗儿一带还挖出过和尚坐化的瓮棺。乡民起名也多有佛教的印记，如"宝僧""来僧"，还有"喇嘛""和尚"等。起这样的名字大抵是期望得到佛祖保佑而健康成长。杨文占是我的一位远房舅舅，他的小名就叫"和尚"，而且大家也都习惯叫他小名，是以他的大名"文占"在村里的知名度不算太高。

　　两年前，和尚舅骤然得病，身体遂垮了下来，不久便去世了。在那之前，和尚舅一直以腰板硬朗、精神矍铄而著称。他下地干活儿时，锹镐飞扬，力度比小伙儿半点不差；他熬夜玩牌时，两眼放光，敏捷的思路也压倒多数的青年。和尚舅面色红润，走路带风，大家都不料他会得病垮掉。虽然他去世时也近八十了，但大多数人都惋惜不已，如感喟英年早逝一般。

　　和尚舅喜欢熬夜玩牌，他所玩的牌是一种牛子牌，其玩法有多种，如"拱牛儿""打天九""推牌九"等，其中任何一种都十分考验人的运筹能力，技术含量远胜麻将许多。和尚舅精力旺盛且思维敏锐，是以赢多输少。他的家境并不宽裕，赢得的一些小钱的确可以贴补家用。但这并不是他玩牌的全部目的，和尚舅古道热肠，他多在红白喜事上玩牌，不分白天黑夜，主要是为了待在事儿上，给予主家强大的精神支援。

　　无论城市农村，红白喜事皆为民生大事，尤其丧事更是含糊不得。城市中丧事从简，已不需要特殊处理，但农村中依然保留着先前的慎终传统，程序繁琐且多有禁忌，不是随便谁都能应付得了的。和尚舅在这方面是专家，无论谁家有了红白喜事，他都会倾情帮助，尤其是丧事儿上，他会以玩牌为名义陪伴主家，以免过度冷清而使主家产生炎凉之感。那些时候，和尚舅的体贴周到，宛如照耀主家的一缕阳光，又如吹拂主家的一束春风。

丧事儿的装殓、烧车马和钉棺材等环节禁忌最多，这时候便需要和尚舅全程陪伴并全权指挥。什么时候不能说话，什么时候不能叫人，什么时候要放声哭，只听凭和尚舅发号施令。而其他人则静默无声，机械地听任指导。有时候和尚舅还亲自操作，譬如钉棺材的环节，别人钉的时候，他便大声喊着逝者的名讳："××，躲钉啊。"那些时刻，别人都在听他发话，他被围在中央，宛若坐镇中军的统帅。

和尚舅不仅对程序和禁忌颇为熟悉，他还掌握有一项常人不太具备的本事——书法。以前村里的书写者，都喜欢讲个体式，譬如我的两位书法老师刘聚龙大伯和柴万增老师都十分强调自己的柳体出身。但和尚舅却不如此，别人问起他的字的来历，他总是归纳为"自由体"，即有任性而为的洒脱。和尚舅从不写楷书，却将行草练得龙飞凤舞、顾盼婀娜。不讲根基，却要摇曳，若非有极大天分，肯定会颓败得一塌糊涂。然而，和尚舅纵控有度，笔法收放自如，实是四乡八里的难得之才。

聚大伯和柴老师这两位老人根底深厚，但有时过于文雅，不如和尚舅接地气。不唯书法如此，在对联的用词也是一样。譬如有人结婚，聚大伯就爱写"云路高翔比翼鸟，龙池深种并蒂莲"，这在乡民们看来就有点晦涩；而柴老师写的"诗歌杜甫其三句，乐奏周南第一章"就更使人摸不着头脑了。和尚舅没有那样的学究气，他常常用那龙飞凤舞的笔写下"绿竹思情意，红梅贺新人"几个大字，简明扼要，直让乡民拍手称颂。

聚大伯和柴老师等乡老很少饮酒，也很少与人过多接触，充其量就是到街口晒晒太阳而已。而和尚舅则不然，他不但常到街口晒太阳，还往往要与三两闲人小酌几杯。以前和尚舅与亚苓爷开过合作社，卖各种杂货，也卖散酒。和尚舅当班时，很多人常趴在柜台上与他边喝边聊。这其中有人喝快酒，如娃子爷，属于秒干的类型，以至于让掌柜的总是误解尚未给他打酒。不过更多的都是喝慢酒，尤其是和尚舅，他每喝一口，都把牙龈嘬得啧啧响，似乎就中有无比的享受。

和尚舅喜欢喝酒，但不过量，不及乱，从容安稳。然而，不管怎样妥帖，喝酒总不当是和尚所为；当然了，玩牌也不该是高僧的行径。不过，和尚舅的长辈为他起这小名时应该没有寄予多少佛教理想，和尚舅也就不必遵守什么劳什子戒律了。况且戒律这种东西从某种角度来说也是空相泡影，过度执着反而会违背自然之道。和尚舅喜欢喝酒、玩牌，就是顺应自己的本性，而非掩饰遮拦。他本来就属于这活泼泼的红尘十丈，那洗牌时哗啦啦的响动，喝酒时的啧啧声，在我看来，俱是最真实的人间烟火。

当然，从另外一个角度理解，和尚舅也是有佛教情怀的：他在不知不觉中已经布施了很多。他的布施当然不是"法布施"，他并不懂佛教晦涩的义理，也不是"财布施"，和尚舅并不富裕，他的布施大概是困顿心灵最需要的"无畏布施"。和尚舅常常在红白事上急人之难，待人以不时之需。他的付出的确抚慰了众多悲伤的乡民。虽然和尚舅并不觉得自己有多么高尚，但乡民们都普遍认为，他这个"和尚"确实有一副菩萨心肠。

在红白喜事上，人们百般倚重和尚舅，和尚舅也堪为统领。但在事儿过之后，和尚舅也就退还为平凡的角色了。农忙时节，他会去哼哧哼哧地除草，也会去呲呲呲地打药，他干起体力活儿来依旧丝毫不输年轻人。吾乡一马平川，每到秋收时节，整个田野齐刷刷一派苍黄，秋风吹过，宛如涌荡起巨大且黏稠的波澜。那时候，和尚舅和众多乡民，多是携带锨镐，在苍黄的波澜里时隐时现，仿佛晨曦大海里绰约的金帆。

农闲时节，和尚舅喜欢猫在油坊或小卖部的旮旯里，与一班老友哗啦啦地玩着牛子牌，或啧啧地喝着散酒。那时候下酒的小菜十分简单，多次是窝北肠和兰花豆。窝北肠系吾乡特产，掰开即食，是以又名掰肠。和尚舅喝酒时喜欢吃窝北肠，他一手执窝北肠，一手持酒杯时，总让人想起《世说新语》中的名句。当然，他也同样喜欢兰花豆，时而捡起几个放在嘴里，也不剥皮，咯嘣——咯嘣——

和尚舅喜欢玩牛子牌，一个重要因素在于他常常赢钱。他能赢钱又充分得益于他缜密的逻辑和超强的运筹。和尚舅的口算能力极强，是村里公认的高手，而且我也曾多次亲眼看见他统计红白喜事上的礼单，基本上一页翻过去，诸多条款便已相加完成。虽然是急速运算，但他的统计向来很少出错，每每令人叹为观止。

和尚舅年轻的时候也当过民办教师，然而当了一段时日便辞职不干了。估计是天性旷达的他，不太适应那种程式化的教学吧。不过，和尚舅也算是有成就的，他教出过一位颇为出色的学生刘晋强。刘晋强对这位和尚老师印象也颇为深刻，他在世时，曾绘声绘色向我描述和尚舅在课间数钱的情形。那时候他猫在桌子下，吐着唾沫，把那赢的钱数得沙沙直响，如同吹过苍黄原野的阵阵秋风。

The Land of
Tenacity

疯坡

有些孩子，譬如幼年的我，从内心当中对傻子与疯子保持有一种天然的恐惧，在恐惧中也会带上几分敌视的态度，这当然不应该以李贽式的"童心"目之，却也不是奥古斯丁《忏悔录》中所言及的"无目的的恶"。比如我们常常结成一伙，一块儿去看村里的一个傻哥哥，把他想象得极为可怕，当他突然出现在栅栏处时，我们一下子又会四散奔逃，那种恐惧与敌视或许仅仅是因为好奇，而好奇中则又带着明显的顽皮因素。

青辰哥上学时常常说起傻子或疯子，将"傻屯、傻恨、疯坡、疯向"并列在一起，傻屯与傻恨乃是我刘连城人氏，颇为熟悉。疯向是邻村高口的，名声如雷贯耳，我却从未见过。疯坡是邻村张连城的，来来往往，倒是常见的人物。不过，大家见了疯坡唯恐躲之不及，因为他疯起来确乎有强烈的攻击倾向。我就有一次看到疯坡拿着铁锹对着她娘的胸口说："我他妈戳死你！"他娘一边挖着山药一边说："你戳吧，你戳吧，戳死我得了！"连眼皮都不抬，估计是司空见惯了。

疯坡的娘皮肤黝黑，常常披头散发的，有时候上衣也不穿，露着两个干瘪的奶子，一点都不像体面人。不过疯坡的名字却起得十分优雅，这肯定不是他娘的本事，或许他爹有文化，那就不得而知了。疯坡大名叫郭兰坡，与考古的贾院士相同，然而人生境遇则如云泥霄壤了。疯坡家住在张连城村十字大街的路北，房前倒是有一缓坡，坡上除了黄土就是烂砖，哪有什么飘着王者香的植物存在？

疯坡的疯病，据说是在引滦入津工地上得的，在那之前，他是完全不疯的。工地上发生过什么，没人能说得清了。疯坡个子不小，浓眉大眼，皮肤黑灿灿的，尤其是还能写会算。我曾经就看到过他在地上写自己的名字，十分工整，那个"郭兰坡"的"兰"字，还写作"蘭"，更是使人佩服。此外，疯坡还是个练家子，他可以打拳、翻跟头，那种后空翻的跟头，倘若来了兴致，疯坡断断续续可以翻上十几个之多。这后空翻的本领也是我亲眼所见，并非虚构，也不浮夸。

疯子会武术，那更须将他视作危险分子了。见了疯坡，孩子们常常是又恨又怕，不敢靠近，只能是远远大叫起哄。疯坡平时不在家里待着，常常到各村乱窜，他走走停停，嘴里一直嘟囔着，冒着白沫。有嘎咕一点的孩子常用土坷垃扔他，狠一点的还会使用弹弓。我没用土坷垃扔过疯坡，更不曾使用弹弓这种大杀器。只是有一次，我看到疯坡背着筐卖拐棍一样的大米花时顿感不忿，我们几个孩子都觉得他不配做个买卖人，至于理由则不需要多去斟酌。

鲁迅曾描写阿Q调戏了小尼姑，看客们便会九分得意地笑，看见自己的勋业得了赏识，阿Q更会十分得意地笑。我当时颇有这种心理，在小伙伴面前弄个噱头，逗乐大家，宛如就是自己的成就。疯坡居然要做买卖，不成体统，定要把他视作敌人才好。倘能扳倒强敌，不啻为鳌里夺尊的勋业。于是我在小伙伴们的睽睽之下，硬着头皮走向疯坡，偏要出个风头。

我说："多少钱一根？"

"5分。"

"1毛钱几根？"

"1毛钱一根。"

"你不是5分钱一根吗？"

"对，5分钱一根。"

"那1毛钱几根呢？"

"1毛钱一根。"

这种车轱辘式的对话，小伙伴并不感兴趣，我回过头去看他们，他们居然一个也没有笑。我觉得有些懊恼，突然来了一把冲劲儿，揪过一根大米花当场就给撅折了。当然，我也怕挨打，于是拔腿就跑，跑到小伙伴面前时发现疯坡并未追过来，只见他低下身子把折断的大米花捡起来，又放在筐里。我们看着一时并无危险，都指着疯坡咯咯大笑起来，像凯旋的将士。

然而，耿介的大猪爷却径直走到我面前，一边抽烟一边批评说："疯坡家里很穷，挺可怜的，你们这么做不好！"疯坡家的确很穷，他除了年迈的老娘外，还有一个哥哥郭柱，以及一个头发很黄的小侄女。这一家人只有郭柱算是个劳力，但很不幸的是，郭柱有一天也突然撒手人寰了。我撅折疯坡大米花时，郭柱是否在世，实在记不清了。当然了，不管郭柱在世与否，他家都是一样的穷。他家只有三间房，没有院墙，房门黑洞洞的，像个看不见底的深渊。

我奶奶常常教育我要有同情心，说孔子见到盲人都得站起来表示恭敬，这是发自内心的悲悯。疯坡的境况视盲人有过之而无不及，更何况家庭又是如此惨淡呢！大猪爷的几句提醒看似轻描淡写，却一下使我羞愧难当。我向来都极为遵从奶奶的教导，不想到了现实操作层面，却是完全脱钩的。

于是我飞快地跑回家，想给父母要上 5 分钱来弥补过失，但家里却锁着门；我又跑到奶奶的院里，奶奶也不知到哪里去了；后来我又去小卖部中找洪生爷，终于借出 5 分钱来。然而那时候，大街上却不见了疯坡的踪迹。我的小伙伴们都在，大猪爷也在，其他很多人都在，连撅折的大米花碎屑也还在，只是疯坡走了，我一时怅然若失。

那些天我一直拿着 5 分钱转悠，到处找疯坡，可也奇怪了，疯坡再也没出现过。难道他不再卖大米花了吗？是否因为我使他受到了打击？我猜测来，琢磨去，却也找不到答案。纠结了几天后，我决定选择忘记。那时候我还小，大约只有十岁的光景，忘记是很快的。找不到疯坡，也就不找了，这件事很快便抛之脑后了，只是偶尔想起还会感到阵阵报颜。

据小蕊说，疯坡的侄女叫小娥，长大后做过绣花的工作。在没长大之前，我看到她偶尔会去占山哥家，不仅仅是她，她的奶奶，也就是疯坡的娘也常去，直到如今我都不知道他们之间有什么瓜葛，只是颇羡慕她们能吃到占山哥的李子和杏。那时候我已经出村上学了，骑车到占山哥门口，有时就会见到小娥。有一次，我电光石火般地想起几年前的事，就赶去小卖部买了两袋面包拿给小娥，我记得小娥当时很错愕，愣了几愣就跑开了。

后来我也觉得自己做事有些唐突，那个小娥是个心智健全的孩子，不熟悉的馈赠当然难以接受，若是给疯坡面包或钱，那肯定是会欣然接受的，或可弥补我的内疚。当然，几年过去了，钱也贬值了不少，再给疯坡钱就不能给 5 分了。要弥补我的内疚，起码得 10 块钱吧。然而我没有那么多钱，又不敢给父母要，即便疯坡在我面前过来过去，我也都是无能为力的。

一个偶然的机会，我挣到了 10 块钱，那是乡政府号召学生抓蛾子，一个蛾子奖励 1 分钱。当时我家有个大灯泡，点亮后可在灯底下集中抓，不用费傻力气。那一次抓到半夜，终于抓足了 1000 只，换得了 10 块钱的收入。我那时想把劳动所得送给疯坡，但到他家门口去了几次都是屋门紧闭，通过打听才知道，他的母亲前些天去世了，他与侄女生活无依，就被他二姐接走了。再到后来，他家的宅基也卖给了国俊，疯坡自走了之后就再也没有回来过。

疯坡二姐所在的拥城村，属于高阳县的龙化乡，乃在白洋淀的南岸。疯坡一去多年，了无音信，于是就有传言说疯坡已经死在了那边。不过又有人说疯坡并没死，而是流浪到了山东，有皮毛商贩确凿看到过他。当然，更多的人选择了忘记，比如素玲，比如向红，她们都说："疯坡是谁啊？怎么我一点印象都没有了呢？"

疯坡去往拥城的二十多年后，拥城居然被划进了雄安新区。据说村里群情澎湃，不知道就中有没有疯坡？同样是疯坡去往拥城的二十多年后，我读到了诗人玄武的一首诗，心中也泛起了一抹微涟，诗云：

> 燕子们都回来了，
> 它们不栖落，有云无雨。
> 高高翻飞，如快乐一词本身。
> 我爱燕子带领整个春天的飞翔。
> 五岁时房梁上的燕子，
> 排泄弄脏了我的连环画书，
> 我挑了它的窝。
> 这个错误惩罚了我四十年。
> 每次看到燕子我都希望，
> 它是那一只燕子的后代。

爷爷

陪爷爷走在夕阳里，那是我童年时的渴望，也是我少年时的渴望。到了中年，我已经不会渴望，但我还是愿意去想象有那么一个温厚且深邃的爷爷。我的爷爷对我来说去世太早了，虽然他也年臻古稀，但却没有活到我能敏锐感知世界的时候。我对爷爷的回忆，只是西头房间里瘫痪已久的一道暗影。那时候我还不到3岁，我撩开门帘叫他爷爷时，他会兴奋地连声回答，或许温厚且深邃，然而我已记不清他的脸孔了。

与我的想象不同的是，爷爷并不温厚，据说他的脾气相当火爆。或许是贫困的折磨，生活的重压，让他产生无力感而需要发泄吧，总之作为一个身材高大的人，无端暴躁起来，大抵如同排山倒海的风暴。他要在院子里放下一个草筐，两次没有放稳，他会用铁锹将筐戳烂；他要把进入外屋的鸡喝走，两声没有管用，他会把饭碗砸将过去；他织布断掉的线头，两次没有接好，他会将所有的线砸断……奶奶提及这些内容时，似乎带着一些埋怨，然而我却听得十分神往。我复述给别人时，常常会听到评论说："你真是你爷爷的孙子！"

爷爷不存在于我的童年里，这对我来说是一种缺憾，以致多年来我一直刻意寻找爷爷存在过的痕迹。虽然我渴望温厚的爷爷，但火爆刺目的爷爷，于我也是一样值得渴望。即便并不温厚的性格，遗传下来仍然是我引以为傲的基因。如果说我像爷爷，即便是带着嗔怒地说，抑或带着斥责地说，那我也是喜欢的。因为我借以知道爷爷的血液在我的身体里一直奔流，无声也有巨响。

没有人会否定爷爷陪伴孙子的意义，孙子会在爷爷的言行与举动里懂得热爱一切，同时也会在爷爷的白发和皱纹中学会珍惜所有。有爷爷陪伴的孩子会看到岁月的沧桑，明白衰老和死亡，也会捕捉深刻，走向成熟。爷爷的话匣子一打开，各种事理就透彻了，解决的办法就明晰了。爷爷在说，孙子在听，孙子一边听，一边默默地成长，又一边默默地心领神会。甚至爷爷沉重的喘息，钝闷的咳嗽，在孙子成年后的回忆里，都会化为一种深邃的思想。

在我的想象里，爷爷一定是个会讲故事的人。在夕阳里，他会拉着我的手，抽着旱烟，给我讲各种掌故和传说。像一切会讲故事的爷爷那样，讲了没趣味的故事，又会弥补一个恐怖的；讲了恐怖的故事后，又会安慰说不是真的。如果有爷爷在，我童年的田野一定更绿，星空也一定更明。有爷爷在，我童年的瓜棚豆架，一定更有生机。是时风如柔手，雨如细丝，所有的藤蔓都会拼命伸展，发出吱吱的声音。

然而奶奶说爷爷并不识字，也没什么渊博的见闻。想象中的种种深邃，似乎并不属于我的爷爷。即便他真的存在于我的童年中，或许也不能给予我独立拔俗的惊喜。然而我还是希望他在，希望他像所有的爷爷一样，眼巴巴看着孙子读书，眼巴巴看着孙子写字。无论晴天雨天，我都希望有爷爷陪在我身边，即便是一个并不识字的爷爷。

如果我早生几年，我相信爷爷会变得温厚，我会牵着他的手去种菜、种瓜，一起去给瓜菜浇水；我会牵着他的手去买鸟买鱼，一起将鸟鱼放生。如果我早生几年，我相信爷爷也会变得深邃。我会牵着他的手，一起去邵庄集上买小画书；或者牵着他的手，一起在街上听老爷爷们负曝闲谈。然而这些对我来说仅是一种想象。我向来喜欢想象，年逾不惑，则愈发相信了想象的魔力。我会想尽一切办法去补充童年空的部分，让那时候的夕阳温厚深邃，让淡淡的金光笼罩爷爷与我，在夕阳里，爷爷不再疲惫，身体也不再佝偻。

在我还差一个月就满3岁的时候，爷爷离开了。我那时诧异为什么有人在我家门口吹唢呐，姑姑们为什么要执意给我戴上白色的帽子。在我残存的记忆里，我只记得那些诧异，却不晓得死亡的内涵。后来到了羡慕别人爷爷的年龄，我才学会思考失去爷爷于我童年的影响。爷爷要是存在于我懵懂的年龄里，会给予我怎样的庇护？会给予我怎样的滋养？我将会是怎样的面貌？我将会走怎样的路径？然而这一切都不得而知了。

多年以后，我走过了千山万水，那些见闻一定是爷爷从来不敢想象的。然而我所看到过的一切以及经历过的一切，渐渐地都随风烟而去了。原来满心期待的，现在漠不关心，原以为刻骨铭心的，也已经朦胧得不见片羽。

唯有我步履蹒跚地望向爷爷的那个瞬间，在我记忆里却越发清晰起来。就是那样的一个瞬间，让我一次次撩开门帘，一次次回到了童年。在那个反复回放的瞬间里，我似乎看清了爷爷的脸，他笑着，露出十分的熟悉，又透出九分的陌生。

多年以前，我还在上海读书，上海有一位家族的姑奶奶，我给她打电话，她问我说："你是练哥的孙子吗？"我说："是的。"这位几十年不曾回乡的老人径直越过了我的父亲，一句话就建立起我与爷爷的精神纽带，这是我从来不曾触及的体验，回答"是的"那一刻，我的内心似乎有一种骄傲的暗流涌动。

"练哥"就是我的爷爷，我的爷爷叫刘长练。我不知道他的名字有怎样的寓意，他的长辈要他练习什么？至于温厚与深邃，都是他无法练就的。至于曲艺与拳脚，我也从未听人有所提及。爷爷应该是一个极为普通的人，除了种地，他似乎一无所能。

我在童年时代那么需要一个爷爷，即便是一个一无所能的爷爷，一个性格并不温厚，思想并不深邃的爷爷。我只希望他能存在于我需要他的时候，和我一起走在夕阳里。有爷爷相伴，那时候村子一定是暮霭如潮，炊烟如带。四周的柳树、杨树、榆树、槐树，或旖旎，或婆娑，每一棵都像一首夕阳里的歌，烘托着所能渴望的全部渴望。

强哥

　　我原来与强哥并不熟识，甚至连话都没有说过，有一天他突然来找我，身后跟着与我熟识的洪波，他问我有没有数学题可做。当时我正在读初中，各种习题册有的是，只是这些一直被我视为负担，从来没听说过主动找题做的。当然有人代替做题，那真是意外的惊喜，于是就把代数、几何一并给了他。过了几天，他把习题册还给我，什么因式分解、合并同类项之类的，做得又正确又清楚。惊叹之余，我又问他："你要不要替我写作文呢？"

　　强哥作文写得也很好，我记得当时替我写了一篇叫做《浪子回头金不换》的作文，曾得到语文老师的称赞，甚至还当着全班的面读了一遍。那时候我也不怎么在意众人的鼓掌，只是觉得有人替写作业，我就可以和亚青心安理得地玩耍了。我们可以去村东捉金龟子、抠知了猴，在暴雨欲来之际用扫帚揞低飞的蜻蜓，将那些令人不快的课堂抛之脑后。

　　那时候，强哥刚刚在村里教小学，洪波就是他班里的学生。虽然洪波每天都如桑丘一样跟着强哥，但强哥却不允许他逃学，对他格外严厉。洪波遵强哥之命，冒着被村里书记追打的风险，锯了路边的一棵小树，为强哥做了一个笔直的教鞭。然而，洪波却不想第一个受这教鞭责罚的就是他自己。洪波虽然也有抱怨，但这不妨他从各个方面崇拜强哥，甚至强哥走路的姿势，他也不经意地模仿。跟了强哥一段时间后，大家都觉得洪波走路有点拐，尽管他自己并不承认。

　　强哥的腿是拐的，这是缘于他幼年时一次严重的摔伤。他走路的时候一瘸一拐，蹲下时一条腿也是直直的，不能打弯。有时候，他的腿会很疼，经常吞吃止疼片，然后一个人盖着被子蒙头大睡。除了药物的止疼法外，强哥更有一种精神的止疼法，那就是拼命看书。他说，只要沉浸在书里，就不觉得特别疼了。后来我想，他热衷做那些数学题，可能也有如此的功效。

　　然而，当时并没有什么书可读。村里的荣昌爷卖书，但所卖之书，都是些栽种西红柿之类的，没有什么可消遣的。乡里有位叫登记的也卖书，但除了气功就是什么新婚知识，对于稍有文化追求的人亦无多可取。强哥知道一些名著的名目，但苦于无处可得，也就只能将所有的兴趣移注在武侠和言情小说上了。那些印刷粗糙的盗版书，在强哥的宿舍堆有十几本，乃至几十本之多。

在当时，城里与乡下都曾兴起过武侠热、言情热，甚至是气功热、庞中华字帖热。唯一不同的是，城里人读的多是正版书，而乡下无一例外都是盗版。甚至有人去买金庸的书，回到家才发现作者竟是全庸，也有的是金童。当然，买古龙的，也有买到的是古龙。当时村里颇有几个喜欢读武侠的人，如刚定爷、洪涛爷，还有国庆哥、海波哥以及占民。他们也常与强哥互通有无，但他们送去的全庸、金童，往往被强哥抛至一边。可见在强哥心中，盗版和冒充还是有所区别的。

洪波虽然崇拜强哥，但他却不爱读什么武侠，强哥带着他，估计也是一样的孤独。而我那时却通读了金庸，这对于强哥来说，当然有非同一般的魔力。虽然我至今也写不出《华山论剑与家族政治》那样浩瀚的议论，但品评些掌法和兵器还算是头头是道。与我熟悉了之后，强哥就常常带着洪波来与我畅谈。除了掌法和兵器外，我们偶尔还交流些高深的内容，如陈家洛作为乾隆手足的可能性，如金庸把名将吕文德塑造成庸弱无能的夯货，究竟是出于什么目的。

强哥谈及金庸时，才有眉飞色舞的神采，仿佛忘记了现实中的许多困顿。其时，洪波也会舞动起从木匠张三家顺来的木棍，呼呼带风，真有些剑如龙、剑如虹的气场。然而，武侠对于强哥来说，也只能有些暂忘的效果。无论是《易筋经》，还是《洗髓经》，都不过是梦幻泡影罢了。从成人童话里走出来，他的腿还是照样疼，当然，他也得照样拖着残腿去掰玉米棒子。

在所有农活儿中，最适合强哥干的还是看瓜，因为不甚费力，且还有优游的感觉。我家向来以种瓜为生计，父母卖瓜没空，我自小就承担了看瓜的任务。那一年，强哥也在我家瓜地不远处种了西瓜，我们遂在一起看瓜。大概就是在看瓜的窝棚里，强哥给我一本梁羽生的《白发魔女传》，说此书甚好，而且好过金庸的作品。那时我已经十分佩服强哥的见识，相信他说的话不会失准，但那部《白发魔女传》却令我十分失望，因为一卷终了，总是平淡无奇，根本没有出现金庸那种步步生春的快感。尤其是主人公卓一航始终没有奇遇，武功不精进又总纠缠于儿女之情，凭空生出许多的憋闷。我曾经追问过强哥此书好在哪里，然而强哥却始终不说，也不知道是他说不出来，还是故作深沉，反正直到他死，也没有给出一个答案。

随着年齿渐增，阅历渐丰，我对小说的评判有了更新的标准。尤其是读了福斯特的论著后，我知道了东邪、西毒、南帝、北丐，包括老顽童，那种性格单一且一成不变的人物是为扁型人物；而列夫·托尔斯泰、陀思妥耶夫斯基笔下的那些"斯基"和"诺夫"，性格复杂且多变，才是文学中的上乘，可称为圆型人物。也是多年之后，我才明白了梁羽生笔下的人设：卓一航性格中庸，或是懦弱，他无法背叛自己的法统，却又向往练霓裳身上彻底的野性与鲜活，因而瞻前顾后，患得患失。或许就是因为这诸多的痛苦与挣扎，才使这个人物的塑造冲破了传统小说的脸谱锁定，而赢得了灵魂的闪光。

我自己琢磨出这样一个答案时，强哥的坟上草已离离，也不知道是否符合他的原意。不过，他敢于说《白发魔女传》强于金庸，无论在当时还是在今天，也都算得有十足的个性。金庸不是完人，其作品当然有颇多的瑕疵，像大团圆的模式，即便六神磊磊也是不能否认的。强哥没有指摘过金庸的大团圆，但他的确向我说起过一部琼瑶的小说——《失火的天堂》，他还是说此书甚好，好过琼瑶所有的小说。我那时候并不屑于琼瑶的小说，觉得除了卿卿我我，没有出奇之处，因而也就没有在意强哥的推荐。

又是多年之后，我随手翻到了《失火的天堂》，才知道这部小说是琼瑶所有小说中最为悲惨的一部。主人公洁舲的命运有何等悲惨，看官们可以进行"百度"，此不赘述了。我不知道强哥认为此书何以好，莫非是指其悲剧结局而言？倘若如此，那么强哥肯定对金庸大团圆式的结局不会看好。强哥与我谈论武侠时，也不过二十多岁，估计是拙于理论的升华，无法提炼出内心的感触吧。中国传统小说热衷于大团圆式的结局，固是短板，难怪王国维盛赞作为"彻头彻尾大悲剧"的《红楼梦》，是如此的鹤

倔强的凡土
The Land of
Tenacity

立鸡群。

强哥去世多年以后，我又将《白发魔女传》续集——《塞外奇侠传》《七剑下天山》一并读完了。在《白发魔女传》的结尾写道：练霓裳绝望之余而远涉绝域，再不肯以真面目示人。而在续集中索隐出的信息，固可还原成一个绵延几十年的悲剧：事过境迁，当天山弟子陡起，"七剑"同时开花之际，卓一航早已化为洞中的一具枯骨，而有关白发魔女的韵事也已化为飘缈如烟的传说了。只有在恍惚中绽放的优昙花，迎着寂寞的春风，年年摇曳。

人物脸谱化，结局大团圆，这是传统基因在金庸身上的流弊。强哥对金庸似有微词，且盛赞《白发魔女传》与《失火的天堂》，是不是已经洞悉这一切？不得而知，给人以无限的遐想。或许是我后来的阅读作祟，使我在潜意识里拔高了他？这也有可能。总之有一点不可否认，在无书可读的年代，强哥能借助几本武侠和几本琼瑶，获得不同常人的见解，殆非等闲之辈。村里的柴老师曾在我和洪波面前盛赞强哥是个读书种子，那场景如今还是历历在目。当时无书可读，这不仅是强哥的悲哀，同时也是时代的悲哀。

强哥去世以后，洪波开始着力矫正他步履蹒跚的走路姿态。而我因为没有人替写作业，也开始好好上学了。那些金龟子、知了猴以及蜻蜓也就逃过了大劫。后来武侠片越来越多，谁也不再去读什么劳什子小说了。村里的荣昌爷年且八十，或许连自己都记不得竟有卖书的经历了。总之，村里人早不再提及爱读书的强哥，但作为强哥曾经的跟班，洪波确乎沾染了一些文墨的因子。虽然他还是不爱好武侠，但有时却会写诗遣兴，这大抵是强哥留存的风格。

多年以后，我偶尔还会忆起强哥，以及忆起看瓜时的诗境：夜空幽蓝，明月皎皎，四周蛙声一片。西瓜与麦子的味道泛滥在夜气里，使人颇有迷离的感觉。远处村庄有灯光，有篝火，一闪一闪，衬托着大夜的浓密与悠远。其时，强哥与我慵懒地躺在窝棚里，慢悠悠地谈论着武侠。昏暗的烛光里，满眼都是漠北的雪，峨嵋的月，以及武当山顶习习的凉风。

青辰哥

青辰哥的眼角上挑，两腮无肉且多有痘印，平时不苟言笑，给人一种豪横的感觉。很多人乍见之下大都十分惊惧，在他面前蹑手蹑脚走过的居多。有一次，青辰哥来北京找我，我带他去学校的活动室打球，负责人张师傅盯了半天，估计就是因为他的长相起了疑心。增户的妹子学习美术，见了青辰哥之后，也是有点惴惴不安，只用眼角的余光瞄他。后来她悄悄地问我："那天在你家的那个人是谁呀？其实我特别想画他。"

增户妹子不问闲事，认识的人少不足为奇，但不认识青辰哥实属不该。青辰哥在村里颇有些名头，尤其是在赌局里，绝对是个响当当的角色。他虽然没什么钱，赌性却是一等一的好。我见过他在红白喜事的赌局里押宝，即便输得一干二净，颜色依然如故。而其他输钱的，或抱怨，或骂街，皆是凡人相，青辰哥在其间大有鹤立鸡群的样子。与和尚舅不同，青辰哥几乎是逢赌必输，有时候种植麻山药一年的收入，被他一晚上就挥霍光了。输钱且不闹脾气，当然是赌局中最受欢迎的人物。

青辰哥不但平常出入赌局，干起活来也懒洋洋的。我们一起在留史燂皮的时候，数他上厕所的次数最多，且时间最长。后来青辰哥也跟庆哥钉过箱子，和武志刚贩过兔子，在刚爷那里开过车床，但都是三天打鱼，两天晒网。我不知道青辰哥什么时候变得懒散了，在我童年的印象里，他似乎是一把干活儿的好手。青辰哥的爸爸忙于跑电料，不怎么参与农业生产，家里的农活儿就落在了他爷爷和他的肩上。那时候他家有匹大红骡子，十分骏朗，同时也有辆木头材质的大车，颇为沉重。那辆骡子车不是他爷爷赶着，就是由他赶着。青辰哥常常把腿盘在车辕上，把鞭子甩得啪啪响，尤其是经过我们这些尚未学会赶车的人的面前，就甩得格外响，仿佛宣示他提前进入了成熟的行列。

后来青辰哥家的大骡子卖了，随即买了小型手扶拖拉机。青辰哥又学习开手扶拖拉机，哒哒哒，哒哒哒，马达转动，青烟飘起。青辰哥来回拉粪，任春风吹拂他郭富城式的分头，总是一副有为青年的样子。我后来常常追想，那么阳光的青辰哥何以颓废了呢？或许就是在接触赌博之后吧。反正到后来，他把所有心思都用在赌局上，不愿意辛苦劳动了。能够一夜输掉几千块钱的人，自然看不上每天几十块钱的积攒了。

青辰哥并无正当职业，收入微薄，输了钱就会去借，每年都是一屁股两胯骨的饥荒。虽然有时不免拆东补西，有时不免拖欠，但青辰哥却并不赖账，他去世前曾有一次淡淡地对我说，他欠人的债务都已还清了。至于占领哥只要了一半，那是占领哥的情义，不等于青辰哥没有还。病入膏肓之际，还对债务念念不忘，可见其内心的磊落，实不同等闲之辈。赌博确系一种恶习，却并不意味人性之好坏，在赌博中，有时更见品质之高低。从不赖账这一点来说，青辰哥简直是龌龊行当里的一股清流。

有人认为，嗜赌的人因为泉布流转太快，故皆脱略轻财，其实未必尽然。我们村"省吃俭用下大注"者并不少见，其中万群爷最为典范。不过青辰哥还真是不计较那些阿堵物，或许这与他幼年条件优越有关。那时候广太大爹跑电料，早就是村里的万元户了。家庭富裕，这可能就是他花钱没概念的原因之一。后来青辰哥负债累累，但依然感情用事而不计成本。有一次，一个哥们说想吃兔子肉，他回去就把买来的兔子炖了；还有一次，他刚从刚爷那里借来钱，就叫我与民哥去金三角的饭店，点了烤肉啤酒，理由是"先吃一顿再说！"

青辰哥脾气其实并不好，有时候发起浑脾气来，便会毁掉一些家当，尤其是手机，摔了好几个。不过 2005 年夏天买的那个手机，却怎么摔也摔不坏，他也觉得不可思议，于是拿到房上去摔，还是摔不坏，最后得出结论：这是个"棒硬"的手机。民哥的媳妇儿听说后，索性给青辰哥起了个"棒硬"的浑名。青辰哥对"棒硬"也不回避，叫他他也答应，在他去世前的几年，大家叫他"棒硬"，反而不怎么叫青辰了。

青辰哥高高瘦瘦，细腰乍臂，颇有些肌肉，恰好是"棒硬"模样的身材。

这样的身材，一般是很能打的。青辰哥即如此，他身手敏捷，力量、速度、柔韧搭配合理，尤其擅长摔跤。与人打架时，他左勾右挑，几下子就能把人掀翻在地。我在幼年时就见识过他打本村的广存和邻村的文志，那两个都还算厉害的角色，但在他那里全然不是对手。即便是遇见热衷斗殴的涉黑群体，青辰哥也并不惧怕，据说他曾一个人跑到邻村叫骂，那种烁烁的锋芒，像极了独闯冲霄楼的白玉堂。

青辰哥不是凶狠好斗之人，但却喜欢打抱不平，这一点类似于小说中的侠客。有些事情本与他无关，但有时系于情谊，或激于意气，他也会勇往直前。这样的性格，贬之可归之为简单，誉之可归之为纯粹。村里某个恶棍，也并不曾惹着青辰哥，然而青辰哥不知因何就起了生些闲事的心。他收拾停当后找到了恶棍家，一脸严肃地说叫他出来谈谈。可以想见，青辰那"棒硬"的身材绝对起了震慑作用，据说惊得那厮居然慌忙唱喏，接连作揖，宛然是见了鲁达的郑屠。

有的侠客具有柔肠，举止相对温婉。相对于侠客，刺客则百分百属于"棒硬"的类型。大凡行刺，多是抱定了必死的心。死都不怕，更遑论什么伤痛了。像聂政挖了自己的眼，还掏出了自己的肠子，真是个狠角色；而荆轲被砍断左腿，身被八创，却还倚柱而笑，想来也让人悚然。青辰哥估计也是缺乏痛感的，要么就是有极强的意志硬撑。有一次，他骑摩托车摔倒，将下颌穿了一个洞，当时晕了过去，苏醒后，他自己托着血肉模糊的下巴，一声都不曾吭。

青辰哥"棒硬"的性格从他小时候就已经显现出来了。那时候男孩子们普遍喜欢用自行车链条做手枪，弹药是火柴头，撞针撞上去，也能发出啪的一声脆响，故称为"阳火枪"。而青辰哥别出心裁，在枪上镶了弹壳，装了火药。有一天下午，我看见他躲在小学一棵榆树的后面放了一枪，"咣"，巨响处浓烟四起，所有的老师都惊得跑了出来，但只见青辰哥兀自不动，手里握着已经卷成麻花的枪，他的脑后，血水像一条红色的蛇，顺着脖子蜿蜒而下。然而当时青辰哥还是笑着的，尽管笑得有些诡异，直到缝针，他也没有抽搐一下。

青辰哥在赌场里的毅然，在还债层面的决绝，都源于他精神上的刚卓。

其实精神上的刚卓往往与肉体上的坚忍同构，能够忍受痛感的人，大多不是精神上的怂包。多年后追想起来，我还觉得这种同构性十分有味道，金庸和古龙的小说里常有这样的人物，命运也不尽相同，有大团圆的，也有令人唏嘘的。青辰哥的人生本来还算平顺，虽则赌债寻常行处有，但还不至于过不去。直到他在 2006 年得了病，情况才陡转直下，小说中那种悲情的英雄竟然在瞬间推至我们的面前。

得病后，青辰哥来北京看过病，后来又去无极县进行过治疗，但终究无济于事。一年之后，他的头发变成了淡金般的颜色，但他似乎并不介意，说话也越来越幽默。我不知道他疼不疼，也不敢问他疼不疼，但自得病后一年多的时间里，我从来都没有听他说过一个疼字，也从来没见过他叹息扼腕，至于痛哭流涕，更是不可能发生在他的身上。在青辰哥去世前的一个月，我们还一起去邵庄吃过饭。麦田里吹过的微风，依然拂着他的头，青辰哥神色自若，只是再没有郭式分头的样子了。

真的勘破人生，视生死如游戏，固是高深的境界，非常人所能及。你我凡俗之辈，直面死亡时，恐惧的藤蔓早已经缠绕了脖颈，一匝又一匝，勒到窒息。其时肉体虽在，但精神恐怕已被黑暗吞噬了。然而青辰哥确实没有任何绝望的表示，该吃吃，该喝喝，有时候还要到赌局里押上几把。他的坦然，我在《刺客列传》里看到过，在禅宗公案里看到过，然而那些都是空洞的文字而已，有血有肉的人物我只见过青辰哥一人。

青辰哥去世的那个夜晚，民哥说天上划过一颗明亮的流星，于是专门发了短信给我。我第一时间想到的是古书中关于星坠人亡的隐喻，异象出现，大概是青辰哥的大限到了。果不其然，不到天明时分，青辰哥就去世了。据说直到最后一刻，他也没有怂了的表情，只是一翻身，说了声"我操"，就没了气息。

党老爷

　　吾乡称呼爷爷的父辈为老爷。余生也晚，未能得见自己的老爷，甚至连爷爷也只是刚有些模糊印象，然而别人家的老爷却是见过不少。那些老爷辈分较大，年龄则未必很老，有的甚至比爷爷还小一些。那时候我年纪尚小，只记得老爷们喜欢站在街口的暖阳里负曝闲谈，谈谈家长里短，谈谈老辈子的事情，谈谈庄稼长势和牲口的喂养。

　　那些老爷们个子有高有矮，但脾气都是一样的火爆。譬如身材高大的合浦老爷，他留着长长的胡子，脸上从来没有笑容，遇见不如他意的事情往往厉声斥责，不会顾及任何人的面子。党老爷住在合浦老爷前邻，他当过村里的大队长，似乎更有权威，说话也更为豪横。他身材矮小，骂人的时候往往会反复跳起来，唾沫星子定要喷在对方脸上方才罢手。

　　与合浦老爷一样，党老爷对于"不合理"的现象一向是嫉恶如仇的。改革开放之初，有男孩儿学着新潮烫了头发，只要经过党老爷面前，他便会半叹半骂地说声："什么东西！"乡里收缴枪械之前，有人扛着气步枪打玻璃瓶，玻璃渣子应声散落一地，党老爷看到会大声喝止说："什么玩意儿！"有骑摩托车的在街口骑得飞快，每在党老爷面前绝尘而去时，他更是会跳脚大骂，甚至会追出好几步来，用拐棍点指："王八蛋，你要奔丧去吗！"

　　因为党老爷脾气火爆，大人和孩子普遍怕他。当有孩子哭闹不止，党老爷恰好在场，他便会主动呵斥孩子。他的两只眼睛翻白，似有瘆人的光射出来，孩子们一般都会被吓得呆立不动。倘若党老爷不在场，大人们也常常吓唬哭闹的孩子说："党老爷来了！"或"大猫猴子来了！"大猫猴子是吾乡传说中一种可怕的妖怪，据说专吃小孩儿。党老爷不苟言笑，目露凶光，很多孩子便将他和大猫猴子联系起来，共同成为童年的阴影。

大猫猴子在哪里出没吾不知，然而党老爷却几乎长在菜园子里。党老爷喜欢种菜，尤其喜欢西红柿。每当春天来临，他便在园子里忙碌，浇水、培土、施肥，从清早到黄昏，没有一天不是如此。那时候，贸然闯入菜园子的孩子们，无不遭受他的厉声呵斥，瞬间石化者也往往有之。西红柿泛红的时候，党老爷更是看管得紧了，甚至靠近都是不行的。他的一声"呔"仿佛是晴天里突然打的雷，有孩子为此吓丢过鞋子，吓尿过裤子，甚至还有的吓丢了魂儿。

党老爷年轻的时候曾在阜平县的八路军被服厂工作，为抗战事业做出过积极贡献。党老爷虽然矮小，但是身板挺直，大约是军人的遗风。他的火爆脾气，也应该和军人的出身有关。党老爷去世十多年后，才有《亮剑》这类题材的电视剧热播，可惜党老爷无缘看到。我常常想，倘若党老爷看到《亮剑》，一定会觉得脾气火爆的李云龙恰如另外一个自己。

李云龙的火爆脾气，其中不仅寓有果敢，同时也时而流露出一种敢爱敢恨的真性情。在这一点上，党老爷与李云龙也有几分相似。我的二爷爷曾与党老爷一同在八路军被服厂工作，系抗战时的战友。后来复员，党老爷回家务农，二爷爷则长期在京做工，两人遂相见无多。二爷爷去世后送回老家安葬，党老爷在葬礼上握住二奶奶的手，竟然涕泗横流。我在一旁怔怔地看着，感觉无比诧异，我一向觉得党老爷的脸上刻着个"狠"字，然而何至于如此动情啼哭呢！

多年以后，我才渐渐明白，走到人生的最后时，那些火爆的老爷身体衰败下来，精力居多不济了，性格也就慢慢发生了变化，行为举止越发像个孩童。合浦老爷也曾哭过，有一次合浦老太太摔了胯，瘫痪而不能动，合浦老爷找我父亲帮忙，眼圈就红红的，似乎哭过一阵子。党老爷也是如此，我的确看到他哭过几次，眼神里透露着一种衰老的无助感。他们古稀之后虽时而发脾气，但力度大为减弱，再不是以往那个沾火就着的炮仗筒子了。

然而，那些老爷们晚年的变化，我当时并不曾察觉。他们瞪着眼睛走过时，我依旧是很害怕，甚至会脸红、颤抖，像是犯了很大的罪。那些老爷家黑洞洞的大门，透着凛凛的杀气，我依旧是不敢进去。然而有一次，

人物篇

母亲让我去党老爷家要一些西红柿苗儿，这则难住了我。党老爷瘆人的眼神，以及那充满火药味的"呔"字，在我父母眼里似乎不算什么，但对我来说，实在如同噩梦一般。

党老爷是种植西红柿的能手，每年他都会种上好几畦，同时他还擅长育苗儿。每到冰雪融化后，他便把西红柿籽儿种在覆膜的地里，形成一个生机盎然的苗儿炕。那时候，家族中凡是想种植西红柿的都会去给党老爷讨要西红柿苗儿，在我家不是父亲去就是母亲去，没有指使过孩子。然而那一次，母亲的安排太使人尴尬，去则实在害怕，倘若不去，我又担心父母笑话我胆子小，使人情何以堪？于是逡巡几番，在党老爷门前绕来绕去。他家大门上的鬼头铁环不停晃动，似乎要咬人一样。

我最终硬着头皮推门而入，颤巍巍地对党老爷说："老爷，我想要点西红柿苗儿。"其时，党老爷正在苗儿炕里工作，听到声音，他慢慢转过身来，竟然有些微笑的模样，"嗯嗯，我给你去挖。"党老爷那时已经70多岁了，动作有些迟滞，他把西红柿苗儿慢慢地送到我手里，我顺着看过去，但见他眼中透出和悦的光来，似乎带着嘉许和期盼的意思，那是我第一次看到他那么慈祥。那时候，我回顾他的小院，海棠正在盛开，母鸡正在上窝，余晖洒满大地，一切都有摇曳的样子，一切都有奔放的神情。

党老爷、合浦老爷，包括我的爷爷以及二爷爷都是脾气火爆的人，成长环境如此，我的脾气也可想而知。然而脾气火爆终究是不好，我后来寻求了诸多方法来克服自己的坏脾气，如庄子的齐物论，如张载的变化气质说，甚至和稀泥的心灵鸡汤也涉猎过，然而我始终不能改变自己。党老爷没有文化，也不知道各种学说，估计没有什么改变自己的抓手。他晚年的一些变化，大抵是岁月推移的结果，甚矣吾衰也，也就渐渐耳顺了。

所谓平常心是道，真正的修行就是破除执念，刻意改变自己的本性何尝不是一种执念？想到火爆的老爷们，每每令我释然。人到中年，也渐渐明白，那些情绪管理，那些克己复礼，那些心灵鸡汤，都是些压抑自我的劳什子，譬如自带枷锁，譬如自进牢笼。党老爷全然不懂那些名目，他只知道不合心意，便可以破口大骂，哪会计较什么斯文，哪会顾及什么形象，况且在庄稼人眼里，斯文与形象也不当饭吃。

据说俾斯麦生就有一身令人神共愤的火爆脾气，为了改变自己，他尝试去听施莱尔马赫的神学课，然而无济于事。听课期间，他还是动辄与人决斗 20 多次。或许到后来，他放弃了自我的改变，而是勇往直前，将那铁血的特点发挥到了极致。还自己的本来面目，做真实的自己，其实成就了俾斯麦。以此观之，谁说火爆就一定会是成功的障碍呢？

党老爷、合浦老爷乃至于我的火爆，乃是自然天性，不可更改，只可因循。违了天性，岂不是造作？顺乎吾意，方才是潇洒。多年以后，想起党老爷暴跳如雷的神色，固是觉得烂漫可爱。即使是板着脸孔的模样，也是神往多于震慑了。村里的人多没见过俾斯麦的照片，学世界史的又都没见过党老爷，或许只有我一人才能把俾斯麦与党老爷联系在一起，看那翻白的眼睛和翘起的胡子，他俩还真有几分形似。

三先生

以前村东土坑里有几块掀翻的石碑，后来二队修园子的机井池子，索性把那几块石碑当作了水池挡板。那时候二队的人都在那个园子里种菜，开井浇菜是常有的事。每当一合电闸，一股激流就会蹿出来，霎时就会注满水池。平原上缺水，水池里的一汪清泉常常使孩子们逗留甚久，大人们赶走了孩子，但孩子们一转圈就又回来，闹哄哄地像群蜜蜂。

二队园子水池一带风景宜人，有许多高大粗壮的杨树、柳树。春天风絮曼舞，秋日黄叶纷飞。孩子们因此流连而不能去。除了玩水之外，他们还会在石碑上磨刀、摔胶泥，有时候还会把石碑上的字迹刻在胶泥上。然而很少有孩子去研究石碑上写些什么。我在学习书法之前，对石碑上的字迹浑然不知。我们小伙伴里只有增户哥是先知先觉者，他也爱好书法，且在书法层面的发蒙要早于我很多。增户哥很欣赏石碑上的字迹，有一次指着对我说："这字真好！"

增户哥比我大两岁，他很早就接触到了毛笔，也很早知道了各种书体的差别，我所知道的行书、隶书的判别，就是由他告诉我的。那时候我俩常一起趴在台阶上写字，他的字要比我好得不少，而且还能默写出"咬定青山不放松"的诗句，让我大为佩服。作为引领者，增户哥的话于我有如金科玉律一般。他认定石碑上的字好，那自然是好，无须辩驳。增户哥赞扬那些字后，我便格外注意起来。后来我在石碑上磨刀、摔胶泥，都小心谨慎的，生怕损毁了那些好字。

随着年龄的增长，我渐渐摸出了一些门道，也看出石碑上的字要好过增户哥，当然也免不了用拙劣的技法拓印一些，回来当作法帖用。然而我并不知道碑文是哪位高人所写，问增户哥，增户哥也不晓得；问园子里种菜的人，更是知者寥寥。只是有一天我拓印石碑时偶遇瑞增老爷，他认真地告诉我碑文作者乃是三先生。然而关于三先生的生平细节，瑞增老爷却不能知道得更多。就像那些高大粗壮的杨柳一样，随着岁月的流逝，没有人记得是谁人所栽了。

增户哥写字虽比我好，但他本身也是个初学者，而不是技法娴熟的先生。父亲为了能让我写得更好些，给我找了一位先生——聚大伯。聚大伯恰巧排行第三，民哥等人都叫他三爷。我因此曾一度怀疑聚大伯就是三先生。聚大伯同样写中规中矩的柳体字，具有娟秀紧结的特色，然而他的字却比不上石碑上的字。现在想来，当是少了一股峭拔凌厉的意味。然而那时候我说不出什么道理，也不敢去问，只是越来越觉得聚大伯应该不是三先生。

除了聚大伯，村里还有一位排行第三且写字极好的人，就是退休后赋闲在家的文士舅。文士舅的名字大概能概括他的特点，他真的像一位文士，出口成章不说，还能在影壁上写出很好的作品，如他家影壁上写的是《陋室铭》，给我三姥姥家影壁上写的是杨巨源的《城东早春》。至于春联，他都要写邓石如的"春风大雅能容物，秋水文章不染尘"。凡他所写，均是酣畅淋漓，极尽纵控顿挫之妙。然而，我依然觉得文士舅不是三先生，虽然文士舅学叶帅写了"老夫喜作黄昏颂"贴在了大门上，但他那时却不是很老。石碑上标明的"民国十六年"，换算成公元纪年乃是1927年，文士舅在那时大概刚刚出生的样子，焉能写得一手好字？

文士舅爱好行草，当然也是柳体的底子，但他毕竟很少写楷书，相对而言，聚大伯的字更像石碑。然而聚大伯在1927年最多不过10岁，也不具备写碑的资历。倘若聚大伯、文士舅都不是三先生，更有谁是三先生？为了找寻答案，我问过村里岁数更大的合浦老爷，合浦老爷听说过三先生的名号，却也说不上个所以然来。如果合浦老爷都不知道三先生的行状，则他人更是无从知晓了。怅望村东村西，皆是一派漠漠的平原，其间日涌云飞，烟霭满目，哪里有三先生的影子？以前学过的一首古诗，"只在此山中，云深不知处"，当时只觉得一般，现在想来却别有一番滋味。

村东村西的大路小径，三先生也一定都曾走过。或在春风里，或在秋雨中，某个刹那，恍有某个负手曳杖的老人出现，逍遥得不能再逍遥，普通得不能再普通。他的手也是一双拿着锄头的手，然而在农闲季节，却能挥洒出铁画银钩一般的笔法。他活着的时候，应该有无数的喝彩，然而他一定是弃之如敝屣，从未当作什么骄傲的资本。他的死，也如无数冀中老农一样，一抔黄土撒下，便抹去了一切痕迹。

除了那硬瘦嶙峋的柳体碑文外，我终于找不到有关三先生的任何信息。然而转念想来，三先生也不能说没有留下任何痕迹，但凡我见过的翰墨老人，聚大伯是柳体，文士舅是柳体，柴老师是柳体，其他如荣大伯、张万通、义芳、冯老师、宝僧爷等都是柳体。整个村里并无一个欧体，也无一个赵体，连赫赫的颜体似乎都无人理会。后生小子如我，如增户哥，也全是由柳体切入。这清一色的柳体，莫不是三先生之遗爱？

多年后，我与增户哥一同负笈蠡县中学，尔后又由蠡县奔赴了山西与山东。在这期间，二队园子消失了，那眼机井被填埋，水池子也被夷为了平地。周围的杨树、柳树都被砍伐殆尽，除了一块石碑被重新立了起来，其他尽皆埋入了大土坑里。三十年倏忽而过，所有的一切都改变了模样，当年一起练字的两个孩子也都步入了中年，相聚日少。只是偶尔说起三先生，他们才会相视而笑，然而彼此已是满面烟火，两鬓微霜了。

与增户哥在蠡县分别后，我去了太原。在太原时，我竟一直执意找寻书法大家傅山的遗迹。为此，我探过松庄，访过缉虎营，眺望过松涛飒飒的崛围山。然而遍地高楼的太原，哪里又有一点关于霜满龛红的记忆？太原的秋风吹起，可能更比冀中清凉。满街的落叶里，已经觅不得那样一位自得天机的隐士了。或许只有在梦里，才有一位隐于丹枫晴岚的老者，颓然而萧然，踽踽独行。

刘老师

　　二十多年前，我由高阳县最偏僻的一个小村——刘连城来到县城，来到高阳中学读书。那时候城乡差别很大，城里的同学一般都穿着买来的名牌服装，时髦而光鲜。而乡下人尤其是我，还穿着母亲做的棉袄，灰不溜秋的，十分笨拙。同时我的成绩也十分不好，由于晚上大家折腾不睡，大清早还要统一跑操，我实在睁不开眼，索性就不起床了。那时候学生逃学，学校也不多干涉，于是我就越发堕落下去，考试常常是倒数的。总之在那时候，困难生、差生这些无形的标签围绕着我，成为我灿烂时代的一道灰色的轨迹。

　　那时候我时常逃学，即便去了教室也不听老师讲课，而是趴在桌子上看武侠小说。直到毕业，我的代数书和几何书都没有画过一笔。不但如此，连实验课、体育课也统统不感兴趣，有位体育老师点名，我答到，那位老师居然感叹了一句"少见啊"。因为很少上课，数学老师、语文老师、物理老师以及其他一切老师，能够记住我名字的实在无多。然而，这其中也有例外，如教历史的刘文汗老师就认识我，还可以说与我熟识。我虽然不知道刘老师为什么会允许我这等学生去接近他，但他的一些言行确乎教会了我"有教无类"，不分贵贱贤愚。

　　关于刘文汗老师的名字，我曾一直怀疑是等闲的人抄错了，因为"刘文翰"要比"刘文汗"文雅，与老师的身份吻合，最起码叫"刘文汉"也更符合常理一些。但我在课程表上看到的刘老师的名字，确实就是"刘文汗"三字。当然，名字只是一个符号，也不需费力考证。然而刘老师的确是爱流汗的，上第一节课时，由于天气炎热，他就流了很多汗。那些汗珠儿顺着他黝黑的额头滚落，他也不停地擦拭，颇似田间曝晒中的老农。

人物篇

刘老师教我们的时候大概不到 50 岁，因为他皮肤很黑，看上去比实际年龄要老一些。刘老师穿着十分朴素，一蓝一灰两套中山装轮流在身上值班，长年累月都是如此。那时候我想，刘老师实在不像一个城里人，甚至和我初中老师相比，气场都颇有不如。他给我们上的前几节课十分沉闷，我最初也曾怀疑他的学识是否可以帮助我们应对高考。但后来又想，以我的水平，恐怕也无缘高等学府，也就不作杞人之忧了。

然而，过了那最初的几节课，刘老师和同学们也熟悉起来，他便放开来讲了，各种风趣幽默的话如泉水汩汩冒出，真可谓妙语连珠。甚至讲得自得起来，刘老师还会做出很多肢体动作，如描述亚历山大的马其顿方阵，他抬着胳膊比划着说："跨跨跨，呵！好家伙，真厉害！"很有说评书的意味。马其顿方阵并不是高中课本要讲的内容，刘老师却讲得兴高采烈，牛都拽不回来。他所演说的知识往往溢出课本之外，鲜活而有生机，像我这种完全不学习的人都会为之侧耳。

刘老师讲题较少，并不像其他中学那样搞题海战术，这在以应试为目的的大环境中并不有利。我现在常常想，刘老师或许应该做一位大学老师，要在大学的讲坛之上，他的方式无疑是灵活教学的典范。此外，刘老师还常常发表自己独特的看法，说这一历史事件与那一历史事件之间有怎样的联系，这一历史人物与那一历史人物关系如何，诸如此类，信息量很大。有时候常常离题万里，使人忘记了是在高中课堂。那时候，我常常循着他的思路，故意追问一些明知没有关系的人物之间的"关系"，刘老师也会当回事儿，认真去思索，努力去解释。当然，特别古怪的问题，他也能发现我是在调侃，但也不作恼，只是在我身上打一巴掌，乐呵呵地说："去去去。"

当时的古怪问题只是一种恶作剧，然而我现在不意走了史学路径，方才知道刘老师当年所传授的却是纯正的史学方法，只是当时无人理解，想来刘老师在那一环境中也是寂寞的。我上大学后读布罗代尔的书，始知历史研究的真谛是在断裂点寻找连续性。这样的观念与当年刘老师的传授竟是不谋而合。我现在常常运用这样的操作，即梳理"长时段"中埋藏的缓慢的发展线索。有时想想，也似有一种冥冥中注定的意味，当时恶作剧式的追问，却成为现在看家的本领，令人不胜感喟。

刘老师平易近人，从不因学生成绩好坏而施以青白眼。我学习不好，遇老师则退避三舍，唯独遇见刘老师，才会皮笑肉不笑地迎上去问这问那，刘老师从不冷落差生，常常与我们聊得意气风发。那个时代，唯有与刘老师相处时内心是温暖的，若说得文艺一些，是有如沐春风一般的感觉。临近毕业时，我请刘老师在毕业留言册上写段话送我，这是我唯一一次向老师们提出的要求。刘老师说我想想，第二天，他便拿给我一个小纸条，纸上有一首诗，诗曰：

机敏加钻研，勇翻知识山。矢志辉煌路，硕果贡人间。

看着这首诗，我当时内心有若五味杂陈。首先是惭愧，我成绩倒数，又何德何能，配得上这几句话的赞美与期许？其次是感动，因为刘老师并不因为我的普通或卑微给我冷遇，这也使我懂得，为什么当年鲁迅会把藤野先生的一些亲切当成莫大的深恩加以感激了。

刘老师非常敬业，上课从不迟到，不过有一次却迟到了，那也是唯一的一次。课后，我们才听说，刘老师骑车子跌进了学校外面的臭水沟，不得不回去换衣服，因而没能按时上课。尽管没有亲见，但想想刘老师满身臭水的惨相，也不觉十分动容。除了敬业外，刘老师也颇愿意与学生亲近。我们学生搞的元旦晚会，也会邀请一些老师参加。然而除了班主任外，刘老师每次都是唯一到场的老师。有一次，刘老师还带来女儿表演葫芦丝，给我们留下非常深刻的印象。大家都觉得，刘老师的和善，带给家庭的也当是满满的温馨。

我在清华读书时，曾经给刘老师寄过一次贺卡，并谈及他赠我的那首小诗，同时表达了我深深的谢意。随后，我也收到他女儿代他回的信，内容暖暖。又多年后，遇到在高阳中学教书的同学邓秋刚，秋刚说刘老师早已退休，身体还算硬朗。听到刘老师的消息，我内心又是颇为高兴。离开高阳中学后，我辗转各地求学，屡遇历史名师，如葛兆光、秦晖诸师均是当今学界的翘楚。刘老师在学识上自是无法与之相比，但在我人生历程

人物篇

上，论及给我的温暖，刘老师无疑首屈一指。

　　高阳中学是我人生中一道灰色的轨迹，那时我浑浑噩噩，终日无所用心，几乎看不到任何的出路。不但如此，还频遭冷眼，甚至曾被某局盘剥和勒索。但是在那时，刘老师的言传身教却能给我的心灵镀上一抹明媚的底色。如今，我也执教鞭于讲坛之上，对待学生时，也总会想起刘老师当年如何对我，这使我完全不敢掉以轻心。因为我知道，老师的善意，哪怕是非常幽弱的光，也一定会有人用心看到！

风物篇
Vista

黄昏

那时候的黄昏，空阔辽远。斜阳垂在柳树之外，光线如泼。头顶一片墨蓝，四周却已泛白。远处的村庄淹没在暮霭中，黑魆魆的只剩下一道暗痕。风从万里高空降落下来，地上腾起缕缕黄烟。庄稼的叶子接连不断地飘过高空，接连不断地飘落田野。人们在高空下生活，在田野里劳作。男人们收拾棒子，女人们采摘棉花，小孩子捉着蚂蚱，牲口们啃食着蔓草。田野里除了风的声音就再也没有声音，全村的人们都在静默劳作。那时候的黄昏，一言不发，所有的汗水都渗透进蓬松的土里，直到天空越来越黑，谁也看不见谁。

还有一种黄昏，天空中有各种绚烂的云，黄的，红的，紫的，一路护送夕阳西去。人们陆陆续续回到村庄，男人们卸车，喂牲口；女人们烧柴，做晚饭。鸽子回笼，鸡在上窝。狗偶尔一叫，猪哼唧不停。那时候的黄昏，炊烟上天，一条条柔软的飘带围绕村庄浮动，晚饭与柴草的味道融合一起，流荡于鼻端。吃饭的时候，每家的院子都打扫干净，请进习习的凉风。在凉风中，大家静默地吃饭，包括小孩子，一言不发。全村的人们都在院子里静默地吃饭，全村只有一个高大的老头儿在街上吃饭。街上的空气中传来筷子和碗的撞击声，清脆得如同场院中午暴响的豆荚。

无数的黄昏，村庄内外无数的树上有无数的鸟儿集结。柳树、杨树、榆树、椿树、枣树、槐树，每一棵树上都成百上千，密匝匝如同团团黑雾，完全遮住了树间落阳的柔光。那时候的黄昏，有无数的鸟儿在聒噪，有无数的鸟儿在放歌，但黄昏依然是静默的，聒噪与放歌在黄昏的柔光中也会转换成静默，成为黄昏的背景。直到一两声低沉的"啵啵"声出现，黄昏的静默才被击破。田野间劳作的人们和院子里吃饭的人们才会觉察出声音，他们都会好奇地抬起头，那时候的天空，已经蓝得发紫。

无数的黄昏，都会有一只孤独的鸟儿"啵啵"地叫，都会有"啵啵"

声穿裂天空，但劳作的人们和吃饭的人们从来没有发现过它的踪影。村庄里的时间是停滞的，劳作的人们和吃饭的人们习惯于静默，也习惯于静默地倾听。全村中只有一个人执着于寻找那只孤独的鸟儿。多年以后，他说当年确乎看到过那只孤独的鸟儿，那只鸟儿沐浴在暮春的熏风里，"啵啵"地叫，身上披着华丽的五彩外衣。

多年以后，劳作的人们和吃饭的人们还在黄昏中静默，以及在静默中倾听。黄昏的天空依然空阔辽远，那只孤独的鸟儿依然在黄昏中击破众鸟儿的聒噪与放歌。一切静默如旧，只有执着于找寻的人失去了村庄的黄昏。然而，那个人始终相信，村庄的黄昏依旧守护着他的一切，守护着父辈的耕种与丰收，守护着他的新鲜与衰老。黄昏的守护，一言不发，从不停顿。

菜园

在我家的房后，曾经有一个很大的菜园，但它现在已经不再是菜园了。

虽然，我小时候的记忆是破碎的，但房后那一派盎然的绿色在我脑中却无比清晰。每当春天的时候，就会有许多人活动在园子当中。过不多久，柔嫩的绿色就奇迹般地萌生出来。园子周围的柳树和杨树开始吐絮，各种各样的鸟儿也开始叽叽喳喳。阳光变得越来越煦暖，天空也变得越来越蔚蓝。冬天到春天的转变，在其他地方或不突兀，但在这个园子里却总能让人感觉到一种梦幻般的神奇。

我对于这片园子有着莫名的喜爱，甚至觉得拥有它就不需要玩伴了。我宁愿自己独享这片寂静的菜园，而不希望别人带来喧嚣。对于园子中的蔬菜，我也是由衷地喜欢，无论是什么菜，即使是野菜和野草，只要闪现出绿意即可。那些绿意，仿佛生命的气息吹入麻木的躯体，在人的心灵中激起奇妙的涟漪。

那样的生活我不知道过了多少年，一年又一年，仿佛年年如此，年年都有令人心头澎湃的绿色出现。尽管没有色彩斑斓的花，没有标志，没有突出，没有醒目，但我却在那样的平淡中享尽了喜悦。时间宛如是停滞的，我也总是一个人，没有玩伴，定格不动，仿佛完全被裹进了静穆的天地里。雨水、蔬菜、青蛙、蚯蚓、蚂蚱乃至每一种昆虫，它们都与我一样，只是在菜园中自然地存在着、生长着。那些前来摘菜的人也似乎忽略了我的存在，就像忽略青蛙、蚯蚓和蚂蚱一样。有时他们不愿意我留在园中，也只是像对待蝴蝶一样把我驱走。

那时候，我俨然成了一个孤独的国王，园子里的一切事物都是我的臣属，它们都要见证我的荣耀，也与我一起享受着一切珍贵的东西，比如水与阳光，比如空气和土壤。这一切在当时看似那么自然，仿佛亘古不变的时间。

在我童年的记忆里，雨水是异常充沛的。下雨的时候，菜园里外都格外寂静，除了沙沙的雨声，就只剩下各种蔬菜生长的声音了，或者还有青蛙与蟋蟀的鸣叫。这些寂静的声音交织在一起，飘荡在灰蒙蒙的天宇里，然后随意地进入耳廓，化为嫩绿而柔软的思绪。一直到今天，我都习惯于把雨声、蛙鸣、虫叫与绿色贯通起来。每当看到春天的绿意，我便常常想起那个菜园与家乡的雨。

那个园子中种有很多种类的蔬菜，至于都是些什么我倒不愿一一描绘了，我对那个园子的感情其实跟种植什么没有太大的关系。只要种植在园子中，展现过绿意，那就是我童年时光的纽带，永远为我所珍惜，永远为我所欣喜。而如今在市场上所见到的菜蔬，它们与我菜园里的品种无多区别，但我却只把它们当作营养维系品，珍惜谈不上，欣喜则更是无从提起了。

离开那个园子后，在我的生命里又出现过好几个园子，当然都是花园了，它们一个比一个精致，一个比一个优美。譬如盛开着丁香的渊智园，盛开着桂花的燕曦园，还有盛开着荷花的近春园，它们也都是我生命中的园子，匆匆进入了我的视野，又匆匆淡出了我的世界。就好像我童年的菜园一样，又如同我生命里出现的人一样，无论曾经多么亲昵，最终也只能是一个背影，一个过客。匆匆地来了，匆匆地又走了，而且一走往往就是再不相见。

我童年的菜园在冬天往往燃起野火，那火苗在我印象里如同落日一样让人惊艳。我常常为火苗的壮丽感到兴奋，因为我一直非常好奇那种垂死挣扎般的燃烧。菜园烧过之后只留下满目的疮痍，然而我又十分厌恶那样的丑陋与残破。所以我既好奇燃烧又终究厌恶燃烧。不过，燃烧也并不须担心，只待春天就会有一个新的菜园苏生出来，从荒芜到盎然只是一步之遥。

但我并没有料到，最终会有那么一天，一场大火烧尽了所有植物的残骸。经过"规划"之后的菜园不再种菜，遂废为荒地。它有如弃妇一般，每天都以一种茫然的神态驻守在村口，一脸疑惑地张望着，僵硬的土地如同干枯的肌体。我明白，我的菜园，它已经彻底地死去了。

菜园没有了，也就没有了摘菜的人。曾经整天游荡在菜园里的老人们呢？露着大肚子，年年都种瓢葫芦的老来肥爷爷呢？长着长寿眉，九十度猫腰的刘屎蛋爷爷呢？那个成天哼哼，见了人则一声不吭的疤子计爷爷呢？他们什么时候不见了，没有人注意过。一切都如同天上卷舒的浮云，很自然地出现，也会很自然地消失。

一段时光终结之后，就有另一段时光出现。这就如同一个人走了，也会有另一个人来一样。终结的就是终结的，走了的就是走了的，永远都不会有时光倒转。岁月是一把剪刀，在它的挥动之下，总会有飘零的落英。那些落英委弃在地面上，逐渐陈腐而归于无迹。在岁月的搅拌中，没有什么可以永远存留。

菜园在我流年记忆里，仅仅是一个标点而已，或者说它什么都不是，因为可称为标点的太多了，也就没有了标点。

风物篇

215

鸟声

　　在公园里时常见一些老人拎着笼子遛鸟儿。他们把笼子挂在树上，施尽各种手段来逗引鸟儿鸣叫。鸟儿也往往不会辜负他们的期望，扎煞着翅膀，张开喙，"呱呱"地叫上几声。于是老人们就觉得很美，以至于撅着胡子自矜起来。然而，在这些笼子面前，我向来很少留步，任凭笼子如何雅致，鸟儿如何名贵，在我心中都引不起丝毫的美感。我曾经陪同朋友逛过几次鸟市，但却无心鉴赏什么。因为在我看来，锁在笼子里的鸟儿是无助和可怜的，不管如何蹦动、如何扑腾，总归是灵性尽失。

　　我喜欢鸟儿的鸣叫，无论是什么鸟儿，只要是自由飞翔的，其叫声总能使我产生神往的感觉。小时候看电视剧，镜头中几只大雕划过蓝天，伴随着一声声激越的长鸣，那样的场景曾使我每每自失。长大后读《诗经》，又在其中发现了很多美好的声音，譬如"关关""绵蛮""雝雝""嘤嘤""嘹嘹""嗷嗷"，还有一句"鹤鸣于九皋，声闻于天"，其中虽然没有惟妙惟肖的象声词，却也使我心动许久，往往将其联想成一种高深莫测的境界。去了上海后，我曾好几次试图在郊区寻觅"华亭鹤唳"的风采，只可惜无缘得会，离开上海时颇有悻悻之感。

　　上海的香樟树上常有白头翁在枝头跳来跳去，唱出清脆的调子，那种欢快常常使我抬头凝望，怡然许久。回到北京工作后，遂为世事所羁縻，以至于竟然疏忽了那些美妙的声音。前些日子，有位朋友前来访我，我与他在饭余一同去温榆河边散步。温榆河中有个小岛，小岛旁边的水中有大量的野鸭子，"嘎嘎嘎"地叫着；对面的树丛中也有许多不知名的野鸟儿，"喳喳喳"地吵个不停。那种欢畅热闹的样子，正像音乐会上演奏着的《合唱交响曲》，我一时神情恍惚，仿佛回到了鸟声四起的童年时代。

　　在我的家乡——冀中平原上，也有很多知名或不知名的野鸟儿，每天都"叽叽喳喳"地唱着歌，那种欢乐的声音充满了我整个的童年。尤其在冬日里，北方的天空往往呈现出一种高而深邃的蓝色，高蓝的天空又往往作为背景衬托着杨树突兀的枝杈。在杨树突兀的枝杈上，又往往有大量的花喜鹊、灰喜鹊、黑卷尾、野鸽子，它们或停止，或移动，或跳跃，一群群地，从这枝头到那枝头，从那枝头到另一枝头，翅膀颤动的声音似乎都可以听到。它们一边飞动一边"嘎嘎""喳喳""咕咕"地鸣叫，那些声音弥漫了天空，给全世界都画上了忘忧的颜色。

浪漫主义诗人雪莱曾热情讴歌过美丽的云雀，另外一位浪漫主义诗人济慈也把光明赋予了美丽的夜莺。劳伦斯很会形容鸟儿的鸣叫，如啁啾，咕咕，呢喃，而诗人 Nash 的形容显然更胜一筹，如 Cuckco, Jug-Jug, pee-wee, to-witta-woo！这些拼写绘声绘色，以至于连周作人都不敢翻译，但周作人却也有自己的"啾晰，啾晰！""嘎嘎！"这些有关鸟声的描摹，渗透着作家未泯的童心。当然，也只有童心未泯的人才可欣赏得鸟儿的天籁之音。

以前我奶奶房子的西面有着一片李林，李林主人占山哥是位传奇人物，他酷爱园艺，精通嫁接。他种植了大量的李树，李树之间也夹杂着些桃树、杏树、海棠、苹果乃至梨树。每到春天的时候，李林中就会出现繁花锦簇的景色。远远望去，锦绣一片，又似乎是天边美丽的云霞。在李林当中，有大量的鸟类栖息着，比如白头翁、黄鹂鸽、麻雀、柳莺、蓝尾雀、山雀、黄鹂、啄木鸟。每到了晨曦微露、天色发白的时候，林中的鸟儿就踏上梢头，抖擞起精神，开始呼朋引伴。起初只是一两只鸟儿，然后越来越多，当天色大亮时，所有鸟儿的鸣叫汇集到一起，形成一派骀荡的海。其间叫声响亮的鸟儿，宛如风中起舞的雪浪花，涌荡不停。

吾乡的喜鹊与云雀是很常见的，其他常见的鸟儿也有许多，譬如野鸽子"咕咕咕咕"地叫，布谷鸟"嘎咕嘎咕"地叫。不太寻常的鸟儿也有一些，譬如野鸡常常在麦浪中慌张飞过，同时"咕咕嘎"大叫几声。而戴胜——一种有着耸立羽冠和斑斓外衣的鸟儿，虽然外表华丽，但叫声却并不中听，当它飞来飞去的时候，常常发出"啵啵啵"的声音。乡人管它叫做"饽饽鸟"，或者是"要饽饽的"，意思是要饭的鸟，这种称谓与它华丽的外表别如霄壤了。

风
物
篇

无论野鸽子、布谷鸟、野鸡抑或戴胜，还是一些其他的鸟儿，其鸣叫往往不如人意，或不尽如人意，要说叫得好听的鸟儿当属百灵。吾乡的百灵俗称"窝勒儿"，百灵有 8 属 15 种，"窝勒儿"只是其中一种，学名为亚洲短趾百灵。与人们豢养的大百灵相比，它的体型要小一些，色泽暗淡且麻，但鸣叫起来，却是一样的嘹亮。每当开春的时候，田野里就会有"窝勒儿"出现，尤其是春耕时，新翻泥土的气息飘荡在空气中，绿色的大地上升腾着紫色的烟霭。其时，在蔚蓝的天空中，无数的"窝勒儿"上下飞舞，同时卖弄着婉转的调子，那声音我不能形容，只觉得如春风一样让人沉醉。

虫
声

冀中一带俗谚有"二月二，龙抬头"之说，这里的"龙"乃是指各种爬虫。二月二正值惊蛰前后，一声春雷响起，虫儿便结束了蛰居状态，纷纷出来响应春光。当然，不唯爬虫如此，善跳能飞的也都一样。

冀中平原大地解冻，空气中散播着荷尔蒙的气息。黑老鸹虫儿闻讯而动，它从土里冒冒失失地探出头，发出最初的声响。黑老鸹虫儿学名"东方绢金龟"，它们在惊蛰出现，到清明前后达到峰值。清明前后，平原上万物苏生，柳树和杨树吐出嫩芽儿，一抹抹鲜绿在枝头摇荡。其时，就会聚拢无数的黑老鸹虫儿，像团团黑色的烟雾，密密麻麻地围着绿树漫飞。它们一边飞一边发出沉闷的合唱，"嗡——嗡——嗡——"声音虽不动听，但在春天的氛围里，却是有杨柳嫩芽儿一样的鲜活与妩媚。

黑老鸹虫儿是鸡的美食，孩子们捉虫儿也是为了喂鸡。为了招来更多的黑老鸹虫儿，孩子们常常折下杨柳枝插在地头，一边招手，一边唱着歌谣："虫虫落落，骑马上轿。"那些黑老鸹虫儿真的会飞下来，围绕杨柳枝盘旋，然后附着其上。每个孩子都会守护自己的杨柳枝，很快就能捉满一瓶子，一瓶子之后又一瓶子。但无论怎样捉，杨柳周围依旧是团团黑烟，嗡嗡之声不绝于耳。

杨柳吐芽儿之际，杏花开始绽放，然后依次是桃花、苹果花、梨花，乃至于枣花。春夏之交，又有油菜和洋槐当令。这前后延续个把月的花期，忙坏了嗡嗡合唱的蜜蜂。蜜蜂的嗡嗡声要比黑老鸹虫儿大，而且由远及近，宛如执行任务的战斗机。那时候的春天，平原上都有放蜂人游动，他们的蜂箱堆积在村口，仿佛不沉的母舰。蜂群合唱着起飞，嗡嗡地由近趋远。

如同黑老鸹虫儿一样，蜜蜂也会挤成团团的雾，花儿往往遭到它们铺天盖地的蹂躏，甚至滚成疙瘩，纷纷挤落下来。王国维评价"红杏枝头春意闹"，谓之"闹"字境界全出。我不懂什么境界，只是依据自己的经验理解为蜜蜂的轰鸣。暮春时节，油菜和洋槐绽放时，蜂群的嗡嗡声会在田野中，在村里全面铺开，春风十里，连成一片。

黑老鸹虫儿和蜜蜂的嗡嗡声为树绿花开注入了很多生机。如果没有黑老鸹虫儿和蜜蜂的合唱，杨柳只会孤独地绿，花儿也只是寂寞地开；如果没有黑老鸹虫儿和蜜蜂的合唱，整个春天都会感到虚无。

春寒料峭的时候，合唱适合抱团取暖，同时也闪射出缤纷的诗意。天气转热后，合唱唱至喧嚣，渐趋沸腾，诗意也就不复存在了。盛夏时节，蝉伏在纹丝不动的枝头声嘶力竭地进行着合唱，那种合唱被炎热的空气包裹着，密不透风，完全比不上寒蝉的孤鸣更有味道。

随着时节渐冷，蝉的喧嚣逐渐衰歇。迨至黄叶飘落，偶尔的一阵凉风，偶尔的一霎寒雨，都会激起树间寒蝉的反应。咤——咤——数声撕破空气的长鸣后，便有一股汁液如抛物线般地直射出来，然后是薄翼扇动的声音——寒蝉落寞地飞走了，余音荡荡，空灵至极。像羁旅的游子，也像是一个游吟的诗人。

蟋蟀七月在野，在野时同样会掀起满野的合唱。不过随着气候变化，蟋蟀开始在宇在户，声音也逐渐稀疏。收秋时院子里堆积着大量作物，蟋蟀也难免被请进家来。于是它们就在院子里鸣叫，窸窸窣窣的声音伴随着一地清霜，以及一窗灯火。窗外的蟋蟀窃窃私语，窗里的人鼾声如雷。十月天寒，个别蟋蟀耐不得冷风，进入屋来，挤到床下，熄灯后会发出穿透黑暗的孤鸣，如若变换成诗，一定是郊寒岛瘦。

平原上蝈蝈也有很多，但吾乡不叫蝈蝈，公的叫驴驹，母的叫草包，而统称驴驹。驴驹喜欢生活在黄豆地里，然而我小时候村里已不再大量种黄豆，驴驹也就很少见了。不过，潴龙河的两岸还有大量旱地，种着一望无际的黄豆，驴驹在那里大规模繁衍，咽咽咽地吵彻天宇。我暑假的时候常经过那里，每觉震耳欲聋，宛如盘涡毂转一般。

瑞杰的奶奶喜欢驴驹，几次央我去给她逮。我带着亚青冒着炎炎烈日去了潴龙河，给她逮回两只，她喜得心花怒放，不过那次却致使亚青中了暑。暑往寒来，时至深秋，有一次下了寒雨，万籁俱寂中，我经过瑞杰家。瑞杰的奶奶时而咳嗽几声，在咳嗽间，突然响起一串嘹亮的咽咽声，正是驴驹发出的——那两只驴驹不但没有死，而且还停云时雨地发了浩歌。

无论是寒蝉、蟋蟀的孤鸣，还是驴驹的独奏，都与深秋相得益彰。古今的一切诗文，很少描述深秋的热闹；中外的一切诗人，多是悲叹深秋的苍凉。寒虫的声音，实是深秋时节的点睛之笔。如若没有那些寒虫，姜夔如何感喟，济慈又如何起笔？

冀中的平原，春天有春之合唱，秋天有秋之孤鸣。然而合唱有喧嚣之弊，孤鸣有悲苦之嫌。相对而言，夏天虫儿的交响才最是沁人心脾。尤其是在温和的夏夜，清风习习，夜气袅袅，田野间的各种虫儿都不招自来，对着皓月，映着繁星，神秘的夜幕徐徐拉开，一场盛大的交响就此生成。

小满前后，天气不算太热，晚上更是清凉。有月亮的时候，天空呈现一种乳白色，如同裹着一层玲珑的暗纱；没有月亮的时候，天空幽蓝且深邃，四野里一片迷蒙，只有村边疏林透出的灯光一眨一眨。其时，麦子正在吱吱抽穗，西瓜正在啪啪膨胀。麦子与西瓜的味道浮荡在夜气里，伴随着清风，时时吹来。

青蛙算不得虫儿，但它总是担当领奏，呱呱呱，呱呱呱，于是万虫儿和鸣，蟋蟀、油葫芦、蚂蚱、蝼蛄、驴驹、纺织娘、马蛉、草蛉、油蛉一起上阵，动股的动股，振羽的振羽，声音有大有小，调子有高有低，错落有致，回环往复。唧唧、嘟嘟、咽咽、咕咕、吱吱、嚁嚁……竟至一夜不歇。

太阳出来后，将夜里虫儿的交响晒得声息皆无，宛如一番梦事，没有任何痕迹可寻。待到晚上，天地在昏黑中静穆下来，呱呱呱，呱呱呱，然后是唧唧、嘟嘟、咽咽、咕咕、吱吱、嚁嚁……伟大的交响在某个时刻悄然开始，那种旋律，近听似无声响，远可穿透夜空。

芒种以后，麦子成熟，同时西瓜也趋近成熟。大人们收割好麦子，就开始起早贪黑卖瓜，夜里看瓜的责任多是由孩子承担了。其时，我只有10多岁的模样，但业已习惯了野宿，也习惯了静默倾听夜虫的交响。那时候，我独自坐在窝棚里，看着远处隐约、幽暗、空幻的天空，任由外面各种虫声在空气中凝结，呱呱呱，呱呱呱，唧唧、嘟嘟、咽咽、咕咕、吱吱、嚁嚁……

夜虫的交响听久了就会陷入沉寂，沉寂久了似乎又有诗歌吟唱起来：

大河银星万点，
小溪银波微漾，
浸水的原野上的青草，
也闪着银色光芒。
夜来临，四下一片寂静，
大自然沉浸在梦乡，
明月撒下它的光辉，
给周围的一切披上银装。

The Land of
Tenacity

秋风

　　深秋的平原，每天都有大风从天空坠落，它们频频摔打在地面上，腾起一阵阵烟尘。在田野里，只剩有庄稼遗弃的躯体；在村庄中，更有满街黄叶的堆积。往日生机不再，芳菲难寻。在一派沉寂里，大风游刃有余地穿来穿去，它们冲进天幕下的空白中，遮盖住大地最后一缕声息。

　　田野被大风充满，人被挤出，牲口也被吹走。那时候天地之间便无一物，也杳无一人，只剩下闪烁的太阳和孤悬的明月，它们轮流值守，默默地流出光华，涂满四宇。那样一个无人无烟的旷野，只任凭大风游走，任凭大风吹彻。偶尔有人出现，刹那间便成为大风追逐撕咬的焦点，那些大风疯了似的穿过人的衣服，像钉子一样钉进人的骨缝儿里。

　　偶然出现的拾粪老者，是大风中的唯一生机。那个他，或者他，都是瑟缩着身子，裹紧着衣服，踽踽独行。他们一个个慢慢走来，又一个个渐渐消失。时光流转，万物更移，唯有深秋的大风永不退场，无论今生，无论前世。

　　多年以来，我也一样游荡在无法操控的大风里，无论何时何地，大风都会像以往一样穿过衣服，钉进骨缝儿。它们将黄沙与尘埃翻来翻去，伴着游走的云，在咆哮中将时光暗自带走。多年以后，目力所及处，依然是黄埃漫漫，只是再不见一位老者。

　　在村庄中，大风坠落，黄叶漫飞。树被大风吹歪，墙被大风吹旧。黄叶覆盖在开裂的墙上，斑斑点点，忽而又会一跃而起，散作黄色的雨。那时候，街口空无一人，路上更无行迹，只有大风呼呼地吹，黄叶哗哗地落。不管在哪个街口，也不管在哪条小巷，杨树、柳树、榆树、槐树以及各种树的叶子，都随大风飞旋，忽东忽西，忽上忽下，宛如蝴蝶，宛如蜻蜓。

　　大风过后，在村边的树林里便会出现一些孩子，他们用树枝将树叶一片片穿起来，舞作风车。同时也会有几位老妇，她们用耙子将树叶搂成堆儿，以为冬日烧炕之用。其时，黄叶匍匐在地上，泛着太阳一样的光，孩子和老妇踩上去，都会传出奇幻的沙沙声。孩子会为穿树叶打架，老妇会为搂树叶争吵。然而一切窸窸窣窣，没多大声息。

待到大风再起，高天如水，黄叶漫天，孩子和老妇们才慌忙避去，穿好的黄叶与搂好的黄叶遂散漫一地。人去后，只留下那些素颜无忌的树，它们从容地谛听着一切，包括人的暗语，包括造化的呼吸。它们的梢头滚滚动荡，如隐隐的雷。

平原深秋的大风，吹过无数的画面。田野、村庄、老人、孩子，每一幅画面都被吹得远远的，如以前一样朦胧，如祖辈一样绰约。多年以前，每一场大风里都有我的呼唤，在拾粪老者的背后，在搂叶老妇的面前，在闪烁孤悬的日月下，在黄叶如雨的树林中。我的呼唤都曾饱满，都曾嘹亮，然而，现在所有的画面都没有了我的声响。

我曾担心自己会被一场大风吹走，坠落到陌生的地方。然而大风没有把我吹走，我却自行走进了陌生的领地。陌生的领地，没有明月孤悬，没有黄叶漫飞，也没有以往一切与风有关的人事。那些田野里的大风，村庄中的大风，依旧在原处吹刮，又在想象里漫延。

纸牌

奶奶晚年有两大喜好，听评书和斗纸牌。不过，奶奶对评书与纸牌的喜好程度是不同的，她常常因为斗纸牌而耽误了听评书，以至于晚上吃饭时常常问我和小欢："常遇春和于金彪到底谁打赢了？"当我和小欢告诉她答案，她便很满意地说，本就应该那样，尔后又会认真评论一句："其实他俩只差那么一点点。"

奶奶虽系乡村妇女，却也走过北京，到过西安，识得文，断得字，《百家姓》《千字文》都能倒背如流，20 世纪 50 年代还曾协助村里做过扫盲工作。至于评书，奶奶耳熟能详的不下十几套。不仅如此，奶奶还颇能讲些阎锡山、卫立煌的事迹。而与奶奶交往的老奶奶们则多不懂评书，更不知阎、卫为何许人，不知道奶奶是否因此而感到过孤独？在我印象中，奶奶好像并没有嘲笑过他人的不识不知，尽管那些老奶奶们至多只识得一个"吉"字。

然而，很多老奶奶都觉得种地的人不需识得那么多字，像奶奶那样，其实也派不上什么用场。不过，"吉"字倒是需要格外认识的，这倒不是为了什么吉庆，而是有助于斗纸牌而已。以前乡下老奶奶没事的时候喜欢斗纸牌。那些纸牌大概有寸许宽，几寸长，与麻将相似，类型也分为"饼""万""条"三种，其玩法也与麻将相仿佛。不同的是，纸牌中有一种写着"吉"字的牌，是可以直接当"混儿"的，不用额外翻"混儿"。"吉"字牌功能强大，老奶奶们都特别喜欢，她们亲切地称其为"小吉"，每当摸到"小吉"时，她们眉宇间的欢喜总是掩饰不住，一动一眨，像一束豁然射入的阳光。

那时候，奶奶独居一个小院，除了我与她做伴外，也别无嘈杂的人。显而易见，她的小屋具有做纸牌屋得天独厚的条件。奶奶又爱干净，几乎是一尘不染。很多老奶奶前来斗牌时，总会夸叹一番，连连赞说整洁。有时候奶奶去串亲了，老奶奶们没有替代的去处，就只能在街上转圈了。倘若奶奶在大姑家或二姑家小住几日，那些老奶奶就会到我家或大爹家轮番打听，怕有狗的，就会摇着栅栏喊叫，咣当当，咣当当，恨不得把竹做的栅栏摇烂。

奶奶倒是很少去大姑、二姑家住，午后的时光无聊，就全部用来斗牌了。在我记忆中，每当午饭后，那些老奶奶就会陆陆续续来到，如亚军的姥姥、振岭的姥姥、占领的奶奶、新婷的奶奶、向红的奶奶、路军的奶奶、铁军的奶奶、冯老臭的奶奶，另外还有大贡奶奶。有的老奶奶来得比较早，就随便溜达溜达，或者看看奶奶养的花。那时候奶奶喜欢养花，常种些黄葵、吊兰与美人蕉，这使得她的小院五彩缤纷、花香四溢。很多时候会有蝴蝶飞来，围绕花朵翩翩起舞，有时还会落在老奶奶们的衣襟上，翅膀忽闪而开张，如同五彩的团扇。

有的老奶奶来得早，也会逗着我玩上一会儿。那些老奶奶都很和善，她们喜欢看我画画，对我画的孙悟空、猪八戒赞不绝口。有时候，她们也会和我玩纸牌，其时，我常常把那些"小吉"每隔一张藏上一张，先行藏好。摸牌时我就能摸到多张"小吉"，于是很快就定了输赢。有关这一秘密，新婷的奶奶一直没发现，每每满脸诧异。但亚军的姥姥却很快发现了，她用归还村很侉的腔调笑着说："呵呵，我说呢，你一摸一个小吉，那谁也当不过你！"一边说，还一边摸摸我的脑袋。

所有的老奶奶来齐之后，大家就赶紧上炕，并盘腿坐好，继而抖开小手绢儿，露出里面的钢镚儿，然后开始按顺序一张一张地摸牌。摸齐了之后，把牌完全捏在手里，牌的上端散开，活脱脱像把扇子。天热的时候，忘记带蒲扇的老奶奶还真会用纸牌扇去扇扇风。奶奶纸牌屋里玩的方法为"梭胡"，方法和麻将类似，不同的是，"梭胡"是可以吃牌的。有的老奶奶发下一张牌，嘴里会嘟囔着："小鱼儿，你吃吧！"纸牌中的"一条"是画成小鱼模样的，而"一饼"则径直画作了糖块，有老奶奶发"一饼"时便会高声吆喝："甜的，糖块嘞！"还有的老奶奶给九饼叫"老被窝"，发九饼时，则会俏皮地说："给你吧，老被窝，忒暖和！"

那时候斗纸牌的老奶奶们各有各的性格，我的奶奶与占领的奶奶性子较慢，斗牌的时候往往凝神不语。而向红的奶奶喜欢高声说话，天热时，她便摇着蒲扇大声感喟："忒弱忒弱"。把"热"字读成"弱"，这是她的特点。亚军的姥姥与新婷的奶奶特别和蔼，总是笑眯眯的。而大贡奶奶喜欢骂街，来了不好的牌，她便破口大骂，直吓得窗台上的麻雀纷纷腾起。有时候我看电视，看到某位著名打女打倒对方时，大贡奶奶也会突然来上一句："这个女的真骚！"

不过，大贡奶奶骂街是习惯性的，就像伴奏的音乐一样，并不针对任何人，大家听惯了，也都不以为意。大贡奶奶比较大方，输了钱并不闹脾气，总是乐呵呵的。然而，有的老奶奶较为手紧，输钱后便会抖落着小手绢儿不停嘟囔着："哎呀，好几毛啊，输了好几毛啊！"

奶奶她们玩的那种"梭胡"简单明了，不像大局里玩的"拉胡""三岔九个一"那么繁复，当然，在"赌资"上也比不上后者的额度。奶奶的纸牌屋，最早是一分一局，后来改为二分一局，再到后来改为五分一局。改到二分一局时，振岭的姥姥与新婷的奶奶就去世了，改到五分一局时，亚军的姥姥与冯老臭的奶奶也去世了，而更多的人则颓然衰老，动转都成了难题。同时，奶奶也搬了家，那个温暖的纸牌屋也就悄悄地散了场。

纸牌屋散了之后，奶奶还是坚持着玩那些纸牌，为了哄她开心，表妹们常常陪着她玩上几把。姨奶奶从西安回来，也会陪着她玩。那时候，大家也还会学着老奶奶们的口吻说"糖块，你吃吧"，或者说"小鱼儿，你吃吧"，又或者说"给你一床老被窝"，等等。欢声笑语中，仿佛复原了当年纸牌屋里热闹的场面。那些时候，奶奶依然握着牌凝神不语，但那种凝神已是有相当多的迟钝成分，与当年之覃思判然有别了。

奶奶80岁的时候，听力严重弱化。同时，她的记忆力也严重衰退，常遇春之流的英雄有时竟会记不起来。不经意间，奶奶就放弃了对评书的爱好，唯有那些纸牌一直在她手中倒腾着，有时就是一个人摸来摸去，摆成一套牌后即又重新洗牌，洗好牌后又摆成一套牌，无言中，周而复始。奶奶去世之后，她的遗物中还有好几套纸牌，有些已经残损，但奶奶却一直没舍得扔掉。

奶奶去世几年后，小欢翻盖了东屋，曾经的纸牌屋终于彻底消失，不留一点痕迹。又几年后，占领的奶奶、路军的奶奶、铁军的奶奶、向红的奶奶纷纷去世。再后来，爱骂街的大贡奶奶也最后一个去世了。大贡奶奶没有儿子，她老而无依，只能投奔嫁在山西侯马的女儿，最后也死在了山西侯马。山西侯马，一个好遥远的名字，也不知道那里是否流行斗纸牌？不过那里出土的盟书，一片片的，确乎有纸牌的形状。

在大贡奶奶临去侯马之前，她不知道从哪里听说我买房缺钱，于是找到我父亲表示她有几千可用，我父亲没有接受，当然也不可能接受。大贡奶奶去世时，我父亲才想起这一情节，然后告诉了我。我因而又一次想到了奶奶的纸牌屋，以及纸牌屋里的大贡奶奶。那时候阳光透过窗户照进来，照在她的脸上，显现出明媚的暖意。

风筝

以前的春天，平原上常常刮起沙尘暴。每到惊蛰雷动，天气便会日益煦暖，但狂风也会不时而至。那些风呼呼的，常常刮黄了天空，刮白了日头，刮黑了人们的脸孔。在风声中，所有的响动都会失去明媚的色调，鸡不再高亢，鸟不再婉转。窗户上被吹烂的塑料布，吱吱的，仿佛一支支破空飞来的疾箭。

沙尘暴刮起的时候，是不宜出门的。其时苍黄的天宇，一望即生黯淡之情。饶是心情黯淡也就罢了，最不可忍受的是，狂风会把沙土刮进眼里、嘴里以及鼻腔里，吐出的唾沫都是浓浓的土色。路边的树木，被风吹得摇摇摆摆；路上的行人，被风吹得踉踉跄跄。最惨的大约是逆风骑车的，他们的头发飞舞，气喘吁吁，用力蹬着寸步难行的车，时而对顺风车闪出艳羡的眼神。

然而，狂风天对于孩子们却是乐事，因为他们可以借此来放风筝了。20 世纪 80 年代，商品经济还不发达，很多东西都要靠手工制作，风筝亦不例外。吾乡一直流行一种简易的风筝，乡人称之为"八卦"，其实就是用两个正方形框框错落相叠，形成八个角，然后糊上报纸，即为"八卦"了。然而，从形象的角度来说，这种风筝名之为"八卦"是欠妥的。我一直以为，倘没有卦爻和阴阳的图案，就不应该叫"八卦"，不如"八角"更为合适。

"八卦"制作起来颇为简便，大约是采用高粱最上端的葶秆儿做骨，绑成两个正方形叠加，糊以报纸即可。尔后再找三个点固定引线，底端则必须缀上一条长长的尾巴，方可谋取平衡。平原上葶秆儿不缺，报纸也不难得，那条谋取平衡的尾巴须以布条儿做成，恰好章立哥家的制衣坊常抛出大量的布条儿，孩子们俯拾可得，由是普遍对顾长的章立哥持有几分说不出的好感。

葶秆儿、报纸，兼之章立哥的布条儿，加起来着实有些分量，微微的风难以托举，是以风和日丽的天气只能是望空兴叹。待到沙尘暴陡起，万物都若遭了殃，孩子们却往往来了劲头。他们趁着咆哮的狂风，将那"八卦"送上昏黄的天空，然后紧紧拽住绳子，"八卦"在上面蜿蜒游走，人在下面曲次斗折。"八卦"的牵绳多选用纳鞋底的粗棉绳，饶是如此，那些粗绳也常常被狂风吹断，或者径直将线轴吹走。有一次，我拿捏不住，线轴瞬间就被吹上了电线。线轴上带有铁丝儿，触及电线时，竟发出一股电焊般的强光，随之火花四溅，轰——轰——

当然，春天时也不尽是沙尘天气，春和景明的光景还是要比沙尘暴多上一些。春和景明时，田野里吹荡着湿润的微风，空气中飘浮着煦暖的阳光。村边的杨柳怒吐，平原上的麦苗竞发，整个视域都变成了绿的海洋。倘若在那样一个世界放飞风筝，当然是相当宜人。然而，我们的"八卦"太重了，微风根本不行。即便牵着线跑得大汗淋漓，那"八卦"还是无法在空中固定，人稍微一停，"八卦"就会立即下滑，或径直跌落下来。

沙尘暴的天气里，"八卦"虽然能扶摇直上，但吃土的代价是必然要付出的。然而，我实在不愿意在沙尘里放风筝，凯舅也不愿意，哑巴哥则更不愿意。哑巴哥大名叫李书群，与我父亲大致同龄。因为是聋哑人，是以长期单身过活。哑巴哥虽然先天失聪，却是村里最为手巧的人物，我那时总想，如若哑巴哥认真钻研的话，一定能制作出新式且轻巧的风筝。为此，我总是跟在哑巴哥屁股后面，一边打着手势，一边无意地学着他的啊啊声，竭力表达着梦寐以求的愿望。

哑巴哥不会说话，他与人交流的时候只是用手比划，有时比划无法会意，他便要写字表达。哑巴哥没上过聋哑学校，他会写的那些字都是靠自学，这也足以证明他的聪明。哑巴哥跟我很是合得来，他见了我常常要写个"群"字，指指他，又指指我，然后竖起大拇指，那意思是说我俩同名，要多亲多近。不过，哑巴哥毕竟是自学，有时候词不达意也在所难免。比如，他写石头爷的名字就会写成"刘头石"，写刘凤英的名字也会写成"刘英凤"，又比如有一次他指着我家的黑白电视写道："你家什么时候换'花电'？"

哑巴哥诚实善良，也乐于助人。以前村里白事上的招魂幡及各种纸偶全系他一手制作。他心思缜密，于制作过程一丝不苟。他做的那些纸偶一个个端庄秀丽，仪态安然，令人交口称赞。完工后，他还要请村里写字好的人写上"听说""受支"的标签，才会最后满意。总之，哑巴哥既手巧又严谨，因此我是完全相信他能造出我梦想里的风筝。

　　三十多年前，平原上信息还十分闭塞。哑巴哥想造新式风筝无异于闭门造车。他大概想了很长时间而不得其解，见了我就会"啊啊啊"地比划不停，似乎是诉说他的困难。有一天，哑巴哥突然来找我，接着又去找到凯舅，然后拽着我俩踩着冰雪泥泞的小路径直去了东团丁村。让我们没想到的是，此行居然是拜访一位老艺人。那位老艺人也认得哑巴哥，接着与他比划讲解，甚至还画了图案，哑巴哥不住地点头，啊啊啊地似乎十分满意。

　　从东团丁村回来后，哑巴哥就把家里夏天用的竹帘拆了，然后将细细的竹篾一根根地泡在水里，泡了一段时间之后，又捞出以火煨弯，最后居然绑定成形：一只是蝴蝶，一只是金鱼。哑巴哥又不知道在哪里搞来窗户纸和尼龙绳，窗户纸比报纸轻省，尼龙绳比纳鞋底的棉绳轻省，真是将风筝的重量减到了那个时候的极致。

　　为了给蝴蝶和金鱼画上颜色，我与亚军、亚青在一次沙尘暴的天气里骑车去齐庄村买了红墨水，往回走的时候顶头逆风，只得将车子推将回来。又有一次，大概是埋素婷的爷爷那天，我居然在一个敲镗锣的老头儿那里买到了绿墨水，加上本有的蓝墨水，竟也将蝴蝶和金鱼画了个斑斓模样。那一年，在哑巴哥的倾力帮助下，我终于把轻巧的风筝放上了天。其时东风袅袅，群鸟嘤嘤，万绿盈野，杂花满树。风筝的四周都是暖暖的日光，于是我的心就随着那蝴蝶、金鱼一起荡漾起来。

　　哑巴哥大概也就制作了那两个风筝，那只蝴蝶被我在沙尘暴中放飞时，吹到了卫东门口的大杨树上，无法取下。那只金鱼实在想不起来其下落了。一两年后，我去外村上学，也就不多理会风筝了。我上初中以后，农村集市上卖风筝就出现了，而且后来越来越多，哑巴哥实在没必要亲自动手了。再到后来，县城里的丧葬用品也越来越齐全，像招魂幡、纸偶之类应有尽有，甚至都有了家电和汽车，因此哑巴哥的技艺也就派不上用场了。哑巴哥遂不再在白事上出现，当然，没有我的极力敦促，他更不会有兴味去制作风筝了。

前几年，哑巴哥得了病，不久就逝世了。他从未说过话，又悄然离去，大家很快就遗忘了他，仿佛世间从未有斯人。哑巴哥逝世后，吾乡的风筝开始升级，竟然出现了超大、超轻、超抗风的风筝。哑巴哥的兄弟书臣哥就放飞过一种老鹰风筝，通体黑色，竟有真人般大小。这老鹰的神奇在于，微风的日子也能升上天去，同时还能定格不动。当然，由于材料坚固，刮沙尘暴的日子也能高翔而不断线，真真有"九万里风斯在下"的壮观。

哑巴哥家的坟在村西口，那里豁亮空旷，又没有电线纠缠，历来都是放风筝的绝佳场所。而今每到清明前后，也有很多人在那里聚集，他们在一起放各种样式的风筝，什么蝴蝶、金鱼、蜈蚣、老鹰、蜻蜓，甚至还有飞机和卫星，只是唯独没有"八卦"了。哑巴哥家坟上有四棵杜梨树，每到放风筝的时节都会绽放一树繁花，灼灼放光，明艳得宛如烂银一般。没有沙尘的日子，众多风筝会冉冉升起，又有诸多花朵纷纷坠落。亚青每年都会去那里拍照片，而亚军看了会说，那里从来都是他的梦境。

坯摞

　　早些时候，平原上无工可打，无钱可赚，人像图钉一样被死死钉在土地上，日出而作，日落而息。季节有寒来暑往，人类自然也就有秋收冬藏。秋收后，冬藏好，平原遂陷入萧条，整个冬天大抵无事可做。平原上也没有太多猎物，当然不会出现"载缵武功"的大场面，充其量不过有几个打兔子的，扛着长长的围枪，在田野里孤独地游走。

　　秋收之后，麦子耩好，却也不是完全无事可做。地里不平整的地方，趁着没有上冻可以整理一下；家里房舍破败的地方，总得在寒风来临前修缮完成。此外还有围墙，雨季倒塌的部分也必须补上。那时候砖瓦是昂贵的材料，很少有家庭肯用敢用。土坯对于平原小农来说固是首选项，甚至很多家庭的正房也都是用土坯垒起，最多在表面罩上一层薄砖而已。

　　平原上的土坯分为两种，一种为水坯，个头较小，专门用来盘炕；另一种为甓坯，个头较大，乃是修建房子和围墙的主角。制作水坯工作量投入不大，一个家庭足可完成。制作甓坯工程浩大，就得请人来帮忙了。吾乡请人帮忙谓之"助工"，"助工"属于义务劳动，不需要支付报酬。助工打坯的人大都身强力壮，无论持锨供土，还是抢石杵子砸坯，都需要膂力过人。当持锨的将洇好的土放进模子中时，抢石杵子的便会立马上前，先是轻轻砸上几下以求平整，然后便是极快地硬砸，咚——咚——咚——

　　打坯的场面很是欢腾，很多人聚集在一起，两人一组，挥汗如雨，同时又笑语盈盈。多年前，大爹为给奶奶盖房而请人助工打坯，那阵势十分宏大，几乎网罗了村东头一带的所有壮汉。其中最为健壮的当属立柱大伯，他打坯时能把石杵子使得呼呼挂风，那速度一般人望尘莫及。占山哥与立柱大伯为邻，却有些瘦弱，石杵子抢不了几下，然而嘴上却颇为热闹，他那文绉绉的话伴着懒洋洋的烟圈，汩汩漾漾，在繁忙中却也能营造出几分散淡的滋味。

土坯需要一块一块地打，每打好一块，便要搬到一边，以侧面着地码好。平原上的人喜欢将鳖坯码成一个半圆，正好围住取土的坑子。在吾乡，一个壮汉每天可以打鳖坯500多块，500多块鳖坯可以码成一摞，一摞大约有一人多高，呈弧形的碉堡状，吾乡谓之"坯摞"。码坯摞时，需要顾及造型的美感，最上一层必须要码出垛口样的花边。如此一来，坯摞多少还真有点城墙的意思。古代的城墙两边不乏士兵驻守，但坯摞码好之后，打坯的人就会全部撤离，只剩下一座座萧萧的"故垒"，顶着脉脉的落照，迎着肃肃的北风。

如同人生，繁华一场，终归于寂。在人走之后，坯摞也就剩得一幢幢萧条的暗影了。远远望去，只如几个黑点一般，它们点缀着平原的苍莽，同时又映衬着天地的孤独。人虽然很少光顾，但老鹰和鹞子却特别喜欢坯摞。以前的时候，坯摞的垛口上常常蹲着老鹰和鹞子，它们在那里一蹲半天，一动不动，浑然铁铸一般。

用来打坯的地不用耩麦子，也不须格外整理，棉花柴可以不拔，高粱秆可以不扦。大冬天下了雪，白茫茫一望无垠，雪挂在棉花柴的枝杈上，灿灿如银，如同棉花再度盛开一样。棉花柴下，雪积得很厚，兔子们穿行其间，窸窸窣窣，宛如河水奔流。农闲时打兔子的颇有几人，如村里的来僧爷、书臣哥，外村的玉章、小眼以及李忙，都是畋猎好手。他们常常以坯摞为掩体，将那丈许的围枪瞄向棉花地，时不时轰然一声，但见得雪地里青烟缕缕，腾宕如龙。

冬日的平原晴光如泼，并不见煦暖，北风萧萧如刀，视天地万物如鱼肉，冷漠地切割着。打兔子的人也抗不了北风凄紧，实在无法忍受，便会躲进坯摞中暂避一时。还有那几个放羊的，如宝珍大伯，如胜舅，他们的御寒能力显然不如羊群，于是坯摞也就成为他们的好栖所。养会儿神，或打个盹儿，都是惬意的。羊群在棉花柴里哗哗啦啦，就不消管了，纵然是惊起了兔子，他们也往往懒得一顾。

春天垒墙，秋后打坯，冬天打兔子、放羊，农民的生活辛苦单调，周而复始。四季的流转，伴随着坯摞的出现，又伴随着坯摞的消失。有了坯摞的时光，辛苦单调中也可以挤出些慵懒的味道来。那些慵懒的时光不知持续了多久，似乎谁也没有认真算过。因为一切都仿佛不曾改变，就如同天上，飘来飘去的总是那些浮云。然而，一切实则都在改变，比如宝珍大伯忽然间就退出了放羊的行列，比如平原上的围枪忽然间就被全部收缴。放羊人可以有新陈代谢，但打兔子的却就此而断绝。更有那些坯摞，不知何时就全体不见了，似乎只在一瞬间。

有了充足的砖瓦，自然就不需要打坯了。人们不再打坯，自然也就没有了坯摞。后来的冬天，漫野姜黄，没有了标点，也没有了边界。那些走了的人当然不会再回来，即便再回来，或许也认不得那些姜黄的原野。平原上依然有兔子，依然有绵羊，但兔子们不再是从前的兔子，绵羊们也不再是旧日的绵羊，后来的兔子与后来的绵羊固不识坯摞为何物。老鹰们高飞于天，鹞子们低掠于地，恍如当初，只是没有了可供停驻的坯摞。

曾有坯摞的平原一言不语，没有坯摞的时光万念不息。

胶泥

　　冀中平原地表为松软的黄土所覆盖，在地表以下则有不同层次的土层，白色、黄色、棕色、褐色都有，大致是不同年代的地质沉积。在褐色的土层当中，有一种较为特别的黏土，这种黏土黏中带有滑腻，滑腻中又带着柔韧。在吾乡，一般给这种黏土叫胶泥，即胶状的泥。谓之"胶"，其黏合度之高则可见一斑了。

　　在平原上，只要挖了深坑，就会有褐色的土出现，但褐色的土未必全是胶泥。有的地方即便挖了深坑，也不一定会找见胶泥。在我们村村西的西上岗儿和村东的东坑里，却都有挖不清的胶泥。村民们用了一辈又一辈，然而泄之不虚。有一次村里打井，封井时要填充胶泥球，村支书动员村民挖胶泥，揉泥球，老老少少，一车又一车地挖，似乎也不见匮乏和断绝。

　　打井填充胶泥球，是为了防止苦水段下渗，以维护淡水的口感。胶泥黏合度高，有一定的防水效果。不过胶泥也是泥，是泥就会溶于水。以前人们常用胶泥捏塑可移动的凉灶，为的是夏日做饭不烧大锅，以免抬高屋里的温度。倘若雷雨天忘记收取那凉灶，也会淋成一摊烂泥。以前的时候，几乎家家都有胶泥捏塑的凉灶，形状也大抵相同：前面张着一张添柴的大嘴，后面竖着根烟囱，整体上圆乎乎的像个缩头乌龟。

　　胶泥黏合度高，可塑性好。以前村民们除了以之捏塑凉灶外，还会捏塑很多的坷垃、坛子。所谓"坷垃"，就是米许高的敞口桶状器皿，用以装各种面粉；坛子则更大一些，小口大膛，用以装各种粮食。在洋灰柜出现以前，各家各户都有不少的坷垃与坛子。老太太们在农闲季节挖来胶泥，掺上碎布条儿，捏做一个一个的坷垃和坛子。坛子不用过多装饰，坷垃因为装面粉用，表层要糊上电光纸，讲究一点的还要剪贴各种花样。那时候，瑞杰的奶奶，继宗的奶奶，还有我的奶奶，都是剪贴花样的能手。

　　在物质匮乏的时代，人们埏埴以为器，用胶泥塑造着生活。儿童们尚不知稼穑之艰难，在他们的世界里，大概唯有快乐与之相随。在老太太挖胶泥的时候，孩子们也常常挖上一些，在街口废弃的碾盘上啪啪地摔。那些硬梆梆的泥块儿在折合摔打之后，会变得十分柔韧，也十分黏滑。孩子们边摔打，边吆喝，那些胶泥也百般配合，散发出欢快的气息。吾乡的孩子几乎都是玩胶泥的行家，从泥娃娃到甩破锅再到模刻，世世代代，充分地释放着想象力，将胶泥的可塑性发挥到最大限度。那时候，所有与胶泥有关的游戏，仿佛都吹拂着欢笑的风，涌荡着快乐的云。

以前村里常有些敲着镗锣卖小玩意儿的老人，人们给他们叫做卖泥娃娃的。"卖泥娃娃的"估计是从上代延续下来的称谓，因为到我们那时已经不见有泥娃娃卖了，只是偶尔还能看到胶泥做的水鸡，可以吹出呜呜的声响。虽然没见过泥娃娃，但我一直对泥娃娃保有丰富的想象。有一个时期，我曾固执地捏塑熊猫、公鸡等玩偶。房后面的两个小姑娘现在都已为人母，但在当年，她们都是我泥塑手艺的崇拜者。每当我捏塑时，她们始终都是认真看着，捧着双颊，眨着忽闪忽闪的眼睛。

女孩子喜欢泥娃娃，男孩子们则普遍喜欢暴虐地甩破锅，他们把胶泥捏作碗状，狠命在地上一甩又一甩，砰砰砰砰，发出几声爆响，男孩子们便由此产生了快感。甩破锅可以用来比赛，规则很简单，就是看谁甩得最响。很多男孩子为了甩得响，常常要使出吃奶的劲头，甚至将胳膊甩至肿胀，酸溜溜地抬也抬不起来。

比起甩破锅，制作泥球儿显然更为暴虐。那时候几乎所有男孩子手里都握有弹弓，而弹弓发射的子弹就是胶泥制作的泥球儿。男孩子每到下学后，都会去挖胶泥，然后把胶泥滚成长条，揪成小段，然后一个个地揉成泥球儿。那时候的房顶，除了晒粮食之外，就是晒男孩子们的泥球儿。房顶上日照充足，又十分通风，用不了一个下午，那些密密麻麻的小球儿就被晒得通体干硬，踩都难以踩碎。

男孩子们手里的弹弓极具攻击性，像知了、蝴蝶等各种各样的昆虫，像麻雀、燕子等各种各样的鸟儿，像蜂窝、鸟窝等各种各样的巢穴，无不在泥球儿的击打下应声而落。有时候男孩子还嫌不够刺激，往往要和外村的男孩子比拼弹弓的精准。当两村的孩子们汇集在一起，便会以村为单位分化成两个对峙的阵营，接着就要真刀真枪地"开仗"了。刘连城村和西高口村"开仗"的时候，常有孩子被泥球儿打得头破血流，甚至逃不及而被抓了俘虏。

以前的时候，没有网络，没有游戏，甚至连电视都没有，男孩子们只能通过泥球儿释放过多的雄性荷尔蒙。当雄性荷尔蒙倾情释放后，男孩子们则告别了青春期，走入了沉甸甸的中年。人到中年，曾经那些塑造出来的快乐就荡然无存了。曾经的孩子们开始塑造生活，像当年的那些老太太一样静默无声，只是步履匆匆，没有了摆弄胶泥的那种闲适。

当年的那些老太太都不去揉泥球儿，泥球儿那种极具攻击性的物什大概只属于不谙世事的孩子。在成年人的世界里，沾染着荷尔蒙的快感往往被视作幼稚与青涩。在成年人的世界里，还有谁在摆弄弹弓吗？那些走出了村子的男孩子们实在想不起来了。有时候，他们还会在睡梦里回到故乡，但梦见的却不是快意恩仇的开仗。他们偶尔会梦见老太太们塑造的凉灶，左看右看，确乎像缩头乌龟，不禁让人梦中失笑。

现如今，村西的西上岗儿和村东的东坑要打造荷花主题的公园了。我不知道"荷花主题"会给这一代以及下一代带来怎样的体验，拭目以待吧。总之，西上岗儿和东坑里已经没有人挖胶泥了，包括大人，更包括孩子。5G 的时代，没有大人再以胶泥塑造生活，也没有孩子再以胶泥塑造快乐。

邵庄集

以前的时候，乡村信息闭塞，集市就成为通向外面世界的唯一窗口。那些爆炸头、喇叭裤都是最先从县城扩展到集市，又从集市上辐射到村村落落；邓丽君的歌，谭咏麟的歌，各种人的歌，也都是随着集市上买来的一盘盘磁带飞进千家万户的。那时候的孩子很少去县城，他们都是在集市上尾随青年男女，体会着时髦的味道，揣摩着有关浪漫的传说。

然而时髦和浪漫都得由钱来支撑，那时候乡民们普遍没钱，于是就有了"有空多拾粪，没事少赶集"的训诫，意思是说只要赶集就难免破费，不如狠心不去。然而吾乡的确也有一些定力十足的人，每集必到，却从来不买什么东西。他们常常问了又问，摸了又摸，却只是些假动作。这样的人物，吾乡称之为"集旋子"。村里的"集旋子"，向来以老人和孩子居多，孩子不谙世事，老人则囊中羞涩，因此多是图个乐子。那些居家过日子的中年人，整日里忙于生计，当个专门的"集旋子"固是奢侈之举。

以前的时候，农村市场化程度还相当低，譬如买成衣的不多，更多的是买布回村裁剪；买球鞋或皮鞋的也非常有限，买棉绳回家纳底子乃是普遍现象。中年人赶集虽然带有明确的目的性，但总体上也是消费不足。他们在集市上转来转去，对交易极为慎重。有的转上几圈，还是两手空空，行为举止与"集旋子"也无大异。我后来想，中年人到集市上晃，应该不是为了时髦与浪漫，是不是那人间的烟火，具有放松与怡情的功效，可以使他们暂忘生活的重压呢？

吾村的孩子、青年，乃至中年人、老年人都喜欢赶邵庄集，因为这个邵庄集离吾村近，且规模大——整整一条长街都可以摆摊儿设点，从西头到东头长达里许。每到农历初一或初六，从晨曦初露起，邵庄街上开始人头攒动，到了八九点时，就摩踵擦肩，挤也挤不动了。那些卖菜的、卖水果的、卖衣服的、卖火烧的，甚至卖老鼠药的，都在声嘶力竭地高声吆喝。卖吃喝的摊点前则更是热闹，有各种咀嚼，也有各种说笑。时而青烟缭绕，时而白气腾腾，犹如一幅幅活泼泼的众生卷，味道十足。

那时候，几乎每个农村大集都有几个引人注目的人物，邵庄集也不例外。吾村赶集卖耙子的大河与卖小人书的荣昌都是集集必到的人物，邻村卖炸馃子的山坡与卖火烧的红瑞更是不会随便缺席。还有许河村一个装着木头腿卖老鼠药的老头儿，他的摊点总是摆着许多老鼠的标本，其中还有几个硕大的白毛老鼠。此外，摊点两边还放置着老鼠尾巴做成的鼠尾塔。这个老头儿会说几段顺口溜，不过没有孙书义说得好。那时候孙书义也常常在集市上出现，但他从来不在集市上表演。大凡赶邵庄集的人们都知道孙书义在四乡八里的婚礼上的表现，那一套套的说辞总是能赢得满堂彩。

当然，邵庄集上也总有些令人讨厌的人物，如蹑手蹑脚的小捋，其行径简直令人发指。他们不仅仅近身捋钱，而且还会在摊点上捋物，据说某村的高手竟能捋走半头猪。在以前，我曾多次看见小捋被人捉住暴打，甚至有个妇女被当众铐到了树上。小捋可恶，但不是最可恶的，比小捋更为可恶的人物乃是一些寻衅滋事的地痞泼皮。他们动辄便会在集市上打架，有时候打得头破血流，便会被直接送进乡卫生院。

以前邵庄大街上有许多旧建筑，路北的乡卫生院就是其中之一。那个卫生院大概建于"文革"时期，门上面镌有"救死扶伤，实行革命的人道主义"的大字；路南有一个非常大的供销社，供销社里有一座盘腿安坐的大石佛，掩映在垂柳的绿荫里。然而这些单位门口的路每到集日就会被潮水般的人流所吞没，其时，卫生院里尚能看病，然而供销社里的化肥农药是决计无法运输出来了。

或许是由于阻塞交通的原因，邵庄集后来被规划搬迁到村北的一片空地上。原来的邵庄集在大街上，总是临近红尘烟火，搬迁后却被隔离在现实生活之外。现今的路况虽然通畅了许多，但转上几圈总觉得没有往日的况味了。三十多年来人事已非，那个白癜风的牙医、卖耙子的大河、装着木头腿的卖鼠药的老头儿，以及更多熟悉的面孔均已退场不见，只有红瑞还倔强地卖着火烧，他常常一个人默默地坐在风中日下，如铁铸般地岿然不动。

三十多年后，乡民们涌向县城买房，孩子涌向县城上学，即便是老人也有不少随儿女去了县城生活，邵庄集便不再有引领时髦与浪漫的功能了。如今赶集的以老人居多，年轻人很少来买东西了。街里的建筑皆不是旧日模样，街里的门脸大多也改换了门庭，大概只有铁塔的理发店还能勾起一些旧日的回忆。不过铁塔也不再年轻了，以往颇具个性的胡子也不再蓄起，唯一和以前相似的是，他在理发过程中还是会温柔地提示："这样理更时髦一些，你要不要试试？"

补锅匠

在我的童年时代，冀中平原夏天雨多，冬天则奇冷。雨多于人是相宜的，奇冷却使人难以消受。那时候的冬天，朔风如刀，大地都能冻出裂缝儿，自行车走在路上，嘣嘣地颠起老高。人们的手普遍呈伛偻状，根本无法伸直。孩子们在烧着煤球的教室里，如握刀一般握住铅笔，艰难地书写着。老人更是难以熬过漫长的严冬，那些穿着厚重棉裤瑟缩街头的老者，往往突然间就消失了。在人们的记忆里，只留下几声唢呐的呜咽。

在严寒的天气里，人们一般不在街头驻留太久。但在那时候，街头总会出现一群又一群的外乡人，每个群体大约有十几人的样子，其中有两三个成年人带头，剩下的都是未成年的孩子了。大多数的孩子都很小，甚至比当时的我还要小。这些外乡人在街头的冷风中窸窸窣窣摆开一些工具，如锤子、剪刀之类，然后就由那些孩子们沿街吆喝："补锅了，补锅了，补锅的来了！"

以前的时候，人们的经济条件普遍拮据，物资供应也不充足，是以衣服缝了又缝，物件用了又用，不到一定程度舍不得扔掉。市场经济尚未充分展开的年代，能省则省乃是硬道理。譬如做饭用的铁锅和钢种锅，倘若漏个小洞，随手扔了实属可惜。幸好有补锅匠，交由他们补上一补，又可以多用上几年。我们本地的补锅匠或许有，但我没有什么太深的印象。记得十分清楚的只是那些外乡人，当然还有随之而来的寒意，以及沿街断续不绝的吆喝声。

有老人们问过那些外乡人的来历，他们都说来自安徽的阜阳。阜阳是个怎样的所在，我那时候没有什么概念。后来读到苏轼"十顷玻璃风"的赞誉，才有神往之感，想来也算得山水形盛之地。有颍水的滋养，阜阳人也应该具备灵秀的气韵。不过在我印象里，那些补锅匠全不如此，他们面部生硬，眼神坚硬，甚至呼出的白气都有丝丝成冰的质感。他们粗声大气地吆喝着，那些声音就像他们手上、耳上的冻疮一样，带着明显的刺痛感。

阜阳与凤阳一样，地少人多，历来都是逃荒的发源地。那些补锅匠也明显带有逃荒的性质，他们一边补锅，也一边要饭。每到人们吃饭时，他们就会挨家挨户地上门乞食。生产队解散后，冀中平原上实现了粮食自给，给些吃剩下的馒头、大饼并不成问题，那些补锅匠也会就势要上一两茶缸的粮食，或麦子或棒子。遇见大方的人家并不介意，但稍微小气一些的就会咒骂了："这些浑蛋，都是假要饭的。"

在吾乡，要饭的有真假之别。一般认为，要剩饭、剩菜的是真要饭的，值得同情；而要麦子、棒子的则属于假要饭的，无须怜悯。不过，我的父母并没有这样的分判，他们不仅不吝惜馒头、大饼，而且也乐意送上一些粮食。有的补锅匠拿着口袋讨要，父亲就会多给扎上几瓢。此外，父母还常常留几个孩子在家吃饭，同时在炉火上把他们黏湿的鞋子烤得硬梆梆的。如此，他们饭饱后就可以穿上暖乎乎的鞋子了，估计踩在泥上都不会有寒苦之感。

那时候粮食虽然够吃，但菜蔬还是十分简单，肉一般是没有的，摊上几个鸡蛋则属于奢侈品。人们常吃的蔬菜就是白菜和萝卜，白菜一般炒着吃，萝卜也可以炒着吃，但通常的吃法是腌制和卤制。另外还有臭豆腐和韭菜花之类。每当有补锅匠到家，父亲用以招待的饭菜也不过如此，然而对于天寒地冻中的人来说，已是十分受用了。在我的记忆里，那些补锅匠就着烛光，用刚烙好的大饼卷上萝卜条，又频频夹起炒白菜，抹上臭豆腐，一口下去，那大饼就闪出一道白白的茬口。一口又一口，唰唰唰，有如风卷残云一般。我则坐在角落里，呆呆地看着，第一次体会到了大力咀嚼的快感。

在所有来我家吃饭的补锅匠里，我对一个叫陈方军的印象颇深。其时他带着一个红色的绒绒帽，帽顶上还有一个绒绒球，十分抢眼。他的面目由于深埋在帽檐下，隐蔽在烛光里，我着实没看清楚，也不知道是丑是俊。从个头上看，他比我似乎小几岁。父亲问他话，他也不回答，只是吃，咯吱咯吱，咔嚓咔嚓，吧嗒吧嗒，发出各种声音。大概一根蜡烛燃尽，他才勉强说饱了，然后穿上父亲给他烤好的鞋子，背上父亲扎好粮食的口袋走了。说实话，陈方军与其他到家吃饭的补锅匠并无不同，只是他那个帽子十分别致，而且他也是唯一让我记住了名字的人。

当然，并不是所有的补锅匠都能遇见善待他们的人，他们大多数只能要些干巴馒头，回来烤上一烤啃着吃。在寒风中，补锅匠瑟缩着身子一吞一咽地啃食，他们胡子上粘着馒头的碎屑以及鼻涕，一颤一颤的。同样，能烤干鞋子的也是不多的，脚上的黏湿仍旧是他们最大的烦扰，不得不强自忍受。简单吃完饭后，补锅匠又开始吆喝补锅，然后叮叮当当一阵子乱响。村民们则漠然地围看，他们并非欣赏补锅的技艺，只是催促补锅匠快点补好，以便回家继续使用。

因为属于陌生人，村民并不让补锅匠留宿家中，即便像我父母，也没有让陈方军住在家里。补锅匠们一般都是露宿街头，找个平地草草睡上一宿。在寒冷的冬天，早晨起来时往往覆盖一层白霜，头上、眉毛上乃至连眼睑上都满是的，宛如团团烂银。他们的耳朵大多裂着口子，甚至冻得渗出血丝儿，鲜红夺目。两相搭配起来，犹如雪里的几点梅花一般。

雪里寻梅，于诗人是盛景，但对于苦寒中的劳动者来说，则全无心思，或者还有十分的恐惧。下雪后，补锅匠们最是难捱，露宿街头已不可取，村里的热心肠如我父亲者往往给他们找个荒宅旧院遮蔽风雪，使这些逃荒人得以安全过夜。有时候我想，父辈那些零星的善意并非全无意义，或许当年只是一点光，但在多年之后终将形成熊熊的火，即便不在补锅匠心中，那也会自有燃处。

研究新制度经济学可知，倘若解决土地边际收益递减问题，要么靠技术提升，要么靠产权激励，实在不行就得依赖移民的手段了。20世纪80年代，先是部分产权的获得激发了生产力的释放，其后人口倍增而收益递减，在技术无法骤然提升的情况下，则不得不通过移民方式解决这一短板了。补锅兼逃荒就是一种暂时的移民手段，这一半自发行为曾极大缓解了阜阳一域地少人多的压力。当然，后来的农民工进城更是一种新的移民形式，规模壮观，举世罕见，从而成功地规避了农村人口爆炸的危机。

进城务工之风兴起后，补锅匠也就销声匿迹了，化为一种若有若无的传说。

　　阜阳是中国最大的劳务输出市，据说外出打工人口达三百万以上。以前有部电影叫《到阜阳六百里》，专门刻画了这一庞大群体的典型人物。为了满足打工者的需求，北京、上海等大城市都有多趟专门发往阜阳的列车，K147就是其中的一趟。这趟列车的终点站是阜阳，且经停冀中县城肃宁。我和洪波、树申常常坐这趟车回家，车上的乘客多有阜阳人，操着陈方军一样的口音，挤来挤去，摩肩擦踵，只是不知道这其中有没有当年的补锅匠了。

柴火垛

人类维持生计，除了食物外，燃料也必不可少。有山的地方，可以上山砍柴，有草的高原，可以捡拾牛粪，而平原上的人们只能依赖庄稼秸秆，没有什么可以替代，几千年来莫不如此。是以夏收或秋收，不但要收粮食，秸秆也是需要精心处理的，否则断炊挨冻就会成为别人的笑柄与谈资。

吾乡将庄稼秸秆简称为"秸"，麦子的可称为麦秸，棒子的则称为棒秸，高粱的乃谓之秫秸，这些秸秆拉回家来，往往要堆成一个大垛，如麦秸垛、棒秸垛是每个院子里都有的，少数种高粱的还有秫秸垛。另外，大量种植棉花的时候还有棉花柴垛。不管是秸是柴，垛在一起统称柴火垛，作为草芥来讲，它们并无区别。

然而人们院里的场地有限，柴火又普遍太多，于是人们更愿意在村口的大场上堆垛，尤其是麦秸垛，往往要堆成一个圆墩墩的丘，上面盖上浮土。需要烧火的时候，就在根部撕取，有的麦秸垛常常被撕成蘑菇状。不管是作圆丘状还是作蘑菇状，那些柴火垛都能熬过冬天，挺过春季，直到新麦入场，才会被当作肥料沤粪处理。不过在这一年中，孩子们多是因柴火垛享足了乐趣，那一垛又一垛的，如城堡，如迷宫，可以任情想象。

柴火垛作为孩子们的乐园已非一朝，往前上溯，几百年，上千年，大约都是如此。那万千草芥组成的垛堆，一垛又一垛，经历日升日落，涛走云飞，总是静默无言。在秋夜的明月下，在深冬的冷风里，它们黑魆魆的身影，或一身霜花，或满头飞雪，彼此凝望而无一语。孩子们的爷爷，以及爷爷的爷爷，也都曾聚拢在一垛一垛的柴火里，叼起根根草芥，将欢快的童谣唱成孤独的模样，直到长大，直到变老，直到死去。

那些柴火垛里，无论是麦秸还是棒秸，无疑都是草芥，草芥聚合在一起，也仍旧是草芥。草芥在田野里俯拾皆是，不值一文。所以人们在场里劳作中，孩子们在垛上、垛下嬉戏时，谁也不会顾及那些草芥的感受。他们会粗暴地撕下麦秸去和泥脱坯；而他们也会野蛮地扯出棒秸追逐打闹。草芥遍体鳞伤的疼痛，人们从来都是无视的，更不用管它孤独与不孤独。刻意体味草芥的孤独，说起来似乎有些矫情，又有几分做作。

吾乡的场边，多有柳树、杨树，每逢春和景明的时节，柳树便迸发出鹅黄色的柳芽儿，杨树则吐出暗红色的如毛毛虫一样的杨花。春风吹起，那些柳芽儿、杨花芬芳一地，也有些吹到柴火垛上，拂了它们的头，蒙了它们的眼，温存了它们的肌肤。那些草芥，无论是麦秸，还是棒秸，抑或是坚硬的棉花柴，也都会浮现出坐稳了草芥的幸福。且不管有无撕扯与创痛，它们都愿意展露出配合春天的憨态。当然也有另外一种可能，那些拥挤的草芥，在彼此的夹缝里看到了光，因而流露出关于幸福的想象。

人们普遍贱视草芥，然而草芥堆积多了也会引来使人恐慌的荒火。荒火，不知谁人所为，蓦地就会燃起。平原上旷野中常有荒火燃烧，并无声息，那些孤独的草芥，一棵棵地倒下，在烈火中痉挛蜷曲，也无声息。只当荒火在柴火垛中燃起时，才能激起万千草芥的悲鸣。在我年幼的时候，村口场上的柴火垛常常莫名失火，不分昼夜。是时，吆喝声、水桶声、脚步声以及鸡犬声交织在一起，柴火垛也终于哔哔啵啵地发出大响，燃至高潮时，竟有轰隆隆的雷声传彻。那些柴火垛一个个地引燃，像许多血红的眼睛。人们在烟火中奔突，始终被血眼注视，狼狈之相，尽收眼底。

柴火垛经过荒火，只会剩下灰烬。而灰烬也仅仅是灰烬，它们不会复原每一棵草芥，也无法保存任何的记忆。荒火时人们的狼狈，鸡们的恐慌，犬类的丧感，那些尽收眼底的内容，也会随风烟而去，散为无物。事后人们的脸上，如船过水无痕，他们轻轻地拍打了衣襟上的灰屑，在孩子们的哄闹中，在鸡飞狗跳中，默默清扫了灰堆，依然是做了粪肥。

荒火不会每年燃起，然而柴火垛须年复一年地堆积。从孩子们的爷爷，乃至爷爷的爷爷，以及更遥远的时代开始，柴火垛已经习惯了荒火的摧残，也习惯了年复一年的轮回。在人间，后浪在前浪的目光里成长，前浪在后浪的哭声中隐去。其间一垛垛的柴火在夏秋堆积，又一垛垛地在夏秋淡出。

千年以来，人们无改变，草芥无更移。

荒火虽则残酷，但终究会过去，春光即便美好，也无法永留。以草芥集成的柴火垛与人们共存千年，从不会有消亡之虞，然而终于也蓦地消亡了。不知从何时起，人们采用了新型能源，也就不再粗暴地撕取麦秸了。后来的孩子们迷恋网游，也不会抽扯棒秸，甚至他们根本不知柴火垛为何物，更没有了关于城堡、迷宫的浪漫想象。

村里采用了新型能源，不再需要秸秆作为燃料了，或许这便是脱离农耕文明的标记。脱离了农耕文明，或许不该还有草芥，然而在旷野里依然还有草芥，尤其三三两两的棒秸，像战场残存的刀枪，在寒风中发出尖锐的嘶吼。据说也还有人乐于捡拾那些秸秆，这在村里被视作财迷，往往成为新的笑柄与谈资。

油坊

　　我家原来以种西瓜为生计，待到我上了大学却变更了行当。我记得我们宿舍里刚安装好电话机，就收到了刘辉打来的电话，他告诉我我家与亚军家合股开了油坊。当时我很是诧异，因为我提前没有听到任何的风声。当然，这也极大地改变了我的暑假，我暑假回家再也不能痛快地饕餮西瓜，而在油坊里干活儿却是必不可少了。比起以往的暑假，确乎增加了不少的劳动量。

　　以往暑假回家，麦子已经收割完毕，覆膜西瓜也已接近尾声。因此只需管理好玉米、花生就行了。玉米和花生都需要耘籽、追肥、打药，天旱的时节还需要灌溉。每个暑假，我都要拉着豁子，背着喷雾器，拎着铁锹，几乎没有一天不要下地的。开了油坊以后，则又增加了花生脱壳、翻炒花生豆的工作。虽然几天一次，频次不高，但每次的劳动量却是极大的，拿脱壳来说，上万斤的花生，都需要我和亚军用口袋拎到屋外，每当脱壳，我俩的身上都如同洗澡一般。

　　除了脱壳，翻炒花生豆也不是什么好差事。这个环节虽然不累，但持续时间长，且单一枯燥，最难忍受的是高温和蒸腾的油烟，每次炒完后，口罩都要被熏成黑色。当然这还不算是最辛苦的工作，我的父亲和亚军的父亲——堆叔每次挤榨花生饼时都会使出浑身解数，他们赤膊上阵，挥动撬刀，要咯噔咯噔地折腾半天的时间，花生油才能顺利地流下来。那时候，他们的身体也如同洗澡一般，头上甚至会蒸腾起缕缕白气。

　　花生油流到桶里，通体金黄，散发着一股股的炒香。村民们会顺着香味络绎而来，把新油打回家。因此，即便是不榨油的时候，油坊里也要有人留守。晚上时，更是需要人看着，那几个大桶里大约有油几百斤，要是被偷，必然是惨重的损失。到了暑假，我便成为油坊里驻扎的主力，白天夜里都是如此。白天的时候，除了来打油的，也有很多老爷爷在屋门口坐着闲聊，他们抽着烟，冒出袅袅的蓝光。晚上则有很多捉蝎子的人来回穿梭，有时候也会进油坊里说上几句话，他们瓶子里的蝎子挥舞着双螯，哗啦哗啦地直响。

那时候不光是围墙缝里有蝎子，一些旧房封闭性不好，蝎子也是非常多的。我们的油坊是一座旧房，屋里缝隙很多，夏天时蝎子常常啪啪地掉下来。堆叔常常挨蜇，夜里不敢睡在那里，我倒是乐得那里的悠闲。不过蝎子爬在墙纸上，会发出窸窸窣窣的响动，也是令人心烦。有的蝎子个头非常足，整个尾巴都是青黑色的，十分瘆人。然而我却没有被蜇到过，甚至有一次一只蝎子落到了我的大腿上，都被我一口气吹了下去，然后用毛巾被捂死了。我把这件事儿告诉了专门抓蝎子的刘辉，让他拿出一只吹吹试试，刘辉连说不敢，两只黑手摆来摆去，也似双螯。

刘辉不敢是有原因的，有一次他就放走了许多蝎子。那是在油坊里喝酒，不小心碰倒了装蝎子的罐子，蝎子一下子四散奔逃，刘辉想捂，又想捏，又不敢，做出了许多假动作，他的脸急得通红，我则吓得目瞪口呆。那一夜在胆战心惊中度过，不过跑了的蝎子居然销声匿迹，实在是运气爆棚。刘辉常常到油坊里与我喝酒，亚青、伯辉、树申也是常客。白天的时候，他们或推土，或打箱，或送货，或盖房，各自辛劳；但到了晚上，我们就会聚拢在油坊里，嘎嘣嘎嘣地吃兰花豆，咕咕咕地对瓶吹啤酒。那时候暑气稍散，夏月朦胧，我们的笑声在空气中一漾一漾的，宛如空中粼粼的云。

亚青的精力特别旺盛，喝完酒后，他人都去歇息，只有亚青一直陪我聊天，熬得我眼皮打架，他却睡意全无。好不容易盼他走了，刚刚睡去，却又常常听得屋门一声大响，"咣"，接着就是刘干大伯的声音："喂，起来榨油了！"那时候刘干大伯精神有点亢奋，夜里睡不着觉，他会多次敲门，多次提醒。后来我索性用棉花搓成长条堵上了耳朵，如此不但刘干大伯打扰不了，连蝎子的哗啦哗啦也彻底消失在沉沉的暗夜里了。

那时候，我在白天也常常把棉花条塞进耳朵，因为我要读书，以为考研计。油坊位于村里的中心街口，进来歇凉的老人颇多。与他们说话太多会打扰我学习，因而必须要塞听，尤其是英语听力更是如此。老人们看到我读书会问我考研何谓，当然他们也居多不知道我要考的那个复旦是何方神圣。不过在老人中还是有懂行的，如宝僧爷和义芳都是老师，也晓得复旦的名头。看着我堵着棉花读书的样子，不知道他们是否会觉得有几分激赏。

作为二十年前的后浪，当时的我赤条条，但也不能谓我一无所有。那时的油坊里有劳作的辛勤，也有喝酒的欢快，同时也有我对梦想的暗自追寻。所谓暗自追寻，即不必多说，努力就是了。我要到更好的学校去读书，就是我当时的一点点梦想。前浪有前浪的优势，后浪有后浪的品性。但让前浪不可企及的，是后浪涌动不息的梦想。二十年后的我，已经丧失了任何梦想，而在油坊里，在繁重的劳动中，我却始终怀有破茧成蝶的希冀。

我高中时曾逃学上瘾，整整荒废了三年，悻悻回家。或许还是残存一点希望吧，我去了以军事化管理著称的蠡县中学复习。在那里遇见了善于鼓动人心的张立青老师。在张老师的鼓动下，我便如同上了发条一样，从思想到行为一新自我。第二次高考时上涨近200分，进入了山西大学，这对我来说已经近乎奇迹。更重要的是，张老师给上的发条似乎无法休止，甫入山西大学，我就抱定了考研的信念。那时候，油坊成为我上进的土壤，不但提供了我的学费，同时也提供了奋斗的场地，我那一点点梦想在那里悄然萌芽儿，尽管油坊的四壁都是黑黢黢的，看不到一点新痕。

那个油坊存在了四年多的时间，在咯噔咯噔的榨油声中，我由山西大学顺利地升入了复旦大学。到了上海，我在吴淞口真正看到了浪奔浪流，那种壮观是哗啦啦的汾河水所不能比并的，更不用提我们西边的潴龙河了。那时候潴龙河长年干涸，人们可以轻易地跨过。刘辉抓了蝎子要跨河前往安国去卖，树申也会跨河去留史送货，他们回来后还是要到油坊喝酒，我们还是嘎嘣嘎嘣地吃兰花豆，咕咕咕地对瓶吹啤酒。然而我们都不知道，那一年竟是油坊存在的最后一瞬。

四年后，榨油的利润越来越低，我父亲和堆叔决定歇业。我和亚军最后一次把上万斤的花生拖出去脱壳，父亲和堆叔也最后一次挥动撬刀，榨出带着炒香的花生油来。油卖完后，也随手把榨油设备处理了，我也随之搬走了被褥，油坊就此落了锁。刘辉、伯辉、亚青、树申也没有更好的场所喝酒了，大家转来转去，均是落寞。我们一度计划用油坊里的油炸了刘辉的蝎子下酒，计划了四年，最后也是不了了之。

　　我从上海回来的第一个暑假，油坊已经被堆叔的二儿子亚民改为了一个商店。亚民说，原来油坊的门过于老旧了，他想换上两扇新门，堆叔遂帮着张罗整饬。在拆旧门的某个瞬间，堆叔的手突然一颤，同时"哎呀"一声，我寻声看去，但见一只青黑色的大蝎子正趴在门框上，尾巴高高扬起，在太阳的照耀下，闪着刺目的光。

小白河

　　在我的家乡，除了少许缓岗、洼地外，都是一派平畴，莽莽而苍苍。偶有河流，也都是处于干涸状态，我小时候学到的"汹涌澎湃"，抑或"浩浩汤汤"，现实中无从得见，全都是想象中的样子。河流里倘没有水，就如同人丧失了灵魂。没有水的河，只能说是死去的河。

　　我村称"十二水连城"，当是依水而建。迄今村西还有古河道的遗迹。古河道斗折而北，从河东村与河西村中间穿过。废弃多年，依然宽可里许，当是一条大河。明代《高阳县志》记载，此河在当时竟然还可以行船，然而河的名字未见著录。又明代《河间府志》记载，滱水由唐县而东，合滋、沙之水，自饶阳入肃宁县，然后分为南北二支。我村西之河，其上游大概沿高口、景口、黄口、青口等渡口一线向南，与古籍的记载吻合，应该是滱水北支。滱水者，古唐河也。古唐河，自当是大河无疑。这样的一条大河，竟至于死去，却不知道是什么原因。

　　村西的大河死去后，小白河就成为离我最近的河了，尤其是离我种地的黄庄地不过里许之遥。现在的小白河多年无水，也算是死去了。但在以前，小白河却是鲜活的。我的奶奶对"高蠡暴动"记忆明晰，说是枪声响了一夜，她所在的河西村听得十分真切，人们吓得连夜把渡船拉上了岸。还有一次发洪水，奶奶在"官道沟"段捡过一个飘来的箱子，里面藏有千里眼（望远镜），那个箱子至今还在，只是尘封已久。

　　其实不用奶奶追忆，我也可以判断小白河曾经鲜活，大史堤有桥、团丁有桥、严连城有桥、河西村有桥，这些桥都是小白河活过的证据。然而从我记事起，小白河就再也没有水了，成为一条死去的河。在我很小的时候，父亲带着我去庞佐买牲口，在严连城桥头少作停留，在桥洞里邂逅过一条斑斓的大蛇，那时候小白河已经泯尽灵性，只有一丝丝恐惧在我幼小的记忆里颤动蜿蜒。

20世纪90年代，政府筹修省道，索性推平了一段河道，公路得以直接穿过。之后几年，几座废置的砖桥全部轰然倒塌。进入新千年后，工厂与服务行业开始在小白河河道两侧出现，人们忙于生产与消费，根本无暇关注那条本已死去的河了。不但如此，人们还一车车地偷挖堤坝上的土，又将各种垃圾一车车倾泻在河道里。本就已经死去的小白河，更加千疮百孔，或者说，死得体无完肤。

我读书时常常要从辛丰庄的一条小路穿过小白河，当时的河道里种着很多高粱，过了秋天则遗留一地乱糟糟的柴火，冬天时更又加上一层厚厚的冰雪。我们大清早骑车上学，由于天气酷寒，地面都冻得硬梆梆的，车轱辘往往被弹起老高。我们的头发、眉毛都是凝霜一片，甚至比小白河都要白上许多。那时候的小白河，已经残破不堪，留在我们记忆里的影像，都如死一般的静默。

再到后来，河北平原推行退耕还林，小白河两旁栽上了许多的杨树，光秃秃的样貌得到一定改观。然而小白河里还是没有水，还是一条已经死去的河。有人说小白河死去未为可惜，理由是小白河系人工河，没有历史，也就没有什么珍贵的价值。其实这属于误解，小白河主要作为排沥使用，新中国成立前后确有不同程度的挖掘，但这种挖掘是遵循古河道线路的，河道两旁现存的上古遗址，都可证明小白河绝非后人凭空开凿。

小白河西支的白牛堤遗址和小白河东支的柳科—白寺遗址，全都是坐落在河边的台地上，符合上古遗址的一般特征，可见小白河至少活生生地存在了几千年。几千年来，燕南的金戈铁马，赵北的群雄逐鹿，小白河也都是见证者。然而，小白河从来都很谦逊，从来都很低调，它隐匿在冀中的土地上，活着或者死去，都是悄无声息。

几千年来，死去的河流不可计数，究其原委，多是丧失了源头活水。我村西的大河逐渐湮灭，与此有关；小白河的死去，与此有关；冀中平原上一切河流的消失，也都与此有关。好事者或许并不晓得，黄河曾有两个古道经行我冀中：一条为《禹贡》河，此河自大陆泽播为九河，在河间与献县一带穿越而东。另一条为《山经》河，此河在蠡县南夺滱水，经高阳而北入白洋淀。无论是《禹贡》河，还是《山经》河，因为有源头活水，它们奔腾在茫茫平原上，曲次弛张，都是那样的鲜活。

我曾经追寻过《禹贡》河的遗迹，可惜无得，只是从肃宁到河间，地势骤降，或有大河流过的迹象。而《山经》河，却凿凿有据，除了谭其骧院士考证出的那些外，我还发现一个特别的现象：现在的唐河、潴龙河流至冀中都不同程度地拐了一个直角，开始向北蜿蜒，像是被一股巨大的力量生生牵引了过去。试问除了《山经》河，世间还有什么能够拥有如此的伟力？

上古时期，黄河淤而决，决而移，主道滚来滚去，是正常现象。如此说来，现在唐河、潴龙河向北的河段都可能是《山经》河主道，而我村西的古河道则更有可能是《山经》河主道。所谓夺滱水入淀，倘我村西废河果其为滱水北支，则在地理位置上最是恰当不过了。上古时期，黄河无堤防。除了主道，分支也应不少，而上古时期就存在的小白河，不是《禹贡》河溢出的分支，也可能是《山经》河溢出的余派。

黄河是一条善徙的大河，在海河与淮河间来回滚摆乃是常态。除了《禹贡》河、《山经》河外，还有《汉志》河也曾在河北入海。有源头活水时，它们就是活的黄河，没有源头活水，它们不久便会死去。当然，当源头活水改道再来时，死去的黄河也能复活，华夏文明的生生不息，或许在黄河那里得到过某种启示。

我曾经在青海贵德、甘肃兰州、宁夏银川、河南孟津、山东济南多次跨过黄河，那些地方的黄河或清，或浊；或粼粼，或荡荡；或有大漠孤烟，或有长风落日；或有"触山动"的壮阔；或有"天上来"的激昂。然而，那些黄河都是别人家的黄河，与我并无关系。除非在古籍里，我才能梦到滚滚的大河，在我冀中的土地上一泄无余。

梦有时会成真，河有时会复活。我村西湮灭的大河也就罢了，然而接近湮灭的小白河竟然有了复活的幸运。最近一段时间，引黄补淀工程的帷幕拉起，黄河水又一次来到了冀中，又一次注入了白洋淀。引黄补淀工程，小白河充当了主渠道。自我记事起便已经死去的小白河，蓦然间起死回生。

黄河水自昆仑而来，滚滚滔滔，周行而不殆。到了平原之上，则肆无忌惮，狼奔而豕突。只有经过小白河时，它才变得温柔而腼腆，乡民传至抖音、快手的视频，都有泓泓绿水，衬着两岸的丛丛绿杨，显示出静谧安闲的韵致。抖音、快手的音乐响起，人们享受着打鱼、钓鱼的乐趣，又有谁想过这水是何所由来？

黄河水也不曾想过，几千年后，还能有故地重游的契机。只是熟悉的土地已经变得相当倔强，人们也不再是茹毛饮血的先民了。几千年，苍黄翻覆，整个冀中平原已经找不到一件故物了。树也好，人也好，奔走的车辆也好，都没有旧时的记忆。恍顾小白河四周，竟不知还能有什么可以熟稔地问候一声："黄河，别来无恙！"

The Land of Tenacity

熰皮

　　我童年的时候，吾乡一带除了种地外别无生计，有的人靠跑电料发财，但那只是极少数。那时候平原上连年丰收，粮食足够吃，但粮食卖不出几个钱，没有挣钱的门路，乡人们在温饱的门槛处踟蹰不前。这种状况一直到了我的初中时代才发生了一定改观。我上初中的时候，不知谁最先发现蠡县的留史镇需要大量短工，工资按日结算，从不拖欠。于是吾乡的劳力蜂拥至，一帮帮，一群群，不管白天黑夜，叮零零的车铃声飘荡在村西路上，一直延伸到潴龙河的西岸。

　　潴龙河西岸就是蠡县地界，那一带据说在清初就有加工皮毛的传统，改革开放后更是以留史镇为中心逐渐发展起皮草产业链。虽然现在早为肃宁的尚村超越，但在二三十年前，却是如日中天的态势，尚村根本不值一提。留史的皮毛加工有熰皮、制革、喷浆等各个环节，有大的工厂，但更多的是小作坊。小作坊比较青睐日结式的短工，有活儿就来，没活儿就走，十分灵活。那些小作坊的老板们赚得盆满钵满，指间漏的也够给短工们开工资了。然而河东种地的人们没有见过许多钱，即便是十几元微薄的报酬，也足以让他们趋之若鹜。

　　我们村前后有上百人从事过毛皮加工的行当，除了毛皮加工，他们偶尔也干些零碎的杂活儿，像刚定爷就干过垒墙、修房顶之类的活计。人们为了挣钱，不分工种，也不在乎白天黑夜。像熰皮这一环节，在夏天一般都是选择夜间干活儿，因为要围着炽热的熰桶操作，白天是无法忍受的，夜里有些凉风，还可以凑合过去。不过，上夜班就得走夜路，有时候太黑看不见，摔进深沟乃是常有的事儿，像我姨父，还有永成哥都曾摔进小白河里，我姨父倒不妨事，永成哥却摔坏了腰椎，后背上明显隆起了一个罗锅。

　　那时候我父母也是这劳动大军中的成员，暑假我则取而代之。我父母从事的工作主要是熥皮，就是将一个大熥桶烧烫，然后把牛皮、羊皮放上去抻展，其原理有点像熨烫衣服。这个工作需要 13 个人，一人用力拽住一角，狠狠地贴在熥桶上，至少要停留两分钟。雇主不在时则可以快些，当然也不能过快，过快则会招致雇主的谩骂甚至返工。熥桶里装的是沸腾的水，是以桶表温度有 100℃，虽然隔着牛皮，但摁上两分钟也足以将手指烫出水泡来，因此必须要学会“弹钢琴”。我一开始并不适应，十个手指烫得如同泡椒凤爪，白亮亮地闪着荧光。

熥皮报酬不高，一毂皮大约有三四百张，干到半夜大概可以完成，只能赚到 15 元钱。如果有两毂皮，干到天亮可以赚到 30 元。干到天亮的话，往往十分困倦，有时会打盹，胳膊不小心触及熥桶，立刻就是一个激灵，甚至感觉皮肤都冒了青烟。虽则困倦，但是想到挣钱，大家精神头还是足足的。雇主生意好的时候，则有许多毂皮，几天也干不完，于是大家就不舍得休息了，开始“连轴转”。所谓的“连轴转”就是不舍昼夜，有时候困极了倒头就睡。下雨的时候，则躲进南白楼村西边一眼废弃的砖窑里，点上蚊香。留史一带臭水坑塘极多，蚊子大量繁衍，嗡嗡嗡的像一架架轰炸机。

南白楼村是我们熥皮的主场，这个村子位于留史镇西，密密麻麻的都是皮毛小作坊。南白楼村西南数里是西曹佐，西曹佐古称曹家蕞，系清代大儒李塨之故里。李塨即李恕谷是也，系“颜李学派”的代表性学者。至今该村北 500 米处尚存李恕谷墓，李恕谷墓前有碑，碑身刻有“皇清大儒李恕谷先生之墓”的字样。因为距离不远，我熥皮的那一时段专程去看过李恕谷墓。虽然那时没怎么读过他的书，但却知道“颜李学派”是倡导力行的实学。特别是默念李恕谷“胼手胝足，则雄杰之余勇也”的箴言，虽手指皆泡，也每觉豪气顿生。“颜李”无一人出身于贵族朱门，而仅以陋乡僻儒，成为学术史上的煌煌一页，又谁敢以等闲视之？

我们一起熥皮的 13 人中，只有我一人专程看过李恕谷墓，其他 12 人则不知李恕谷何谓，当然他们也不需要知道李恕谷。知道不知道李恕谷，也都得强睁着眼睛，一张张地扯着皮。从事高强度的简单劳动，完全显示不出知识的效用。但对于我来说，对李恕谷的喜欢，对读书的兴趣，就像夜空中的一点点星火，虽然遥远，但却三五在东，让肃肃宵征者满怀希望。

无论读书的还是不读书的，高强度劳动后都要尽快吃饭以维持体力。南白楼村的街上有饭铺，卖烩饼、拉面之类的，也卖啤酒，但除了青辰哥，别人多不舍得，自带干粮乃是常态。我那时候总是带大饼咸鱼，那种哗哗掉盐粒儿的咸鱼，吃完了要对着院子里的水龙头猛喝一阵。立柱大伯带的是大饼抹腥油，立柱大伯是刘连城村最能吃的人，可以一顿吃下三四张大饼，他的大饼抹了腥油并撒了盐粒儿，一口一道白茬。其他人虽不如立柱大伯能吃，但吃相也有如风卷残云。大概只有困乏之下，人们才能吃出世界上最香甜的滋味。

熥皮不算重体力，但的确可谓高强度，所谓的"高强度"其实就体现在一个"熬"字上。这就有点类似我"熬"中度日的童年，乃至我的少年。我家地多，父母终日劬劳，孩子们必须要学会帮衬家长，那时候浇地、拔草、拉粪、施肥、打药、收割，真是有没完没了的农活儿，我当时总是想，什么时候不干农活儿了，就是熬出来了。在年复一年的农业生产中，我们都习惯了熬着，熥皮这种"熬"，只是万千"熬"中的一种。读书的人或许还有些希望，不读书的只能是持续熬下去。

熥皮的"熬"不仅仅体现在那单调枯燥的扯皮上，就是 20 几里的夜路有时也是需要熬过去的。平日里还好，但若赶上倒霉的天气，则需要坚强的意志硬撑着，其实也就是"熬"。下雨的时候，对于走夜路的人来说是极大的挑战，最危险的情况在于看不清路，四下里漆黑一片，只能靠经验向前摸索。下小雨时地上黏湿，自行车的瓦圈里塞满了泥，轱辘根本就不转，只能拖着走；下大雨街上的水可没膝，行进同样困难，且避之不及会全身湿透，只得待在熥桶前慢慢煨干。

说到"熬"，每每让人想到冀中的熬菜。直到现在，吾乡一带红白喜事上还是用熬菜待客。一起熥皮的立柱大伯就是熬菜的主厨，每逢红白喜事，他就应主人之请将猪肉、白菜、木耳、豆腐、粉条放进大锅里，烧木柴熬之，以待帮忙的乡邻亲友。在长时段的熬制中，各种食材互相借味，互相成就，最终成为个体家庭难以调制的美味。立柱大伯没有李恕谷的学识，但他也应该是个思想者，他常说，红事吃熬菜，是人生熬的开始；白事吃熬菜，是人生熬到头了。此可谓之至论。我以前希望逃出农业地，现

风物篇

259

在逃出来了，发现也依旧是熬。

　　当然，农业生产不全然是熬，微雨的芳原、咕咕的春鸠，以及随风俯仰的麦浪也激发了我对诗意的寻求。熬与诗意并不冲突，就像老杜的诗，疮痍民瘼固是不少，但也不乏清新可爱的韵致。煺皮的过程也不仅仅是熬，夜雨来临前的旷野，就有寻常人看不到的胜景。那时候天空轰然雷鸣，闪电像怪兽的红舌，一遍遍地舔舐着黑暗，进而将黑暗撕碎，撕成一块块巨大且黏稠的透明体。那些透明体悬在天地间，茫茫而无际，与之相对的人确乎有孤独感、无助感，然而更有煺皮雇主无法理解的傲岸与庄严。

　　同是走夜路，月圆的日子则别有一番滋味，但同行的 12 人中没有一个诗人，他们怎么也写不出"如水""如霜""如霰"的句子。月圆的日子，大家普遍都很兴奋，像丢哥、威哥、庆哥、胜利哥都明显话多，自行车也骑得飞快。过刘佃庄的时候，大家更是有兴致稍作停留，集体怂恿我学鸡打鸣。我一直有一项颇为自矜的技能，就是长于模仿公鸡打鸣，据他们的评价，算得上惟妙惟肖。明月之夜，倘一鸡叫，则众鸡皆鸣。我这里一声"喔喔喔"，刘佃庄的鸡很快都能跟上节奏，一时间鸡鸣之声此起彼伏。

　　鸡叫了，狗也会跟着吠，整个村子就沸腾了起来。我们揣着挣来的钱，穿过沸腾的村子，都有精神抖擞的感觉，因而也就忘记了困倦，也忘记了劳累。三百年前的李恕谷虽不煺皮，但所谓"不稼不穑，胡取廛囷"，定也是熬在农业生产上，困倦与劳累也不会少。不过作为大儒，当是十分矜持，肯定不会如我等弄那些鸡鸣狗吠的恶作剧了。

丸子

以前村里虽多有会做饭的，但却没有真正意义上的厨师。我的姥爷在保定市里做厨师多年，退休返乡后，便在村里婚丧嫁娶的宴席上拔得头筹。那时候村里很多人都会去请他，给他拎着菜刀，满脸堆笑。在灶间，也有很多人簇拥着他，给他递这递那，也是一副副诚服的神情。然而，姥爷从不自矜，反而对厨师这一职业颇为鄙夷，他常常对我们说"唱戏别装旦，伺候人别做饭"或"人无千日好，花无百日红"之类的话，就中似乎含有十分的辛酸。

在村里人看来，姥爷确乎是一个冷漠的人，甚至有人跟我说从没见他笑过。有时候，他的沉默的确令我们很拘谨，但这并不影响我们在他身上获得幸福。姥爷是厨师，做得一手好菜，即便是最为平常的食材，他也能做得有滋有味，如炒白菜、炖豆腐，以及各种各样的咸菜，都能使我们的味蕾获得非同一般的体验。在那样一个匮乏的时代，这实在是一种无从寻觅亦无法索取的快感。现在想起来，我的口水都能立涌，甚至舌尖都会微微颤动起来。

如果稍有点好的食材，姥爷就更能大展身手。倘有鲤鱼，他就会做"红烧瓦块"，那鲤鱼被切成块后叠在一起，还真有几许粼粼的风貌。倘有肥肉，他会做成扣肉的样子，尽管没有梅菜，但吃起来也是甜甜糯糯。那时候，我常替我的玩伴们感到可怜，尽管彼此家境并无多少差别，但是他们哪里吃过如此美妙的菜肴啊。像亚青、刘辉家里的鱼肉，只是炖来炖去，单调得都不消说了。

"瓦块"与扣肉虽好，但谈不上什么特色。后来我见过很多有关鲤鱼、扣肉的做法，与姥爷大同小异，且滋味也无甚分别。要说起特色，那必须是与众不同的，就像姥爷独门秘制的丸子，在我后来走南闯北后，也从未邂逅过相似的味道。说起丸子，潮汕有牛丸，福建有贡丸，扬州有狮子头，山东有焦溜丸子。这些丸子有的糊口，有的弹牙，各有各的品格，但无论是牙感还是舌感，全都不是我幼年时代的印象。

在我的幼年时代，姥爷每到年节将近时都要炸很多丸子。那时候天很冷，有时候还霰雪交加，姥爷似乎不怕冷，他常常背着筐，一个人到集市上买五花肉。后来姥爷岁数大了，就由我与表弟背筐。总之，每年都要买上许多的五花肉。买五花肉并不是用来炖着吃，而是为炸丸子做准备。姥爷一直认为，好的丸子应该不腻不柴。肥肉多了，腻而易焦；而瘦肉多了，又柴而易散。一个好的厨师不仅要掌控火候，且在食材的选择上，也要把握好一个"度"字。姥爷炸丸子总是亲自选肉，多年来从未有半点懈怠。

除了肥瘦肉的搭配，鸡蛋的调和也须十分注意。鸡蛋太多则进犯肉味，太少则又做不到黏合。除了鸡蛋外，姥爷更有秘方，即香油和馒头的运用。姥爷不主张在肉馅里放任何佐料，包括葱姜，唯独香油可以多用，以保证满口余香而不见异味；加入馒头则是为了软糯的舌感，但这馒头必须是凉馒头，泡水后碎成糊状，要充分地揉进肉馅之中。加了鸡蛋、香油和馒头的肉馅会呈现出一种乳白色，在盆里闪现出莹莹的光。

姥爷在炸丸子时更不说话，待得那热油在锅里产生吱吱的嘶吼，他便抓起肉馅在锅里只一挤，那肉丸就如同喷珠一般滴溜溜地蹿进油中，同时迸现出一圈油泡儿。几个沉浮之后，焦黄的色彩就显现出来了。姥爷挤丸子的手法十分娴熟，抓馅，挤丸，翻动，一气呵成，又周而复始。一批丸子进锅出锅，用不了五分钟的光景。炸好一批后，用笊篱捞出，然后继续下一批。为了让所有的子孙都能吃上丸子，姥爷这娴熟的动作往往要持续多半天的时间。

姥爷炸丸子的时候，姥姥会给他打下手，而姥姥家的几个常客，如文荣妗子、囤嫂子以及贵良爷就在旁侧一边说话，一边抽着旱烟。他们是否学会了姥爷的技艺吾不知，但说起姥爷的丸子来都是交口称赞。姥爷去世迄今已有十年，丸子成为大家追忆他时最为典型的标识。无论是二姨还是三姨，过年都会照例炸丸子，但每回炸好后都会感叹几声："还是你姥爷炸得最好，咱们炸的，老觉得哪里不对味儿。"

味道不对，可能是炸制的问题，也可能是炖制的问题。姥爷那种丸子，出了油锅并不是成品，还需要进一步的炖制，其时各种佐料就会派上用场，像花椒、大料、桂皮都是不可或缺的，当然葱姜蒜也必不可少。佐料对于每个厨师来说都是公平的，但运用之妙，只能是存乎一心了。姥爷炖制丸子的手法也不特别，甚至可以说十分简省，然而炖出丸子却气质鲜活，端上桌来时，葱绿姜黄，棕色的丸子沐浴在油光光的汁水里，上面蒸腾着缕缕白气，同时奇异的香气在空气中漾漾荡开去。

姥爷炸的丸子不知师承，也没有个字号，更不知道该划分到哪一菜系，或许是姥爷自创亦未可知。倘若是自创的话，不知道姥爷曾付出过多少艰辛，才达到这最浑厚的口感。我后来吃过的丸子不管多有名，总觉得难望姥爷之项背。以前每到年节，姥爷的丸子总能占据我们饭桌的主位，洋溢的异香，也总能整合其他菜肴的混杂。那些丸子一旦咬开，便可窥得外黄里白的层次，放在嘴里，入口即化，汁水与口水碰撞后，立即传遍四肢百骸的每一条神经，如电如火。

村里很多人都吃过姥爷炸的丸子，那些好喝酒的，总是忍不住拿来杯子，就着丸子徐徐斟酌。条件好的使之佐助茅台，结果是肉香推进了酱香，而越发奇香；条件差的使之佐助散酒，结果是肉味掩盖了曲味，而至于更无异味。和姥爷关系不错的广成叔，吃了姥爷炸的丸子后，竟然将家里的好酒、散酒一并喝光，以至于他的儿子洪波至今都不明白，那丸子缘何具有使人欲罢不能的魔力？

姥爷说过"人无千日好，花无百日红"，便是晓得世态炎凉，然而无论谁叫他去帮忙，他也并不拒绝。有声望的家庭也好，一般的家庭也罢，在他眼中总是一视同仁，从未显露过厚此薄彼的神色。民哥记得很清楚，姥爷为他家儿子十二晌炸好丸子后就找不见了，民哥急着叫他吃饭时，却发现他到了地里，一个人抽着烟去捉"地地迫子"了，早已将宴席主人对他应有的感谢抛得一干二净。

"地地迫子"就是鼹鼠，是一种对庄稼危害大且极难捕获的动物。姥爷性格沉静，面无表情，能够一坐半天，并不嫌寂寞。只待地里浮土一动，姥爷上去一锹就能使"地地迫子"无所遁逃，其手法与炸丸子一样简省娴熟。姥爷说，地里空气清新，灶间火燎烟熏，所以他愿意待在野外。有时候我想，姥爷与人刻意保持距离，或许是为了避开许多不必要的是非吧。虽然识得世态炎凉，但还是愿意帮助别人，这是他的善良所在。

据说姥爷曾被划为右派，其间具体有怎样的经过，他从未提及过，但我一直觉得他的冷漠应该与此经历有关。因为常常帮助别人置办宴席，他有一段时间赢得了村里普遍的尊重，作为子孙，我们也都曾以此自豪。然而现在想来，更令我神往的是，他能在别人的恭维中悄然而去，其中的味道比之他拿手的丸子，显然更胜一筹。

倔强的凡土
The Land of
Tenacity

馃子

冀中一带油条不叫油条，而是叫"馃子"，且在最早的时候，"馃子"并不与豆腐脑搭配，而是各卖各的。以前的集市上糕点有限，人们常常买点馃子哄哄孩子，或是买了剁碎，混以白菜、粉条、冻豆腐，做素馅饺子。于是每逢集日，炸馃子摊儿前往往排起长龙。

邵庄集是吾村村民们必赶的大集。长久以来，集上都有两家人炸馃子，且都来自邻村张连城，一是张山家，另一是山坡家，似乎两家还是亲兄弟。印象里，张山家只在集上炸馃子，而山坡家似乎更勤奋一些，在下午漫长的时光里，山坡夫妇常常在吾村的杨街上支起锅灶，将那油锅烧得吱吱作响，板刀在白铁皮案板上切剁面剂儿的声音咔哒咔哒，一时间不绝于耳。

山坡的媳妇儿性格敞亮，爱与人闲聊，她是四川人，说起本地话来还算流畅，出手则干净利索。她将那面剂儿切成寸许宽的小片儿，紧接着两个一叠，然后在中间狠、准、快地剁上一刀，双手一拉，放进滚烫的油锅里，整个过程宛如行云流水。山坡的工作不像媳妇儿那样复杂，他只是持长箸在锅里翻动那些馃子，火候一到立即夹出。炸好的馃子闪着焦黄的色泽，映着落日的余晖，别是一番韵味。

山坡夫妇在杨街炸馃子的时候，有很多老太太喜欢聚拢过来聊天。如我的姥姥、年姥姥、五银姥姥，还有文士妗子、大淑妗子、球妗子等。大家很随意地聊着天，孩子们跑来跑去，炸馃子的香气四溢开来，场面热闹而温馨。有时候姥姥也会给我买上几根馃子解馋，但不常买。我居多的时候还是围着山坡夫妇转悠，那时候倘让我说说世上的美味，山坡夫妇炸的馃子必是首屈一指。

然而不知为什么，后来山坡夫妇不再炸馃子了。那时候我也上了高中，没有太多时间在街头流连，只是有一次忽然看到一个陌生的壮汉，骑着车子带着大笸箩吆喝炸馃子，我才意识到许久不见山坡夫妇了。那个骑车的壮汉也是外地人，口音含混不清，远不及山坡媳妇儿伶俐，况且他炸出的馃子也不好吃，像个死面疙瘩。最要命的是，他边吆喝边骑车，且骑得飞快，当买家出门后，往往发现他早就远去了。大贡奶奶不止一次望着他背影骂道："王八蛋，跑得真快，紧着托生去吗！"

估计是因为跑得太快了，那壮汉生意不好，后来就不见了踪迹。再到后来，大概是我读高二的时候，村里来了一家人，有一位白发老太太，一对夫妻，貌似还有个孩子。他们租下了洪涛爷家的闲房，支起一口大锅，居然是要炸馃子。洪涛爷家搬家之后，老房便荒废了，锁都生了锈，有些冷落的感觉。那一家人来后，大门重开，烟气缭绕，气氛重新欢腾起来。我的奶奶、月老太太、章奶奶、宝安奶奶都纷纷聚集过来，要瞧个究竟。孩子们也都在那里玩耍，追来逐去，宛然是当年山坡夫妇炸馃子的模样。

那位白发老太大约有七十的年纪，高高瘦瘦的，十分利索。她不会说普通话，不过口音还算好懂。我问她是哪里的，她说是河南周口，那是我第一次知道还有周口这么个地方。周口光景如何，我也不好追问，想来也不会是什么好地儿。在老家能混下去，像这等年纪一般要颐养天年，断不会出来漂沦奔波了。洪涛爷的老房居住效果很差，残砖断瓦，且四处漏风。然而在那样艰苦的环境里，周口老太太及家人的着装均是干净利落，尤其是老太太，在春夏之交还穿着白白的袜子，骨子里是个体面的人。

周口老太太一家人懂得处世之道，也会给四邻送些馃子。当然，大家也都明白背井离乡的不易，小本经营的艰难，不好意思接受白白的馈赠。不过，周口老太太一家的善意，大家算是收下了，有时候乐意为他们提供一些力所能及的帮助。比如他们离我家较近，接不到水的时候，我就常常用管给他们拎水，灌满他们见底的水瓮。

那时候，我每周回来一次，每次都会在周口老太太炸馃子的摊儿前晃去晃来，或在闲聊的奶奶们中间穿进穿出。周口老太太一家人分工明确，油锅吱吱，板刀咔哒，依旧是我喜欢的热闹场景，以及温馨的氛围。同时他们炸出的馃子馥郁酥软，口味也不在山坡夫妇之下，足可使耕种之民间或一快朵颐。山坡夫妇大概炸了十几年的时间方才厌倦收场，那时候我想，周口老太太也不算太老，总得干上几年吧。然而两个月后，我放了暑假从县城回来时，却发现洪涛爷家大门半掩，那一家人如同蒸发了一样，完全不知去向。

月老太太告诉我，在不久前，邻村的几个地痞寻衅滋事，找过来把他们炸馃子的器具全部砸毁了。周口老太太哭了很久，月老太太劝说半天也无济于事。第二天，他们一家人就离开了。周口一家人离开后，那一带顿显冷清，老奶奶们少有光顾，孩子们也不再聚集，只剩下月老太太一个人在门外坐着。门内还有碎裂的油锅和淌在地上的油污，都没来得及收拾。想来周口一家人是怕极了，连夜逃走的吧。

那家人离开之后，就再没有人在村里炸过馃子，也就再没有那样热闹而温馨的场面了。后来我离开了家乡，辗转各地求学，也算是过起了漂沦奔波的生活。在此期间，我吃过太原的油条，也吃过上海的油条。那些炸油条的人，穿着统一的工作服，更不说话，也看不清他们的脸孔。他们炸的油条，也有酥软可口的，但吃起来总归是没有风尘的颜色，少了点凡俗人生艰难过活的况味。

北京宏福苑有家炸油条的小店儿，主人恰好也是河南周口的，我带孩子们常常去那里吃早点。那家小店儿除了卖油条，还卖包子、豆腐脑、豆浆和馄饨，种类实是不少。然而，女儿和儿子只是喜欢吃油条。我对女儿说："油条在老家是叫馃子的，你能否尝出热闹和温馨的味道？"女儿很诧异地问我："爸爸，你到底在说什么呢？"

火烧

　　说到冀中的名吃，首推驴肉火烧。近些年来，河间驴肉火烧风生水起，小店开遍了京城的角角落落，据说其他城市也概不少见，甚至在以饮食细腻见长的江南也能偶尔一遇。相比之下，保定驴肉火烧却并不积极拓展市场，在京城街头巷尾实是难得一见，更遑论其他地方了。

　　与河间驴肉火烧的方饼酱肉不同，保定驴肉火烧是圆饼卤肉。卤肉讲究调汁，咬在嘴里软绵绵的，舌头要能区分出每根肉丝儿来。兼以驴油焖子混入其中，使人感觉糯而不柴。保定的火烧不提倡加青椒，原因是怕破坏味道。以我个人口味而言，河间火烧的酱肉是差强人意的，加青椒也大可不必。其中最可腹诽的是那方饼，这是我童年经验里所不曾有过的。

　　吾乡西距保定 100 里，东离河间 40 里，虽隶属于保定，但乡音更近河间。不过吾乡的火烧都是圆饼，肉却不是驴肉。20 世纪 80 年代，驴是农业运输的主力，哪有那么多闲驴杀来吃？驴肉火烧不要说乡村集市上难得一见，即便是保定与河间市区，当时真正卖驴肉的店铺也并不为多。

　　吾乡的大集如庞佐集、邵庄集都有卖火烧的。集上最拥挤且又烟气腾腾的地方肯定是火烧摊儿，人声嘈杂中总会传来火烧老板的高声吆喝："大火烧嘞，大火烧卷熟肉！"此处所说的熟肉乃是猪肉，那些熟肉大块大块地堆积在案头，此外还有上水、下水，红焖子与白焖子。老板锃亮的刀上下翻飞，熟肉和上下水被切成薄片儿，剁成碎末儿，然后拌在一起，此之谓杂拌儿。在切好杂拌儿后，老板会夹过一个圆饼，用刀轻轻一抹，圆饼即张开嘴，呲——喷出一股白气。老板继而飞快地把杂拌儿装好，递到一只只高举了很久的手中。

　　杂拌儿火烧不过是一些熟肉、肝、肚、焖子拌在一起，寻常得不能再寻常，但在我童年的经验里却有着无比鲜美的口感。一口咬去，圆饼碎屑迸发而麦香四溢，筋道的肉丝儿，软糯的焖子，裹在舌头上，层层叠加出浓郁的味道，简直妙不可言。那种味道，后来三十多年再也没有触及过我的味蕾。

20世纪80年代的农村大集，正值改革开放之初，集上聚集了不少从未见过的新鲜玩意儿。在集市上不但可以买到生活必需品，而且也可以以之为舞台展示自己。那些少男少女们烫了爆炸头，穿了喇叭裤，在熙熙攘攘的人群里挤呀挤，寻找着各种搭讪的机会。孩子们则盯紧了各种吃食，如馃子、豆腐脑，如雪糕、奶砖，如各种水果、干果，当然，最令人无法抵制的还是杂拌儿火烧。

我小时候家里条件有限，每天只是吃腌咸菜、炒白菜和大葱蘸酱，那个时候哪里有火烧可吃啊，火烧在我固有印象里乃是集市上其他孩子的笑脸，向来与我无关。然而我却又总不甘心，每次赶集都要围着火烧摊儿，低回留之而不能去，有时眼角还要闪出泪花来。那时候常常想，如果我长大了，也从事打火烧这样的职业就好了，可以一边卖一边吃，在干活儿之前先吃几个，饿了再吃几个，永远都有吃不完的火烧，那该有多好！

邻村有一位在集市上卖杂拌儿火烧的胖子，现在想来，觉得他长得有些像吴孟达。但那时候并不知道吴孟达是谁，但胖子的名字——红瑞是尽人皆知的。大概整个邵庄集上只有他一人卖火烧，我每次流连围观的也都是他的摊位，所以他的长相，他的一颦一笑几乎全部无遗地刻录了我的脑海里。红瑞操刀极熟，大块的熟肉以及上水、下水，在他的刀下成片儿、成丝儿、成末儿，刷刷刷，寒光里夹杂着风声。红瑞切好肉后往往操刀而立，昂然四顾，圆嘟嘟的脸上飞扬着志得意满的神采。尽管他的衣服从来都是油光光的，但在我眼中他更像个傲岸的英雄。

我读小学时，红瑞就在邵庄集上卖火烧，中学时代亦然。从小学到中学，时间跨越了十年，这十年之间，冀中平原完成了农业机械化的升级换代。在这一过程中，各种驴纷纷从农事环节退役，一头头地被拉往屠宰场，这其中就包括保定驴肉火烧专用的太行驴，也包括河间驴肉火烧专用的渤海驴。至于太行驴和渤海驴的区别，我至今都没弄明白，但这并不妨碍我去肆意饕餮。参加工作后，我则频繁地出入保定和河间，各种驴肉火烧，

风物篇

269

方饼的，圆饼的，酱肉的，卤肉的，吃得不计其数，然而，总也吃不出当年杂拌儿火烧的滋味。

驴肉火烧兴起后，杂拌儿火烧备受冷落。但红瑞却仍旧操弄着杂拌儿火烧，尽管他依然倔强地切片儿、切丝儿、切末儿，但他的顾客已是越来越少了。在邵庄不远处的高阳县城、肃宁县城，驴肉火烧店已经遍地开花，有头有脸的人物再也不会在尘土飞扬的大集上蹲着吃那些杂拌儿了。然而，红瑞却不理会这些，每集都例行出摊儿，集集不落，尽管有时摊儿前稍嫌冷清，他还是会用高声大嗓招呼着几个灰头土脸的常客。

近年来，我每次回老家都要在邵庄集上转上一转。原来的邵庄集在邵庄村的大街上，临近红尘烟火，现在却被规划搬迁到村北的一片空地上，隔离在现实生活之外，已无往日的味道。三十多年来人事已非，卖耙子的大河、长着白癜风的牙医、装着木头腿的卖鼠药的老者，以及更多熟悉的面孔均已退场不见，只有红瑞还倔强地出着摊儿，铁铸一般地坐在风中，岿然不动。

同样是近年来，我的胃口变得不好，已经不能在凉风冷气中吞吃火烧了。但我还是热衷于去看看红瑞，尽管他从来都不认识我，可我还是要在他面前逡巡几趟。他有时在寒风中包头包脸，全副武装；有时在热浪中汗流浃背，袒胸露腹。买火烧的大概没有几个，但他依然端坐，宛如雕像一般。

我终于没有再吃过红瑞的杂拌儿火烧，尽管那些杂拌儿宛然如旧日。杂拌儿火烧定格成岁月的标本，并不随青春流走，但邵庄集上的众生却年复一年地老去，乃至死去。当年精壮的"吴孟达"也不复存在了，他已经衰老，即便岿然不动的身姿也掩不住他满脸的烟火，与两鬓的星星。

烩饼

三十多年前，我家与洪生爷家合股开了一间小卖部。小卖部不大，但林林总总也卖不少东西，因此隔三岔五去县城进货也就成了例行的工作。我父亲很少去进货，一般都要洪生爷去完成。我虽然按辈分给洪生叫爷，但他要比我父亲年轻一些。洪生爷年轻，分家晚，还没有来得及单独养牲畜，于是一直使用我家的驴与车。此外，洪生爷还要预订我来压车，以防他进屋搬货时，车厢里的东西被人顺便捋走。

那时候我正上小学，每周都要上六天的课，洪生爷总是在周日的时候等我，然后一同去肃宁县城。刘连城村距离肃宁县城虽只有 18 里地的样子，但有一半为土路，另一半的小公路也窄仄难行。我们的驴车走在颠簸的土路、公路上，时间似乎格外地漫长。那时候路两边有很多钻天杨，钻天杨的枝叶间又有很多马蜂窝，百无聊赖时，我就会去数那些马蜂窝，直至数到睡眼乜斜。

不过，进货的路上也有值得期盼的内容，如青口村那片郁郁葱葱的果园，春天就能开出灿烂如银的繁花，秋日又有累累的果实挂在枝头，闪着红晕，飘着幽香。每当经过那里总有一种莫可名状的欣喜。当然，更值得翘首的则是齐庄村公路拐角处的几家小饭铺，那里卖的食物很单一，在印象中似乎只有烩饼。当然也可能是我只记住了烩饼，而其他的吃食则与岁月一并流逝了。

为了节省起见，洪生爷尽量不在外面用餐。但有时候进的货物特别多，时间耽搁了，就不得不在外面吃上几口了。然而，洪生爷总是舍不得在县城吃，因为那里要贵上几毛。洪生爷强调，县城 5 里外的齐庄村小饭铺，最是理想的选择，那里不仅便宜，还可以透过窗户看着驴车，乃是一举多得。那时候，只要洪生爷决定在外面吃饭，我的精神便会随之一抖，同时嘴里出涎，腹中立刻鸣声如鼓。

到了齐庄村，洪生爷总是先点上两碗烩饼，然后用自带的草料喂驴。等他回来时，我往往已经半碗下肚了。20世纪80年代，物质尚属匮乏，农村家庭饭桌上也只是有些咸菜与葱酱，要想吃些肉类都得等到过年。相对于咸菜、葱酱，烩饼可真是好玩意儿。那时候人们心眼实在，买卖人也不例外，一碗烩饼里，肉总是不少放的。烩饼的肉需要切成细丝儿，那些肉丝儿对于缺乏油水的人来说，无疑是极大的诱惑。他们吃烩饼时，夹起肉丝儿来总要看上几眼，鉴赏完毕，才会放到嘴里咀嚼。

　　烩饼在冀中一带算是家常便饭。以前人们过得寒苦，剩下的饼舍不得浪费，也就发明了烩法，所以家家都吃烩饼，算不得传奇。然而普通家庭的烩饼，少油无肉，充其量切上几刀白菜罢了，实在不中吃。小饭铺里的烩饼却材料齐全，肉切作细丝儿，饼也切作细丝儿，兼以绿豆芽细长，蒜薹切成长段。然后配上豆嘴儿、片粉、豆腐，色香味俱全，价格也颇为划算，深得冀中民众喜爱，因而也能算得冀中一带的名吃了。

　　那时候的小饭铺虽不特别干净，却也熙熙攘攘，热闹非凡。印象中吃饭的人大都点上碗烩饼，倒上醋，剥开蒜，趁热吃得大汗淋漓。而且大多数人吃完烩饼后都不舍得那飘着油花的汤水，非要吸溜吸溜地全部喝完不可。多年以后，我还清楚记得，洪生爷喝完汤后，放下碗，咂咂嘴，仿佛有无穷的享受。土里刨食的民众，谋生实属不易，但有这一碗鲜美的滋味，似乎可以洗去多半的苦楚与多半的委屈。

　　对于洪生爷来说，一碗碗烩饼给予了他浮生的欢愉；对于我来说，那些烩饼则成为炫耀的资本。说起烩饼，我的发小亚青、伯辉并不示弱，他们都说吃过，但说起有肉有油的，他们只能是咋舌了。不过，亚青也会拿他家的方糕，伯辉也会拿他家的葱花卷与我争胜。而我觉得方糕、葱花卷不值一哂，正如另一位发小永杰说："方糕、葱花卷怎么可能有烩饼好吃呢？"

　　多年以后，在我们几个的鼓励之下，永杰在肃宁县城开了一家名为"永杰家常菜"的餐馆，主打烩饼为营生。也不知道他在哪里搞来肃宁书法家尹福洲的一幅字，曰"肃宁第一烩"，口气也不为小。不过，永杰对自己的技艺倒是颇为自矜，以为配得上这"第一烩"的美誉。我曾经去过永杰的小店，也看过他的现场演示，他的手法极是纯熟：首先把火烧得旺旺的，然后舀上一勺子油，冷油热锅，锅里吱吱嘶吼；接着把葱姜放入，煸炒几下放肉，肉甫入锅，往往轰然激起几尺高的火光；待火光稍熄，加入蒜薹、豆嘴儿、绿豆芽儿、片粉，倒入酱油烹炒入味；最后加入豆腐和饼丝儿，各个环节连贯如行云流水，大有一气呵成之感。

时节如流，世事变迁。三十年后，小公路两旁的钻天杨、青口村的果园以及齐庄村拐弯处的小饭铺早都荡然无存了。然而，当年的那种独特滋味却能通过发小传承下来，此刻吃上一碗，也足慰寂寥。永杰的小店不大，档次也不高，食客多为普罗大众，因而点用烩饼也最为多。那些满脸黑红的汉子进进出出，来来往往，热腾腾的涮碗，白茫茫的蒸汽，所有这一切不经意间复活了我最初的记忆，使我在多个刹那都不觉恍惚起来。

不晓得永杰知道与否，在我最初的记忆里，总有一位中年汉子，坐在齐庄村拐角处的小饭铺里，闷头吃着烩饼。当有客人说烩饼太多吃不了时，他便抬起头瞪眼训斥说："多给你就多吃！"当然，也总有一位八十多岁的老爷爷，每次都点上两碗烩饼，吃完一碗后，指着另一碗对同伴说："哥啊，你要不吃我就干了它！"同时狠劲一拍大腿，啪——

豆腐脑

　　近些年来，吾乡集市上的油条与豆腐脑才实现合流，但在以前，两者却是分开的，炸油条的并不做豆腐脑，做豆腐脑的也不炸油条。即便是现在，村里做豆腐脑的也不负责炸油条。如网红刘辉的二叔连欣大伯，他从未触碰过油条这一行当，而是将豆腐与豆腐脑连结，清早做豆腐，下午做的则是豆腐脑。

　　连欣大伯做豆腐脑大概有十几年了，做豆腐的时间好像更长一些。他很勤劳，每天凌晨就起来做豆腐，中午更不歇晌，要加紧将豆腐脑做出来。待到下午4点左右，一切停当，他便穿好白围裙，敲着梆子出门了。那个梆子，连欣大伯早晚都要敲起。早上卖豆腐时，用以敲破初露的晨曦；晚上卖豆腐脑时，又用以挥送冉冉的斜阳。

　　吾乡的豆腐脑与其他地方相比，特色有二。一则是必然要加醋、蒜、香油，只有如此，吃起来才会酸辣满口，兼香气扑鼻。二则是主料除了老豆腐之外，还有很多十分筋道的面筋，吃起来咯吱咯吱，非常过瘾。连欣大伯做的豆腐脑面筋充足，香油、醋、蒜调配得当，深受村民的喜爱。有时连欣大伯梆子一响，大街上便有许多人拿着盆儿、罐儿陆续出现，由南到北，宛如灰色枝条上的许多花瓣。

　　连欣大伯离我家较远，我没有去看过他做豆腐脑的过程。不过，制作豆腐脑的过程于我来说并不陌生，二十年前，我在永成哥那里就看过无数次。那时候永成哥的年纪并不大，但却是村里第一个做豆腐脑的。他不像连欣大伯那样既做豆腐又做豆腐脑，只是一味地做豆腐脑，心无旁骛。连欣大伯的技艺不知是跟谁学的，但永成哥的本事明确是承自他丈人家。他的丈人家在朱庄，是一块大凹地，坑塘很多。永成哥姥姥家也是那村的，恰好我二姑家也是那里，于是我俩常常结伴去朱庄游泳"打扑腾"。

永成哥的婚姻并未维持多久，但他做豆腐脑的技艺却保留了下来。他的技艺颇为娴熟，举重若轻一般。每天早上起来，他便将黄豆磨成豆瓣儿，去皮后放入水中浸泡，晌午时分便将豆瓣儿捞出，倒入石磨中磨成细浆，接着用布过滤，过滤后的细浆直接倒入铁锅里，用旺火烧开，然后迅速倒入调好内酯的瓦缸里，大约5分钟后，晶莹晃动的豆腐脑便成型了。

在泡豆瓣儿的同时，永成哥便会慢悠悠地和面洗面筋。除了吾乡，我在全国其他地方喝的豆腐脑里都没有面筋，大约是洗面筋耗时费力，人们不愿为之吧。但没有面筋，没有咯吱咯吱的口感，豆腐脑也就没有了灵魂。永成哥为了追求那种好味道，从来都不在洗面筋的环节敷衍了事。他和好面团，便在水里慢慢地洗，直至淡黄色筋脉出来为止。洗好面筋后，永成哥便会小憩一会儿，尤其是要打开他的VCD，唱几首他看来时尚的歌曲。

永成哥从小便很时尚，他曾把爸爸的手表偷来戴，由于胳膊太细无法戴上，他便在胳膊上缠了几匝布，可见其追求时尚是不遗余力的。永成哥最为时尚的表现是要学唱最新潮的歌曲，比如张帝火的时候他便唱张帝，迟志强火的时候他便唱迟志强。我在读小学时，常常见到永成哥拎着录音机往来于校园中，老师们往往以逗他为乐，任由他放来唱去。我们课间的时候，不是《成吉思汗》响起，就是《悔恨的泪》飘来。然而十多年以后，他唱的还是80年代的歌，很显然，他已经落伍了。

但在后来，永成哥受了一些打击，便不愿意出去唱歌了。他做得了豆腐脑后，往往是自己一个人在那里唱，比如《我只在乎你》之类的。永成哥在夏天常常拉点啤酒来卖，有人到他那里喝啤酒，他便与人合唱，气氛也是相当活跃的。永成哥是天生的乐天派，虽然遭遇了不少挫折，但他从来不向别人倾倒苦水。有一个暑假，我与他走得很近，几乎天天到他那里聊天。他很大方，常常啪啪地启开几瓶啤酒说："咱们什么都不说了，干了它！"

永成哥有一次去留史煺皮，黑灯瞎火地摔伤了脊椎，他的背部形成了一个很大的罗锅。自此，他的身体便每况愈下。虽然那时他还能做豆腐脑，但已经无法搬动那些装着老豆腐和面筋汤的大桶了。那个暑假，我惦记着他卖豆腐脑的钟点，替他搬上搬下。干农活儿回来，也必去他那里喝瓶啤酒，支持他几块，然后听他唱歌。当然，有时候也会喝他一碗豆腐脑，咂咂那老豆腐软软糯糯的滋味，找找面筋那咯吱咯吱的感觉。

那个暑假之后的来年春天，永成哥便去世了。我记得我还写了一首诗纪念他，具体的词句都忘了，现在只记得有"草不春"三个字。永成哥去世好几年后，连欣大伯才开始做豆腐脑。他们二人做的豆腐脑我都喝过不少，味道无甚差异，连欣大伯是否曾向永成哥咨询取经，这就不知道了。不过，他俩敲梆子的节奏倒是蛮像的，都是敲几下，走几步，走几步后，又敲几下。

现如今，连欣大伯的买卖很好，他的三轮车每骑上几十米便要做上一单生意。他用小铲将晶莹剔透的老豆腐铲进别人的盆里，而且对任何人都会说："这次多给你一些！"然后他又用小勺去舀桶里热腾腾的面筋汤。一铲一铲，又一勺一勺，手法也与永成哥并无不同。唯一不同的是，永成哥喜欢唱上几句，连欣大伯没有那么时尚，他唯一的喜好是抬头望着天空悠悠飞过的鸽子，观察其中有没有连翻带滚的"折鸽"。

揪疙瘩

吾乡民风粗豪，做不了许多细腻的吃食，像江南或两广那些名目繁多的菜肴、糕点，冀中人是做不来的。吾乡饭店的菜谱里，绝大多数都是外来货色，本地自创的滋味也就那么几种。当然了，这颇为可怜的事实固是民风所使然。但说起民风，最终也要归结为生计条件，冀中一带人稠地瘠，谋生都是困难，哪有许多余暇去精心琢磨食材与调料呢？

冀中一带自产的美味不多，有的也都是简约食材的简单碰撞，如驴肉火烧，就是驴肉与面饼的媾和，直接甚至粗暴，没有一点伪饰。但神奇的是，如此简约简单的搭配，竟也能生发出令人着迷甚至无法割舍的味道。这就如同平原上的天与地，蔚蓝压着苍黄，苍黄挺着蔚蓝，天地间仿佛只有这两种颜色，但这两种颜色所释放的张力，似乎可以钳制一切，狂放而恣肆，酣畅而淋漓。

较之火烧，平原上更有一种简约简单的美食，那便是揪疙瘩。虽说驴肉火烧制作简易，但驴肉还是要卤或是要酱的，需要提前做好功夫。但揪疙瘩却不必提前准备，有个北瓜有瓢面即可，适合临时起意或心血来潮。农活儿繁忙的季节，没有太多精力做饭，而揪疙瘩简单易行，往往就成为平原人家糊口的首选。

揪疙瘩唯一的配料为北瓜。在我小时候，西瓜常吃，黄瓜也不少；冬瓜和南瓜则没有，只是在书上看到过；吾乡的菜园里种的最多的乃是西葫芦和北瓜。西葫芦不消说，至于北瓜，似乎属于陌生的物什，甚至有人专门讨论其为何物，其中参与者不乏张履祥、汪绂等学问大家。然而，即便有学问大家参与，却也一时无解：有人说是西葫芦，有人说是丝瓜，也有人说是南瓜，如吾乡老齐如山就认作南瓜。不过，我总觉得北瓜那淡青或青黑的色泽与金黄的南瓜不相一致；同时，北瓜表皮瓦楞造型十分突出，与圆滚滚的南瓜也颇有差别。

北瓜不光是用以揪疙瘩，也可以擦丝儿包饺子、蒸包子，或者直接炒食也无不可。因此，平原人家对它格外偏爱。那时候每家每户都要种北瓜，每到开春后，便有许多老人忙碌在田间地头，沤地，掘地，然后将北瓜种子埋好，静待其发芽儿。我家房后曾有一个二队的菜园子，那里种有许多北瓜。每当草长莺飞的时节，北瓜的嫩芽儿便会钻出头来，扑棱着两片卵形的子叶，绿得晶莹剔透。

在二队菜园子里，我曾经以打菜为名，浑浑噩噩地将义芳种的一畦北瓜苗儿全部割掉了。那时候我太小了，义芳纵使急得扼腕顿足，那也是无济于事的。关于那次事故，我只是稍有印象，义芳在的时候也常常说起，一开始估计是气愤的，后来说起来也就纯粹当个乐子了。义芳曾在县教委任职，视野开阔。退休后赋闲在家，曾教给我不少的趣闻野史，也同我一起栽种过天竺葵，后来还出面帮我解决了一个大困难，回想起来颇觉感激。至于他喜欢不喜欢吃揪疙瘩，我就不得而知了。

北瓜大致分为两种，脆的适合吃馅，面的才适合揪疙瘩。面北瓜煮得之后入口即化，与硬实筋道的面疙瘩搭配，乃是一张一弛，颇有刚柔并济的意味。当然，揪疙瘩这一吃食，不光是选择北瓜有说道，面疙瘩也讲究个分寸。首先，和面不能太软，软则糊嘴；当然也不能太硬，硬则难嚼。揪的时候，块头不能太小，太小失之细碎；当然也不能太大，太大则失之干糙。应该说，单是一块面疙瘩，也能见出真功夫，只有玩得溜的人，方能做到游刃有余。

我的姥爷是厨师，自我小时，他就着意训练我的味蕾，给予我丰富味觉体验。我十分崇拜姥爷化普通为神奇的手法，很多普通食材在他手里都能出现意想不到的效果。就以揪疙瘩而言，他便能做到守正而出奇。我的姥爷做事颇为认真，即便是普通的和面，他也总是一丝不苟。那面团被他按来揉去，往复百折。直至盆子边沿晶光闪亮为止。其实揪疙瘩不比饺子，没有必要下这样的功夫，可姥爷总是淡淡地说："多揉揉吃起来有嚼劲。"有嚼劲，就是筋道弹牙，姥爷揪的疙瘩的确有那样的效果，放在嘴里咀嚼，竟有蜿蜒滚动的口感。

姥爷揪疙瘩的时候，我常常在一旁静静观看。他在面团上洒上水，攥住用力，嗞的一声，一块儿疙瘩便从他的虎口处蹿出，跳入咕嘟咕嘟的锅里，直如白鹅下水一般。别人揪疙瘩的手法大约是撕扯，因而形状不一。姥爷则赋予"揪"全新的内涵，哪里是揪啊，完全是面疙瘩自动跳水。姥爷挥手之间，一个个如纺锤般，极为规整的面块便砰然入水，继而又打着旋儿，荡漾起伏。当是时，锅里的蒸汽腾腾而上，两种食材上下翻滚，黄白辉映，直如金银相斗。

揪疙瘩筋道，北瓜糯甜，两者搭配味道奇妙。乡人爱此滋味，无论吃多少次，却从不腻烦。当然，吾乡喜欢揪疙瘩，不止是因为滋味好，还有"顶时候"之一说。所谓"顶时候"，即为不容易饿之意。以前的农活儿多靠手工，农忙时又不得频繁做饭，吃足了面疙瘩的确可以获得长时间的饱腹感。既可维持体力，又可节省时间。在农耕时代，吃简约简易却又滋味极好的揪疙瘩，实是一种理想的选择。

以前雨水充足，夏天坑塘里也多有积水，孩子们常常戏水取乐。在水里泡着，又四肢挥动不停，因此饿得极快，那时候就需要频繁进食。我与星辉在西大坑里凫水时就曾比赛过吃揪疙瘩，那一下午，我回家5次，共计吃了5碗；而他回家5次，则吃了6碗。星辉虽则能吃，但比起他家后邻一个老头儿来，却是小巫见大巫了，据说那个老头儿能吃12碗，也不知道是真是假。

那个老头儿在外面生活多年，颇见了些世面。然而却忘不了老家揪疙瘩的味道，以致回来天天吃，顿顿吃。吃足之后就到道口处与诸位乡老负曝闲谈。那时候也爱吃揪疙瘩的进昌爷就会问他：

"那谁谁，天安门多高？"

"九丈九。"

"能盛多少人？"

"七十二万。"

"晌午吃的什么？"

"揪疙瘩。"

"吃了多少？"

"十二碗。"

窝北肠

国人制作香肠的技艺由来已久，手法也不尽相同。现今各省都号称有别具风味的香肠，以之为特产，倾力宣扬。从制作方法上来讲，香肠大致分为腊法和熏法两种。腊法盛行于南方，如广式腊肠偏甜，而川式腊肠偏辣，风味虽然不一，但腌制、晾晒、风干这一套程序却没有什么不同。

近些年来，腊肠颇有北上之势，但终究欠些传统的积淀，在北方未有熏肠之风行。北方的熏肠最著名者莫如哈尔滨红肠，此肠虽独得一时之盛，我却以为仅是差强人意尔尔。哈尔滨红肠肉质过硬，当是主料瘦肉多而肥肉少的缘故，当然也可能有淀粉配比不足的原因。作为我个人的喜好来讲，我并不喜欢那种咯吱咯吱的嚼劲，却从来都着迷于一种遇舌即化的口感。

做到遇舌即化是一种高妙的境界，我所吃过的熏肠中似乎只有老家的窝北肠才能如此。窝北是吾村东南三十里处的一个小镇，也写作"沃北"，现在通作"窝北"。然而，我总以为还是应写作"沃北"，取一片沃野之意。不过，窝北在吾乡的名气，不靠沃野，而在于盛产遇舌即化的熏肠。窝北熏肠之所以具备遇舌即化的口感，乃是在于肥肉与淀粉的充足匹配，这道理不难理解，也毋庸解释。肥肉多了自然会腻，因而少不了花椒、大料、丁香、肉蔻的化解，至于诸多香料的配比，据说至今都属于商业机密，也就不得而闻了。

窝北肠的制作程序并不复杂，但也不是可以轻易完工的。一则配方难得，二则火候难控。此外，辅助的材质也十分别致，据说窝北肠的熏烤要使用果树的锯末，果其如此，那就比北京烤鸭还要讲究了。当然，乡野之人并不在意用什么材质熏烤，只需要味道好便能吃得开。窝北肠最特别的地方在于那种特殊的香味，虽不馥郁刺鼻，可也似淡还浓。乡人大都知道，这种香味乃是得益于小磨香油恰到好处的运用。早些时候，各村的小卖部里都有窝北肠出售，那些小卖部虽然杂乱昏暗，但总是飘满了窝北肠那种使人无法自拔的异香。

那时候小卖部里虽有窝北肠在卖，但对于一般农户来说，也只是挂在那里而已，很少能买来饱饱口福。当然了，家中来了客人，会买上一些切成片儿，拌好醋蒜，以之下酒。孩子们围着转来转去，也会得到一片儿或两片儿的赏赐，但要吃够那是不可能的。不过，我倒是见过大快朵颐的场景：以前的小卖部里常有人喝些散酒，像和尚舅、广成叔玩牛子牌赢了钱，就会去喝上几口，窝北肠则是最好的下酒菜。其时，他们会掰上多半根，边喝边聊，同时又把一段一段的肠子送至嘴边，满口满腮地嚼咽，十分过瘾。

当然，孩子们也有吃个够的时候，不过得需要特殊的契机，譬如去送嫁妆，便有酒席款待，其中必然有一道菜是窝北肠。吾乡三十年前有送嫁妆的习俗，就是将嫁妆以手提肩扛的方式送到婆家，付出劳动的人可以挣上一块钱，然后吃上一顿大餐。所谓的大餐，也不过是几个炒菜外加几个凉盘而已。窝北肠总有一大盘子，不够可以再添。那时候，孩子们会争相抢送嫁妆，挣钱先放在一边，尽情饕餮更是目的。吃上足够的窝北肠，方可抚慰年来一直辘辘而动的饥肠。

以前婚庆时的吃食较为简单，但毕竟是婚庆，简单的菜肴也需要精心调制，譬如窝北肠切片儿要大小适中，薄厚得当，放在盘里还要排出螺旋的形态，当然醋蒜也是必不可少的佐料。窝北肠淀粉含量较高，因此片儿不可切得太薄，否则便会有破损。窝北肠制作过程类似红肠，红肠挺实紧结，可以搭配蔬菜烹调，但窝北肠翻炒即碎，无法与蔬菜组合，桀骜不驯又卓尔不群。除了凉拌，窝北肠还有一种煴食的吃法，窝北肠自身含香油较多，稍一遇热，油脂嗞嗞渗出，整个肠体遂变得温暖富有弹性，异香四溢，如浪如波。

吾乡贫瘠，所产微薄，以前的时候，狃于时代，人们眼界狭隘，吃食更是单一。尤其是冬天，无非白菜、萝卜、臭豆腐，在那样一个乏味的格局中，窝北肠的异香的确给予孩子新鲜、刺激乃至关于富足的充分想象。多年后，孩子们散至四面八方，那种美好的味道却一直荡漾在他们的记忆里。就像去苏州当了金牌司仪的亚军，总是无法控制他对窝北肠的渴望。为此，烩饼师傅李永杰常常铤而走险深入窝北，买上几挂，寄往苏州。所谓"铤而走险"，当然有几分夸张，但窝北那里村庄稀疏，一望无际，又因汉武垣城遗址也在其处，故垒萧萧，有几分凄凉，也有几分狰狞。

现今所有执着于窝北肠的人，都曾经历过贫乏的生长环境。也只有在那样的环境里，方可体验到惊喜是一种怎样的感觉。譬如放学回家，偶见有窝北肠在桌，那时的心情便可用心花怒放来形容了。这恰如北方的春天，其予人的感觉要远胜于南方的春天，试想万木萧条中赫然冒出一簇新绿，一瞥之际，该是何等的耳目一新！

多年前我曾在上海读书，上海的香樟并不落叶，春天就失去了复苏的况味；上海的吃食甜腻软滑，无形中也加深了我思乡的感慨。那一段时间，我颇为迷恋帕斯捷尔纳克，读了不少作品，记得有一次读到一句"只有熏肠百吃不厌"时，忽然心念一动，忆起了家乡的窝北肠，肚肠之中继而产生一串串轰鸣，咕噜——咕噜——咕噜——

酥鱼

白洋淀出产一种很别致的酥鱼，小时候常吃，但不知道具体的做法。于是打听淀里的朋友，朋友说其实很简单，就是淀里打上来的鱼，挑出大个的，剩下一些小杂鱼，大约寸许长的，然后加入酱油和盐，用大锅轻煮，之后再烧锯末将之熏干。不过我对此说颇觉疑惑，因为我小时候吃过的酥鱼并没有烟熏的味道。

我的发小李永杰曾在保定虎振厨师技校学艺，他对保定一带的吃食颇有些研究。结业后，他又有一段时间常常入淀买兔子，对淀里的情形甚是了解。据他说，淀里如今制作酥鱼确用烟熏，烟熏有两种好处，一则节省时间，二则不易生蛆。但在以前，却都是自然风干的。淀里的那些渔民捞上鱼来，用大号的锅烹煮，主要是放酱油，辅以花椒、大料和小茴香，煮好后放在大大小小的苇席上晾晒。白洋淀以苇闻名，淀周边的居民皆以淀里出产的苇席铺炕，但以之晾晒酥鱼，我却没有见过。想象中那些酥鱼也应该是一片片的，有褐有紫，与水，与芦苇相映成趣。

20世纪80年代初期，白洋淀干涸过一段时间，但后来由于雨水丰沛，淀里又恢复了往日的生机。我家院里原有棵巨大的槐树，也被淀里的人买去做了船。自从淀里有了水，卖酥鱼的渐渐又增多了。每到黄昏时分，就总会有老人骑着大水管车子出现在街口，车子上带着两只柳条笤筐，里面盛的都是酥鱼。老人拉着长声吆喝："酥鱼嘞，酥鱼嘞，卖酥鱼嘞！"不一会儿，就能聚拢一大堆人。其中不乏一些真买的顾客，但也颇有几个老人，指指点点评论着，间或抓上几条吃，然后回家拼命喝水。

酥鱼能够放得长久，全靠盐撑着，咸是肯定的。饶是如此，有时候还是会生蛆，因此乡人们在夏天时挑得尤其仔细，还要不停地问："有没有活的？"所谓"活的"，乃是指"蛆"，而并非活鱼。此外，酥鱼的包装也极为简陋，只是一叠叠的报纸而已。只有作为酥鱼标配的四齿叉子，亮

风物篇

283

晶晶的还算干净。当然，那些酥鱼的制作过程也是非常粗糙的，我小时候吃的酥鱼中就混有很多水虿，也就是蜻蜓幼虫，都没有分拣出来。或者在乡人的眼中，根本不须分拣。

　　制作酥鱼的小杂鱼种类不少，其中最为常见的乃是白鲦、"麦穗"以及屎包鱼，偶尔也会夹杂一些"趴地虎"，因为种类繁杂，水虿混在其中自是不可避免。人们在吃酥鱼的时候常常把水虿夹出来扔掉，不过以前常常停电，黑灯瞎火吃了水虿也是常有的事。水虿经过五香卤制后，也是十分可口，更遑论白鲦与"麦穗"了。那时候，农家每于黄昏时分烙发面大饼，偶尔买了酥鱼，总是先给孩子们卷好，孩子们会像风卷残云一般吃完。孩子们打饱嗝的时候，烙饼的炊烟往往还未散去，一团团地悬在空中，如刚刚爆开的雷。

　　酥鱼口味咸而且香，刺儿都炖得软软的，肉则糯糯的，大有入口即化的感觉。吃惯了咸菜、大葱的乡人，偶尔能吃口五香四溢的酥鱼，那种熨帖乃是无以言表的。然而，酥鱼总归是农家饭桌上不多得的珍贵滋味，常吃是不行的。于是乡人总会编出一些理由来糊弄哭闹的孩子，比如吾村有一种说法，说是为了保证酥鱼不生蛆虫，卖鱼的每天晚上都要往酥鱼上撒尿。孩子们听了虽然将信将疑，但想到恶心的尿，也就不再闹腾了。当然，卖酥鱼的对此说很是不屑，就比如鼠大伯后来也去同口那边趸过酥鱼，他常常一边卖一边解释说："什么尿泡啊，全都是没有影儿的事！"

　　河间的仿哥也曾谈及他们那里"酥鱼里混入癞蛤蟆"的说法，当然不排除有极端的个案发生，但所谓的"混入癞蛤蟆"，更多的乃是乡人因为买不起而造出的谣言。还有那屎包鱼，其实学名很文雅，叫鳑鲏，但乡人们还是叫它屎包。淀里人制作酥鱼从不做开膛处理，屎包鱼的寓意自然明了。当小孩哭闹时，大人们都会煞有介事地说："吃什么吃，那屎包鱼其实就是一包屎。"

　　酥鱼如若只是些白鲦、"麦穗"之类，那就有可能是不卫生的；但屎包鱼对水质要求极高，凡有屎包鱼存在，则大可放心。去淀里趸酥鱼的石头爷就常常将屎包鱼作为衡量酥鱼干净与否的标准。石头爷一向喜欢做些小买卖，他曾去太行山推过柿子，也曾在当地贩过芝麻，可谓见多识广。

因为见多识广，大家一向愿意相信石头爷的说法。既然选择相信石头爷，人们也就不在意屎包鱼的名字是否恶心难听了。

石头爷每从同口趸来酥鱼，都会扯开他那"地包天"的厚嘴唇可劲吆喝一阵儿，然后对聚拢的孩子们说："快回家帮大人烧火烙饼吧，一会儿记得拽着大人来买，烙饼卷酥鱼才好吃呢！"孩子们听了石头爷的劝说后便各回各家，各拽各妈。然而石头爷的东邻家的胖男孩却总是桀骜地反驳说："烙饼卷酥鱼有什么好吃？我要用方糕就酥鱼吃，方糕吃了饱！"

酱

吾乡做酱的方法没有什么过人之处，也都是一样的煮黄豆，一样的攥酱球，一样的风干，一样的发酵。经过个把月的细心炮制，新酱就可以端上饭桌了。那时候我的姥姥，我的姑老姥都长于且乐于做酱。捯饬筐箩里黑黢黢的酱球，从来都是我回忆她们的经典情节。我的母亲对姥姥做的酱赞不绝口，但对姑老姥的酱评价不高，谓之有股臭脚丫子味儿。当然，这只是母亲的私下评价，当面是不好直说的。因此姑老姥很有自信，她晒酱球的时候，总是一副踌躇满志的样子。

姑老姥没有子女，因而做酱不多；姥姥则不然，她要保障所有子女都有足够吃的酱，就像姥爷要保障足够多的咸菜一样。每年秋后，姥姥都要做一小瓮的酱，而姥爷要腌一大瓮的萝卜。我们要吃酱就会拿着罐头瓶去扤，要吃腌萝卜就会拿着盆去捞。冬天时没有新鲜蔬菜，于是酱和腌萝卜就会轮番登场，成为饭桌上的主打。屋里的煤烟味与饭桌上的各种咸，乃是我对冬日的深刻记忆。此外，还有屋外呼呼的北风和漫天的白雪。

刮风下雪的时候，天气非常冷，但那时候的人们也没有特别的御寒衣物，人人都是穿一件撅起老高的小袄，最多配上一个暖袖而已。孩子们趴在棺材板打造的课桌上，手都冻得裂开口子，红红的，像婴儿的嘴巴。北京的亲戚回乡来，手都是白白嫩嫩的，身上的羽绒服也特别光滑。因为北京的亲戚，我才知道世界上竟还有手感那么好的衣料；同时他们也会带回牛肉罐头和鲅鱼罐头，我也是第一次尝到那么美味的吃食。然而羽绒服和罐头只是偶尔在我们面前一闪，并不是我们的日常。北京的亲戚走后，我们还是要穿着小袄面对桌上的酱，咸咸的，熬过漫长的冬季。

比之于酱，肉似乎更能充分抚慰人们的味蕾。但在那个匮乏的时代，人们很少能吃上肉，对于一般人来说，肉仅仅是悬挂在集市上的红白条子而已，岂可随便拿回家？吾村很多人对肉都极为渴望，据说文奎舅弥留时还会念叨"烙饼炖肉",但不曾听说谁临死前留恋酱而不肯合眼。有阅历的人把肉比作情人,把酱比作拙荆,情人再好也是别人的,而拙荆再拙却是自家的。吃不到肉,有酱日日相伴却也好,生活的极致,只是本然。

可惜村里有阅历的人实是不多,我那时还小,也不懂极致与本然的辩证关系,肉很少吃就觉得好吃,酱每天面对就觉得乏味。为了克服那种乏味的感受,我终日都在寻找佐酱的最佳伴侣,如红萝卜,如白菜心,如莴苣叶,如苦荬秧,如婆婆丁,等等。红萝卜、白菜心、莴苣叶可以到菜园里采摘,但苦荬秧、婆婆丁就需要在野地里寻觅了。那时候我们常常背着筐到野地里打菜,分拣后,有的抱向猪圈,有的洗好后则径直端上了饭桌。

当然,酱的最佳搭配无过于葱。后来有一种成品酱,名字就叫"葱伴侣"。以葱佐酱,东北人谓之东北特色,山东人谓之山东特色,其实河北大部分地区也都有此雅好。不但是漫长的冬季,其他的季节,葱与酱也基本是联袂出场,甚至很多人家的饭桌只是一碗酱,一捆葱,一摞烙好的大饼而已。那时候,成年人往往整张饼对卷,小孩子则撕开一半,然后皆掬葱涂酱,放在嘴里吃得咯嘣咯嘣响。当是时,有孩子辣得直跳,有孩子辣得泪眼婆娑,有孩子辣得张嘴吐着舌头,哈哧哈哧像条小狗。

做酱时手法不同,味道也因人而异。后来商品经济发展起来后,人们普遍买酱了,酱的差异就不存在了,然而葱与葱还是迥然有别。譬如春天的小葱,绿如碧玉,软如细羽,卷入饼中,咬上去沙沙的,留下齐刷刷一道绿茬;冬天储藏的大葱棒,需要剥层卷饼,剥下的葱皮韧性很高,牙口不济的根本咬不断,也扯不折,有藕断丝连的感觉;初春时还有一种越冬后萌生的羊角葱,往往在苍黄的土坷垃里挺出一抹新绿,形状恰如羊角,咬断后,一股鼻涕样的黏液就会淌在酱上,晶莹剔透,宛如墨荷图故意画上去的一笔游珠。

吾乡关于酱,还有一种更为泼辣的吃法,就是将蒜捣作碎屑状,然后拌上酱,点上芝麻香油,用馒头蘸着吃。蒜的辣与葱的辣相比,似乎更容易集中在腹部,有的孩子每每捂着胸口吃酱拌蒜,或者是吃一口喝一大瓢凉水。我不晓得姑老姥家是否热衷这口味,但姥姥所做的酱肯定是常常用以拌蒜的,虽然她与姥爷上了岁数后很少再做酱拌蒜,但年轻时一定对此青眼有加，否则母亲的喜好承自何方呢？

当然吾乡也有炸酱面的做法，与北京炸酱面无异。炸酱须有肉丁方才好吃，然而我小时候家里并不舍得吃肉，母亲只是用酱炸酱，所做的炸酱面并不好吃，也就没有什么格外留恋的。后来我吃到肉与酱结合的炸酱面，才知道了什么叫无出其右的好风味。

酱是我人生的起点，整个小学时代，多是一只只酱碗陪伴佐食。上了初中，我还是没有肉吃，中午所带的干粮只是饼与酱，然后到老师们所种的菜园里掐几个葱叶，就是一顿饭了。那时候不独我，同学们大抵如此，只是有人胆子小，不敢去掐老师的葱叶，就只能是吃饼卷酱了。初中时，我们的手依然会被冻裂，也依然穿着撅起来的小袄，只是桌子变得好些，不再是"文革"时刨出的棺材板了。

我小的时候有一种鸡，消化不好时会拉酱一样的屎，颜色与黏稠度与酱无二。早先人们门户不紧，该扃不扃时，鸡就会混进屋去，一撅屁股拉在案板上扬长而去。有的人眼神不好，将鸡屎误认为酱，从而抹上了饽饽，吃上一口，反应可想而知，那个味道就不仅仅限于臭脚丫子了。孩子们常传言谁谁误吃了鸡屎，作为编排对方的好材料。直到我上了初中，还有同学以此取乐。

吾乡也有人用酱敷在患处治疗蜇伤，不知是否有科学依据，这倒是酱做食物外的另一用途了。不过大家很少将酱看作药物，提及酱，一般都将其当作食物的代名词。童谣有曰："说瞎话，烂嘴巴儿，吃不得饽饽抹不得酱儿！"可见在孩子眼中，饽饽抹酱就是食物的代称，没有其余。

后记

　　我的家乡在河北省高阳县庞佐乡刘连城村，这个村子隶属于保定市，但与沧州市的肃宁县毗邻，最近处仅有一墙之隔。东向数里是河间，西向数里是蠡县。京九铁路与朔黄铁路在村南十余里处交汇，大广高速与沧榆高速在村北十余里处穿插。正北方不远处即为白洋淀，以及号称"千年大计"的雄安。

　　我村为明初移民的后裔，祖辈口耳相传，一直有关于洪洞大槐树的记忆。或者并不直接来自山西，可能也经过了关外小兴洲的辗转，这在邻村张连城族谱中有所体现。其实张连城与刘连城本为一体，名曰南连城，在民国时期才析为两村。在吾乡一带，名曰连城的村子有四个，但在以前据说有十二个之多，这些村子沿着一条如今已经废弃的大河斗折排列，向有"十二水连城"的称谓。追根溯源，大抵是由 12 个结伴而来的移民所开创，前人筚路蓝缕，后辈薪火相继，乃至于今。

　　刘连城村里的刘姓是为主体，大约要占到 90% 以上。这些刘姓又分为不同的支派，或有七八支之多。其中我所在的支派族间最大，人口最多，历来都有"大东院儿"的美誉。也正是因为族大人多，决定了熟人社会中的现实地位。说起大东院儿的人，人们多少都有些忌惮。我的母亲出自村里第二大的杨姓，这也是我受到保护的另外一层原因，再加上父亲为人颇有些威望，我从小几乎没有体会过挨欺负的感受。小孩子打架避免不了，但是整个家庭被挤压被排斥都是没有的。因此我的成长环境充满了阳光雨露，迄今为止，我对于每一件事、每一个人都愿意给予善意的理解，乃是与我的童年息息相关。

　　我并非热衷于宗族的建构，况且华北一域自明清以来就没有太多宗族的传统。然而在一个熟人社会中，家族里颇有些男丁，有利于维护稳定的人情关系。人情的确是一种关系，与作为人本质的人性并非同一概念。沈从文的湘西写作有一个很大的误区，即凡是人情美的地方，也认定人性一定美。在他的笔下，湘西具有春山一样明媚的人情，而那些翠翠、潇潇也都有秋水一样澄澈的人性。相对而言，他笔下的城市生活，不但人情冷漠，人性也肮脏下流。我对沈从文的误导从不以为然，也一直觉得人情与人性绝对不是一个固定搭配。湘西有坏人，我村也照样有，只是沈从文不曾写过一个弱肉强食的"动物篇"罢了。

沈从文的文化理念源自传统，大约与陶渊明无二。陶渊明的《桃花源记》与"田园诗"都是诗化的农业文明，打造为精神的避难所用以纾解现实的痛苦而已。在这一点上，沈从文又何尝不是呢？陶也好，沈也罢，他们笔下的农业文明，可以有残酷，但却不忍心放置些许的肮脏，无疑是单向度的。当然一味批判家乡封闭、保守、狭隘、愚昧的写作也是单向度的，多系童年有创伤者所为，譬如鲁迅也大抵如此。不过鲁迅也不全然是批判，像《朝花夕拾》就展露出了颇为温情的一面。在我的生长环境里，我的确看到过残酷，也看到过肮脏，然而这一切都离我很远，因此我的"植物篇"主动回避了有违诗化、有碍温情的任何内容，是以到处都有甘霖，都有光。

我的童年恰逢改革开放最为欣欣向荣的时期，人们从生产队的桎梏中解放出来，宛如笼鸟飞向天空，又如困兽回归山林，几乎每个人都有苦尽甘来之感。那时候，人们也没有太多杂念，将全部心思用在土地上，土地也十分给力，竟以连年丰收来回馈宁静素朴的乡亲们。到了新时代，人与人之间的差别越来越大，竞争越来越白热化，选择的多元性也激化了人们的焦虑感，于是人们越来越思念那个尚为简单的时代。就像英国的骚塞向往湖畔，美国的塞林格向往麦田，不是因为湖畔与麦田就有那么好，大多是不堪忍受现实的煎熬而已。

现代文明的标志是工商业的突进，在另一个层面则是古老农业的落伍与被抛弃。不管人们愿意不愿意接受，这个过程都是要推进的，其间当然少不得各种阵痛。现在的冀中，作坊遍布，小工厂林立，似乎每月每周都在发生变动，村子旧日的模样一点点地淡出，就像我们的青葱岁月如水而逝一般。那些街口的老人，那些老人的老房子，那些老房子上的青砖，那些青砖上的苔藓，悄然无声地退场又退场。即便是一直住在村里的人，有时候都会觉得村子陌生，而漂泊在外的游子，更觉得自己陌生。陌生的村子与陌生的自己，恍恍惚惚，不知道哪个为真，哪个是幻。

也只有在梦里，我们才会得以重返童年。或者在笔下，也有这种可能。弗洛伊德说过，文学就是要实现童年的白日梦。当然，在白日梦中也完全有可能留住童年。我要留住童年，不仅仅是给我，同时也留给我的同龄者，乃至我的前辈。他们会在我的"植物篇"里感受温情与诗意，也可以在"动物篇"里品味残酷与自由，在"人物篇"遇见故人，更在"风物篇"中遇见一个故我，在与故人、故我的对话中，回溯到往日的时光里。

多年来，我一直学习欧阳修"往复百折"的结构，也一直学习苏东坡遗响无穷的韵致。我没有想到我揣摩的古文章法会有朝一日被我运用到牛羊猪狗的写作中，这也使我一时判断不出自己到底是雅还是土。当然有人谓我乡土，也有人谓我文雅，后来我想，其实乡土与文雅本无分别，那些微雨中的芳原，那些到处咕咕的春鸠，固是乡土，但写进韦应物的诗篇里，又何尝不是雅的极致？

微雨、芳原、咕咕的春鸠，以及随风俯仰的麦浪，刘连城村的一切，总是如诗一般存在于吾心。毋庸讳言，吾心就是爱平原的心，爱刘连城村的心。我的刘连城村就像福克纳的约克纳帕塔法，在那里，河水缓缓流过平原，温暖的阳光与和煦的春风交织，苍黄的土地与沧桑的脸孔融会。人世间所有的悲欢都在此轮转，全世界所有的得失都在此映现。我的刘连城村吞吐一切，无疑是宇宙的中心。

2017年，我开通一个名叫"倔强的风土"的微信公众号，大部分篇目都首发在这个公众号上。这是我第一次正儿八经地写老家。三年来，我的公众号聚集了大量粉丝，其中多为老家人。他们主动为我转发，为我推广。我不晓得我笔下的家乡，对他们意味着什么，是灵魂的活水，还是肉身的重栖，不得而知。但有一点我是知道的，无论是"植物篇"的温情，还是"动物篇"的残酷，都应该触及了他们的内心世界。如此，就甚好。

　　诚如一些学者所言，中国走向现代社会的标志就是告别农业文明共同体，告别熟人社会，走向城镇，走向个体，走向真正的人格独立。在这一过程中，自然避免不了孤独，避免不了冷漠，乃至避免不了现代性所附带的虚无感。也正因如此，我们还是需要一个旧乡来依靠，来眷恋，来慰藉。哪怕仅仅是一个幻象，也可以安放我们那颗无所归属的心。感谢前辈楼宇烈先生，感谢吾兄田一可先生，感谢知识产权出版社杨晓红女士，感谢你们促成本书的出版，感谢你们让我及我们还能看到那个日益远去的旧乡，感谢你们让我及我们在饮罢无归时，还能心生绚烂，而一掷怅惘。